河出文庫

リプリーをまねた少年

P・ハイスミス
柿沼瑛子 訳

河出書房新社

目次

主な登場人物

トム・リプリー　本編の主人公。パリ近郊の村ヴィルペルスの屋敷ベロンブルに住む
エロイーズ・プリッソン　トムの妻。フランスの大富豪の娘
マダム・アネット　ベロンブルの家政婦
フランク・ピアーソン　故ジョン・ピアーソンの次男。十六歳のアメリカ人
リーヴズ・マイノット　盗品故買人。ハンブルク在住
エリック・ランツ　リーヴズの仕事の手伝いをしている。ベルリン在住
ペーター・シュープラー　エリックの秘書
マックスとロロ　エリックの友人
ジョニー・ピアーソン　フランクの兄
ラルフ・サーロウ　ピアーソン家に雇われた私立探偵。アメリカ人

リプリーをまねた少年

モニーク・ビュッフェに

1

トムは寄木張《よせぎば》りの床をできる限り足音をたてずに進み、バスルームの敷居をまたぐとその場で、じっと耳をすました。

ズズ・ズズズ、ズズ・ズズズ、ズズ・ズズズ。

またしてもあの働きものの小さな虫どもだ。昼間彼が入念に奴らの巣穴に、あるいは奴らのいるところならどこにでも、噴射したレントキルがまだぷんぷん匂っているというのに。木を削る音はやむことなく、どうやら彼の努力も無駄骨に終わったらしい。木製の棚の下段に畳んで置かれたピンクのハンドタオルに目をやると、そこには――早くも――うっすらと白褐色の木屑《きくず》がひと山たまっていた。

「静かにしろ！」トムはそう言って、握りこぶしで戸棚の側面を叩《たた》いた。

音が止まった。一瞬の静寂。トムは思わず虫どもが穴掘り作業の手を休めて、顔を見合わせてうなずきあっているところを想像した。「前にもこんなことがあったな。また『ご主人様』さ。なあに、どうせ、すぐにいなくなるよ」。前にも同じようなことがあった。

クロオオアリのことなどさっぱり忘れ、ふつうの足どりでバスルームに足を踏み入れたときも、虫どもが作業に励むかすかな音を耳にすることがあった。あと一歩踏み出すか、蛇口をひねるかさえすれば、数分間はおとなしくなる。

エロイーズは彼が神経質すぎるのだと言っていた。「虫が戸棚を崩すにはあと何年もかかるわよ」

だが、トムにはアリに負けるという事実が許せなかった。棚から新しいパジャマを出すたびに、アリのせいで木屑を吹き払わなければならないことが許せなかった。フランス産のザイロフィーン（灯油にしてはロマンチックな名前だ）を購入して塗布した手間も、家にあったふたつの百科事典から仕入れた知識もすべて空《むな》しかった。クロオオアリは木材を齧《かじ》って空洞化して巣をつくる。参照、ナガコムシ。羽も眼もなく、ミミズのような体で光を嫌って岩の下に棲息《せいそく》する。だが、この家の害虫はミミズのような体をしているようには見えないし、岩の下に棲《す》んでいるわけでもない。昨日はわざわざおなじみのレントキルを買いに、フォンテーヌブローまで繰り出したというのに。そう、彼はついに昨日、電撃戦に打って出たのだった。今日は二回目だ。そしてまだ彼の旗色は悪かった。レントキルを上向きに噴射する作業は非常に難しい。なぜなら穴は棚板の下側に掘られていたからである。

ズズズズが再開された。同時に、階下の蓄音機の奏でる『白鳥の湖』が、優雅なワルツに変わり、音楽までもが虫と同じく彼を愚弄しているかのようだった。

仕方ない、とりあえず今日のところは諦《あきら》めるか、トムは自分にそう言い聞かせた。本当は、今日も昨日ももっと建設的なことにあてるはずだった。彼は机を片づけ、書類を処分し、温室を掃除し、仕事の手紙を書いた。一通はジェフ・コンスタントのロンドンの自宅へ宛てた重要な手紙である。トムはこの手紙を書くのを一日延ばしにしてきたが、今日ついにそれを——読後即破棄するようにと指示した上で——書いたのだった。これ以上ダーワットの絵やスケッチの新発見を捏造《ねつぞう》するのは完全に中止にすべきだと彼は忠告した。そしてまた、いまのところは繁盛している画材会社やペルージャの美術学校で商売は充分なりたっているのではないかと遠回しにほのめかした。プロの写真家であるジェフ・コンスタントは、ジャーナリストのエドマンド・バンバリーとともにいまはバックマスター画廊のオーナーにおさまっているが、バーナード・タフツの失敗作や、ダーワットのたいして出来もよくない贋作《がんさく》を、さらに売りつけようなどという不埒《ふらち》な考えをもてあそんでいた。たしかにいままでのところはうまくいっているが、トムは安全のためにはそろそろ手を引くべきだと思っていた。

トムは散歩に出かけて、ジョルジュの店でコーヒーでも飲んで、気分を変えようと思い立った。まだ午後九時半だし、エロイーズはリビングルームで、友だちのノエルとフランス語でおしゃべりに興じている。ノエルはパリに住む既婚女性だが、夫を連れずにひとりで泊まりにきていた。

「うまくいった、あなた《シュクセ・シェリ》?」黄色いソファに座ったエロイーズが明るい声で訊ねる。

トムは仕方なく笑った。「いいや《ノン》！」彼はフランス語で答えた。「負けを認めるよ。ぼくはオオアリに負けたのさ！」

「ああらまあ」ノエルが気の毒そうな声を上げ、それから弾《はじ》けるように笑った。

彼女は明らかに何か他のことを考えていて、エロイーズとの会話に戻りたがっていた。トムはふたりが、九月末か十月の初めに南極かどこかへアドベンチャー・クルーズに出る計画をしていることを知っていた。彼女たちはトムにも参加してもらいたがっていた。ノエルの夫はすでに仕事を口実に申し出を辞退していたのだ。

「ちょっと、出かけてくるよ。三十分くらいで戻るから。煙草《たばこ》いる？」彼はふたりに訊《き》いた。

「ああ、お願い《ウイ》！」とエロイーズが答えた。彼女はマールボロだ。

「私はやめたの！」ノエルが言った。

彼女の禁煙宣言は少なくともこれで三度目だった。トムはうなずいて、玄関に向かった。マダム・アネットはまだ正面の門を閉めていなかった。帰りに閉めておこうとトムは思った。彼は左に曲がってヴィルペルスの中心部に向かって歩いていった。八月半ばにしては、涼しかった。ワイヤーフェンス越しに隣家の前庭の薔薇《ばら》が盛大に咲き乱れているのが見えた。サマータイムなので、いつもより道は明るい。だが、帰り道のために懐中電灯を持ってくればよかったという思いが頭をかすめた。この道には歩道がないのだ。トムは深く息を吸いこんだ。スカルラッティのことを考えよう。明日はオオアリの代わりに、ハープシコードを聞くのだ。十月末にはエロイーズをアメリカに連れていこうか？　二度目の旅行だ。彼女はニューヨークが大好きで、サンフランシスコの美しさも、太平洋の青さも気に入っていた。

　村の小さな家々に、ほの黄色い明かりが灯りはじめていた。ジョルジュの店のドアの上には、下から照らしだされた、赤い「煙草」のサインが傾き加減にかかっていた。

「マリー」トムは店に入りながら声をかけ、カウンターの客の前にビールを威勢よく置く女主人に挨拶《あいさつ》した。そこは労働者の集まるバーだが、トムの家に一番近く、集まる面々もおもしろかった。

「トムの旦那《ムッシユー・トム》！　お元気《サヴァ》？」マリーはかすかに媚を含んだ仕草で黒い巻き毛をかきあげ、派手な口紅を塗りたくった大きな口で笑ってみせた。彼女は少なくとも五十五歳にはなっているはずだった。「まあ《デイドン》！」彼女は叫んで、カウンターでパスティスを飲んでいるふたりの男の客とまた話しはじめた。「あの抜け作——あの抜け作！」彼女は聞こえよがしに叫んだが、ここでは日に何度もあることだった。だが、大声でどなっている男たちはなんの反応もなく、彼女は言葉を続けた。「あの抜け作ときたら、客をとりすぎた淫売みたいになんでもかんでも開いて入れちまうんだから！　いまに痛いめを見るよ！」

　ジスカールのことを言っているのだろうか、それとも、地元の煉瓦《れんが》職人のことだろうか。

「コーヒー」トムはマリーが二度目にこちらを見たわずかなタイミングを狙って注文した。「それと、マールボロひと箱！」ジョルジュもマリーもシラクびいきで、いわゆるファシストであることを彼は知っていた。

「おい、マリー！」妻をなだめようとするジョルジュのバリトンがトムの左側から轟《とどろ》いた。でっぷり太った亭主のジョルジュは丸々した手でワイングラスを磨いては、レジの右側の棚にきちんと並べている。トムの後ろでは、四人の若者が卓上フットボールゲームで盛り上がっていた。ロッドを操って、鉛のショーツをはいた鉛の選手に、ビー玉大のボールを前に後ろに蹴《け》らせている。突然トムは、カーブを描くカウンターの一番左端に、二、三日前に家の近くの路上で見かけた十代の少年がいるのに気がついた。茶色の髪をして、ありふれたフレンチブルーのワークシャツに、ブルージーンズ、たしかに見覚えがある。初めてトムがその少年を見かけたとき――彼が来客に備えて正面の門を開けようとしていると――少年はそれまで立っていた大きな栗《くり》の木の下を離れて道を渡り、ヴィルペルスから姿を消した。少年はベロンブルを偵察して、家人の習慣を調べでもしていたのだろうか？またしてもクロオオアリのような小さな厄介事を抱えこんでしまったような気がした。いや、別のことを考えよう。トムはコーヒーをかき回し、ひと口すすって、また少年に目を向けると、少年も自分を見ていた。すぐに少年は目を伏せてビールグラスを持ち上げた。

「聞いてちょうだいよ《クーテ》、トムの旦那《ムッシュー・トム》！」マリーはカウンターに乗りだして、少年のほうに親指を向けた。「あの子アメリカ人だって」彼女は大きな音で鳴りだしたジュークボックスに負けじと声を張り上げた。「夏の間、こっちで働くんですってさ。はっはっは！」彼女は声をからして笑った。アメリカ人が働くのをおもしろがっているかのようだ、それともフランスには働き口などないと思っているのだろうか。「紹介する？」

「いや、いいよ《メルシー・ノン》。どこで働いているんだ？」トムは訊いた。

マリーは肩をすくめて、がなりたてるビールの注文を受けた。「はいはい、ちょっとお待ちを！」マリーは客に陽気に怒鳴り返してビールの栓をひねった。

トムはエロイーズと来たるべきアメリカ旅行のことを考えていた。今回はニューイングランドへ行くべきだろう。ボストンへ。あの魚市場、インディペンデンスホール、ミルク・ストリートにブレッド・ストリート。そこはかつてトムの縄張りだった。とはいえいまはどうなっているのか皆目見当もつかないが。昔渋々ながら彼に十一・七九ドルの小切手をプレゼントしてくれたドッティ叔母《おば》は、亡くなってから彼に一万ドル残してくれた。だがあの息の詰まりそうだった小さな家は残してくれなかった。ドッティ叔母さえいなければあの家も好きになれただろうに。少なくともエロイーズに自分の育った家を外から見せることはできるだろう。ドッティ叔母の姉妹の子どもたちがその家を相続したのではないかとトムは思っていた。ドッティ叔母には子どもがいなかったからだ。トムはコーヒーと煙草代として、七フランをバーカウンターに置いた。青いジャケットを着た少年に目をやると、少年も支払いをしているところだった。トムは煙草を揉み消して、「じゃあ《ツワ》！」と誰に言うでもなく挨拶をすると、外へ出た。

もう暗くなっていた。トムは、街路灯のあまり明るくない光を浴びながら大通りを渡り、薄暗い道を歩いていった。彼の家は数百メートル先だった。道はほとんどまっすぐで、二車線で舗装されていた。慣れた道だが、車が来て彼が歩いている道の左側を照らしだしてくれたときは嬉《うれ》しかった。車が行きすぎてすぐ、トムは背後に軽い急ぎ足を聞きつけて、後ろを振り向いた。

その人物は懐中電灯を持っていた。ブルージーンズとテニスシューズが目に入った。バーにいた少年だ。

「リプリーさん！」

トムは身をこわばらせた。「はい？」

「こんばんは」少年は立ち止まって、懐中電灯を持ち直した。「えっと、ぼくはビリー・ロリンズといいます。懐中電灯を持ってますから――家までお送りしましょうか？」

少年は角張った顔に、焦げ茶色の目の持ち主だった。トムより背は低い。口調は礼儀正しかった。物盗りだろうか、それとも心配のしすぎだろうか？　懐《ふところ》には十フラン札二枚しか持ち合わせがなかったが、相手と取っ組み合いをする気にもなれなかった。「大丈夫だよ。すぐそばだから」

「知ってます――でもどうせぼくもこっちですから」

トムは前方の暗闇《くらやみ》をちらっと見てから、歩きだした。「アメリカ人？」と訊く。

「ええ、そうです《イエッサー》」少年は、ふたりが歩きやすいように注意深く前方を照らしていたが、視線は道よりもトムのほうに集中していた。

トムは少年との距離を保ちながら、いざというときのために、両手を自由にした。「休暇で来ているの?」

「それもありますけど、バイトもしてるんです。庭師の」

「へえ、どこで?」

「モレで。個人のお宅ですが」

トムはまた車が通らないかと思った。そうすれば、少年の表情がもっとよく見えるのに。トムは危険な匂いのする、ただならぬ緊張を感じとっていた。「モレのどこ?」

「パリ通り七十八番地のマダム・ジャンヌ・ブータンの家です」少年はすぐに答えた。「すごく大きな庭で、果樹が植えてあるんです。ぼくは主に下草を刈ってますが」

トムは緊張して拳を握りしめた。「モレに泊まっているの?」

「ええ。マダム・ブータンの庭には小さな小屋があって、ベッドと流しもついてます。冷たい水しか出ないけど、夏ならかまいませんから」

トムは心底から驚いていた。「アメリカ人がパリより田舎を選ぶとは珍しい。どこの出身だい?」

「ニューヨークです」

「いくつ?」

「もうすぐ十九歳です」

トムにはもっと若く思えた。「就業許可は持ってるの?」トムは少年が笑うのを初めて見た。「いいえ。不法就労です。日に五十フランで。安いですよね。でもマダム・ブータンは寝る場所を提供してくれますし、一度は、昼食にも招いてくれたんです。もちろん、パンとチーズくらいは買えるので小屋で食べたり、カフェで食べたりしますけど」

貧しい生まれでないことは、その話し方やマダム・ブータンと言うときの発音からわかった。少年は明らかにフランス語を知っている。「ここへ来てからどれくらい経《た》つの？」トムはフランス語で尋ねた。

「五、六日です」少年はフランス語で答えた。あいかわらずトムを見つめたまま。

道へ張り出した大きな楡《にれ》の木が見えて、トムはようやく安堵《あんど》の息をついた。彼の家までは、あと五十歩ほどしかない。「どうしてフランスの、こんな田舎へ来たのかね？」

「ああ――たぶんフォンテーヌブローの森のせいだと思います。森を歩くのが好きなんです。パリの近くですし。パリには一週間いて――あちこち見てまわったんですよ」

トムは歩調を緩めた。なぜこの少年は自分に興味を持ち、家まで知っているのだろう？

「あっちへ渡ろう」

ベロンブルの前庭のベージュ色をした砂利《じゃり》が玄関の明かりに照らしだされているのが見えた。もうあと数メートルだ。「どうしてぼくの家がわかった？」と彼は尋ねた。少年の頭が下がり、懐中電灯が揺れたので、困惑しているのがわかった。「ここの路上で前にきみを見たことがある――二、三日前だったかな？」

「ええ」ビリーは低い声で答えた。「新聞であなたの名前を見たんです――アメリカでね。あなたがどんなところに住んでいるのか見ておきたかったんです。どうせヴィルペルスの近くにいるんだし」

いつの新聞だろう、とトムは思った。それになぜ？　だが、トムにはどういうわけか少年が自分に関する情報を持っているという確信があった。「この村に自転車か何か置いてあるの？」

「いいえ」少年は答えた。

「じゃあ、どうやって今夜モレに帰るつもりなんだ？」

「ヒッチハイクします。でなきゃ歩くか」

七キロだ。モレに住んでいる者がヴィルペルスまで足がないのに、なぜ、わざわざ夜の九時すぎに来たりするだろうか？　木立の左側にかすかな光が見えた――マダム・アネットはまだ起きているが、すでに自室に引きこもっているようだった。トムは鉄の門扉に手をかけた。案の定まだ閉まってはいなかった。「よかったら、家でビールの一杯でもやっていかないかい？」

少年はかすかに眉《まゆ》をひそめ、下唇を噛《か》み、ベロンブルの建物を憂鬱《ゆううつ》そうに見上げた。まるで重大な決断を下そうとしているかのように。「でもぼくは――」

少年のためらいがかえってトムを戸惑わせた。「車がある。あとでモレまで送っていくよ」まだ少年は躊躇《ちゅうちょ》していた。本当に彼はモレで働き、住んでいるのだろうか？

「わかりました。ありがとう。ちょっとだけ寄らせていただきます」少年が答えた。

ふたりは門をくぐり、トムは扉を閉めた。だが、鍵はかけずにおいた。大きな鍵は内側の錠前に差しこんだままになっている。夜間はいつも、門のそばに植えてあるシャクナゲの根元に隠すことになっていた。

「妻の友だちが泊まりにきていてね」トムが言った。「ぼくたちは、キッチンでビールを飲もう」

玄関のドアは開いていた。リビングルームには明かりがひとつついていたが、エロイーズとノエルはすでに二階に上がったあとだった。ノエルはいつも客間かエロイーズの部屋で、夜更けまで話しこんでいくのが常だった。

「ビールにする？　それともコーヒー？」

「すてきなお住まいですね！」少年はそう言ってあたりを見まわした。「ハープシコードが弾けるんですか？」

トムは微笑《ほほえ》んだ。「レッスンを受けてるんだ――週に二回ね。キッチンへ行こう」

ふたりは左手の廊下に出た。トムはキッチンの明かりをつけ、冷蔵庫を開けると、ハイネケンの六壜《びん》入りケースを出した。

「おなか空《す》いてる？」トムは大皿にローストビーフが残っているのを見て、そう訊いた。

「いいえ。結構です」

リビングに戻ると、少年は暖炉の上に飾られた『椅子《いす》の男』の絵を見てから、今度はフランス窓のそばに掛けられた、それより少し小さいが本物のダーワットの『赤い椅子』を見ていた。ほんの数秒の仕草にすぎなかったが、トムは気づいていた。ダーワットの絵は見ておきながら、なぜもっと大きいスーティンの絵は見ないのだろう？　鮮やかな赤と青で描かれたその絵はハープシコードの真上に掛けられているのに。

トムはソファを勧めた。

「そこには座れません――こんなジーンズなんかじゃ。ひどく汚れてるし」

ソファは黄色いサテンで覆われていた。布のかかっていない普通の椅子もいくつかあったが、トムはこう言った。「では二階のぼくの部屋へ行こう」

ふたりは曲線を描く階段を上っていった。トムはビールと栓抜きを持っていった。ノエルの部屋はドアが開いて明かりがついていた。エロイーズのドアは少し開いていて、話し声や笑い声が漏れていた。トムは左側の自分の部屋へ行き、明かりをつけた。

「この椅子を使いたまえ。木だから心配しないで」トムはそう言って、肘掛《ひじか》けのついたデスクチェアを部屋の真ん中へ引っぱりだした。そしてビールをふた壜開けた。

少年の目は、四角いウェリントン簞笥《だんす》の上をさまよっていた。表面や角《かど》の真鍮《しんちゅう》の金具や引き具はいつものようにマダム・アネットの手によってぴかぴかに磨きあげられていた。

少年は感心したようにうなずいた。端正な顔立ち、表情はやや生真面目《きまじめ》そうだが、つるりとした、力強い顎《あご》をしている。「すてきな暮らしをしていらっしゃるんですね？」

ふざけているのか羨《うらや》んでいるのかわからない言い方だった。少年はすでに自分の身元を調べて、いかさま師だとでも思っているのだろうか？　「もちろんさ」トムは少年にビールを渡した。「グラスはないんだ。すまないけど」

「手を洗ってもかまわないでしょうか?」少年は礼儀正しく尋ねた。

「どうぞ。すぐそこだ」トムはバスルームの明かりをつけてやった。

少年は洗面台に身をかがめて、一分近くも手を洗っていた。ドアは開けたままだった。戻ってきた少年は笑顔を浮かべていた。滑らかな唇に、きれいな歯、濃茶色のまっすぐな髪。「やっぱりお湯が出るのはいいですね!」彼は満足そうに手を見て、それからビールをとった。「なんの匂いだろう、テレビン油かな? 絵を描いてらっしゃるんですか?」

トムは少し微笑んだ。「たまにはやるけれど、今日はあそこの棚に巣くっているオオアリを退治していたのさ」だがいまはオオアリのことは話したくなかった。少年が腰かけるのを待って——トムは反対側の椅子に腰かけていた——彼は尋ねた。「フランスにはどれくらいいるつもりなんだい?」

少年は考えているようだった。「あとひと月くらいでしょうか」

「それから大学に戻るのかい? きみは大学生?」

「いいえ、まだ。大学に行きたいかどうかはっきりしなくて。決めなくてはならないんでしょうけれど」少年はそう言って指で髪をすき、頭の左側へかき寄せようとした。だが彼の髪の一部は頑強に頭のてっぺんに立っていた。トムが見つめているのに気づいた少年は戸惑った様子でビールをあおった。

トムは少年の右頰《みぎほほ》に小さなほくろがあるのに気づいた。彼はさりげない口調で言った。

「もしよかったらいつだって熱いシャワーでも浴びにきてくれていいんだよ」

「いえ、いえ、結構です。ありがとうございます。あんまりきれいに見えないかもしれませんけれど、でも、冷たい水で充分ですから。本当に。誰だってそうでしょう?」少年はその豊かな若い唇で微笑みらしきものを浮かべてみせた。そしてビール壜を床に置いたが、そのとき椅子の脇《わき》の屑籠《くずかご》のなかのものに目をとめた。彼はもっと近寄ってそれを見た。

「四つ脚の友のための家《オーベルジュ》」ビリーは捨てられた封筒の字を読んだ。「へええ! ここへ行ったことがあるんですか?」

「いや――謄写版の会報がたまに送られてきてね、寄付を頼まれるんだ。なぜ?」

「実は今週のことなんですが、モレの東側の森のあたりで舗装されていない道を歩いていたら、男女のカップルにこのオーベルジュがどこにあるか知らないかと尋ねられたんです。たぶんヴニュ・レ・サブロン近くにあるはずだからと言われて。もう何時間も探しているんだと言ってました。これまで何度かそこへ送金したんだけれど、そこを見てみたかったんだそうです」

「会報には来客お断りとあったよ。動物たちが驚くんだそうだ。連中は郵便で引き取り手を探してね――犬や猫たちが新しい里親のもとでいかに幸せに暮らしているか、成功例が書いてあるんだ」トムはそうした感傷的な手記のいくつかを思い出して微笑んだ。

「送金したんですか?」

「ああ――何度か三十フランほどね」

「どこへ?」

「パリの住所だったかな。私書箱で」

ビリーは微笑んだ。「その場所が実在しないとしたら、おかしいですよね」

その可能性はトムをもおもしろがらせた。「そう。慈善詐欺《さぎ》だな。なぜ気がつかなかったんだろう？」トムは新たなビールをふた壜開けた。

「見せてもらえますか？」ビリーはそう訊いた。屑籠の封筒のことだ。

「どうぞ」

少年は封筒で送られてきた謄写版の冊子も拾いあげた。そしてざっと目を通してから読み上げた。「『……神が見いだされた、まさしく天国を住処《すみか》とするにふさわしい愛らしき生き物』」これは子猫のことだった。「『そしていまわたしどもの戸口に迷い込んできたのは、ひどく瘦《や》せた茶色と白のフォックステリアで、かわいそうにペニシリンとその他の予防注射を必要としています……』」少年は顔を上げてトムを見た。「この戸口っていったいどこにあるんだろう？　もしかしたら詐欺かもしれませんよ」彼は詐欺という言葉を強調した。

「その場所が実在するなら、ぜひ探してみたいな。なんだかおかしいもの」

トムは少年を興味深く見ていた。ビリー（ロリンズだったか？）はにわかに生き生きとして見えた。

「十八区、私書箱二八七」少年は読み上げた。「十八区のどの郵便局だろう？　これ、持っていってもいいですか？　捨てるつもりだったんでしょう？」

少年の異様なまでの熱心さがトムを驚かせた。彼のような年若い人間が、なぜこうまで詐欺を暴くことに熱心になるのだろう？　「もちろん、いいとも」トムは座り直した。「さては、きみも詐欺に引っかかったのかな？」

ビリーは短く笑って、過去を振り返るような表情をした。「いいえ、そんなことはありません。引っかかったこともなければ、人を引っかけたこともありません」

たぶんこれは嘘《うそ》だろう、とトムは思った。だが、それ以上の追及はしなかった。「たとえば、連中に手紙を出したりしたらおもしろいと思わないかい？」とトムは言った。「ここへ偽名で手紙を出すのさ――おまえたちが実在もしない動物で金儲《かねもう》けをしているのはわかっている。いまに警察がそっちの戸口に行くから覚悟しておけ、とね」

「警告の必要はありませんよ。そいつらのアジトを突きとめて押し入ればいいんだ。案外、屈強な男が何人か、パリの豪華なアパートメントに住んでいたりして。郵便局からそいつらのあとをつけていけばいい」

ちょうどそのとき、ドアをノックする音がしてトムは席を立った。

パジャマにローブをはおったエロイーズが立っていた。「あら、お客様だったの、トム！　声がするからラジオかと思っていたわ」

「村で会ったアメリカ人さ。ビリー」トムは振り返って、エロイーズを引き寄せながら言った。「妻のエロイーズだ」

「ビリー・ロリンズです、初めまして、マダム」ビリーは、立ち上がって軽く会釈した。

トムはフランス語で続けた。「ビリーはモレで庭師の仕事をしている。ニューヨークから来たそうだ。優秀な庭師なんだよね、ビリー？」トムは微笑んだ。

「一応そのつもりですが」とビリーは答えた。彼は頭を下げて、ビールを机の脇の床に注意深く置いた。

「フランスでの滞在を楽しんでいってくださいね」エロイーズは気軽な口調でそう言ったが、彼女の目はすばやく少年を観察していた。「おやすみなさいを言いにきただけなの、トム。明日の朝、ノエルとふたりでル・パヴェ・デュ・ロワのアンティークショップをひやかしてから、フォンテーヌブローへ行って、〈レーグル・ノワール〉でランチを食べるつもり。お昼を一緒に付き合わない？」

「いいや、遠慮しておくよ。ふたりで楽しんでおいで。明朝、出発前にまた会おう。おやすみ。ゆっくり休むんだよ」トムはエロイーズの頬にキスした。「ぼくはビリーを車で送っていくから、夜中に帰ってきても、驚かないでくれよ。出かけるときに戸締まりをしておくから」

ビリーは、ヒッチハイクの車がすぐに見つかるからと言ったが、トムは車で送っていくと言い張った。モレのパリ通りの家が実在するかどうか、見てみたかったのだ。

ビリーを乗せた車内で、トムはこう尋ねてみた。「ご家族はニューヨーク？　失礼だが、お父さんのお仕事は？」

「父は――エレクトロニクス関係の仕事です。測定器を作ってるんです。電気でさまざまな物を測定する機械を。父はそうした会社のマネージャーのひとりなんです」

直感的にトムはビリーが嘘をついていることを悟《さと》った。「家族とはうまくいってるのかい？」

「ええ、もちろんですとも。みんな――」

「手紙は来るかい？」

「ええ、もちろん。ぼくの住所は知ってますから」

「フランスの次はどこへ行くの？　家に帰る？」

少し間があった。「イタリアへ行くかもしれません。まだわからないけれど」

「この道でいいのかな？　ここで曲がる？」

「いいえ、あっちなんです」少年はあわてて言った。「でも、この道でも大丈夫ですから」

それから少年はトムに道を案内しながら、中くらいの大きさの質素な造りの家の前で車を停めさせた。窓はすでに真っ暗で、前庭と歩道は低い白壁で区切られていた。車庫の戸も閉まっている。

「鍵です」ビリーはそう言って、ジャケットの内ポケットから長めの鍵を取り出した。「そっと行かなくちゃ。本当にありがとうございました、リプリーさん」彼は車のドアを開けた。

「動物の家のこと、何かわかったら、教えてくれよ」

少年は微笑んだ。「わかりました《イエッサー》」

トムは少年が暗い門のところへ歩いていき、懐中電灯で鍵穴を照らし、鍵を開けるのを見届けた。ビリーはなかへ入ると、トムに手を振り、門を閉めた。ターンするために車をバックさせたトムは、正面玄関の脇にある青い住居表示プレートに七八という番号があるのを確認した。おかしい、とトムは思った。いくら短期間とはいえ、少年はなぜこんな退屈な仕事をしているのだろう？　何かから身を隠しているのか？　だが、ビリーは悪い奴には見えない。一番考えられるのは、両親と喧嘩《けんか》したか女の子に失恋でもして、それを忘れようと飛行機にでも飛び乗ったというところだろう。あの少年はおそらく非常な金持ちで、本来は日に五十フランの庭仕事などする必要のない子のように思えた。

2

三日後の金曜日、トムとエロイーズはリビングルームのアルコーブに置かれたテーブルに座って、朝食をとりながら、九時三十分に届いた手紙や新聞に目を通していた。トムにとっては朝二度目のコーヒーだった。すでにマダム・アネットは朝八時ごろ、エロイーズの紅茶とともにトムの朝のコーヒーを運んでいた。嵐の前触れか、表では風が吹き荒れ、そのただならぬ気配にトムはマダム・アネットが来る前に目を覚ましていた。あたりには不気味な暗闇《くらやみ》が広がり、風はやんでいるものの、遠くでは雷鳴が響いていた。

「クレッグ夫妻から絵葉書が届いたわ！」エロイーズが手紙や雑誌のなかから葉書を見つけ出して声を上げた。「ノルウェーですって！　たしかあの辺をクルーズしている最中のはずよ。覚えてる、トム？　見て！　きれいじゃない？」

トムは「ヘラルド・トリビューン」から顔を上げて、エロイーズの差し出した絵葉書を受けとった。そこにはフィヨルドの青々とした山の間を縫うように航行する白い船が描かれていた。手前に写っている岸辺の懐《ふところ》にはコテージらしき建物が点々と散らばっている。

「ずいぶん深そうだな」とトムは言った。どういうわけか突然、彼は溺死という考えにとりつかれてしまった。深い海は怖かった。泳ぐのも嫌いだったし、泳ごうとも思わなかった。自分の最期は水難事故だろうと思うことがよくあった。

「それ、読んでちょうだい」とエロイーズが言った。

葉書は英語で書かれ、ハワードとローズマリー・クレッグのサインがあった。英国人の夫婦はここから五キロほどのところに住む隣人だった。「とても穏やかなクルーズです。あカセットでシベリウスをかけてムードをだしています。ローズマリーより愛をこめて。あなたがたもここにいて、真夜中の太陽を一緒に見ることができればいいのに――」雷鳴が犬の遠吠《とおぼ》えのように轟《とどろ》き、トムはいったん言葉を切った。「ここに落ちるかもしれないな」トムは言った。「ダリアが倒れなければいいが」口ではそう言ったものの、すでにトムはすべてのダリアを支柱に固定していた。

エロイーズはトムから絵葉書を受けとった。「気にしすぎよ、トム。前にも嵐が来たことがあるじゃない。私は来たってかまわないわ、夕方六時じゃなければ。パパのところに行かなくちゃならないの、知ってるでしょ」

もちろん知っていた。シャンティイだ。エロイーズは金曜の晩、両親とディナーをとることになっており、たいていの場合はその習慣を守っていた。トムは行ったり行かなかったりだったが、彼自身はあまり気がすすまなかった。彼女の両親は堅物で、退屈だったし、そもそも彼に好意を抱いていないのだ。エロイーズが「両親のところ」とは言わず、いつも「パパのところ」と言うのがトムには興味深かった。要するに財布の紐《ひも》を握っているのはパパなのだ。ママはもう少し寛容な性格の持ち主ではあったが、本当にまずい状況におちいって——トムが社会通念にそぐわないようなことをしでかしたときには——パパがエロイーズへの金銭的支援を打ち切ると言い出したときに、どれほど役に立ってくれるかは疑わしいものだ、とトムは常々思っていた。たとえばバーナードやアメリカ人のマーチソンがかかわった、ダーワットの一件であやうくそうなりかけたときのように。ベロンブルを維持していくにはエロイーズの金は不可欠だった。トムは煙草《たばこ》に火をつけ、わくわくするような期待と不安の入り混じった気持ちで次の稲妻を待ち構えた。そしてエロイーズの父、ジャック・プリッソンに思いを馳せた。この丸まる太った尊大な男は、十二世紀の戦車に乗る御者のように、運命の糸（すなわち財布の紐）を握っていた。遺憾ながら金にはそれほど力があるものなのだ——当然のことではあるが。

「ムッシュー・トム、コーヒーはもうよろしいですか？」マダム・アネットがコーヒーポットを持って、トムのすぐそばまで来ていた。その手は少し震えていた。

「もう結構。ポットを置いていってくれるかい。あとで勝手にやるから」

「窓を見まわってきます」マダム・アネットはそう言って、コーヒーポットをテーブルの真ん中のマットの上に置いた。「真っ暗ですよ！　きっと嵐が来るんです！」そのノルマン人特有の青い瞳が一瞬トムを見た。それからマダムはそそくさとした足どりで階段のほうへ向かっていった。窓の見まわりは済んでいるはずだが、とトムは思った。それにたぶん鎧戸《よろいど》も閉めてあるにちがいないが、もう一度確かめれば安心するのだろう。トムもそのほうが安心だった。彼は落ち着かなげに立ち上がって、フランス窓のそばまで行った。そこなら、まだもう少しは明るかった。そして「トリビューン」紙の最終面に載っている人物消息欄に目を通した。フランク・シナトラがまたしても最後の出演をする。今度は映画だ。食品業界に君臨した大立者、故ジョン・ピアーソンの愛息、十六歳のフランク・ピアーソンがメイン州の自宅から失踪し、三週間なんの連絡もなく家族は心配している。フランクは七月の父親の死にひどくショックを受けていた。

トムはジョン・ピアーソンの死亡記事を思い出した。ロンドンの「サンデー・タイムズ」紙でさえ、十センチ近くの紙面を割いていた。ジョン・ピアーソンはアラバマ州知事のジョージ・ウォレスと同じように車椅子《くるまいす》生活を送っていた。その理由も同じく、暗殺未遂のためだった。彼は非常な富豪だった。ハワード・ヒューズほどではないにしても、食品産業、グルメ・健康・ダイエット食品などで成した財は数億円にものぼる。トムがその死亡記事を覚えていたのは、私有地の断崖から落下したその死因が自殺か、それとも単なる事故だったのか不明だったからだ。ジョン・ピアーソンは崖から日没を眺めるのを好んだが、景色が害されるからといって、手すりの取り付けに反対していた。

ガラガラ、ピシャーン！

思わず窓際から離れると、外の温室のガラスが割れてはいないかと目を凝らす。風が吹きつけ、屋根のタイルに何かがぶつかる音がした。せいぜい小枝であってくれ、とトムは願った。

エロイーズは悪天候にはおかまいなく雑誌を読んでいる。

「さてと着替えてこなければ」とトムは言った。「きみはランチの約束があるんじゃなかったっけ？」

「いいえ《ノン》、あなた《シェリ》。五時までは出かけないわ。本当に、心配しないでいいことまで心配するんだから。この家はとっても頑丈にできてるのよ！」

トムは不承不承うなずいたが、落雷がそこらじゅうに落ちるのを聞きながら心配しないでいられるだろうかと内心思った。彼はテーブルから「トリビューン」を取り上げると、二階へ上がり、シャワーを浴びてひげを剃《そ》り、ひとしきり考えごとにふけった。老プリッソンは、いったいいつになったらくたばってくれるのだろう。べつにトムとエロイーズが金に困っているというわけではない。だが、彼は何かと目障りな存在だった——意地悪な継母《ままはは》のような。もちろんジャック・プリッソンはシラクの熱烈な支持者でもある。着替えを済ませたトムは寝室の小窓を開けた。とたんに雨混じりの強い風が顔に叩《たた》きつけたが、トムはそのなかで大きく深呼吸した。気分がよかった。そしてすぐに窓を閉めた。乾いた大地に降る雨は、なんとすばらしい香りがするのだろう！　トムはエロイーズの寝室に行って、窓がきちんと閉まっているか確かめた。雨が窓をカタカタ鳴らしていた。マダム・アネットが、トムとエロイーズが休んだダブルベッドのベッドカバーを枕《まくら》の上にたくしこんでいるところだった。

「戸締まりは万全ですよ、ムッシュー・トム」彼女はそう言いながら、枕を手で叩き、作業を終えると立ち上がった。そのやや背の低い、がっちりした身体《からだ》は、もっと年若い者のようにエネルギーに満ち溢《あふ》れて見えた。六十代の後半だが、まだまだ長生きしそうだとトムは思った。どういうわけか心慰められる思いがした。

「ちょっと庭を見てくるよ」そう言って、部屋を出た。

彼は階段を駆け下りて、正面玄関を出ると、裏の芝生のほうへまわった。ダリアはしっかりと支柱に糸で固定されていた。クリムソン・サンバーストは狂ったように頭を上下に振っていたが、吹き散らされるほどではなさそうだ。トムのお気に入りの縮れたオレンジ色のダリアも大丈夫だろう。

灰色の南西の空に稲妻が光り、トムは雨が頬《ほお》を打つのにまかせながら、雷鳴を待った。耳をつんざく、うつろな大音響が響きわたった。

先日会った少年がフランク・ピアーソンだという可能性はないだろうか？　十六歳。少年が自称していた十九歳よりははるかにそれらしく見える。メイン州、ニューヨークではない。ピアーソンが死んだとき、「トリビューン」に家族全員の写真は載っていなかっただろうか？　父親の写真は載っていたかもしれなかったが、トムには思い出せなかった。それともあれは「サンデー・タイムズ」だっただろうか？　だが、三日前の少年なら誰のことよりも鮮明に覚えている。少年の顔はしかつめらしく生真面目《きまじめ》そうで、めったに笑顔は見せなかった。口元は堅く引き結ばれ、黒く、まっすぐな眉《まゆ》をしている。右頬にはほくろがあった。普通の写真ではたぶん見えない程度の大きさだったが、ひとつの特徴ではある。礼儀正しかったが、同時にひどく用心深かった。

「トム！——なかに入って！」エロイーズがフランス窓から叫んでいた。

トムは彼女のもとへ駆け寄った。

「雷に打たれたいの？」

トムはドアマットでブーツの泥を落とした。「濡れちゃいないよ！　ちょっと考えごとをしてただけさ！」

「何を？　とにかく髪を乾かしてちょうだい」彼女は階下のバスルームからブルーのタオルをとって手渡した。

「ロジェが午後三時に来るんだ」トムは顔を拭《ふ》きながら言った。「スカルラッティを教えにね。午前中も昼食後も練習しなくちゃ」

エロイーズは微笑《ほほえ》んだ。雨模様のせいで、彼女の青みがかったグレイの瞳孔からはラベンダー色が自転車のスポークのように広がっていた。トムはそれを見るのが好きだった。彼女は今日のために特別にラベンダー色のドレスを選んだのだろうか？　おそらくそうではない。単なる美的な幸運にすぎないのだろう。

「練習しようと思って座ったら」エロイーズはすまして英語で答えた。「あなたが芝生の上で馬鹿みたいに突っ立っているのが見えたんですもの」彼女はハープシコードに戻って座り、背をぴんと伸ばして手を振った――まるでプロのようだとトムは思う。

彼はキッチンへ向かった。マダム・アネットは流しの右側のサイドボード上のキャビネットを掃除しているところだった。雑巾《ぞうきん》を手に、三つ脚の木のスツールに乗って、スパイスの壜《びん》を次々に拭き上げていく。昼食の準備にはまだ早すぎたし、おそらくこの吹き降りでは、午後予定していた村への買い物も延期になることだろう。

「ちょっと古い新聞を見たいんだが」トムはそう言って、次の間の入口近くに――その右側にはマダム・アネットの部屋がある――かがみこんだ。古い新聞は、薪《まき》を入れておくような持ち手のついた籠に入っていた。

「何かお探しですか、ムッシュー・トム？　お手伝いしましょうか？」

「ありがとう――でも、すぐにわかると思うよ。アメリカの新聞が欲しいんだ。たぶん自分で探せると思う」トムは七月の「トリビューン」をめくりながらほとんど上の空で答えた。死亡記事だったかニュースだったかわからないが、ピアーソンの記事は右側のページの左上に写真入りで載っていたのは覚えている。「トリビューン」紙は十日分ほどしか残っていなかった。あとは処分されていた。トムは二階の自分の部屋に上がった。そこにはもっと「トリビューン」が残っていたが、ジョン・ピアーソンの記事は見つからなかった。

トムの部屋まで流れてくるエロイーズのバッハのインベンションはなかなかのものだった。自分はうらやんでいるのだろうか？　トムは笑いたくなった。自分の演奏するスカルラッティはエロイーズのバッハよりも（もちろんロジェ・ルプティの耳に）劣って聞こえるというのだろうか？　トムは本当に笑いだし、両手を腰にあてて、うんざりした面持《おもも》ちで床の新聞の山を見おろした。イギリス版より古いアメリカ版の『名士録』に思いあたり、廊下を横切って向こう正面にある小塔のついた図書室へ向かった。『名士録』を開いてみたが、ジョン・ピアーソンの項目は見つからない。イギリス版より古いアメリカ版の『名士録』も探してみたが、やはり見つからなかった。双方とも五年前のものだったし、ジョン・ピアーソンのような人物はそうしたものに記載されることを拒否するタイプだったのかもしれない。

エロイーズはインベンションの三回目の演奏を、デリケートなコーダでしめくくった。

あのビリーという少年はまた現れるだろうか？　きっと来るように思えた。

トムは昼食後、スカルラッティを練習した。いまでは庭先で休憩をとることもなしに三十分ぶっ続けで練習することができた。数カ月前に始めたころは十五分しか続かなかったのを思えば、かなりの進歩だ。ロジェ・ルプティ《プティ》（決して小柄とは言えない、背が高く小太りな若者で、眼鏡と巻き毛がまるでフランス版のシューベルトのようだとトムは思っていた）が、庭仕事はピアニストやハープシコード演奏者の手によくないと言うので、トムはしかたなく妥協することにした。それでも庭仕事を諦《あきら》めるつもりはなかったので、ヒメハギの手入れといった手間のかかる仕事だけをパートタイムの庭師のアンリに任せることにしていた。べつにプロのハープシコード演奏者になりたいわけじゃない。人生はすべて妥協の産物だ。

五時十五分、ロジェ・ルプティはこう言っていた。「ここはレガートです。ハープシコードでレガートが弾けるように努力してください——」

電話が鳴った。

トムは、適度の緊張と適度のリラックスを保ちながら、その平易な曲を演奏しようと四苦八苦していたところだった。彼は深いため息をついて立ち上がり、教師に中断を詫《わ》びた。エロイーズは二階で、両親を訪ねるための身支度をしていた。彼女のレッスンはもう済んでいた。トムは一階の電話をとった。

エロイーズがすでに二階で受話器をとり、フランス語で応対していた。すぐにビリーの声だと気づいたトムは急いで、会話を引き継いだ。

「リプリーさん」ビリーは言った。「パリへ行ってきました。例の——オーベルジュの件ですが、なかなか興味深いことがわかりましたよ」少年の口調はどこか恥ずかしげだった。

「何かわかったかい？」

「少しばかり——きっとあなたにも喜んでもらえると思うんですが——今夜七時ごろ少しお時間がありましたら——」

「今夜ならいいよ」トムは答えた。

電話はすぐ切れた。トムが少年にどうやってここまで来るのか訊《き》く間もなかった。まあ、前にも来たことがあるのだから。トムはちょっと肩をすくめてから、ハープシコードに戻った。彼は腰をおろして背筋を伸ばした。そして次のスカルラッティの小ソナタのほうがうまく弾けることを念じた。

ロジェ・ルプティは流暢《りゅうちょう》な演奏だと評した。彼にしては、たいそうな賛辞だった。嵐は昼ごろまでにはやんだ。午後遅くには、庭はいつものとおり澄みきった陽光が射し、すがすがしく輝いていた。エロイーズは深夜近くまで戻らないと言い置いて、出かけていった。シャンティイまで車で一時間半だ。十時半には引き上げる父を尻目に、彼女はいつも夜遅くまで母親と話しこむのが常だった。

「先日来たあのアメリカ人の少年が今晩七時に来るそうだ」トムは言った。「ビリー・ロリンズという子なんだが」

「ああ。あの晩のね」

「何か食べさせてやろうと思うんだ。きみが帰るころも、まだいるかもしれない」

エロイーズはどうでもいいのと言いたげに返事もしなかった。「バイ、バイ、トム！」彼女はそう言いながら、シャスタ・デージーに赤い牡丹を一輪添えただけのブーケを手に取った。たぶん今年最後の牡丹だろう。彼女は用心のためにスカートとブラウスの上にレインコートを着ていた。

トムが七時のニュースを聞いているとき、門のベルが鳴った。マダム・アネットにはあらかじめ七時に来客があることを告げてある。トムはリビングルームで玄関に出ようとする彼女をおしとどめ、自分で迎えにいくと言った。

ビリー・ロリンズは、開け放たれた門と正面玄関の間の砂利道《じゃりみち》を歩いてくるところだった。今日はグレイのフランネルのズボンに、シャツとジャケットというでたちだ。ビニールバッグに入った何か平らなものを小脇《こわき》に抱えている。

「こんばんは、リプリーさん」彼はそう言って微笑んだ。

「こんばんは。さあ、入りたまえ。どうやってここまで来たんだい？——時間ぴったりじゃないか」

「今日はタクシーを飛ばしてきたもので」少年はドアマットで靴を拭《ぬぐ》いながらそう言った。

「これをあなたに」

トムはビニールバッグを開けて、フィッシャー＝ディースカウのシューベルト歌曲集のレコードを取り出した。最近聴いたばかりの新しい録音だ。「どうもありがとう。ちょうど欲しいと思っていたんだ。本当に」

少年はあの晩とは対照的に非のうちどころのない服装をしていた。マダム・アネットが飲みもののリクエストを聞きに入ってきた。トムはふたりを紹介した。

「ビリー、座って。ビールでいいかな？」

ビリーはソファに腰をおろし、出ていったマダム・アネットはワゴンバーにビールも追加で載せて戻ってきた。

「妻は両親のところへ行っている」とトムは言った。「金曜日の晩はいつもそうなんだ」

今晩マダム・アネットはトムに、レモンの輪切りを添えたジントニックを用意しようとしていた。彼女は仕事があればあるほど幸せで、トムとしても彼女の作るカクテルに文句はなかった。

「今日はハープシコードのレッスンを?」ビリーは蓋《ふた》の開いたハープシコードに楽譜が置いてあるのを見ながら言った。

そう、ぼくはスカルラッティを、妻はバッハのインベンションをね、とトムは答えた。「昼間からブリッジをやるより、ずっとおもしろい」トムはビリーが何か弾いてくれと言わなかったことに内心ほっとしていた。「さてと、きみのパリへの旅だが——四つ脚の友人たちについての」

「ええ」ビリーはそう答えてから、どう話を始めるか考えているかのように上を向いた。「水曜の午前中かかって、例のオーベルジュが実在しないことを確かめたんです。カフェやガソリンスタンドでも訊いてみたんですが、ぼく以外にも同じことを訊いてきた人たちが何人かいたそうです——ヴニュの警察にも尋ねてみましたが、そんなもの聞いたこともないとのことで、詳しい地図で調べてくれたのですが見つかりませんでした。そこにあった大きなホテルでも訊いたけれど、聞いたことはないそうです」

たぶんホテル・グラン・ヴニュのことだろう。その名前はいつも「大いなる情欲《ザ・ビッグ・ヴナリー》」を連想させ、とてつもなく淫靡《いんび》な響きを帯びているように思えた。トムは自分の考えに内心たじろいだ。「水曜の朝はずいぶん忙しかったようだね」

「ええ。むろん午後は仕事ですし。マダム・ブータンのところでは毎日五、六時間は働いてますので」彼はグラスのビールをぐいと飲んだ。「昨日の木曜日はパリ地下鉄のレ・ザベス駅で降りて十八区へ行ってみました。そしてピガール広場へも。郵便局を訪ねて、私書箱二八七号について訊いてみましたけど、個人情報は公開できないと言われたので、郵便物を受けとりに来る人物の名前を訊いてみました」ビリーはかすかに微笑んだ。「その日は作業着姿だったんですが、動物基金に十フラン送りたいが、その私書箱番号が違っているようだと言ったんです。連中の顔ときたら、まるで頭がおかしいんじゃないかと言ってるみたいでした！」

「その郵便局で合っていたんだろうか？」

「わかりません。十八区の郵便局は全部で四つありましたが、どこも私書箱二八七号というのがあるかどうかは教えてくれませんでしたから。それで次善の策をとってみたんです。理にかなった方法をね」ビリーは、自分のしたことを当ててほしげな目でトムを見た。

トムにはすぐにはわからなかった。「どんな？」

「便箋《びんせん》と切手を買って、隣のカフェへ行き、オーベルジュに手紙を書いたんです。『拝啓。オーベルジュ様。会報にありました事務所が見あたりません。私も騙《だま》されてカモにされた多くの人間のひとりだとわかりました』とね」

トムは感心してうなずいた。

「『――私は同じ慈善詐欺《さぎ》にかかった多くの善意の人々と連携することにしました。法的機関の立ち入り捜査に備えてご準備ください』」ビリーは身をのり出した。少年の顔には興奮と義憤がせめぎあっているような表情が浮かんでいた。その頬は紅潮し、笑うと同時に眉をひそめた。「『あなた方の私書箱は監視下にあります』」

「すごいな」トムは言った。「あちらはさぞかし怯《おび》えているだろうな」

「可能性のありそうな郵便局をうろついてみたんです——窓口の女性に、どのくらいの頻度で回収にくるか訊いてみました。でも教えてはもらえませんでした。もっともフランス人ってみんなそうですよね。べつだん誰かをかばっている様子もありませんでしたし」

トムにもそれは理解できた。「きみはどうしてそんなにフランス人のことをよく知っているんだ？　フランス語もずいぶん流暢に話すじゃないか」

「ああ——もちろん、学校で習ったんですよ。それに——数年前、家族と一緒にフランスでひと夏過ごしたこともありますし。南のほうで」

トムは、少年がたぶん五歳くらいの幼いころから、何度かフランスに連れてきてもらっていたような印象をもった。普通のアメリカの高校で習ったくらいで、ここまで完璧なフランス語は身につかない。トムはワゴンバーに載ったハイネケンをもうひと缶開けて、コーヒーテーブルまで運んだ。さらに突っこんで訊いてみることにしたのだ。「ジョン・ピアーソンというアメリカ人の死亡記事を読んだかい——たしかひと月くらい前のことだと思うが？」

少年の目に一瞬驚きが浮かんだが、それはすぐに何かを思い出そうとするような表情に変わった。「どこかで――聞いたような気がするんですけれど」

トムはしばらく待ってから、こう言った。「その家族のふたりの息子のうち、ひとりが行方《ゆくえ》不明なんだそうだ。フランクという名前なんだが。家族は心配している」

「そうなんですか？――知りませんでした」

少年の顔が少し青ざめただろうか？「いま思いついたんだが――その少年はきみじゃないかな」とトムは言った。

「ぼくが？」少年は身をのり出した。ビールのグラスを手に持ち、視線をトムからそらして、暖炉のほうへ移した。「もしそうだったら、庭師の仕事なんてしやしないでしょう――」

トムは十五秒ほど黙っていた。少年からそれ以上の反応はなかった。「レコードを聞いてもいいかな？　ぼくがフィッシャー＝ディースカウを好きだって、どうしてわかったの？　ハープシコードがあったから？」そう言ってトムは笑った。暖炉の左側の棚のハイファイのスイッチを入れた。

ピアノの音が聞こえてきたかと思うと、フィッシャー＝ディースカウの軽やかなバリトンが流れ出した。ドイツ語で歌っている。たちまちトムは生き生きとした幸せな気分に満たされるのを感じ、笑みがこぼれた。彼は昨夜トランジスタ・ラジオから流れてきた、おぞましいほど暗いバリトンを思い出していた。イギリス人が英語で歌っていたのだが、その暗鬱《あんうつ》な声は、泥に横たわり宙に足をぴくぴくあげて死んでいく水牛を想像させた。歌詞は、何年も前に——その声の老け具合からすると相当昔と思われる——男が愛し、失った美しきコーンウォールの乙女を歌ったものであるのだが。トムは突然大声で笑いだし、いつになく緊張している自分に気がついた。

「何がおかしいんですか?」少年が尋ねた。

「ぼくがドイツ歌曲につけた題名のことを考えていたんだ。『木曜の午後、ゲーテの詩集を開いたときから、ぼくの魂は揺さぶられている、古い洗濯物リストが挟まっていた』ドイツ語のほうがいいんだ。『ザイト・ドネルシュタークナッハミッターク・イスト・マイネ・ゼーレ・ニヒト・ディゼルベ・デン・イッヒ・ファンド・バイム・デュルヒブレッテルン・アイネス・バンデス・フォン・ゲーテゲディヒテン・アイネ・アルテ・ヴェシェリステ』」

少年も笑いだした——同じように緊張していたのか? 彼は頭を振ってこう言った。

「ドイツ語はよくわからないんですけど、なんとなく笑えますね。はっは!」

美しい音楽はなおも続いた。トムはゴロワーズに火をつけ、これからどうしようかと頭を巡らせながら、リビングルームをゆっくりと歩きまわりはじめた。強引に少年のパスポートを見せてもらうか、もしくは彼宛ての手紙か何かを見せてもらうか——決着をつけるにはどうしたらいいのだろう?

一曲目の歌が終わると、少年が言った。「全部聴くつもりはないんですけれど、かまいませんか?」

「もちろんだよ」トムはステレオのスイッチを切り、レコードをジャケットにおさめた。

「さっき——ピアーソンという男のことを訊きましたよね」

「ああ」

「もし、ぼくがこう言ったらどうしますか——」少年の声が低くなった。まるで部屋のなかにいる誰か、あるいはキッチンにいるマダム・アネットに聞かれるのを恐れているかのように。「——ぼくがその失踪した息子だって」

「まあ」トムは静かに言った。「それはきみの勝手だと思うよ。きみが——お忍びで——ヨーロッパに来たかったのだとしても、もう来ちゃってるんだし」

少年はほっとしたような顔をして、かすかに唇の端をひきつらせた。しかし彼は黙ったまま、中身が半分になったグラスを両手のひらでもてあそんでいた。

「ただし、家族に心配をかけるというのはちょっとね」トムは言った。

マダム・アネットが入ってきた。「失礼します。ムッシュー・トム、そろそろ——」

「そうだね。お願いするよ」トムは答えた。マダム・アネットはふたりで夕食をとるかと尋ねたのだった。「食事していけるよね、ビリー？」

「ええ、喜んで。ありがとうございます」

マダム・アネットは少年に微笑みかけた。口元でというより眼差しで。彼女はお客を招いてもてなすのが大好きなのだ。「十五分ほどで用意できますよ、ムッシュー・トム」

マダム・アネットがリビングを出ていくのを待って、少年はもじもじとソファの端へにじり寄り、こう尋ねた。「暗くなる前に庭を見せてもらっていいですか？」

トムは立ち上がった。ふたりはフランス窓を抜け、階段を下りて芝生に出た。おりしも地平線の左側の端に太陽が沈んでいくところで、松の枝越しにオレンジやピンクの光を投げかけていた。マダム・アネットに話を聞かれないところへ行きたかったのだとトムは察していた。だが少年は、本当に夕焼けの美しさに見とれているようだった。

「すばらしいものですね――このレイアウトは。美しいけれどきっちりしすぎてもいない」

「ぼくがべつにデザインを考えたわけじゃないからね。もともとここにあったんだ。ぼくはただそのまま維持しているだけだよ」

少年はヒカゲユキノシタを見ようと（花は咲いていなかったが）腰をかがめたが、その名前を知っていたことにトムは驚いた。それから少年は温室のほうへ目を移した。

そこは色とりどりの植物や花で溢れかえり、いつでも友人たちにプレゼントできるよう、適度の湿度と充分な栄養が与えられていた。少年はそれらをいとおしむように深呼吸した。これが本当にジョン・ピアーソンの息子なのだろうか？　事業を引き継ぐべく――それが長男の義務でなければの話だが――贅沢三昧《ぜいたくざんまい》に育てられた少年だろうか？　こうして温室のなかでふたりきりのいま、なぜ本当のことを話さないのだろう？　少年は植木鉢を覗《のぞ》きこんだり、指先でそっと植物に触れてみたりしているだけだった。

「戻ろうか」トムはいささか苛《いら》立《だ》ちを覚えながら言った。

て外に出た。

「はい《イエッサー》」少年は何か悪いことでもしていたかのようにびくっとして、トムのあとに続い

いまどきどんな学校で教育されたら、「イエッサー」などという言葉が出てくるのだろうか？　ミリタリー・スクールか？

ふたりはリビングルームのアルコーブで夕食をとった。メインディッシュはチキンと蒸しだんごで、この蒸しだんごは少年の電話があったあとにトムがリクエストしたものだった。トムはマダム・アネットにアメリカ風の蒸しだんごの作り方を伝授していた。少年は食欲旺盛で、モンラッシェにも満足しているようだった。彼は礼儀正しい口調でエロイーズのことを尋ねた。彼女の両親はどこに住んでいるか、両親はどんな人物なのかといったことを。トムはプリッソン夫妻――とりわけ義理の父親に対する本当の意見をぶちまけるのをなんとか抑えた。

「あなたの――マダム・アネットは英語ができますか？」

トムは微笑んだ。「彼女は『グッド・モーニング』も言えやしないよ。たぶん英語が嫌いなんじゃないかな。なぜ？」

少年は唇を噛《か》んで、身を前にのり出した。それでもテーブルをはさんでふたりの間はまだ一メートル以上ある。「もしぼくが、その――あなたの言っている人物――フランクだとしたらどうします？」

「そう、さっきもそう訊いたね」トムは、フランクの酔いがまわってきたことに気づいた。

結構、結構！「きみがここにいるのは——ただちょっと家から逃げたかったからなんだろう？」

「そうです」フランクは真剣な面持ちで言った。「あなたはぼくを追い出したりしないでしょう？　どうかお願いします」ほとんど消え入りそうな声で、少年はトムを見すえようとしていたが、その目は少しばかり泳いでいた。

「もちろんだよ。信じてくれていい。きみにはきみの理由があるんだろう——」

「そう。ぼくは誰か別の人間になりたいんです」少年が遮るように言った。「たぶん——」間があった。「あんなふうに飛び出したのは悪かったと思っています、でも——でも——」

　トムは耳をすました。フランクはまだ真実の一部を明かしているにすぎないのだという気がしていた。だが今夜はこれ以上無理かもしれない。トムはワインの自白作用に感謝した。酒を飲んでいては嘘《うそ》をつこうとしても、限度がある。少なくともフランク・ピアーソンのような若い人間にとっては。「家族について話してくれよ。ジョン・ジュニアがいるんじゃなかったっけ？」

「そう。ジョニー」フランクはワイングラスの脚をもてあそんでいた。その目はテーブルの真ん中をじっと見つめている。「兄のパスポートを盗んだんです。彼の部屋から。兄は十八歳、もうじき十九歳です。ぼくは兄のサインを真似できるんです——少なくともなんとかごまかせるくらいは。とは言っても、試したことがあったわけじゃありません——今回のことがあるまでは」フランクは言葉を切り、一度にたくさんのことを考えすぎて混乱したかのように頭を振った。

「それで、逃げ出してからあと、どうしたんだい？」

「ロンドンまで飛行機に乗って、そこに――たぶん五日くらいいたかな。それから、フランスのパリまで行ったんです」

「そうか――お金は充分あったの？　トラベラーズ・チェックの偽造なんてしていないだろうね」

「まさか。現金を少し持ち出しました。二、三千ドルかな。家にあったから、簡単だった。金庫も開けられたし」

ここで、マダム・アネットが入ってきて皿を下げ、野いちごのショートケーキのホイップクリーム添えを運んできた。

「それでジョニーは？」マダム・アネットが出ていくのを待って、トムは続けた。

「ジョニーはハーバードにいます。いまはもちろん休暇中だけど」

「家はどこ？」

フランクの目がまた泳いだ。どの家かを考えているようだった。「メイン州ケネバンクポート――その家のことですか？」

「メインでお葬式があったんだろう？　覚えているよ。きみはメインの家から出てきたの？」その問いに少年がひどくショックを受けた様子なのを見て、トムは驚いた。

「はい、ケネバンクポートから。毎年いまごろはたいていそこにいるんです。葬式はそこで行なわれました——火葬です」

　きみのお父さんは自殺だったと思うかい、トムはそう訊いてみたかった。だが、それを訊くのはあまりに悪趣味で、自分の好奇心を満たすためだけのように思えたのでやめた。

「お母さんはどうなの？」トムは代わりにそう訊いた。あたかもフランクの母親を知っていて、健康状態を確かめているような口ぶりで。

「ああ、母は——かなりの美人です——もう四十歳になるんだけれど。ブロンドで」

「お母さんとは、うまくいってるの？」

「ええ、それは。母は、父より明るい人だし。社交的で、政治に興味があって」

「政治？　何派なの？」

「共和党支持者です」ここで、フランクは笑ってトムを見た。

「二番目の奥さんだったね」トムは記事に書いてあったのを思い出しながら言った。

「そうです」

「お母さんには居場所を知らせた？」

「いいえ。ニューオーリンズに行くと書いたメモを置いてきました。ぼくがニューオーリンズが好きなのをみんな知ってるから。以前、ホテル・モンテレオーネに泊まったことがあるんです——ひとりで。家からバス停までは歩くしかなかった。運転手のユージーンに駅まで送ってもらったら——ニューオーリンズに行くんじゃないことがばれてしまうかもしれないし。逃げ出すなら自力でと思ったから、そうしました。バンゴーから、ニューヨークへ行き、そこから飛行機に乗りました――失礼、いいですか？」フランクはそう言って、銀のカップから煙草を一本抜きとった。「家族は間違いなくホテルに電話し、ぼくがそこにいないことを知ったでしょう。時間が稼げるのはせいぜい――実は、ぼくも『トリビューン』の記事は知ってます。ときどき購入しているので」

「葬式のあと、どのくらいして家を出たんだ？」

フランクは答えを探しているようだった。「一週間か――八日くらいしてから」

「それじゃ、お母さんに電報を打って、フランスで元気にしているから、もう少しここにいたいと言ってやったらどうだい？　わざわざ隠すなんて、面倒くさいじゃないか？」だがもしかしたらフランクはそうしたゲームが好きなのかもしれない、ともトムは考えた。

「いまは――家族と一切接触したくないんです。ひとりになりたい。自由に」少年はきっぱりとした口調でそう言った。

トムはうなずいた。「どうしてきみの髪が立っているのか、わかったよ。以前は左側で分けていたんだね」

「そうです」

マダム・アネットがコーヒーのトレイをリビングルームに運んできた。フランクとトムは立ち上がった。トムは腕時計を見た。まだ十時にもなっていない。フランク・ピアーソンはなぜトム・リプリーが自分に好意的な人物だと判断したのだろう？　少年が見たであろう過去の新聞で、彼が芳しからざる評判の持ち主であることはわかっていたはずだ。フランクも何か悪いことをしたのだろうか？　たとえば父親を殺したとか——崖から突き落として？

トムはさしたる理由もなく咳払いし、ぶらぶらとコーヒーテーブルのほうへ向かった。なんという不穏な考えだろう。だが、そんな思いが脳裏《のうり》をかすめるのは本当にこれが初めてだっただろうか？　トムにはわからなかった。ともかく少年が望むなら、秘密を打ち明けさせよう。「コーヒーにしよう」彼は宣言するように言った。

「もうそろそろお暇《いとま》したほうがいいですか？」トムが腕時計を見たのに気づいてフランクは言った。

「いや、そうじゃない。エロイーズのことを考えていたんだよ。十二時までには戻ると言っていたからね。でもそれまでには、まだ時間がある。かけたまえ」トムはワゴンバーからブランデーの壜を取り出した。今夜はなるべくフランクにしゃべらせたほうがいいだろう。帰りは自分が送ってやればいい。「コニャックだよ」トムはフランクにも自分にも同じだけ注いだ。本当はコニャックは嫌いなのだが。

フランクは自分の腕時計を見た。「奥さんがお帰りになる前に失礼します」

エロイーズもまたフランクの身元に気づきかねない人物だ。「残念だが、きみの家族は捜査の手を広げるらしいよ、フランク。彼らはもうきみがフランスにいることを知っているんじゃないか？」

「わかりません」

「座りたまえ。きっと知っているにちがいない。パリの捜索が終われば、モレのような小さな町にも捜査の手は伸びるかもしれない」

「ぼろを着て、アルバイトをして、別の名を名乗っていればわかりゃしません」

誘拐されることだってある、とトムは思った。その可能性はまちがいなく高い。だが少年にあえてゲティ三世の誘拐事件を持ち出す気にはなれなかった。大がかりな捜査が続けられていたが、依然なんの進展もなかった。誘拐犯は少年を捕らえている証拠に耳たぶを切り落として送りつけ、身代金として三百万ドルが支払われていた。フランク・ピアーソンもまた実にいいカモだ。もし悪い連中に身元を気づかれようものなら（それにこうした連中は一般人よりもずっとしゃかりきになって探そうとするものだ）、警察に知らせるより、誘拐してしまうほうがずっといい商売になる。「どうして」とトムは尋ねてみた。「お兄さんのパスポートを盗《と》ったんだい？　自分のパスポートを持ってないのかい？」

「ありますよ。新しいのが」フランクはソファの元いた場所に座り直した。「わからない。たぶんぼくより年上だから、安全だと思ったのかな。ぼくたちよく似ているんです。兄のほうがもっとブロンドですが」フランクは恥じているかのように口ごもった。

「ジョニーとは仲がいいの？　お兄さんを好きかい？」

「ええ、大好きです」フランクはトムの顔を見た。

たぶんその答えに嘘偽りはないだろうとトムは思った。「お父さんとはうまくいってたの？」

フランクは暖炉のほうをじっと見つめた。「ひとことでいうのはちょっと――」

トムは少年が葛藤するままにさせておいた。

「最初父はジョニーにピアーソン――つまり会社に関心を持たせようとしたんです。その次はぼくに。ジョニーはハーバード・ビジネス・スクールに入ることができなかったし、そもそもその気もなかったから。兄は『写真』に関心を持っていて」フランクはそれが奇怪なものででもあるかのような口調で言ってトムを見た。「それで父さんはぼくに目をつけた。もう、かれこれ一年以上前のことです。ぼくはやっていく自信はないと言い続けた。だってあまりにもビジネスの規模が大きすぎるし。それになぜ――自分の一生をそれに捧げなくちゃならないんです」フランクの濃い茶色の瞳に一瞬怒りが走った。

トムは先を待った。

「だから――たぶん、答えはノーです。父とはうまくいってませんでした――正直なところを言うならば」フランクはコーヒーカップを取り上げた。ブランデーには口をつけなかったが、たぶんその必要はなかっただろう。すでに少年の口は充分に軽くなっていたのだから。

少し待っても、それ以上フランクからは何も聞き出すことはできなかった。これ以上先に進めば少年を苦しめるだけだと判断したトムは話題を転換してやることにした。「さっきダーワットを見ていたね」そう言って、彼は暖炉の上の『椅子の男』のほうを顎《あご》でしゃくってみせた。「あれは気に入ったかい？――ぼくのお気に入りなんだが」

「あの作品は初めて見ました。向こうの絵は——目録で見て知っていましたが」フランクは左肩越しに後ろをちらりと見て言った。

ダーワットの『赤い椅子』のことだ。トムは少年がどの目録を見たのか、すぐにわかった。バックマスター画廊から最近出版されたものだ。画廊では最近になって贋作《がんさく》を目録から外すべく努力していた。

「本当に贋作があるんですか？」フランクが訊いた。

「さあ、わからないな」トムはできるだけもっともらしい顔をとりつくろって答えた。「何ひとつ証明されてはいないんだ。たしかダーワット自身が本物かどうかを見極めるためにロンドンに来たと思ったが」

「ええ。あなたもそのときロンドンにいらっしゃいましたね。画廊に知っている人たちがいたので」少年はわずかに活気を取り戻したようだった。「父もダーワットを持っていました」

トムは少し話が変わってほっとした。「どの作品？」

「『虹』と呼ばれている作品です。ご存じですか？　下のほうはベージュで、上のほうにほとんど真っ赤な虹がかかっていて。全体に滲《にじ》んだような、酔っ払ったような感じの絵です。その場所がどこなのか、メキシコだかニューヨークだかもわからないんです」

トムは知っていた。バーナード・タフツの贋作だ。「あの絵なら知ってるよ」まるで本物に対する記憶を慈しむかのような愛情に満ちた口調で彼は言った。「きみのお父さんはダーワットが好きだったの？」

「そりゃもう。彼の作品には何かこう温かいものが感じられますよね。近代絵画にはない――人間味のようなものが。そうした――温かみを求める人には、という意味ですが。フランシス・ベーコンはタフでリアルですが、これだって同じです。たとえ描かれているのが小さな少女たちだとしてもね」少年はそう言って左側の絵を見た。ふたりの少女が赤い椅子に座り、後ろには真っ赤な火が燃えさかっているその絵こそ題材からして「温かい」と称されるべきだった。しかし、トムには少年がダーワットが持つ独特の温かみをあげているのだということがわかっていた。それは人物の身体や顔の線に何度も表れていた。

トムはなんとなく挑発を受けているような気がした。なぜなら明らかに少年は『椅子の男』を気に入っていないからだった。男も椅子も燃えてこそいなかったが、これにも画家特有の同じような温かさがあった。贋作ではあるが。しかし、それゆえにトムはその絵が気に入っていた。フランクはまだその絵が贋作かどうかと尋ねてはいない。もし彼が何か聞いたか読んだかしていれば当然出てくる質問だ。「きみはどうやらずいぶん絵が好きらしいね」

フランクはかすかに決まり悪げな顔をした。「レンブラントが好きなんです。あなたは変な趣味だと思うかもしれませんが。実は父がひとつ持っていたんです。どこかの金庫にしまってあるんですが。でもぼくは何度か見ています。それほど大きいものじゃありません」フランクは咳払いをしてから立ち上がった。「でも見るのは楽しくて――」

絵というものはそういうものだとトムは内心思う。絵は敵に対する戦争だというピカソの発言はさておくとして。

「ぼくが好きなのはヴュイヤールとボナールです。温かい雰囲気があるでしょう。こういった近代の抽象画は――まあ、たぶんいつの日か理解できるようにはなると思いますが」

「ということは、きみは少なくともお父さんと共通点はあるということだ。ふたりとも絵が好きで――お父さんに絵画展に連れていってもらったことはある？」

「ああ、行きました。展覧会は好きだった。たしか十二歳ぐらいのときからずっと連れていってもらっていました。でも父はぼくが五歳のころから車椅子に乗っていました。誰かに撃たれたんです。知ってました？」

トムはうなずいた。突然、この十一年というもの、ジョン・ピアーソンの身体的条件がフランクの母親に強いたであろう異様な生活のことが思い浮かんだ。

「すべてはビジネスのため。すばらしいビジネスのためなんです」フランクは皮肉っぽくそう言った。「父は事件の黒幕を知っていた。どこか他の食品会社です。連中は殺し屋を雇った。でも父は決して連中を訴えようとはしなかった。そうすればまた狙われるとわかっていたからです。わかります？　アメリカというのはそういう国なんです」

トムには想像できるような気がした。「コニャックをどう？」少年はグラスを持ち、口をつけてから顔をしかめた。「お母さんはいまどこに？」

「メインだと思います。もしくはニューヨークのアパートメントかもしれませんが、ぼくにはわかりません」

トムはいま一度例の件を持ち出してみようかと思った。フランクが何か新しい事実を言わないとも限らない。「お母さんに電話しろよ、フランク。どちらの電話番号も知ってるんだろう？　あそこに電話がある」それは玄関近くのテーブルの上に置かれていた。「ぼくは二階に上がって、きみの話はいっさい聞かないでいるから」そう言ってトムは立ち上がった。

「ぼくの居場所を知られたくないんです」フランクはまっすぐにトムを見つめた。「できればガールフレンドに電話したいけど、彼女にも居場所は知られたくないから、かけられないんです」

「なんていう娘《こ》？」

「テリーサ」

「ニューヨークに住んでるの？」

「ええ」

「電話してやればいいのに。彼女だって心配してるんじゃないのかな？　何も居場所を知らせる必要はない。ぼくは二階へ行くから――」

フランクはゆっくりと頭を振った。「フランスからの電話だと気づかれるかもしれない。危険は冒せません」

少年は彼女からも逃げてきたのだろうか？　「テリーサには家を出るって言ったのか

い？」

「ちょっと旅行するつもりだと言ったんです」

「彼女と喧嘩《けんか》でも？」

「いえ、とんでもない、ちがいますよ」穏やかな、心底から幸せそうな表情がフランクの顔に広がった。その瞳にはトムがそれまで見たこともない、夢見るような表情が浮かんでいた。それから少年は腕時計を見ると立ち上がった。「もう失礼しなければ」

まだ十一時だった。フランクはエロイーズに顔を見られたくないのだ。「テリーサの写真を持ってるかい？」

「ええ、あります！」ジャケットの内ポケットの札入れを取り出す少年の顔には、またあの幸せそうな表情が浮かんでいた。「これです。お気に入りの一枚なんです。ポラロイドですけど」彼は透明なケースに入った小さな真四角のスナップ写真をトムに渡した。

その少女は、茶色の髪に生き生きした目、閉じた唇にいたずらっぽい微笑みを浮かべて、目をわずかに細めていた。まっすぐなショートカットの髪はつやがあり、いたずらっぽいというよりは、楽しくて仕方ないという表情を浮かべていた。まるでダンスをしているときに撮られたような風情だった。「すてきなお嬢さんだね」とトムは言った。

フランクは嬉《うれ》しそうに無言でうなずいた。「車で送っていただけますか？　この靴は履き心地はいいんだけど——」

トムは笑った。「お安いご用だ」フランクはグッチの靴を履いていた。皺《しわ》加工の黒いモカシン靴で、ぴかぴかに磨きこまれている。彼の着ている茶色と黄褐色のジャケットはハリスツイードで、変わったダイヤモンド形の意匠が織り込まれており、トムにも自分用に買ってみたいという気を起こさせる類《たぐ》いのものだった。「マダム・アネットがまだ起きているか見てこよう。彼女にはきみを送ってまた戻ってくるからと言っておくよ。不審な車の音を怖がることもあるけれど、今日はエロイーズが遅いのはわかっているからね。よかったら下のトイレを使ってくれたまえ」トムは玄関ホールの小さなドアを指さした。

少年はトイレに向かい、トムはキッチンを通ってマダム・アネットの居室へ向かった。ドアの下の隙間から覗いてみたが部屋の明かりは消えていた。トムは電話台の上でメモを書いた。「友だちを車で送ってくる。十二時までには戻れると思う。T」トムはそのメモを必ずエロイーズの目につくように階段の三段目に置いた。

3

ぜひとも今晩中にフランクの「小屋」なるものを見ておきたいと思ったトムは、帰路の途中にさりげない口調でこう尋ねてみた。「きみの住んでいるところも見せてもらえるかな。でもマダム・ブータンには迷惑だろうか？」

「マダムは十時になればベッドのなかですよ！　どうか見ていってください」

ふたりはちょうどモレに入ったところだった。もうすっかり道がわかっていたのでトムは左に折れてパリ通りに入り、七十八番地が左に見えたところで速度をゆるめた。マダム・ブータンの家の前に、一台の車が正面をこちらに向けて停まっていた。通りには他の車が見あたらなかったので、左側に停めようとしたトムの車のヘッドライトは必然的にその車の前面を照らしだすことになった。トムはナンバープレートの下二桁《けた》が七五で終わっていることに気がついた。パリのナンバーだ。

突然、車のヘッドライトがまばゆいばかりにトムの車のフロントガラスを照らしたかと思うと、パリナンバーの車は急にバックを始めた。トムは前の座席にいるふたりの男の姿を認めた。

「いまのはなんだったんでしょう?」フランクが警戒した様子で尋ねた。

「ぼくにもわからない」トムが見守るうちに、その車はバックしたまま最寄りの左に曲がる路地で方向転換し、猛スピードで走り去っていった。「パリのナンバーだった」トムは車を停めたが、車のライトはつけたままだった。「角を曲がったところに停めよう」

トムはパリナンバーの車が方向転換した暗く狭い路地に車を停めた。ライトを消し、フランクが出るのを待って三カ所のドアをロックした。「たぶん心配するほどのことでもないだろう」トムはそう言ってみたが、まだ不安は残っていた。ひとり、あるいはふたりの男たちがブータン家の庭にひそんででもいたら?「懐中電灯を出そう」トムはグローブボックスからそれを取り出し、運転席のドアをロックすると、ふたりでブータン家へ歩いていった。

フランクは上着の内ポケットから長い鍵を取り出し、車用の門を開けた。

トムは門の内側からのあらゆる襲撃を想定しながら身構えた。門はたかだか三メートルほどの高さしかなく、てっぺんに忍び返しがついているにしても、それをよじ登って越えるのはさほど難しくはないだろう。正面の門にいたってはもっと簡単そうだった。

「鍵はかけておいたほうがいい」トムは門を通り抜けながらそう呟《つぶや》いた。

フランクは言われたとおりにした。少年が先に立って懐中電灯で照らしながら、ふたりはぶどうの木やりんごの木の間を抜け、右側に建つ小さな家に向かった。左側にあるマダム・ブータンの家は、真っ暗だった。あたりはしんと静まり返っている。近所からテレビの音さえ聞こえてこない。フランスの村は真夜中には死んだように静まり返ってしまうのだ。

「気をつけて」フランクはそう囁《ささや》いて、懐中電灯で三個のバケツを照らしだした。フランクは前のよりも小ぶりな鍵を取り出すと、小屋のドアを開け、明かりをつけてトムに懐中電灯を返した。「狭いながらも楽しいわが家です！」少年は明るくそう言って、ドアを閉めた。

さして広くないひと部屋にシングルベッドがひとつ。白いペンキで塗られた木のテーブルの上には、ペーパーバックが二、三冊とフランスの新聞、ボールペンが数本、半分飲みかけのコーヒーが置かれている。ブルーの作業着がかけられた背もたれのまっすぐな椅子《いす》。部屋の隅には流しと小さな薪《まき》ストーブ、ごみ箱、タオルラックがあった。新しくはない茶色の革のスーツケースが高い棚の上に置かれ、棚の下には服をかけるための一メートルほどの竿《さお》が取りつけられ、そこに何本かのズボンとジーンズにレインコートがかかっていた。「椅子よりベッドのほうが座り心地はいいですよ」フランクは言った。「ネスカフェでよかったらいれますけど——冷たい水でね」

トムは笑った。「どうぞおかまいなく。きみの家は実に——ほどよくコンパクトだね」壁は新しく塗り替えられていた。おそらくフランクがやったのだろう。「なかなかいい絵だ」トムはベッドテーブルに載せて壁に立てかけた厚紙（レポート用紙の一番下のボール紙だった）に描かれた水彩画に目をとめながらそう言った。木箱のベッドテーブルの上には赤い薔薇《ばら》一輪と野の花を生けたグラスも置かれていた。その水彩画にはいま通ってきた門が描かれており、絵のなかでは門は少し開いていた。力強く、大胆で、まったく作りすぎるところはなかった。

「ああ、それですか。実は子ども用の水彩絵の具をこのテーブルの引き出しのなかから見つけたんですよ」少年の口調は酔っているというより眠たげだった。

「さて、もう失礼しなければ」トムはそう言って、ドアノブを摑《つか》んだ。「気が向いたらまた電話してくれたまえ」ドアを半分開けたとき、二十メートル先のマダム・ブータンの家に明かりがぱっとつくのが見えた。

フランクもそれを見た。「いったい、なんだっていうんだろう？」少年は苛立《いらだ》った口調でそう言った。「べつに大きな音をたてたわけでもないのに」

トムはすぐにも逃げ出したかったが、すでに静寂の向こうから夫人の砂利《じゃり》を踏みしめる音が近づきつつあった。「茂みに隠れるよ」トムはそう囁くと同時に外に出て左の方向に向かった。庭の囲いや木の下にも身を隠せそうな暗がりがあるのに彼は気づいていた。

　老婦人が足元を照らす頼りないペンシルライトの光を頼りに歩いてきた。「ビリー《セ・》なの《ビリー》？」

「そうです《メ・ウィ》、マダム」フランクが答えた。

　トムはかがんで片手を地面につけ、フランクの小屋から六メートル離れた場所に身をひそめていた。マダム・ブータンは十時ごろふたりの男がフランクに会いに訪ねてきたと話していた。

「ぼくに会いに？　誰が？」フランクは訊《き》いた。

「名前は言ってなかったわ。おたくの庭師に会いたいと言ってきただけ。全然知らない人たちだったわ！　夜の十時に庭師を探しているなんておかしいじゃないの！」マダム・ブータンの口調には疑いと怒りが混じっていた。

「ぼくのせいじゃありませんよ」フランクは答えた。「どんな人たちでしたか？」

「ああ、ひとりを見ただけだけど、三十歳くらいかしら。あなたがいつ帰るかって、訊いてたけど、私にそんなことがわかるわけないでしょ！」

「余計な心配をおかけして申しわけありません。ぼくは別の仕事を探しているわけじゃありませんからご心配なく」

「そう願いたいわ！　あんなおかしな人たちに夜中におしかけられるのはごめんですからね」小柄な、やや猫背気味の老婦人は踵《きびす》を返しかけてからこうつけ加えた。「門はふたつとも鍵がかかっていたのよ。でもあの人たちに話しにいくために正面の門までずっと歩いていかなくちゃならなかったのよ」

「このことはもう——忘れましょう、マダム・ブータン。申しわけありませんでした」

「おやすみ、ビリー。ゆっくりお休みなさい」

「おやすみなさい、マダム」

トムは彼女が家に戻るまでじっと待った。フランクが小屋のドアを閉める音がして、やがてようやくマダム・ブータンの家のドアの錠がおりる音がした。さらに二番目の鍵がかけられるカチャリというかすかな音、そしてスライド錠がかけられる音。これでおしまいだろうか？　もうなんの音も聞こえなかったが、それでもトムは待っていた。二階の明かりがすりガラス越しに見え、それから消えた。フランクはトムが動くまで待っているようだった。なかなか賢い少年だ。トムは茂みから這《は》い出し、小さな家のドアに近づき、指先でノックした。

フランクがドアを少し開けると、トムはなかに滑りこんだ。

「全部聞いてたよ」トムが囁いた。「今夜ここを出たほうがいい。いますぐ」

「そう思いますか？」フランクは驚いた表情だった。「でも、たぶんあなたの言うとおりなんだ。きっと」

「さあ——さっさと荷造りしよう。今夜はぼくの家に泊まって、明日のことは明日心配すればいい。このスーツケースひとつだけ？」トムは高い棚からそれを取り出すと、ベッドの上で開いた。

ふたりはてきぱきと作業を進めた。トムはフランクに次々と品物を手渡していった。ズボン、シャツ、スニーカー、本、練り歯磨きと歯ブラシ。フランクはずっとうつむいたまま手を動かしていたが、トムは少年がいまにも泣きだしそうになっているのを見てとった。「とりあえずあの連中を今夜やり過ごせれば大丈夫だろう」トムは穏やかな口調で言った。「明日になったらマダムには書き置きを残せばいい——今夜家族に電話したところ、すぐにアメリカへ戻らなくてはならなくなったとかでっちあげて。だがいまはそんなことをしている暇はない」

フランクはレインコートを押しこむとスーツケースの蓋《ふた》を閉めた。

トムはテーブルの懐中電灯をとった。「ちょっと待って。奴らが戻ってきていないか見てこよう」

トムはできるだけ足音をたてずに、門に向かって刈りこまれた芝生を歩いていった。懐中電灯なしでは三メートル先を見るのがやっとだったが、明かりをつけたくはなかった。ブータン家の前には車の影はなかった。角を曲がったところに停めたトムの車の近くで待ち伏せているということは？　いや、まさか。門は閉ざされていたので、トムは路地のなかまで見ることができなかった。フランクのところへ戻ると、すでにすっかり準備を整えた様子でスーツケースを持って立っていた。少年はドアの錠をおろし、鍵をさしこんだままにした。ふたりは門へ向かった。

「ここで待っていて」フランクが門の鍵を開けるのを待ってトムは言った。「路地を確かめてくる」

フランクはスーツケースを下ろし、不安げな面持《おもも》ちで一緒についてこようとしたが、トムは彼を押し戻し、門が閉まっているように見えるのを確認してから角へ向かって歩いた。先ほどよりは安全なように思われた。ふたりの男が彼をつけている様子はなかった。

トムの見る限りそこには自分の車があるだけだった。トムはほっと胸を撫《な》でおろした。この近隣の住人はみな車庫を持っているので、歩道に車を停めたりはしない。トムはふたりの男が彼の車のナンバープレートを見ていなかったことを願った。万が一見られでもしたら、彼らは軽犯罪か侮辱罪をでっちあげて、警察を通してトムの名前と住所を突きとめるだろう。トムはフランクのところへ戻った。彼はまだ門の後ろにいた。トムが合図すると、少年は門を開いて出てきた。

「この鍵はどうすればいいでしょう」フランクが言った。

「門の内側へ落としておけばいい」トムが囁いた。フランクはふたたび門の錠をおろした。

「マダムには明日、書き置きで謝ればいいいよ」

フランクはスーツケースを、トムは手さげ袋を持ち、ふたりは角を曲がって車に乗りこんだ。ドアを閉めたとたん、トムは避難所に辿《たど》り着いたような気分になった。彼は来たときとは別の道を通り、細心の注意をはらって町を出ることに集中した。視界に入る限り、あとをつけてくる車はなかった。車はメインストリートに入り、四つの小塔がついた古い橋を渡った。ついている街灯はごくわずかで、ひとつしかないバーは閉まっている。途中二、三台の車と出会ったが、彼の車には無関心だった。トムは国道五号線を通り、右に折れてオブリークという小さな町へ向かった。そこからはヴィルペルスへ向かう道路が走っていた。

「心配はいらないよ」トムは言った。「どこを走っているかわかっているし、いまのところ誰も追ってはこないようだ」

だがフランクはすっかり自分の考えに引きこもっているようだった。

マダム・ブータンの家という彼の小さな世界は粉々に崩れてしまったのだ、とトムは思った。そして少年は自分がいまどこにいるのかさえわからないでいる。「エロイーズにきみが今夜泊まることを言っておかなければならないね」と彼は言った。「でも彼女にはビリー・ロリンズで通しておいたほうがいいだろう。うちの庭仕事をちょっと手伝ってくれるんだと言っておくよ――」トムはまたバックミラーに目をやったが、あとをついてくる車はなかった。「きみはパートタイムの仕事を探しているんだと言うからね。心配しなくていい」トムはちらりとフランクを見た。少年は正面をじっと見つめ、下唇を噛《か》んでいた。

ふたりはようやく家の敷地に入った。ベロンブルの前庭の照明が柔らかい光を放っている。エロイーズが彼のためにつけておいてくれたのだろう。トムは開いた門にそのまま車を進め、家の右手にあるガレージに向かった。エロイーズの赤いメルセデス・ベンツが右側に停まっている。トムはフランクに少し待つようにと言って車を降りた。そしてシャクナゲの茂みの下から大きな鍵を取り出すと正面の門の錠をおろした。

フランクはすでにスーツケースと手さげ袋を持って車の脇《わき》に立っている。リビングルームの明かりがひとつだけついていた。トムは階段の明かりをつけて、リビングの明かりを消すと、外へ出てフランクを手招きして呼び寄せた。階段を上りきるとふたりは左に折れ、トムが客間の明かりをつけた。エロイーズの部屋のドアは閉まっている。

「どうか好きに使ってくれたまえ」トムは少年に言った。「ここがクローゼットで――」トムはそう言いながらクリーム色のドアを開けた。「戸棚類はそちら――それから今夜はぼくのバスルームを使ってくれ。ここのはエロイーズ専用なのでね。ぼくはあと一時間くらいは起きているから」

「ありがとうございます」フランクはツインベッドの足元のオークのベンチにスーツケースを置いた。

トムは自分の部屋に入り、明かりをつけて、バスルームの明かりもつけた。それから衝動に駆られて正面の窓に向かい、マダム・アネットが閉めてくれたカーテンの隙間から外を窺《うかが》い、怪しい車がいないかを確かめた。左の街灯にぼんやりと照らされたあたり以外、まったくの暗闇だった。もちろんライトを消した車が停まっている可能性もあったが、トムはないと思いたかった。

フランクが半分開いたドアをノックして、パジャマを着て入ってきた。手には歯ブラシを持ち、裸足《はだし》になっている。トムはバスルームを指した。

「そっちだよ」とトムは言った。「どうぞごゆっくり」彼は微笑《ほほえ》み、疲れきった様子の少年——目の下にはくまができていた——がバスルームに入っていくのを待ってドアを閉めた。トムはパジャマに着替えた。数日後の「トリビューン」がフランク・ピアーソンの失踪についてどう扱うか興味があった。間違いなく捜索は熱を帯びてくるだろう。トムはエロイーズの部屋の前まで行き、鍵穴を覗《のぞ》いてみた。内側から鍵はかけられていても明かりがついていればわかる。明かりは消えていた。

トムが部屋へ戻り、ベッドに入ってフランス語文法の本をめくっていると、フランクが髪を濡らしたまま、笑いながらバスルームから出てきた。

「温かいシャワーだなんて！　最高です！」

「部屋で寝るといいよ。明日はゆっくり起きればいい」

それからトムはバスルームへ行った。彼はマダム・ブータンの家の前に停まっていた車のことを考えていた。あのふたりの男が誰であったにせよ、争って騒音をたてるほどのリスクを冒すつもりはないことはたしかだった。また彼らはフランクやその連れの男と直接顔を合わせることすら避けていたふしがあった。かといって、それがいい兆候とは思えなかったが。一方、単なる好奇心だったという可能性もある。モレの住人の誰かがこう言ったのかもしれない——見かけない少年がいる、アメリカ人だ、もしかしたらフランク・ピアーソンかもしれない、その少年にはパリの友人がいる、と。男たちはフランクをではなく、マダム・ブータンの「庭師」を探していたようなふしがあった。明日は少年を連れずに、なるべく早くマダム・ブータンのもとへ書き置きを届けてこようとトムは思った。

4

一羽の鳥が――雲雀《ひばり》ではない――六声の歌をさえずって、トムの目を覚ました。あれはなんという鳥だろう？　その鳴き声は問いかけるようであり、ほとんど恥ずかしげと言ってもよかったが、同時に好奇心旺盛で生命力に溢《あふ》れていた。夏の間、この鳥もしくはその仲間たちにトムはたびたび起こされていた。眠い目で彼は灰色の壁を、さらに暗い影を眺めた――まるで単色水彩画のようだ。トムはその壁を、真鍮《しんちゅう》で縁どられた簞笥《たんす》のどっしりとした影を、さらに暗い机の影を眺めるのが好きだった。彼はため息をつき、枕《まくら》に深く顔を沈めてまどろんだ。

フランク！

突然トムは家に少年がいることを思い出した。とたんに目が覚めた。腕時計を見ると七時三十五分だ。エロイーズにフランク――いや、ビリー・ロリンズが滞在していることを報告しておかなければ。トムはスリッパとガウンを身につけ、階下へ下りた。まずマダム・アネットに話しておいたほうが得策だろうと考えた彼は、八時に彼女がコーヒーを運んでくるのに先んじて声をかけておくことにした。マダム・アネットは決して泊まり客を嫌がったりしないし、いつまで滞在するのかなどと――食事の予定以外は――訊《き》いたりはしなかった。

トムがキッチンに入ると、やかんが盛大に鳴りだした。「おはよう《ボンジュール》、マダム」彼は陽気に声をかけた。

「ムッシュー・トム！　よくおやすみになれまして？」

「上々さ。実は今朝はお客がいるんだ。昨夜家に来た若いアメリカ人――ビリー・ロリンズだよ。客間にいるが、二、三日滞在することになると思うよ。庭仕事が大好きでね」

「あら、本当ですか？　あのすてきな坊っちゃん！」マダム・アネットは賛同するような口調で言った。「あの方の朝食は何時ごろに用意すればよろしいんでしょうね？――コーヒーをどうぞ、ムッシュー・トム」

トムのコーヒーはすでにドリップ済みで、やかんの湯はエロイーズの紅茶用だった。マダム・アネットが白いカップにブラック・コーヒーを注ぐのをトムは見守っていた。「気にしなくていいよ。彼にはゆっくり休むように言ってある。そのうち自分で下りてくるだろう。そうしたらぼくが面倒をみるから」用意の整ったエロイーズのトレイを、マダム・アネットは持ち上げた。「ぼくも一緒に上へ行くよ」トムはそう言って、自分のコーヒーを持ってマダムのあとについていった。

トムはマダム・アネットがノックして紅茶とグレープフルーツとトーストを載せたトレ

イをエロイーズの部屋に運びいれ、部屋を出ていくのを待った。

エロイーズは起きていた。「ああ、トム、入ってちょうだい！　昨日の晩はすっかり疲れちゃって――」

「そんなに遅くもなかったよ。ぼくが帰ってきたのは十二時過ぎだったからね。実は、言っておきたいことがあるんだが。例のアメリカの少年にここに泊まるように言ったんだ。庭仕事をしてくれるそうだよ。客間にいる。ビリー・ロリンズだ。覚えているだろう」

「あら」エロイーズはそう言ってスプーンでグレープフルーツを口に運んだ。さして驚いた様子もなかったが、彼女はこう訊いた。「住むところはないの？　お金は？」

トムは言葉を選びながら答えた。ふたりは英語で話していた。「どこかに泊まれるくらいのお金は持っているようだけど、昨夜、いま泊まっているところがよくないと言うので、ぼくがうちへ来たらどうかと言ったんだ。それで荷物をまとめて、連れてきた。育ちも悪くなさそうだし」トムはつけ加えた。「十八歳だ。庭仕事が好きでかなり植物にも詳しそうだよ。しばらくうちで働いてくれるのなら――ジェイコブの店に泊まってもらってもいいし」ジェイコブの店は夫婦で経営するヴィルペルスのバー・レストランで、二階は三室の「ホテル」になっていた。

トーストを頬《ほお》ばりながら、エロイーズはより警戒するような声で言った。「あなたったら、本当に軽はずみなんだから、トム。あんなアメリカ人の少年を家に入れるなんて！　泥棒だったらどうするの？　あなたはひと晩泊めたと言ったけど――彼がまだ家のなかにいるかどうかも怪しいものだわ」

トムは一瞬目を落としてから言った。「たしかにきみの言うとおりだ。でもあの少年はいわゆる――ヒッチハイカー・タイプとは違うんだ。きみも――」そのときトムは自分の旅行用目覚まし時計のベルに似たかすかな音を聞きつけた。エロイーズは廊下から離れていたので、聞こえていないらしい。「彼の目覚ましが鳴ってるらしい。またあとでね」

トムはコーヒーを持ったままエロイーズの部屋のドアを閉め、フランクの部屋のドアをノックした。

「はい。どうぞ」

トムがなかを覗《のぞ》きこむと、フランクが片肘《かたひじ》をついて身体《からだ》を起こしていた。ナイトテーブルの上にトムのものとよく似た目覚まし時計が置いてあった。「おはよう」

「おはようございます」フランクは髪をかきあげ、足をベッドの端におろした。

トムは嬉《うれ》しかった。「もっと寝ていたら?」

「いいえ、八時に起きるつもりでいましたから」

「コーヒーはどう?」

「ええ、ありがとうございます。いま下へ行きますから」

トムは自分でコーヒーを持ってくるからと言い置いて、キッチンへ下りていった。マダム・アネットはすでにオレンジジュースとトーストといういつもどおりの朝食をトレイの上に整えていた。トムがそれを取り上げようとすると、マダムはまだコーヒーが入っていないと言った。

彼女はトレイに載せた、あらかじめ温めておいた銀のポットにコーヒーを注いだ。「本当にこれを上に持っていってくださるんですか、ムッシュー？　もしあの若い方が卵料理をお望みでしたら――」

「これで充分だと思うよ、マダム・アネット」トムは階段を上がっていった。

フランクはコーヒーをひとくち飲むなり「ううん！」と唸《うな》った。

トムはポットから自分のカップにお代わりを注ぎ足して、椅子に腰かけた。トレイはライティングテーブルの上に載せられていた。「今朝はマダム・ブータン宛ての書き置きを書かなくちゃな。早いほうがいい。ぼくが届けるから」

「そうですね」フランクはコーヒーを味わいながら、すっかり目を覚ましたようだった。髪は風に吹かれていたかのようにまっすぐ突っ立っていた。

「門の鍵はどこに投げたんだっけ。門のすぐ後ろかな」

少年はうなずいた。

トムは彼にトーストとマーマレードを勧めた。「家を出た日づけを覚えてる？」

「七月二十七日です」

今日は八月十九日、土曜日だ。「ロンドンに数日いてから――パリではどこにいたの？」

「ジャコブ通りの、ホテル・ダングルテールです」

トムはそのホテルを知っていたが、泊まったことはなかった。たしかサンジェルマン・

デ・プレ地区にあるはずだ。「パスポートを見てもいいかい？　お兄さんのだったね？」

フランクはすぐスーツケースのあるところへ行き、スーツケースの上ポケットからパスポートを取り出してトムに渡した。

トムはパスポートを開き、少年よりもっと明るいブロンドの若者の写真を見た。髪を右わけにして、彼より細面だが、目や眉《まゆ》や口元がフランクにどこか似ている。それにしてもこの程度でよくごまかしおおせたものだ。いままでは運がよかったのだとしか言いようがない。じき十九歳になるこの若者の身長は百八十センチで、いま現在はフランクより少し背が高いことになる。フランスのホテルでは、もはやパスポートや身分証明書を提示する必要はなくなっていた。だがイギリスやフランスの入国管理局にはもうフランク・ピアーソンが失踪したという連絡が行き、フランクの写真もまた送られているにちがいなかった。それに彼の兄だってパスポートがないのに気づくころではないのか？

「もういいかげんに諦《あきら》めたらどうだい」トムは新たな方針を試みることにした。「こんなふうにヨーロッパにいてどうするんだ？　どうせどこかの国境で捕まるさ。たぶんフランス国境でね」

少年は驚き、かつ誇りを傷つけられたような表情をした。

「なぜそうまでしてきみが身を隠したいのかわからない」

少年は目をそらしたが、やましさは感じられなかった。フランクは自らに何をしたいのかを問いかけている様子だった。「ぼくはただひっそりと暮らしていたいんです――あと何日間かだけでいいから」

少年はナプキンをトレイに戻そうとして、上の空で折りたたんでいたが、それを落としてしまった。その手が震えているのにトムは気がついた。「お母さんも、もうきみがジョニーのパスポートを持ち出して、きみのは家にあることに気づいたにちがいない。きみがフランスへ渡ったことを突きとめるまでにはそう時間はかからないだろう。ここでいま家族に連絡するより、あとで警察に連れていかれるほうがずっと不愉快なことになると思うよ」トムはカップをフランクのトレイに置いた。「ぼくは出ていくからマダム・ブータンへの書き置きを書きなさい。エロイーズにはきみがここにいることを話してある。紙はあるかい？」

「ええ、あります」

トムはタイプライター用紙と安い封筒を彼に与えた。客間の引き出しにある便箋《びんせん》にはベロンブルの住所が印刷されているのでそれを使わせるわけにはいかなかった。トムは自分の部屋へ入り、電気剃刀《かみそり》でひげを剃《そ》り、庭仕事をするときにはく緑色のコーデュロイの古ズボンをはいた。涼しい晴れた一日だった。トムは温室の水やりをしながら、午前中にフランクとふたりで何をすべきかを考え、剪定ばさみと熊手を取り出した。あと数分で届くはずの、朝の郵便が気にかかっていた。郵便配達車がブレーキを軋《きし》ませて停まるおなじみの音を聞いたトムは、正面の門へ向かった。

「トリビューン」にフランク・ピアーソンについての記載があるかどうかを確かめたかっ

たので、ロンドンのジェフ・コンスタントから来ていた手紙は後回しにして、まずその記事を探した。妙なことに、フリーのカメラマンのジェフは、バックマスター画廊にこもってその運営に専念しているはずのエドマンド・バンバリーよりも頻繁に手紙を寄こしてきた。ニュースのページにも人物の消息欄にもフランク・ピアーソンのことは載っていなかった。突然、「フランス・ディマンシュ」という、週末発売の老舗《しにせ》ゴシップ紙のことを思い出した。今日は土曜日だから、新しい号が出ているかもしれない。「フランス・ディマンシュ」は恋愛スキャンダルがほとんどだったが、マネー関連の記事も次に多かった。彼はジェフからの手紙をリビングルームで開けた。

タイプ打ちされた文面を見て、ジェフがダーワットの名前をひとことも出していないことにトムは気がついた。ジェフはそろそろ手を引くべきだというトムの意見に賛成で、エドに相談した上でしかるべき人々にそれを伝えたと言っていた。しかるべき人々というのが、ステューワーマンと呼ばれるロンドンの若い画家であることをトムは知っていた。彼はダーワットの贋作《がんさく》を――もう五点ほど――製作していたが、できばえはバーナード・タフツの足元にも及ばなかった。ダーワットはメキシコの名も知れぬ小さな村で死んだと思われているが、もう何年もの間、ジェフとエドは必死にダーワットの古い作品を発掘し、市場に出そうとしていた。ジェフはこう続けていた。「たしかに作品の仕入れはかなり減ることになるが、きみも知ってのとおり、われわれはいつでもきみのアドバイスに頼ってきたわけだから……」そして手紙はトムに読後ただちに破り捨てるようにと結んで終わっていた。トムはほっと胸を撫《な》でおろし、ジェフの手紙をゆっくりと、細かく破きはじめた。

フランクが封筒を持って下りてきた。ブルージーンズをはいている。「書けました。見てくれますか？　大丈夫だと思いますけれど」

まるでレポートを先生に差し出す生徒のようだとトムは思った。フランス語の些細な誤りがふたつあったが、それくらいは当然だろう。フランクは、たまたま家へ電話したら家族が病気になったことがわかり、すぐに帰らなくてはならなくなったと書いていた。そしてマダム・ブータンの厚意に礼を述べ、門の鍵は庭の門の内側に落としておいたと結んでいた。

「上出来だ」とトムは言った。「ぼくがすぐ届けてくるよ。新聞を読むか庭にでも出ていてくれ。三十分ほどで戻るから」

「新聞ですか」フランクは静かな声で言ったが、その顔はわずかに歪み、かすかに歯をのぞかせていた。

「何も書いてないよ。ぼくが見た」トムはソファの上の「トリビューン」を指して言った。

「じゃあ、庭にいます」

「家の正面は駄目だよ」

フランクはただちに了解した。

トムは外へ出てメルセデスに乗った。キーは玄関のテーブルからとってきていた。ガソリンが減っているので、帰り道の途中で入れてこなければならない。トムは制限速度いっぱいに飛ばした。フランクの手書きだということが気になったが、かといってタイプした手紙だったらおかしいだろう。警察がマダム・ブータンの戸口に現れない限り、誰もフランクの筆跡に興味を持ったりしないことをトムは願った。

モレに着くと、トムはブータン家から百メートルほど離れたところに車を停め、そこから先は歩いていった。運悪く、ひとりの婦人が正面の門の外に立ち、マダム・ブータンと話していた。婦人の顔はこちらからは見えなかった。ビリーが突然いなくなったことを話しているのかもしれない。トムは踵《きびす》を返し、しばらくの間ゆっくりと別方向に歩いた。ふたたび家のほうを見ると、歩道で立ち話をしていた婦人が彼のほうに向かって歩いてくるところだった。トムはブータン家に向かって歩いていったが、その婦人とすれ違うときは相手を見ないようにした。トムは封筒を、閉じている正面門の郵便受けに入れ、家のあるブロックを一周してから車に戻った。それから、町の中央へ出て、ロワン川にかかっている橋のほうへ向かった。そこには新聞の販売店があった。

トムは車を停めて、「フランス・ディマンシュ」紙を買った。いつものように赤い見出しが躍っていたが、それはチャールズ皇太子のガールフレンドの記事で、二番目の見出しはギリシャの某遺産後継者の結婚の破局の記事だった。トムは橋を渡ってガソリンスタンドに寄り、タンクが一杯になる間に新聞を開いてみた。そこにフランクの顔写真が――髪を左分けにし、右頬に小さなほくろがある――載っているのを見て彼はひどく驚いた。記事は四角い二段からなり、「アメリカの億万長者の息子がフランスで行方《ゆくえ》不明」という見出しがついていた。写真の下にはこう書かれている――フランク・ピアーソン。誰か彼を見た者は？

記事は次のとおりだった。

アメリカの食品産業の大立者であり、億万長者としても知られるジョン・J・ピアーソンの死から一週間も経《た》たないうちに、次男フランク（十六歳）が、兄のパスポートを所持して、アメリカ、メイン州の豪華な自宅から失踪した。優れた知性にめぐまれたフランクは独立心旺盛な少年で、父親の死にひどく動揺していたと、美貌の母リリーは語っている。フランクはルイジアナ州ニューオーリンズで何日かを過ごすと書き置きを残していた。だが、家族も警察も彼がそこへ立ち寄った形跡はないと言っている。当局によれば、捜索の手はロンドンからパリへと移っているとのことである。

大富豪の家族は彼の行方を必死に捜索している。長男ジョンはフランクを探すため私立探偵を伴ってヨーロッパに向かう予定だ。「ぼくのほうが弟を知っているから、探しやすいはずです」とジョン・ピアーソン・ジュニアは語る。

故ジョン・ピアーソン・シニアは十一年前の暗殺未遂事件以来、車椅子の生活を送っていたが、この七月二十二日に、メイン州の自宅敷地内で崖から墜落して亡くなっている。自殺か事故か？　アメリカの警察当局は、彼の死を事故死とみなしている。

だが――少年の家出にどのような背景があるのかは謎である。

トムはスタンドマンに金を払い、チップもはずんだ。すぐにフランクに新聞を見せて話し合わなければならない。この情報は間違いなく少年をなんらかの新しい動きへと促すにちがいない。その上でエロイーズやマダム・アネットが——彼女のほうが可能性は高い——見ないようにこの新聞を始末する必要があった。

ベロンブルの門に到着し、ガレージに入ったときは十時半になっていた。トムは新聞を折りたたんで、小脇《こわき》に抱えると、家をぐるっとまわって左へ行き、赤いゼラニウムの鉢が両側に整然と置かれたマダム・アネットのドアの前を通りすぎた。マダムが自分で買ってきたこのゼラニウムは、いわばささやかなる彼女のプライドのしるしだった。庭のずっと奥に、かがみこんで雑草を抜いているとおぼしきフランクの姿があった。わずかに開いたフランス窓のなかから、エロイーズがお上品にバッハを弾いているのが聞こえてくる。一時間半ほどしたら、きっと同じ曲を演奏したレコードをかけるか、あるいは気分を変えるためにまったく違ったもの、たとえばロックか何かをかけることだろう。

「ビリー」トムは小さな声で呼んだ。フランクではなくビリーと呼ばなければと自らに言い聞かせながら。

少年は芝生から立ち上がって微笑《ほほえ》んだ。「届けてくれたんですか？　マダムに会いました？」彼は後ろの森で誰かが聞き耳をたてているのではないかとでもいうように、小声で訊いた。

トムも庭の裏手の森が気になっていた――十メートルほど低木が茂っている先はうっそうとした樹木が続いている。トムはかつてそのあたりで生き埋めにされたことがあった。たかだか十五分ほどではあったが。腰の高さまでのイラクサや、伸び放題の実がなったためしがない刺だらけのブラックベリーの蔓《つる》が三、四メートルも続いているので、とうてい見通しはきかなかった。その向こうには背の高いライムの木が生え、どれも幹が太くて、隠れようと思えばその背後は格好の場所だった。トムが首をかしげて合図すると、少年は彼のほうへやってきた。ふたりはより安全な温室へ向かった。「きみのことがゴシップ記事に載っていた」トムは新聞を開いて言った。彼は家のほうへ背を向けた。エロイーズの演奏はなおも流れ続けている。「きみも見たほうがいいと思ってね」

フランクは新聞を手にとった。突然その手がぴくりと動くのを見て、トムは少年がどんなに衝撃を受けたかを見てとった。「くそっ」少年は静かにそう言った。彼は唇を嚙《か》みしめるようにして記事を読んだ。

「兄さんは来ると思う?」

「ええ――来ると思います。でも家族がぼくのことで『必死』になるというのはあり得ないな」

トムは軽い口調でこう尋ねてみた。「もしジョニーが今日ここに現れて、『見つけたぞ!』と言ったらどうする?」

「なぜここに来ると思うんです?」フランクが訊いた。

「きみはこれまでぼくのことを家族かジョニーに話したことはないのかい？」

「ありません」

トムは小声で、「ダーワットの絵のことは？　そのことは話さなかったかい？　覚えているかな？　一年くらい前のことだけど」

「覚えています。父が話題にしてました。新聞に出ていましたから。でもあなたのことを特に言ってたわけじゃありません」

「でもきみは――ぼくのことを新聞で読んだと言わなかったかい？」

「ニューヨークの公立図書館でです」ほんの数週間前に」

彼は新聞資料室のことを言っているのだ。「家族やほかの誰かにぼくのことを話してはいないの？」

「ええ、決して」フランクはトムの顔を見て、それから視線がトムの後ろに釘づけになったかと思うと、また不安そうなしかめ面になった。

トムが振り向くと、オールド・ベアことアンリがふたりのほうへぶらぶらとやってくるところだった。身体が大きくて背が高く、まるでおとぎ話から抜け出した大男のようだった。「パートで来ている庭師だ。逃げなくてもいいよ。心配いらない。髪を少し乱してみてくれ。しばらく髪を伸ばすといい――のちのためにね。余計なことは言わずに『ボンジュール』だけにするんだ。昼には帰るから」

その間にも、大柄なフランス人は声が届きそうなところまで近づいていた。アンリはその低い、轟《とどろ》くような声でこう言った。「ボンジュール、ムッシュー・リプリー！」

「ボンジュール」トムは答えた。「こちらはフランソワだ」トムはフランクを指して言った。「下草を刈ってくれている」

「ボンジュール」フランクは挨拶《あいさつ》した。すでに髪をかき乱していた少年はうつむいて、先ほどまで下草や昼顔を抜いていた庭の隅の芝生へ戻っていった。

　トムはフランクの演技に感心した。みすぼらしい青いジャケットを着ていると、リプリー家でアルバイトをしている田舎の少年にしか見えなかった。アンリはきわめて当てにならない男だったので、競争相手ができても文句を言われる心配もなかった。アンリは火曜日と木曜日の区別もできないようだった。自分で決めた日ですら、必ず来るとは限らないのだ。アンリは少年を見ても驚きもせず、茶色の口ひげと手入れのしていない顎《あご》ひげの間からいつもの気の抜けたような笑いを覗かせているだけだった。彼は青いぶかぶかの作業ズボンとチェックのランバージャックシャツを着て、アメリカの鉄道員のような淡い青と白のストライプのコットンのつばつき帽子をかぶっていた。アンリの目は青く、いつも酔ってぼうっとしているような印象だが、トムの知る限り、ひどく酔っ払っていたことは一度もなかった。おそらくアルコールがダメージを与えたのはもっと過去のことだろう。アンリは四十歳くらいになるはずだ。トムは彼が何をしていようと――たとえふたりで突っ立ったまま、土の入れ方やダリアの球根の冬季保存法の話をしていただけのときも――必ず時給十五フランを払ってやっていた。

トムはアンリに、今日は庭の後ろの端百メートルほどを片づけてしまおうと提案した。すでにフランクがとりかかってはいたが、少年のいる場所はふたりの立っているところからずっと左の、森のなかへ続く小道の近くだった。トムはアンリに剪定ばさみを渡し、彼自身はまたぐわやレーキ——大きな金属製の——を手にとった。

「ここに低い石の壁を作れば楽なのに」アンリは鋤《すき》を手にしながら楽しそうに呟《つぶや》いた。彼は以前にも何度か同じことを言っていたが、トムもエロイーズも、庭が自然に森へ溶けこんでいくような感じにしたいのだと繰り返すのが面倒なので黙っていることにしていた。するとアンリは、森のほうが庭に溶けこんでいるんじゃないかと言うのだった。

ふたりは作業を続けた。十五分ほどしてトムが肩越しに振り返ると、フランクの姿は見えなくなっていた。いいぞ、とトムは思った。アンリが彼はどうしたのかと訊いたら、やる気がなくてどこかへ消えたのだろうとでも言えばいい。だがアンリは何も言わなかった。ますます結構だ。トムは勝手口からキッチンへ入っていった。マダム・アネットが流しで洗い物をしていた。

「マダム・アネット、ちょっとお願いがあるんだけれど」

「なんでしょう、ムッシュー・トム！」

「うちにいるあの若者のことだが——実はアメリカ人のガールフレンドとの間で不幸な体験をしたばかりでね。フランスではアメリカの友人たちと一緒にいるんだが、二、三日誰にも会わずにうちで静かにしていたいんだそうだ。だからビリーがここにいることを近所の人に言わないでもらえると嬉しいんだが。仲間に見つかりたくないらしくてね」

「あらまあ」マダム・アネットはすっかり了解したようだった。恋の悩みというのは、ひどく個人的でドラマチックでつらいものと相場が決まっている。おまけにあの少年はまだあんなに若いのに——彼女の顔にはそう書かれていた。

「ビリーのことはまだ誰にも言ってないだろうね？」マダム・アネットが、ジョルジュのカフェ・バーへよく行き、そこの小さなテーブルに座ってお茶を飲んでいることをトムは知っていた。それはよその家政婦も同じだった。

「絶対にそれはありませんよ、旦那様」

「結構」トムはまた庭へ出ていった。

昼が近づくにつれ、アンリはそうでなくても遅い仕事の手をますます鈍らせ、さかんに暑いと言い出した。トムには暑いとは思えなかったが、レーキを動かす手をとめることに異存はなかった。ふたりは温室に入っていった。トムは、本来は排水口の役割を果たすはずの、コンクリート製のたたきの低くなっている四角い隅に、常時ハイネケンを六本ほど忍ばせてあった。彼はふた壜《びん》を取り出して錆《さ》びた栓抜きで栓を抜いた。

それからの数分間をトムは上の空で過ごした。彼はフランクのことを考えていた。少年はいったいどこへ行ってしまったのだろう。アンリは今年の夏はラズベリーが不作だったとぶつぶつ言いながら、ビールの小壜を手に歩きまわり、トムの棚の植物をあれこれ覗きこんでいる。アンリは足首の上まである古ぼけた紐靴《ひもぐつ》をはいていた。柔らかな厚底の靴で、たしかにはきやすそうだったが、いかんせん美的とは言い難かった。彼はトムがこれまで見てきたなかで、もっとも大きな足をしていた。アンリの足は本当にあの靴のなかでおさまっているのだろうか？　だが彼の手から察するに、それもあり得ることなのだろう。

「違う《ノン》、三十《トラント》だよ」とアンリは言った。「前回のこと忘れたのかい？　十五フランが手元にないからって言ったじゃないか」

そんな記憶はなかった。だがここで言い合っても始まらないと思い、トムはアンリに三十フランを渡した。

アンリは、来週の火曜日か木曜日にまた来ると言って帰っていった。トムにはどちらでもよかった。アンリは何年も前に仕事中の怪我《けが》がもとで「永年引退」だか「休養」だかを余儀なくされていた。おかげで彼は、安楽でなんの心配もない生活を手に入れることができた。どうみても羨《うらや》ましい限りだ。アンリの巨大な姿がのしのしと歩み去り、ベージュ色の小塔のある角を曲がっていくのを見ながらトムはそう思った。彼は温室の流しで手を洗った。

数分後、トムは正面玄関から家に入った。ブラームスの四重奏がリビングのステレオから流れている。エロイーズはそこにいるのだろう。トムは二階へ上がって、フランクを探した。フランクの部屋のドアは閉まっていたので、トムはノックした。

「どうぞ」少年の声はこれまでにトムの聞いたことのない疑わしげな響きを帯びていた。

トムが入ってみると、フランクはスーツケースに荷造りをしていた。ベッドのシーツと毛布は外されてきちんと畳まれている。すでに作業着も着替えていた。フランクはいまにも爆発寸前、あるいは泣き出しそうになるのを必死にこらえている様子だった。「さてと」トムは優しくそう言ってドアを閉めた。「どうしたんだ？——アンリのことが心配なのか？」アンリのせいでないことはわかっていたが、少年に話をさせる糸口を見つけなければならなかった。新聞はまだトムのズボンの後ろポケットから突き出ていた。

「アンリじゃなかったとしても、いつか誰かがやってくる」とフランクは答えた。その声は震えていたが、低くはっきりしていた。

「それのどこが嫌なんだい？」いずれジョニーが私立探偵を連れてやってくる。ゲームはそこで終わるだろうとトムは思った。だがいったいなんのゲームなのだろう？「なぜきみは家に帰りたくないのかな？」

「ぼくが父を殺したから」フランクは囁《ささや》くような声で言った。「そう、ぼくが父を崖から突き落としたんだ——」ついに少年はギブアップした。その口が老人のようにすぼめられ、彼は頭を垂れた。

殺人犯か、とトムは思った。でも、なぜ？　こんなにも心優しい殺人犯をトムは見たことがなかった。「ジョニーは知っているの？」

フランクは頭を横に振った。「いいや、誰もぼくを見てはいない」彼の茶色の目は涙で潤んでいた。だが流れ落ちるほどではなかった。

トムにはわかった。いやわかりかけてきた。少年は良心の呵責《かしやく》に耐えきれなくなって家出したのだ。それとも誰かに何か言われたのだろうか？　「誰かに何か言われたのかい？　お母さんとか？」

「母じゃありません。スージーという家政婦が言ったんです。でも見てたわけじゃない。そんなはずはないんだ。彼女は家のなかにいたんだから。目は悪いし、崖は家から見えないんですから」

「彼女はそのことを言ったのかい。きみか他の誰かに？」

「両方に。警察は——彼女の言うことを信じなかった。年寄りだし。少し頭がおかしかったから」少年は激しい苦痛に苛《さいな》まれているかのようにゆっくりと頭を振った。そして床に置いたスーツケースを手で探った。「ついに話してしまった——でも、いいや。もしこの世のなかにこのことを話せる人間がいるとしたら、あなたしかないと思って。だから、あなたがなんと言おうとぼくはかまいません。警察に話そうと、他の誰に話そうと。でももうぼくはここを出ていったほうがよさそうですね」

「待てよ。どこへ行くつもりだ？」

「わかりません」

トムにはわかっていた。兄のパスポートをもってしても、フランスを出国することはできないだろう。少年にはもう野宿する以外、どこにも身を隠す場所はないのだ。「フランスを出ることはできないし、国内でもそれほど遠くへは行けないよ。なあ、フランク、この件は昼食のあとで話そうじゃないか。ぼくたちには——」

「昼食？」フランクの口調は、その言葉に傷ついたかのようだった。

トムは彼のほうへ一歩近づいた。「命令だ。いまは昼食の時間だ。いま消えてはまずい。あまりに不自然だろう。落ち着けよ。昼食を食べてから、話し合おう」トムは手を伸ばして少年の手を握ろうとした。だがフランクは後ろへ身を引いた。

「逃げられるうちに逃げてやる！」

トムは少年の肩を左手で摑《つか》み、その喉を右手で摑んだ。「駄目だ！　絶対に許さない！」トムは彼の喉をぐいと押してから、手を離した。

少年の目は大きく見開かれ、ひどくショックを受けた様子だった。だが、それこそはトムの狙った反応だった。「一緒においで。下へ」トムは手招きした。少年は彼の前に立って戸口に行った。トムは急いで自分の部屋へ入った。「フランス・ディマンシュ」を始末しなくてはならない。彼はそれをクローゼットの奥の靴の間に投げ込んだ。屑箱《くずばこ》のなかからマダム・アネットが見つけるようなことにはなってほしくなかった。

5

階下ではエロイーズがオレンジと白のグラジオラスを、コーヒーテーブルに置かれた背の高い花瓶に生けていた――彼女がその花を好きでないのを知っているトムは、花を切ったのはマダム・アネットだろうと思った。彼女は顔を上げると、トムとフランクに微笑《ほほえ》みかけた。自分自身をリラックスさせるために、トムはあたかもジャケットの肩の位置を合わせようとするかのように、肩をすくめてみせた。自分が落ち着いて、冷静に見えることを彼は望んでいた。

「ご機嫌はいかがかな？」トムはエロイーズに英語で尋ねた。

「いいわ。アンリがやっと来たみたいね」

「いつものとおり、雀の涙ほどしか働いてかなかったがね。ビリーのほうがよっぽどましだよ」トムはフランクに、自分のあとについてキッチンへ入るよう促した。ラムチョップの匂いが鼻をくすぐった。「マダム・アネット――お邪魔して申しわけないが、ランチの前に少しばかり食前酒をいただくよ」

彼女はちょうどグリルのラムチョップの焼け具合を見ているところだった。「まあ、ムッシュー・トム、先に言っておいてくだされば用意しましたのに！　ボンジュール！」彼女はフランクに声をかけた。

フランクは丁重に挨拶《あいさつ》を返した。

トムは、キッチンに運びこまれていたワゴンバーのところへ行き、スコッチを多からず、だが少なからずグラスに注いで、フランクの手に渡した。「水は？」

「少し」

トムは蛇口から水を注ぐと、フランクにグラスを返した。「これで少しは気が楽になるさ。口が軽くなる心配はない」トムはそう囁《ささや》き、自分のために氷抜きの――マダム・アネットがいまにも冷蔵庫から氷を取り出しそうな気配を見せたが――ジントニックを作った。

「戻ろう」トムはリビングに向かって顎《あご》をしゃくり、フランクにそう言った。

ふたりは戻って、グラスを手にしたままテーブルについた。間髪を容《い》れずにマダム・アネットが最初のひと品としてお手製のゼリーコンソメを運んできた。エロイーズは、九月末のアドベンチャー・クルーズの話をした。ノエルがその朝、電話で詳しい話を伝えてきたのだ。

「南極大陸よ」エロイーズは嬉《うれ》しそうに言った。「いろいろ着るものを用意しなくちゃ！ねえ、向こうじゃ手袋を一度に二枚もはめるんですって！」

それに冬季用の長い下着も必要になるだろう、とトムは心のなかで呟《つぶや》いた。「それだけの値段をとるのなら、セントラル・ヒーティングの設備もあるんだろうね？」

「いやね、トムったら！」エロイーズはいかにもおかしそうに言った。

トムが値段のことなど意に介していないのは彼女も充分承知のはずだった。たぶん父親のジャック・プリッソンがエロイーズの旅費を払ってくれるだろう。トムが行かないことを知っているのだから。

フランクはクルーズの期間や、船は何人乗りなのかといった質問をフランス語で尋ねた。それを聞きながらトムは少年の育ちの良さにいまさらながら感心した。たとえて言うならば、もらったプレゼントが気にいろうと気にいるまいと、あるいは贈り主の叔母《おば》さんのことが好きだろうとなんだろうと、受けとって三日後にはきちんとお礼の手紙を出すという古き良きしきたりのようなものが感じられる。普通だったら、こんな状況に置かれた十六歳のアメリカ人の少年に、このような如才ない振る舞いができるはずはなかった。マダム・アネットがふた品目のラムチョップの皿をまわしてきたので――皿には四切れ残っているからエロイーズはひと切れしかとっていない――トムはフランクの皿に三切れ目を入れてやった。

そのとき、電話が鳴った。

「ぼくがとるよ」トムはそう言った。「失礼」神聖なるフランスのランチタイムに、電話がかかってくるとはおかしな話だ。それに、トムには電話のかかってくる心当たりもなかった。「もしもし」トムは受話器をとった。

「もしもし、トムか！　リーヴズだ」

「ちょっと、待ってくれるかい？」トムは受話器をテーブルに置くとエロイーズに言った。「長距離電話だから、二階でとるよ。叫ばないですむからね」トムは二階へ駆け上がり、自室の受話器をとって、リーヴズにもう一度待ってくれるようにと告げた。それから階段を駆け下りて一階の電話を切った。リーヴズの電話はある意味、幸先がいいと言える。もしかしたらフランクの新しいパスポートを手に入れることができるかもしれないからだ。リーヴズはその手のことを頼める男だった。「よし、大丈夫だ。で、どうしたんだい？」トムは尋ねた。

「いやあ、べつにね」リーヴズ・マイノットはいかにもアメリカ風の、純朴そうなしゃがれ声を出した。「まあ——たいしたことじゃないんだが、ひとつ頼みがあって電話したんだ。おれの友人を——ひと晩、泊めてやってくれないかな？」

　トムは気が進まなかった。「いつ？」

「明日の晩だ。名前はエリック・ランツ。ここから発《た》つ。モレまでは彼ひとりで行けるから、空港まで出迎える必要はない——パリのホテルには泊まらせたくないんだ」

　トムは受話器をぎゅっと握りしめた。当然、その男は何かを運んでくるのだ。リーヴズの本業は盗品故買屋だった。「いいよ。いいとも」ここで彼がいやだと言ったら、こちらの頼みを聞いてもらうときに快く思ってはくれないだろう。「ひと晩だけでいいんだね？」

「そう。ひと晩だけ。それからパリへ行く。それからあとのことは言えない」

「ぼくはその男とモレで会うわけだな？　どんな風体なんだ？」

「奴のほうであんたを知ってるよ。三十代後半で、それほど長身じゃなく、髪は黒い。ここに時刻表がある。エリックは明日の晩、八時十九分にそっちに着く。モレへの到着時刻ということだが」

「ああ——わかった」トムは答えた。

「あまり気のない返事だな。だがこいつは重要な用件なんだ。トム——」

「もちろんきみの頼みなら聞くに決まってるじゃないか、親愛なるリーヴズ！　ところでこの電話で頼みたいことがあってね、アメリカのパスポートを手に入れたいんだ。月曜日に速達で写真を送るから、遅くとも水曜日までには着くと思う。きみはハンブルクにいるんだろ?」

「ああ、同じ住所だよ」リーヴズはティーショップでもやっているような気楽な口調で答えたが、アルスターにあるリーヴズのフラット式建物は――それも彼の部屋だけ――一度爆破されたことがあった。「あんたの分か?」リーヴズが訊《き》いた。

「いいや。若い奴でまだ未成年だ。ぼろぼろの使い古しはちょっと困る。できるかな?――こっちからまた連絡するよ」

トムは電話を切って、下へ戻った。ラズベリー・アイスクリームが供されている最中だった。「失礼。たいした用でもなかったよ」トムはそう言ってから、フランクの顔色がよくなっていることに気がついた。顔に赤みがさしている。

「誰だったの?」エロイーズが尋ねた。

彼女がめったに電話の相手を尋ねたりすることはなかった。トムは彼女がリーヴズ・マイノットを信用していない――少なくとも好感はもっていない――ことを知っていた。それでも正直に答えておくことにした。「ハンブルクのリーヴズから」

「ここへ来るの?」

「いいや。ただちょっとしたご機嫌うかがいってやつさ」トムはそう答えた。「コーヒーは、ビリー?」

「いいえ、結構です」

エロイーズはいつもランチではコーヒーを飲まない。それは今日も同じだった。トムはビリーが『ジェーン軍艦年鑑』を見たがっているからと言い、三人はテーブルを離れ、トムと少年だけが二階のトムの部屋へ上がっていった。

「実はちょっと困った電話だったんだ」とトムは言った。「ハンブルクの友だちが、明日の晩友だちをひとり泊めてほしいと言ってきてね。ひと晩だけだが。断りきれなかった。役に立つ男だからね――リーヴズのことだが」

フランクはうなずいた。「ぼくにホテルかどこかへ行ってほしいですか――近くの？――それとも出ていってほしいと？」

トムは首を横に振った。彼はベッドに寝そべって、ほお杖をついた。「そいつにきみの部屋を貸そう。きみにはぼくの部屋に移ってもらう――ぼくはエロイーズの部屋で寝るよ。この部屋は閉めきりにしておけばいいし、客にはオオアリの燻蒸《くんじょう》をしているので、ドアは開けられないとでも言っておこう」トムは笑った。「心配するな。客は月曜の朝には出ていくから。これまでも何度かリーヴズの客をひと晩泊めたことがあるんだ」

フランクは、トムが机用に使っている木製の椅子《いす》に腰かけていた。「それはやっぱりあなたの――特別な友人のひとり？」

トムは微笑んだ。「来る奴は知らない男だ」リーヴズはたしかに彼の特別な友だちのひとりだった。少年はリーヴズ・マイノットの名前も新聞で見ているだろう。トムは訊かないでおくことにした。「さてと、きみのことだが」トムは静かにそう言って、少年の反応を待った。少年の眉《まゆ》が不安そうにしかめられる。トムもまた不安だったので、ゆっくりと靴を脱ぐと、ベッドに両足を勢いよく載せ、頭の下に枕《まくら》を引っぱりこんだ。「ところで、ランチではなかなかうまくやったじゃないか」

フランクはトムに目をやったが、表情は変わらなかった。「前にも訊いたでしょう」少年は静かに言った。「ぼくはあなたに言ったはずです。この世であのことを知ってるのはあなただけだって」

「このままいこう。誰にも話してはいけないよ。ところで――あれが起こったのは何時ごろのことだったんだい？」

「七時か八時ごろ」少年の声は割れていた。「父はいつも日没を見ていました――夏の夕方はほとんど毎日。ぼくはべつに――」

ここで長い沈黙があった。

「あんなことをするつもりはなかったんです。そんなに腹をたてたわけじゃなかったし、いや、全然腹なんてたててなかった。あとになって――次の日になっても、ぼくは本当に自分があれをやったんだなんて信じられなかった――なんででしょうね」

「きみを信用するよ」とトムは言った。

「いつもは、父と日没を見に出かけたりなんかしなかった。父はひとりのほうが好きなのだと思っていたし。でもその日に限って、父はぼくに一緒についてくるようにと言ったんです。父はただ、学校ではよくやっているそうじゃないかとか、もうすぐハーバード・ビジネススクールが始まるが心配することは何もないとかいった、たわいない――なんというかお定まりの話をしていました。おまけにテリーサについて好意的なことまで言いだして。ぼくが――ぼくが彼女のことを好きだと知っていたんでしょう。でも、それまでは全然そうじゃありませんでした。テリーサが家に来るのも嫌がっていました――家に来たのはほんの二度だけでしたけれど。父は十六歳で恋愛し、結婚するなんて早すぎると言うんです。ぼくは結婚なんて、ひとことも言ってないし、第一、テリーサにまだプロポーズもしてないのに！　彼女が聞いたら笑いだすでしょう！　ともかく、あの日、ぼくは突然、わかったんです。何もかもが嘘《うそ》っぱちだと。どこを見ても、まわりのものすべてが嘘っぱちなんだと」

トムは口を開きかけたが、少年は神経質にそれを遮った。

「テリーサがメインの家に来たとき、二度とも父は彼女に非常に失礼な態度をとりました。よそよそしいというか、わかるでしょう？　それもただ彼女が美しかったからなんです。父さんは彼女が異性にもてることを知っていました。たぶん、あなたはぼくがどこかで引っかけてきた町の女か何かだと思われたかもしれませんね。でもテリーサは本当はとても礼儀正しくて、自分の分をわきまえている娘《こ》なんです！　だから、気分を害していました――当然だ！　その後、彼女は二度と家に来ようとしませんでしたし、はっきりではないですが、ぼくにもそう言いました」

「きみにとっては辛いことだっただろうね」

「ええ」フランクはそう言うと、しばらく床を見つめたまま黙りこんだ。言葉に詰まってしまったようだった。

フランクがテリーサの家を訪れるか、ときどきニューヨークで彼女と会うとかすればよかったのに、と内心トムは思ったが、ここで話を脇道《わきみち》にそらすわけにはいかなかった。

「その日、家には誰がいたんだ? 家政婦のスージーと、きみのお母さん?」

「兄もいました。みんなでクロッケーをやってたんですけど、ジョニーはデートの約束があったので途中で抜けました。兄のガールフレンドの家は——まあ、とにかく、ジョニーが車に乗って出かけたとき、父さんは玄関前にいて兄を送り出していました。ジョニーはガールフレンドのために、庭から薔薇《ばら》をたくさん摘んでいたのを覚えています。そして、父さんがあんな態度をとらなければ、テリーサだってその晩家に来て、ふたりでどこかへ出かけられたのにと考えたことも。父さんはぼくに運転すらさせてくれませんでしたが、ぼくは運転できるんです。ジョニーが砂丘で教えてくれました。父はぼくなんかが運転したら絶対に事故を起こして死んでしまうと思いこんでいましたが、ルイジアナやテキサスでは、十五歳やそれ以下だって、好きなときに運転しているんですよ」

トムもそれは知っていた。「それからどうしたんだい? ジョニーが出かけてから。きみはお父さんと話していて——」

「ぼくはただ父の話を聞いてただけです——階下の書斎で。本当は逃げ出したかったんだけど、父がこう言ったんです。『一緒に、日没を見にいこう。気分いいぞ』ぼくはひどく反抗的な気分になっていましたが、それを隠そうとしました。本当ならこう言うべきだったんです。『いやだよ、ぼくは自分の部屋へ戻る』って。でも、言えませんでした。そしてスージーが――べつにどうってことはないんですが、最近少しばかりぼけはじめていて――やってきて、父の車椅子を傾斜路の入口まで押していきましょうと言いました。テラスから庭先へは、父専用の傾斜路が作られていたんです。でも彼女の手を煩わせるまでもなく、父は自分でやれたんです。彼女が家に戻ると、父は小道を先に進んでいきました。それは幅の広い、敷石の小道で、森や崖のほうへと続いているんです。崖に着くと、父はまた話しはじめました」フランクは頭を垂れ、右手の拳を固めたり開いたりしていた。

「四、五分後には、ぼくはもうそれ以上耐えられなくなっていました」

トムは目をしばたたかせた。自分を見つめる少年の顔を、それ以上正視していることができなかった。「崖は険しいの？　まっすぐ海から切り立っているような？」

「かなり険しいけれど、切り立っているという程じゃありません。それでも充分――落ちたら確実に死にます。岩もあるし」

「そのあたりには木がたくさん生い茂っているのかい？」トムはまだ目撃者がいはしないかと懸念していた。「船は？」

「船はいませんでした。あのあたりに港はないし。木は生えています。松の木が。うちの土地ですが、荒れ放題に任せてあって、崖への小道が通じているだけなんです」

「家から双眼鏡で見られていたことも考えられる」

「いいえ、それはありません。冬に父が崖まで行ったとしても――家から見えないんです」少年は深いため息をついた。「全部聞いてくれてありがとうございます。たぶん、これを全部書き留めるか何かして、なんとかして——全部忘れたほうがいいんです。あまりにも恐ろしすぎる。自分でもなぜあんなことをしたのかわからない。ときどき自分でやったことだとは信じられなくなります。奇妙かもしれないけど」フランクは突然、そこに誰かいるのではないかというようにドアに視線を投げた。だが、ドアのほうからはなんの音も聞こえなかった。

トムはかすかに笑みを浮かべてみせた。「それを書けばいいじゃないか。そしてぼくにだけ——気が向いたらそれを見せてくれればいい。そしてそれを処分してしまおう」

「ええ」フランクは静かに言った。「父の肩も後頭部も、もう一秒たりとも見ていられないという気分になったのを覚えています。そしてぼくは思いました——そのとき自分が何を思ったのかはわかりませんが。次の瞬間、ぼくはブレーキレバーを蹴《け》って、前進のボタンを叩《たた》いて、車椅子をぐいと押していました。車椅子は前へ進み、真っ逆さまに落ちていきました。それから先は見ていません。ただガシャンという音を聞いただけです」

トムはその情景を想像して、たちまち気分が悪くなった。車椅子に指紋が残っているのではないだろうか？　だがフランクが父と一緒に崖へ行ったのなら、指紋があるのは自然だろう。「誰か車椅子の指紋のことを話していたかい？」

「いいえ」

もし殺人の疑いがあるのなら、とっくの昔に指紋が残っていないか調べているはずだ。

「きみが言ってたそのボタンの上には?」

「ぼくは手のひらの横側で叩いたと思います」

「人が来たときにはモーターがまだ回っていたんじゃないかな」

「ええ、たしか誰かがそんなことを言っていました」

「それからきみはどうしたんだい?」

「下は見ませんでした。ぼくは家へ向かって歩きはじめたんです。なんだか急にひどく疲れたような、妙な気分でした。それから、走りだしました――自分に活を入れるために。芝生には誰もいませんでしたが、階下の大きなダイニングルームにユージーンが――彼はうちの運転手で、執事のような役目を兼ねているのですが――いました。ぼくは『父さんが、たったいま、崖から落ちた』と言いました。ユージーンはぼくにそれを母に知らせ、病院に連絡するよう頼むようにと言い置いて、すぐに崖目指して走っていきました。母はタルと一緒に二階のリビングルームでテレビを見ていました。ぼくがその知らせを伝えると、タルが病院へ電話をかけてくれました」

「タルって誰だい?」

「母のニューヨークの友人です。タルマッジ・スティーブンスという弁護士です。でも、父の弁護士じゃありません。とても大きな男で――」少年はふたたび口をつぐんだ。

タルが母親の愛人だということはあり得るだろうか? 「タルはきみに何か言った? 彼に何か訊かれたかい?」

「いいえ」とフランクは答えた。「ぼくは――父が自分で車椅子を動かして飛び降りたんだと言いました。でも、タルは何も言いませんでした」

「それで――救急車と――たぶん警察も来たと思うが？」

「ええ、両方とも来ました。父を引き揚げるまで一時間くらいかかったと思います。あと車椅子もね。大きな投光器を使っていました。それからもちろんマスコミも押しかけましたが、タルと母さんはとっとと追い出してしまいました。ふたりともその手のことには慣れているんです。母さんはマスコミに腹をたてていましたが、その晩に駆けつけたのは地元の新聞ばかりでした」

「そのあと――マスコミは？」

「母さんは何人かと会見しなければなりませんでした。ぼくもひとりと話しました。やむをえず」

「それできみはなんと言ったんだ――正確には？」

「父は崖っぷちぎりぎりのところにいた、と言いました。ぼくには父が自分から突進していったように見えましたと」まるで肺からすべての空気が吐き出されてしまったかのように少年は言った。それから立ち上がると少し開いている窓に向かって歩いていった。フランクは振り返った。「ぼくは嘘をついたんです。あなたにお話ししたとおりです」

「お母さんはきみを疑いはしなかった――少しも？」

フランクは首を横に振った。「もし疑ってたら、ぼくにもわかったはずです。でもそん

「――なんというのかな、真面目《まじめ》タイプだと思われていたんです。それに正直者だって」フランクはぎこちない笑みを浮かべてみせた。「同い年のころのジョニーのほうがはるかに反抗的でした。しょっちゅうグロートンから抜け出してニューヨークへ家出してしまうので家庭教師をつけなければならないほどでした。それからまともになったんです――まあ、少しは。べつに、酒を飲んでたわけじゃありませんが、マリファナはやってましたし、コカインもちょっぴりやってたようです。いまはずっと真面目になりました。つまり、ぼくが言いたいのは、それに比べるとぼくのほうがずっと品行方正なボーイスカウトタイプだと思われてたってことなんです。だから父はぼくにあれこれ強《し》いるようになったんです。ぼくの関心が会社に向くように。ピアーソン帝国に！」フランクはぱっと腕を広げて笑いだした。

トムは少年が疲れているのを見てとった。

フランクはふらふらと椅子に戻ると、ふたたび腰をおろした。そして目を半ば閉じて頭をのけぞらせた。「ぼくがときおり何を考えているかわかりますか？　どっちにしろ父は死んだも同然だったじゃないか――車椅子の上で死にかけていて、ほっといてもすぐに死んだだろうと。だとしたら自分のやったことも少しばかり許されるんじゃないかって思うんです。ひどいですよね！」フランクはあえぐように言った。

「スージーの話に戻ろう。彼女はきみが車椅子を押したんじゃないかと疑い、それをきみに言ったんだね？」

「ええ」フランクはそう言ってトムを見た。「ぼくがそうするのを家から見たとまで言いました。だからこそ、誰も彼女の言葉を信じなかったんです。あの崖は家から絶対に見えない。でもそのときのスージーはひどく興奮していました。ヒステリックなほどに」

「スージーは同じことをお母さんにも話したんだね？」

「ええ、もちろん。でも母は彼女の言葉を信じませんでした。本当はスージーを嫌ってるんだと思います。でも父は彼女を気に入っていました——信頼できるからと言って。それに彼女はぼくやジョニーが赤ん坊のころからずっと一緒に暮らしてきたので」

「彼女は、きみたちの教育係だったの？」

「いいえ、どちらかといえば家政婦でしたね。ぼくたちには、それぞれ別の——教育係がつけられていました。ほとんどは英国のご婦人でしたが」フランクは微笑んだ。「子守り役みたいなものですよね。ようやくそれから解放されたのはぼくが十二歳になったときでした」

「ユージーンは？　彼は何か言った？」

「ぼくのことについてですか。いいえ、ひとことも」

「彼のことを好きかい？」

フランクは少し笑った。「彼はいい奴です。ロンドン出身で、ユーモアのセンスがあって。でもぼくとユージーンがジョークを交わしあうたびに、いつもあとから父さんに『執事や運転手ふぜいとふざけあったりするんじゃない』と言われました。ユージーンはいつもその両方を兼ねていたんです」

「家には他に誰がいたんだい？　召使いは？」

「いまのところはひとりもいません。パートタイムは臨時で雇ってますが。庭師のヴィクは夏休みの七月だけ、あるいはもう少し長いかな、そうした臨時雇いがときおり来ています。父はふだんから最小限の使用人や秘書しか置こうとしませんでしたから」

たぶんリリーとタルはジョン・ピアーソンの死にも、さほど悲しんでいないのではないかとトムは思った。ふたりはいったいどういう関係なのだろう？　彼は立ち上がって机に向かった。「もし、きみがすべてを文章にぶちまけたい気になったら」とトムは言って二十枚ほどのタイプライター用紙を少年に渡した。「タイプライターでもペンでも自由に使いたまえ。両方ともここにあるから」タイプライターが机の真ん中に載っていた。

「ありがとう」少年は思いを巡らすようにじっと手にした紙を見つめている。

「たぶん散歩にでも行きたい気分だろうが――残念ながらそれは無理だ」

フランクは紙を手にして立ち上がった。「まさにそうしたい気分です」

「裏の小道を使うといい」トムは言った。「一本道だし、たまに地元の農夫が通る以外は人も来ない。わかるだろう、きみが今朝草むしりをしていた場所の奥のほうだよ」ただちにそれを察した少年は、ドアのほうに向かって歩きかけた。「それから、走るのも駄目だ」とトムはつけ加える。フランクがいまにも溢《あふ》れんばかりの不安定なエネルギーをたぎらせているのを感じとったからだ。「三十分たったら戻ってきたまえ。でなきゃ、こっちも心配になる。腕時計は持ってるね？」

「ええ、もちろん――二時三十二分です」

トムはそれより一分進んでいる自分の腕時計を見た。「もしタイプライターが使いたくなったら、勝手に入って持っていっていいから」

少年はまず自分の部屋に紙を置きにいき、それから階段を下りていった。家の横の窓から、トムはフランクが芝生を突っ切って、跳ねるような足どりで低い灌木のなかに入っていくのを見守った。少年は一度つまずき、まともに手をついて倒れたが、アクロバットのようにしなやかな動作で起き上がった。そして右側に曲がって、狭い小道に入り、森に隠れて見えなくなった。

数分後、トムはトランジスタ・ラジオのスイッチを入れた。三時からのフランス語のニュースを聞きたかったからだが、フランクの話を聞かされたあとの気分転換をはかるためでもあった。少年が話をしている最中に感情を爆発させなかったのは、ほとんど驚異だと言ってもよかった。はたして少年にそのときは来るのだろうか？　それとも来ないのだろうか？　あるいはもうすでに来たのかもしれない。ここに来るよりはるか前の晩、ロンドンに渡ってきたとき、もしくはマダム・ブータンの家で深夜に独り、心のなかで作り出した想像上の裁きの恐怖にうち震えているときに。それとも今日の昼、ランチの前に見せたほんのわずかな涙がそれなのか？　ニューヨークでは十歳かそこいらで、殺人を目撃したり、身内や第三者の巻き添えをくって殺される少年たち（そして少女たち）がいるが、フランクはとうていそのようなタイプには思えなかった。フランクのような場合、罪悪感はあとになってなんらかの別の形で現れるものなのだ。愛や憎しみ、嫉妬《しっと》といった強い感情というものはやがてある種の行動となって現れるが、それは必ずしもその感情をそっくり反映した形で現れるとは限らないし、本人あるいはまわりの人々が想像するような形で現れるとは限らない、というのがトムの持論だった。

トムは落ち着かない気分で、マダム・アネットと話をするために一階へ下りた。おりしも彼女は生きているロブスターを沸騰している深鍋《ふかなべ》に放りこむという、おぞましい作業の最中だった。蒸気の上にかざされた甲殻類が脚をばたばたさせるのを見て、トムは思わず戸口から後ずさり、リビングルームで待っていると身ぶりで示した。

マダム・アネットがわかっていますよと言いたげな笑みを浮かべてみせた。前にもトムが同じような反応をするのを見ていたからだ。

ロブスターの怒りに満ちた抗議が聞こえはしないか？　トムの高度に研ぎすまされた聴覚は、キッチンから流れてくる苦痛と怒りに満ちた叫びを、生命が消えていく断末魔の悲鳴をとらえているのではないか？　あの不運な生き物はいったい昨夜をどこで過ごしたのだろう？　マダム・アネットは昨日の金曜日、ヴィルペルスに駐車していた魚屋のヴァンからそれを買ったはずだ。このロブスターは非常に大きく、いつも冷蔵庫のなかの棚から逆さ吊《づ》りになって身もだえしているような小物たちとは見るからに違っていた。鍋の蓋《ふた》が閉じられるカチャンという音を聞いてから、トムはふたたびうつむき加減で戸口にやってきた。

「ああ、マダム・アネット」と彼は言った。「いや、べつにたいしたことじゃないんだ。ただ――」

「まあムッシュー・トム！　いつだってロブスターに同情なさって！　ムール貝のときもそうじゃありませんでしたっけ？」彼女は心から楽しそうに笑った。「わたしのお仲間のジュヌビエーブとマリー・ルイーズにも言うんですのよ――」ふたりはマダム・アネットの買い物友だちで、ときおり夜にテレビを楽しむためにたがいの家を（三人とも全員自分のテレビを持っているので）行き来していた。いずれも地元の上流家庭の家政婦たちだった。

　トムはうなずき、しおらしい微笑みを浮かべて自分の気弱さを認めた。そしてフランス語で「黄色い肝っ玉」なのさ、と言った。英語で言うところの「百合《ゆり》のような肝っ玉」あるいは「黄色いはらわた」（どちらも英語で「臆病」の意）と洒落《しゃれ》たつもりだったが、フランス語ではなんの意味もなさないことに気がついた。しかし、そんなことはどうでもいい。「マダム・アネット、実は明日、また別のお客が来ることになった。日曜日の夜泊まって月曜日の朝には出ていってしまうんだがね。男性のお客だ。ぼくは彼を迎えにいって、八時半ごろにディナーに間に合うよう連れて帰ってくる。いま少年が使っている部屋に彼を泊め、ぼくはエロイーズの部屋で一緒に寝る。そしてムッシュー・ビリーはぼくの部屋に泊めることにするよ。また明日、あらためて指示をするけれど」だが彼はその必要がないことをよく知っていた。

「かしこまりました、ムッシュー・トム。アメリカの方ですか？」

「いや、彼は――ヨーロッパの出身だ」トムはそう言って肩をすくめてみせた。突然、ロブスターの匂いがしてきたような気がして、キッチンの戸口から後ずさった。「頼んだよ、マダム！」

自室に戻ると、フランスのポップス専門局で三時のニュースを聞いたが、フランク・ピアーソンに関するものは何ひとつなかった。ニュースが終わると、トムはフランクが出ていってから三十分が経《た》っていることに気がついた。脇の窓から庭を見おろしてみたが、庭の端の森には人影らしきものはまったく見られなかった。トムはそのまま待って、煙草《たばこ》に火をつけて、ふたたび窓の前に戻った。時刻は三時七分になっていた。

心配することなどまったくないはずだ、とトムは自分に言い聞かせた。たかだか十分かそこいら遅れてるだけじゃないか。大体、あんな道に誰がいるというんだ？　せいぜいが、道路を渡って畑に向かう、馬車を引いている眠たげな顔つきの農夫か、トラクターを運転している老人がたまに通る程度だ。それでもなおトムは心配だった。もし万が一誰かがずっとモレからフランクを見張っていて、ベロンブルまであとをつけてきたのだとしたら？

トムは実際、ある晩、ジョルジュとマリーの騒がしいカフェにコーヒーを飲みに立ち寄り、見慣れない顔が――それも格別彼に関心を抱いているような人物はいないかどうかをチェックしたことさえあった。誰ひとり新しい顔はいなかったし、あれほどおしゃべりなジョルジュとマリーでさえ、彼の家に滞在している少年については尋ねてこなかった。トムは内心ほっとする思いだった。

三時二十分になったところで、トムは階下に下りた。エロイーズはどこにいるのだろう？　トムはフランス窓から外へ出ると、ぶらぶらと芝生を横切り小道に向かった。彼はじっと芝生に目を注ぎ、いまにも少年が「やあ！」と声をかけてくるのを待っていた。それとももう聞いたのだろうか？　彼は小石を拾いあげると、左手でぎこちなく森に向かって投げた。そして野生のヤブイチゴの蔓《つる》を蹴散らしながら小道に入った。雑草が生い茂っているとはいえ、道はまっすぐだったので、三十メートルほど先まで見渡すことができた。トムは耳をすませて歩きはじめた。だが聞こえるものといえば、無邪気に我を忘れてさえずるスズメの声と、どこかで鳴いているキジバトの声くらいのものだった。

もちろんフランクの名前はおろか、「ビリー！」と呼ぶわけにもいかなかった。トムは立ち止まってもう一度よく耳をすませてみた。やはり何も聞こえない。自動車のエンジン音ひとつ聞こえてこない――彼の背後のベロンブルの道路からでさえも。トムは小道の先まで行ってみたほうがよさそうだと思って小走りで進みはじめた。この道の先には何があっただろうか？　たしかこの道は一キロくらい続き、その先は別の幹線道路と交わっているはずだった。そしてその間にあるものといえば、えんえんと畑が――飼料用トウモロコシ、キャベツ、それに場所によってはマスタードも――続いているだけだった。トムは争いがあったことを示すような、小枝の折られた形跡はないかと道の両側に目をやりはじめた。だが荷車が通っても同じような跡ができることを彼は知っていた。そのような形跡はいっさい見あたらなかった。彼は十字路にさしかかろうとしていた。交差している道はもう少し幅が広かったが、やはり舗装されておらず、彼の記憶によれば森に突き当たっているはずだった。道の向こうには近くの農家の――トムはその姿を見ることはできなかった――収穫されたあとの畑がどこまでも広がっていた。トムは深く息を吸いこんでから踵《きびす》を返した。トムが出かける前に、すでに少年が家に帰っていたということはあり得るだろうか？　もしかしたら、いまごろはすでに自分の部屋に戻っているのではないか？　トムは身をかがめると、ふたたび走りはじめた。

「トム？」その声はトムの右側から聞こえてきた。

トムはあわててデザートブーツの足をとめ、森のなかを覗《のぞ》きこんだ。

樹木の背後からフランクが現れた――というよりは、緑の葉と茶色の幹から突然実体化したようにトムには思えた。着ているベージュ色のセーターとグレイのズボンは、まだらに射しこむ太陽の光と緑に完全に溶けこんでいた。少年はひとりきりだった。

トムはほとんど痛みにも近い安堵《あんど》を感じた。「いったい、どうしたんだ？　大丈夫かい？」

「ええ」少年はうつむいて、そのままベロンブルに向かってトムと一緒に歩きはじめた。

トムは了解した。少年はわざと隠れていたのだ――はたしてトムが本当に心配して彼を探しにくるかどうかを試すために。トムが本当に信用できるかどうかを確かめたかったのだろう。トムはポケットに両手を突っこんで、頭をあげた。彼は少年が恥ずかしげな視線を自分に向けているのを感じた。「自分で申告した時間より遅かったじゃないか」と彼は言った。

少年は何も言わなかった。そしてポケットに両手を突っこんだ。トムとそっくり同じに。

6

同じ土曜日の午後五時ごろ、トムはエロイーズにこう言った。「今晩はグレ家に行く気がしないんだ。べつにかまわないだろう？　きみひとりで行けばいいよ」ふたりは同家のディナーに招待され、八時ごろに行くことになっていた。

「あら、トム、どうして？　なんだったら、ビリーも連れていっていいか先方に訊《き》いてみましょうか。きっとかまわないって言うと思うわ」エロイーズはその日の午後オークションで買ってきた三角形のテーブルから顔をあげて言った。彼女はブルージーンズ姿で床に膝《ひざ》をついてワックスがけをしていた。

「ビリーのせいじゃないよ」とトムは言ったが、実はまったくビリーのためだった。「どうせ、いつも他にお客を呼んでいるんだし――」トムはエロイーズを喜ばせるためにそう言った。「なんの問題がある？　ぼくが電話して適当に言い訳しておくよ」

エロイーズはブロンドの髪をかきあげた。「アントワーヌが前にあなたを侮辱するようなことを言ったからでしょ。そのせいなの?」

トムは笑った。「そうだったっけ? もう忘れたよ。奴にぼくを侮辱することなんてできやしない。こっちはただ笑うだけさ」働き者の建築家、そしてまた所有するカントリーハウスの勤勉な庭師であるアントワーヌ・グレは四十代の男で、贅沢《ぜいたく》な高等遊民生活を送るトムをいささか軽蔑《けいべつ》しているふしがあった。彼はことあるごとにトムに当てこするような皮肉を言った。だがエロイーズはトムほどには気づいていないようだった。「頭の古いピューリタンさ」トムは言った。「三百年前のアメリカにいたような手合いだね。今晩は家にいたいだけさ。シラクのことならもう地元民からさんざん聞かされてるからね」アントワーヌ・グレのような反動主義者はプライドが邪魔して「フランス・ディマンシュ」紙を手に取ることはないだろうが、カフェ・バーで誰かが読んでいるのを盗み見することはおおいにあり得た。ビリーがフランク・ピアーソンであることをアントワーヌに見破られることをトムはもっとも恐れていた。アントワーヌとアニエス——夫よりはまだましだったが、それでも充分堅苦しい——は絶対に黙ってはいられないだろう。「ぼくから彼らに電話しようか、ダーリン?」トムは尋ねた。

「いいわ、何も言わないで——わたしひとりで行くから」エロイーズはワックスがけの手を休めることなくそう言った。

「また夫の怪しげな友人が訪ねてきたんだとでも言ってやればいい。とても皆さん方にはつりあわないって」トムは言った。アントワーヌが彼の交友関係を怪しく思っているのはわかっていた。前にアントワーヌと鉢合わせしてしまったのは誰だった？　そうだ、バーナード・タフツだ。いつもみすぼらしい格好をして、夢想に心奪われてしばしば礼儀を忘れてしまう天才児。

「ビリーはいい子だと思うわ」とエロイーズが言った。「あなたはビリーのことを心配してるんじゃなくて、ただグレたちが嫌いなんでしょ」

トムはこのやりとりにうんざりし、苛立《いらだ》ちを覚えはじめていた。ビリーをこの家に置いておくためには、グレ夫妻に関するもうひとつの意見を胸におさめておかなければならないからだ――彼らが超弩級《ちょうどきゅう》の俗物であるということを。「まあ――彼らにだって生きる権利はあるだろうからね」トムはエリック・ランツという名の客が明日の夜泊まりにくることを言わないでおこうと決心した。本当はいまそれをエロイーズに打ち明けようと思っていたのだが。

「でも、このテーブルどう思う？　わたしの寝室のあなたの寝る側に置こうと思ってるのよ。客間のツインベッドの間に置くよりもそっちのほうが見栄えがするわ」エロイーズはぴかぴかになったテーブルトップを眺めながら言った。

「いいと思うよ――本当に」トムは言った。「いくらで買ったんだって？」

「たったの四百フラン。オーク材よ――ルイ十五世様式で、百年前に作られたものなの。値切ったのよ。結構骨が折れたわ」

「よくやったよ」とトムは本心からそう言った。なぜならテーブルは美しく、人がその上に座っても（誰も座らないだろうが）大丈夫そうなほど頑丈に見えた。それにエロイーズはしばしば自分ではいい買い物をしたと思っても、実はそうでないことが多かった。だが、いま彼の関心は別のことにあった。

トムは自室に戻ると、きっかり一時間、彼の会計士に送るための毎月の収支報告書を作成するという退屈な作業にとりかかることにした。いや、正確に言うならばエロイーズの父の会計士である。彼ピエール・ソルウェイは、トムとエロイーズの会計を、当然ながらジャック・プリッソン御大とは別個にチェックしていたが、それでも会計士に莫大な手数料を払わずにすむのは（老プリッソンが払っている）おおいに助かるし、収支報告書がプリッソンのお眼鏡にかなうこともわかっていた。どうせ老人は時間を作って報告書に目を通しているに決まっているのだから。エロイーズの収入、すなわち父からの手当ては現金で与えられているので、リプリー名義の課税対象となることはなかった。トムのダーワット商会からの収入——たぶん月額一万フラン、もしドルが強ければ二千ドル近い——はスイス・フランの小切手という形でこっそり彼のもとに送られてくるものもある。この金はそのほとんどがダーワット美術学校のあるペルージャ経由で隠されていて、バックマスター画廊の売上分からも送られてきているがそれも一部にすぎない。ダーワット関連の利益におけるトムの十パーセントの分け前は、イーゼルから消しゴムにいたるダーワット商標の画材の売上からももたらされるが、ロンドンからヴィルペルスへ送金するよりも、北イタリアからスイス経由で隠してしまうほうがはるかに手間が省けるのだ。それからさらに、もとはたかだか三、四百ドルだったものがいまでは月千八百ドルにものぼるディッキー・グリーンリーフからの遺贈があった。これに関しては、奇妙なことに、トムは少なからぬ所得税をアメリカに納めている。なぜならそれは資本利得だったからである。皮肉ではあるが、多少ふさわしくもあるとトムは思っていた。なぜなら彼はディッキーの死後、ヴェネツィアでディッキーのエルメスのタイプライターを使い、ディッキーのサインをまねて遺言書を偽造したからである。

しかし、そうなると――とトムは毎月思うのだ。ベロンブルはいったい何によって生計をたてていると思われているのだろうか？　こんなはした金で。十五分間、毎日の支出を書き並べたところでいい加減飽きてきたトムは、立ち上がって煙草《たばこ》に火をつけた。

だが、なんの不満があるのだ。彼は窓の外を眺めながら心のなかで呟《つぶや》く。トムはフランス政府に、ダーワット商会から――ダーワットの商標の利益の一部、出自が使用料である分を申告していたが、それも全額というわけではない。トムは所得として計上しなければならない彼自身の株券と、いくばくかの米国財務省長期債券を持っていた。彼がフランス政府に対して行なっている申告は、フランス国内からあがる収益のみ（一部はエロイーズのものであって、彼のものではない）であるのに対して、合衆国政府は彼の世界じゅうの収入に対して目を光らせていた。トムはフランス居住者だが、アメリカのパスポートを持っている。おかげでピエール・ソルウェイに――彼はトムの米国における税務処理も担当していたので――英語で書かれた別の会計用計算用紙を送らなければならなかった。まったく気が狂いそうになる。書類仕事は全フランス人にとっての呪《のろ》いだ。どんなに貧しい市民であれ、健康保険を得るために山ほどの書類に記入しなければならないのだ。トムのように数学、あるいは単純な算数が大好きな人間にとってさえ、先月の記録簿から郵便料金を抜き出して書き写す作業は苦痛だった。いかにも効率よさそうな薄い緑色のグラフ用紙――収入は上、支出は下――を眺めながらトムは心のなかで口汚く罵《ののし》った。あとひと頑張りすれば一時間の作業にもけりがつく。これは七月分のもので、本来は当月末に取り組むべきだったが、いまはもう八月も下旬になっていた。

トムは、父親の最期の日の出来事を書いているフランクのことを考えていた。とぎれとぎれに聞こえてくるタイプライターを打つ音を彼は意識していた。少年はトムのタイプライターを自室に持ちこんでいた。トムは一度だけフランクの「ああ！」という声を聞いていた。苦しんでいるのだろうか？　タイプライターの音があまりにも長く途絶えているときなどは、少年は手書きに切り替えたのだろうかと想像したりもした。

領収書の小さな山――電話代、電気代、水道代、車の修理代など――を引っつかむと、トムは作業を終わらせるべく決然と最後の猛攻撃にとりかかった。そして作業を終えると会計用計算用紙と領収書のすべてを――支払い済み小切手はフランスの銀行が保管しているので別だった――マニラ封筒に入れた。これをさらに大きな封筒に入れて、他の月々の報告書とともにピエール・ソルウェイのもとに送ることになっていた。トムは大きな封筒を机の左下の引き出しに突っこむと、善行をほどこしたような晴れ晴れとした気分で立ち上がった。

彼は伸びをした。ちょうどそのとき、下の階でエロイーズがロックのレコードをかける音が響いてきた。これこそいま求めていたものだ！　おまけにルー・リードじゃないか。トムはバスルームに入って、冷たい水で顔を洗った。いま何時だろう？　もう六時五十五分か！　エロイーズにエリックが来ることを知らせるにはいまが潮時だった。

出会い頭に、フランクが部屋から出てきた。「音楽が聞こえてきたから」と彼は廊下でトムに言った。「ラジオですか？　いいや、レコードだ」

「エロイーズのレコードさ」とトムは言った。「さあ、下へ行こう」

少年はセーターからシャツに着替えていた。シャツの一部がズボンからはみ出ている。滑るように階段を下りるその顔には幸せそうな笑みが浮かんでいた。まるでトリップしているみたいだ、とトムは思った。音楽が少年の内なる何かを解放させたのだろう。

エロイーズはボリュームをあげて、肩を揺すらせながらひとりで踊っていたが、ふたりが下りてくるのに気づくと、恥ずかしそうにダンスをやめてボリュームを落とした。

「どうか音を下げないでください！　とってもいい音楽なのに」とフランクが言った。

どうやらエロイーズと少年は、音楽とダンスの分野でうまくやっていけそうだな、とトムは思った。「やっと、あのいまいましい収支報告書を仕上げたよ！」彼は大声で宣言した。「もう支度は済ませたのかい？　とてもすてきだよ！」エロイーズは薄いブルーのドレスに黒いエナメルのベルト、ハイヒールといったいでたちだった。

「アニエスに電話したの。そうしたら、早めに来ておしゃべりしましょうってことになったのよ」エロイーズが言った。

フランクは畏敬の眼差しでエロイーズを見ていた。「このレコードお好きなんですか?」

「ええ、もちろんよ!」

「ぼくも家でよくかけてるんです」

「だったら、踊ればいいじゃないか」陽気な口調でそう言ってから、まだ少年には荷が重すぎることに気づいた。つい先ほどまで父親を殺した経緯を書きながら、今度はいきなりロックというのはあまりにも酷だった。「作業ははかどったかい?」トムはそっと尋ねた。

「七枚と半分ほど。ところどころ手書きの部分もあります。書くものを替えたくなって」

ステレオの前にいたエロイーズには少年の言葉は耳に入らなかったようだった。

「エロイーズ」とトムは言った。「実は明日の夜、リーヴズの友人を迎えにいくことになってね。ひと晩ここに泊まるだけだ。ビリーにはぼくの部屋で寝てもらって、ぼくはきみのところで休ませてもらうつもりなんだけど」

エロイーズは美しく化粧した顔をトムに向けた。「なんという人?」

「リーヴズの話じゃ、エリックという男だそうだ。ぼくは彼をモレまで迎えにいってくる。明日はたしかぼくたちは何も予定がなかったはずだよね?」

彼女は首を横に振った。「さあ、そろそろ行かなくちゃ」彼女は電話のテーブルにハンドバッグを取りにいき、さらに空模様が怪しかったので玄関のクローゼットから透明のレインコートを取り出した。

トムはメルセデス・ベンツの前まで彼女を送っていった。「ところで頼みがあるんだがね。家にお客が滞在していることをグレ夫妻には言わないでおいてほしいんだ。それがアメリカ人の少年だなんてことはね。今夜は電話を待っているのでと伝えてくれたまえ。そのほうが簡単だ」

彼女は突然閃いたアイディアに顔を輝かせた。「あなた、ビリーをかくまってるの？ リーヴズに頼まれるか何かして」彼女は開いた車のウィンドー越しに言った。

「違うよ、リーヴズはビリーのことなんて聞いたこともないさ！ ビリーはわれわれのために庭の手入れを手伝ってくれるただのアメリカ人の男の子さ。でも、アントワーヌがどんなブルジョワ的俗物だかきみもよくわかっているだろう。『庭師ふぜいを客間に泊めるとはね！』とかなんとか言うに決まっている――ゆっくり楽しんでおいで」トムは身をかがめてキスをした。「約束だよ、いいね？」彼はそうつけ加えた。

ビリーのことにはいっさい触れるなという意味だったが、妻がうなずき、その顔に落ち着いた、おもしろがっているような笑みを浮かべるのを見て、トムは彼女が了解したのを悟《さと》った。トムがときおりリーヴズの頼まれごとをしているのを彼女は知っている。薄々感づくときもあれば、まったく気づかないこともあった。いずれにしてもリーヴズの頼みごとには必ずなんらかの収入が伴う、あるいは得られるとわかっているので、それはそれで結構なことだった。トムは大きな正面門を彼女のために開けてやり、門を通りすぎ、右折する彼女の車に手を振った。

九時を十五分ほど過ぎるころ、トムは靴を脱いでベッドに寝そべり、フランクから渡された原稿（あるいは報告）を読んでいた。それはこう始まっていた。

七月二十二日土曜日は、いつもとまったく同じように始まった。何ひとつ変わったところはなかった。太陽はさんさんと輝き、人々が「すばらしい日」（これは天候のことを指しているのだ）と呼びならわすような一日だった。いま考えてみればその日はぼくにとっては二重の意味で不思議な一日だった。なぜならその朝、ぼくはその日がどう終わるかなんてまったく予想もしていなかったからだ。とにかく何ひとつ決まったプランはなかった。ユージーンが、今日は訪問者（お客）が誰もいないから、三時ごろにテニスをしないかと持ちかけてきたときも、ノーと断ってしまったのだ。自分でもどうしてノーと言ったのかはわからない。それからテリーサに電話をかけたが、母親が出て、娘は今日は出かけており（バー・ハーバーへ）夜まで外出するので、帰るのは夜中近くになるだろうと言われた。ぼくはひどく嫉妬《しっと》を感じた。いったい彼女は誰と出かけたのだろう。たとえそれがひとりであっても、複数であっても同じ気持ちになっただろう。ぼくはそのときなんとしてでも翌日ニューヨークへ行こうと決心した。たとえ、夏の間はすべての家具にカバーがかけられ閉めきられているはずの、うちのアパートメントが使えなかったとしても。テリーサに電話して、ニューヨークに出てくるよう説得しよう。ふたりで何日間かホテルに滞在してもいいし、ぼくの家のアパートメントに滞在してもいい。とにかくぼくは前に進みたかった。ニューヨークはテリーサを誘い出すにはとてもいいきっかけになると思ったのだ。もっともニューヨークに行くはずの当日は、父からバンプステッドとかなんとかいう男と話をするようにと命じられていたのだが。彼はハイアニスポートに数週間ほど休暇を過ごしに訪ねてくるのだそうだ。このバンプステッドとかいう奴はビジネスマンで、三十代だと父は言っていた。ぼくを説得するにはちょうどいい年ごろだとでも思ったのだろう。父のような生き方へ、ビジネスの世界へと転向させるのに。このバンプステッド某は翌日やってくる予定だったが、そのあとで起こった事故のためにそれは取りやめになった。

(ここでフランクはタイプライターからボールペンに切り替えていた)

でもぼくのやってみたいのはもっとスケールの大きなことだった。できることなら、それに全人生をかけてみたかった。まずはそれまでの自分の人生を要約してみようと思った。ちょうどぼくがペーパーバック版で持っていたサマセット・モームの『要約すると』のように。でも、はたしてぼくにそんなことができるのか、あるいはどこまでできるのか自信がない。ぼくはそれまでにサマセット・モームの短編を（とてもいい）いくつか読んでいた。どの作品もほんの数ページしかないのに、人生へのあらゆる理解が含まれているように思えた。ぼくは自分の人生はなんのためにあるのか考えようと――あたかも自分の決められた人生コースになんらかの意味があるかのように思いこもうとしたが、大した意味は見いだせなかった。自分が人生で何を必要としているのかと考えたとき、頭に浮かんでくるのはテリーサのことだけだった。彼女と一緒にいるときはとても幸福になれるし、彼女だってそれは同じだと思う。そしてぼくたちふたりが一緒になれば、きっと人生の意味というものに、幸福というもの、あるいは前進というものに辿《たど》り着けるのではないかと考えた。ぼくは幸せになりたいし、すべての人々はいかなるものにもいかなる人間にも拘束されることなく幸せになるべきだと思っている。ぼくがここでいう幸せというのは、肉体的に快い状態であることと、いかに充実した生活を送れるかを意味している。しかし

（ここでフランクは「しかし」という言葉を線で消して、ふたたびタイプライターに切り替えていた）

昼食のあとで、母の友人であるタルもいる場で、父が階下の廊下に置かれたグランドファーザークロックを修理したい、と例によって言いだした。その時計はもう一年近くも止まっていたのだ。父はしょっちゅう修理しなくてはと口では言うものの、地

元の時計屋を信じてはいなかったし、かといってニューヨークへ送るのもいやがっていた。それは父の祖先から受け継がれた古い時計だった。すでに昼食のときからぼくはうんざりしはじめていた。母とタルはしきりに明るく笑い声をあげて場を明るくしようとしたが、ふたりが交わすジョークはもっぱらニューヨークの自分たちの知り合いのことばかりだった。

昼食ののち、書斎で父が東京との通話でどなり散らしている声が聞こえてきた。ぼくはすっかりうんざりして、廊下で待っていた。父が話があるから待っていろと言ったのだ。結局、六時ごろに書斎へ来いということになった。だったら昼食のときにそう言ってくれればいいのにと思った。ぼくは部屋に戻ったが、ひどく腹をたてていた。他の者たちは全員家の脇《わき》の芝生でクロッケーを始めた。

ぼくは父が大嫌いだった。それは認める。自分の父親が嫌いだという人々もたくさんいた。もちろん、だからといって人が父親を殺していいということにはならない。ぼくはたぶん、まだ自分のしたことがよく呑《の》みこめていないのだと思う。だから、こんなふうにあたかも普通の人間のように大手を振って歩きまわったりできるのだ。もちろん本当はそうすべきではないし、ぼくの心のなかはそれとはまったく対照的にぴりぴり張り詰めている。そしておそらくは一生、克服することはできないだろう。これがT・Rを訪ねようと思いたった理由だった。ぼくはこの人物に強く惹《ひ》かれていた。これはダーワットの絵画にまつわる疑惑によるところが大きかった。ぼくの家にはダーワットの絵があり、父は数年前に、ダーワットのいくつかの作品が贋作《がんさく》であるという疑いをかけられたときにひどく興味を示していた。ぼくはそのころ十四歳だった。当時の新聞に名前があがったのはそのほとんどがロンドン在住の英国人ばかりだった。だがダーワットはメキシコに住んでいるはずなのに。そこで当時スパイ小説に熱中していたぼくは、ニューヨークの大きな公立図書館に行って、本物の探偵がするように新聞に登場した名前のすべてを洗いざらい照合した。そのなかでもT・Rに関する記載がもっともぼくの興味を惹いた。ヨーロッパ在住のアメリカ人、一時期イタリアで暮らし、死んだ友人からそのすべての遺贈を受けている――その友人はさぞかし彼を愛していたにちがいない――それからダーワット疑惑の関連でマーチソンというアメリカ人がT・Rの家を訪れた直後に失踪していることなども。T・Rなる人物もまた人を殺したことがあるのではないかと思った。もちろんほんの推測だが。にもかかわらず、彼にはタフそうなところや尊大ぶったところはみじんも感じられなかった。新聞に掲載されていた二枚の写真を見る限りは。彼は非常にハンサムな男であり、残忍そうには見えない。それに彼が実際に誰かを殺したかについてはほとんど立証されていないのだ。

（フランクはここでまたペンに切り替えていた）

ぼくはその日——決してこれが初めてというわけではなかったが——どうして自分がこの時代遅れのシステムに組み込まれなければならないのかと考えた。そこに組み込まれたネズミたちを犠牲にするようなシステムに。すでに何匹ものネズミを殺し、あるいは自殺や神経衰弱、もしくは狂気に追いこんで死に至らしめているようなシステムに。ジョニーはすでにシステムに加わることを完全に拒否していた。ジョニーはぼくよりも年上だったし、だからこそぼくは兄が何をしているのかを知らなければならないと思った。父ではなく兄の背中を追って何が悪い？

これは告白であり、ただひとりの人間T・Rにのみ告白する——ぼくが父を殺したということを。ぼくは断崖の上から父の車椅子《くるまいす》を突き落とした。ときどき自分が本当にやったのか信じられなくなることがあるが、ぼくはたしかにやったのだ。自分のやったことを直視できない臆病者たちのことを本で読んだことがあるが、ぼくはそんなふうにはなりたくない。ときおり、ぼくはひどく冷酷なことを考える——ぼくの父はもう充分生きたじゃないか。父は暴君で、ぼくやジョニーに対しても冷酷だった——ほとんどの場合は。ぼくたちを鞭打つのはかまわない。けれど、父はぼくやジョニーを支配し、あるいは変えようとした。父は充分に人生を生きた——ふたりの妻、過去の愛人たち、あり余る金と贅沢にまみれて。だが、最後の十一年間は半身不随で立って歩くこともできないありさまだった。「ビジネス上の敵」に射殺されかけたせいで。これらを考えると、ぼくのやったことはそれほど悪いことなのだろうか？

ぼくはこれらのことをT・Rのためだけに書いている。なぜなら、彼だけはこの世でぼくが真実を告白することのできる人物だからだ。たぶん、彼はぼくを嫌ってはいないと思う。なぜならいまこの瞬間、ぼくは彼のもとで暮らし、彼の庇護を受けているからだ。

ぼくは自由になりたい、自由だと心から感じたい。ただ自由に、本当の自分になりたいだけなのだ、それがいかなるものであろうと。T・Rこそは真の自由な魂を持ち、自由な生き方を実践している人物だと思う。彼はまた同時に他人にも親切で礼儀正しい人だ。そろそろいい加減にやめなくては。もうこれで充分だろう。

音楽はすばらしい。どんなものでも、クラシックだろうとなんであろうと。いかなる形においても囚われていないことはすばらしい。他人を操ろうとしないのはすばらしい。

フランク・ピアーソン

署名はほとんどまっすぐな書体でくっきりと記され、ダッシュの書き損じのようなアンダーラインが引かれていた。たぶんアンダーラインを引くのは、少年のいつもの習慣ではないのだろう。

トムは心を打たれたが、同時に父親を崖っぷちから突き落とした瞬間についての描写があればいいのにとも思った。それは望みすぎというものだろうか？　はたして少年はそれを脳裏から消し去ってしまったのか、それとも凶行の瞬間を言葉にするのが難しかったのだろうか？　それは行動の描写だけでなく、心理の分析をも必要とするものだから。おそらくは自己保存への健全な欲求が、フランクにその瞬間を思い出させることを妨げているのだろう。認めざるをえないが、トム自身、自ら犯した七、八件の殺人について分析したりその瞬間を追体験したりしてみたいなどと思ったことはなかった。もっとも思い出したくないのはなんといっても、初めての殺人、すなわちディッキー・グリーンリーフをオールの水かきだか握り手でめった打ちにして死に至らしめたときのことだ。他人の命を奪うという行為には、恐怖と同じくらい、いつも奇妙な不可解性がつきまとう。おそらく人はその不可解性に対峙《たいじ》しようとは思わない。なぜなら絶対に理解することができないからだ。人を殺すのは実に簡単だ。もしそれが、プロの殺し屋が見知らぬギャングのメンバーや政敵を始末するような場合であれば。だが、トムはディッキーを非常によく知っていたし、フランクもまた自分の父親を知っていた。それゆえにこの記憶の一時的欠落がもたらされたのではないか。いずれにせよ、トムはこれ以上少年を追いつめるつもりはなかった。

だが、同時に少年がトムの感想をうずうずしながら待っていること、そして少なくとも正直に打ち明けたことに対する誉め言葉を期待していることも彼にはわかっていた。実際、少年が心底から正直になろうと努力したことはトムにも感じとれた。

フランクはリビングルームにいた。夕食のあとトムはテレビをつけたのだが、少年はすっかり退屈しきったようで（土曜日の夜ともなれば無理はない）、ふたたびルー・リードのレコードをかけていた——とはいえ、エロイーズのときほど大きなボリュームではなかったが。トムは少年の手記を部屋に置いたまま、階下《した》に下りていった。

少年は黄色いソファに寝ころび、黄色いサテンを汚さないように足先だけをソファからはみ出させながら、頭の後ろで手を組んで、目をつむっていた。トムが下りてきたのにも気づかない様子だった。それとも眠っているのだろうか？

「ビリー？」トムは呼びかけた。またしても、その必要がなくなるまでは少年を「ビリー」と呼ばなければならないのだと自らに言い聞かせながら。だが、それはどれくらい続くのだろう？

フランクはたちどころに起き上がった。「はい《イエッサー》」

「きみの手記はなかなか——よかったと思うよ。そこそこはね」

「そうですか？——『そこそこ』というのはどういう意味ですか？」

「ぼくとしてはもっと——」トムはとっさにキッチンに目をやった。なかば開いたドア越しに見る限り、すでに明かりは消えていた。やめておけ、とトムは思った。なぜ自分の考えを十六歳の少年に押しつけようとするのか？「きみが断崖の縁に向かっていった瞬間を——」

少年は激しく首を振った。「自分で飛びこまなかったのが不思議なくらいです。しょっちゅうそのことを考えていたのに」

トムには理解できた。だが、それはトムの聞きたかったことではない。彼が聞きたかったのは、誰かの命を絶ったのだという自覚があるのかということだった。もし少年がその不可解性から逃れ得ているのなら、それはそれでよかった。そんなことをうじうじ考え、ついには理解に至ったとしても、それがいったい何になるというのだろう？　いや、実際にそんなこと自体、可能なのだろうか？

　フランクはトムがさらに何か言うのを待っている様子だったが、トムには何も言葉がなかった。

「いままで人を殺したことがありますか？」少年が訊いた。

　トムはソファに近づいた。自分自身に落ち着く時間を与えるためでもあり、マダム・アネットの居室から遠ざかるためでもあった。「ああ、あるよ」

「ひとりだけじゃなくて？」

「正直に言うなら、そうだ」少年はニューヨーク公立図書館の新聞資料室から、トムに関する記載を徹底的に調べあげたのだろう。そしてほんのちょっぴりの想像力も働かせたにちがいない。なぜならどれもみな、疑惑や噂《うわさ》の域を出ず、彼の有罪の決め手となるものでないことをトムは知っていたからだ。ザルツブルク近郊の山腹で起こった、バーナード・タフツの死だけがトムがあやうく官憲に告発されそうになった最大の危機だったが、バーナードは――神よ、彼の悩める魂に安らぎを――自殺だったのだから。

「たぶん、ぼくには自分のやったことがまだ呑みこめないんだと思います」フランクはかろうじて聞き取れるだけの小さな声で言った。左肘《ひじ》をソファの腕にもたせかけた彼は、数分前よりはリラックスしているように見えたが、まだ本物にはほど遠かった。「呑みこめることなんてあるんでしょうか？」

トムは肩をすくめてみせた。「たぶん、ぼくたちはそれに直面できないんだと思う」この「ぼくたち」という言葉はトムにとって特別の意味を持っていた。彼は職業的な殺し屋のことをさしているのではない――これまで何人かそうした連中と出くわしてきたが。

「もしかまわなければ、また音楽をかけてもいいですか？　このレコードよくテリーサと一緒に聴いたんです。彼女も持っているんですよ。ぼくたちふたりとも同じレコードを持ってるんです、だから――」

少年はそれ以上言葉を続けることができなかったが、トムにはその気持ちがよく理解できた。そしてフランクの顔が先ほどよりも自信に溢《あふ》れ、泣き崩れる代わりに微笑《ほほえ》みらしきものさえ浮かべているのを見て喜んだ。「テリーサに電話してやればいいじゃないか」とトムは言いたかった。「音楽のボリュームを上げて、彼女に大丈夫だと、もうすぐ帰ると伝えてやればいい」だが前にも同じことを言って駄目だったことを彼は覚えていた。彼は小さなソファを引いてそれに腰をおろした。「いいかい、フランク。誰ひとりきみを疑っている者がいないんなら、こんなふうに身を隠す必要はないんだよ。もうこれを書いてしまったからには、家に戻っていいと思う――いますぐにもね。そう思わないかい？」

フランクの目がまともにトムを見た。「あなたと一緒にいたいんです、あと数日でいいから。ぼくも働きます。あなたの家のお荷物にはなりたくありませんので。ぼくがいることで、あなたに危害が及ぶかもしれないということですか？」

「いいや」たしかにトム自身そう思わないでもなかったが、その理由を明確な言葉にすることができなかった。ピアーソンという名前が、誘拐犯たちを引き寄せてしまう危険があるということ以外には。「実はきみのために新しいパスポートを手配したところだ——来週までには手に入るだろう。もちろん別の名前でね」

フランクはあたかもトムから思いがけない贈り物を受けたかのように微笑んだ。「本当に？　どうやって？」

トムはふたたび必要もなくキッチンのほうを振り返った。「月曜日になったら新しい写真を撮りにパリへ行こう。パスポートは——ハンブルクで作られることになっている」ここでハンブルクのコネクションすなわちリーヴズ・マイノットの名を口にするのはいささか抵抗があった。「今日注文しておいたよ。さっきのランチの最中の電話さ。きみは新しいアメリカ人の名前を持つことになる」

「すごいや《グレート》！」とフランクは言った。

レコードは次の曲に移り、前とはうってかわったシンプルなリズムだ。トムは夢見るような少年の顔を見ていた。新しい身分のことを考えているのだろうか、それともテリーサという美しい娘のことを？　「テリーサもきみを愛しているの？」トムは尋ねた。

フランクの唇の片端がつりあがったが、それは微笑みには見えなかった。「彼女はそうだとは言ってません。数週間ほど前に、たしかに一度そう言ったけど、彼女には何人もまわりに男たちがいるし――べつに彼女が彼らを好いているというわけではないけれど、いつもぞろぞろついてくるんです。前にも話したように彼女の家族の家はバー・ハーバーにあるし、ニューヨークにもアパートメントを持っているんです。だからいいんです。いまはぼくがどう思っているかなんて言わないほうがいいんです――彼女にも、それ以外の誰かにも。でも彼女にはわかっているはずです」

「ガールフレンドは彼女ひとりだけなの？」

「ええ、もちろん」フランクは微笑んだ。「一度にふたりの女の子を好きになるなんて考えられない。そりゃ、少しはあるかもしれないけど、やっぱり考えられないや」

トムはレコードに聞きいる少年を残して上にあがった。

トムがパジャマに着替えてクリストファー・イシャウッドの『クリストファーとその友人たち』を読んでいると、ベロンブルの敷地に入ってくる車の音がした。エロイーズだ。トムはとっさに時計を見た。十二時五分前。フランクはあいかわらず階下でレコードをかけながら陶酔状態に――願わくはそれが幸福なものであることを彼は祈った――浸っているようだった。エンジンが切られる前にいま一度盛大にブロオオと音をたてるのを聞いたトムは、ただちにそれがエロイーズの車ではないことを悟《さと》った。トムはベッドから跳び起きると、ドレッシングガウンを引っつかみ、階段を駆け下りながらそれをはおった。正面玄関をかすかに開けて外を窺《うかが》うと、玄関の前の砂利《じゃり》道《みち》にアントワーヌ・グレのクリーム色のシトロエンが停まっていた。おりしも助手席からエロイーズが降りてくるところだった。

トムは急いでドアを閉めて鍵をおろした。

フランクは不安げな表情でリビングルームに立ちすくんでいる。

「階上に行っててくれ」トムは言った。「エロイーズだ。誰かに送ってきてもらったらしい。とにかく上に行って自分の部屋のドアを閉めるんだ」

少年は駆け出した。

エロイーズがノブをがちゃがちゃいわせる音を聞きながら、トムはドアに向かって歩きだした。トムが鍵を開けると、エロイーズが、陽気な笑みを浮かべたアントワーヌ・グレを伴って入ってきた。アントワーヌの目が、とっさに階段のほうに向けられたのをトムは見逃さなかった。何か聞かれただろうか？「やあ、アントワーヌ、調子はどうだい？」とトムは言った。

「トム、とっても信じられないことが起こったのよ！」エロイーズがフランス語で叫んだ。「車のエンジンがかからないの！　うんともすんとも言ってくれなかったのよ！　それでアントワーヌがわざわざ家まで送ってきてくれたの。さあ、なかに入ってちょうだい、アントワーヌ。彼が言うにはただの――」

それを遮るようにアントワーヌのバリトンが響いた。「たぶんバッテリーの接続か何かがおかしいんだと思うよ。わたしが様子を見たんだ。大きなレンチとやすりがあればすむ話だね。簡単さ。ただ、あいにくうちには大きなレンチがなくってね。はっはっ！　ところでそういうきみはどうなんだ、トム？」

「おかげさまで上々さ」三人はあいかわらずレコードがかけられたままのリビングルームに入った。「何か飲むかい、アントワーヌ」トムは尋ねた。「どうか、かけてくれたまえ」

「おや、ハープシコード音楽は卒業かい？」アントワーヌがステレオのほうを見ながら言った。まるで香水の匂いでも残ってはいないかと、嗅《か》ぎまわっているかのような顔つきだ。灰色の混じった黒髪に、がっしりした身体《からだ》のアントワーヌは爪先だってぐるりと一回転してみせた。

「ロックのどこが悪い？」トムは言った。「ぼくは幅広い趣味の持ち主なんでね」アントワーヌの目が、二階へあがっていった人物の手がかりを突きとめようとするかのようにリビングルームを見渡すのをトムは見ていた。かつてアントワーヌと彼が、ポンピドゥー・センターの青いビニールチューブもどきの建築物をめぐって繰り広げた退屈な議論が思い出された。トムはそれらを悪趣味だと思い、アントワーヌはそれらを擁護した。彼はそれらの建物が、トムの無教養な（実際にそう言ったわけではないが）目には斬新すぎるのだと言った。

「誰か友人が見えていたのかね？　だったら邪魔して悪かったね」アントワーヌは言った。

「男かい、それとも女？」これはジョークめかしていたが、そこには悪意ある好奇心がありありとうかがわれた。

トムは喜んでアントワーヌを殴ってやりたかったが、唇を引き結び、無理やり笑みを浮かべてこう言った。「当ててみたらどうだい」

このやりとりの間、キッチンに入っていたエロイーズが小さなコーヒーカップを手にして現れた。「さあ、これを飲んでちょうだい、アントワーヌ。帰りのドライブのための気付け薬よ」

禁欲主義者のアントワーヌは、ディナーでもほんのちょっぴりしかワインを飲まないのだった。

「おかけなさいよ、アントワーヌ」エロイーズが言った。

「いや、このままで結構だよ」アントワーヌはコーヒーをすすりながら言った。「きみの部屋にも、リビングルームにも明かりがついていたから――こうしてお邪魔させていただいたわけでね」

トムは玩具《おもちゃ》の水吞み鳥のように機械的にうなずいた。アントワーヌは、トムの寝室に逃げていったのはどこかの少年あるいは少女だかで、エロイーズはそれを見て見ぬふりをしているとでも思っているのだろうか？　トムは腕組みをした。ちょうどそのときレコードが終わった。

「トムが明日わたしをモレまで連れていってくれるでしょう」エロイーズが言った。「修理屋に電話して、あなたの家にわたしの車を取りにいかせればいいわよね？　マルセルよ、あなた知ってたっけ？」

「ああ、知ってるとも」アントワーヌは如才ない仕草でコーヒーカップを下に置いた。たとえ急いでコーヒーを飲むときでも、彼の動作はよどみなかった。「さて、そろそろ退散することにしよう。おやすみ、トム」

　アントワーヌとエロイーズは戸口でフランス風のキスを交わした——頰《ほお》の両側に一回、二回。トムはそれが嫌いだった。もちろんアメリカでいうフレンチ・キスとは違って、まったくセクシーなところはなかったが、ただ馬鹿みたいにしか思えなかった。アントワーヌは階段を駆け上がるフランクの足を見たのだろうか？　いや、そんなことはないはずだ、とトムは思った。「どうやら、アントワーヌはぼくがガールフレンドを連れこんでるとでも思ったらしいね！」ドアを閉めてから、トムは冗談めかした口調でそう言った。

「まさか、そんなことないわよ！　でも、どうしてビリーを隠しているの？」

「べつに隠してなんかいないよ、あっちが勝手に隠れてるだけさ。何しろあのアンリの前にだって出ていこうとしないんだからね。とにかくメルセデスの件はぼくがやるよ——火曜日に」明日は日曜日で、おまけに月曜日は修理屋の定休日なので（フランスの修理屋のほとんどはそうだ。ただし土曜日には営業しているが）そうする以外になかった。

　エロイーズはハイヒールを脱いで、裸足《はだし》になった。

「楽しかったかい？　他に誰かお客は来てた？」トムはレコードをジャケットに戻しながら尋ねた。

「フォンテーヌブローからカップルが一組。旦那様も建築家よ——アントワーヌよりは若いけどね」

　だが、トムはほとんど聞いていなかった。彼はいつもだったらタイプライターがある場所にいまはフランクの手記が置いてあることを思い出していた。エロイーズは二階へ上がろうとしているところだった。少年が客間を使うようになってから、彼女はもっぱらトムのバスルームを使うようになっていた。だが、トムはレコードを片づける手を休めようとはしなかった――どうせ、あと一枚で終わりだ。それにエロイーズはわざわざ彼の机まで行ってそこに置かれたものを読むようなことはしない。トムはリビングルームの明かりを消し、正面ドアに鍵をおろし、それから二階へと上がっていった。エロイーズは彼女の部屋で服を脱いでいる最中だった。彼は少年の手記を手にとると、ペーパークリップで留め、机の右上の引き出しに放りこんだが、思い直して「私信」と書かれたフォルダーにはさんだ。少年はいずれこの手記を破棄しなければならない。たとえそれにどんな価値があったとしても。焼却するのがいい。明日にでも。もちろん少年の同意を得てからであるが。

7

翌日の日曜日、トムはフランクを連れてフォンテーヌブローの森――正確にはフォンテーヌブローの西側に遠出を楽しんだ。フランクはまだ行ったことがなかったし、そこならハイカーや観光客もほとんどいないことをトムは知っていた。エロイーズは同行しなかった。彼女は太陽のもとで日光浴しながらアニエス・グレの貸してくれた小説を読んでいたいと言った。彼女は金髪女性としては驚くほどうまく日焼けすることができた。決して焼きすぎることはなかったが、ときおり彼女の肌はその金髪よりも濃くなることもあった。どうやらエロイーズには両親の遺伝子がうまく組み合わさっているようだ。母親は金髪で、父親は、かつては明らかに黒髪だったのだろう。いま残っている彼の髪は輪を描く灰色の周囲を濃い茶色が囲んでいるにすぎないが、そのさまはトムにどこか聖人めいたものを連想させた。とはいえ、これほど真実から遠く隔たっている事実もないのだが。

昼近く、トムとフランクはヴィルペルスから数キロほど離れたところにある静かな村、ラルシャンを目指してドライブしていた。ラルシャンの大聖堂は建造された十世紀以来、何度か火事で半焼していた。玉石を敷き詰めた小道に寄り添うようにして並ぶ小さな家々は、まるで子どもの絵本から抜け出てきたような外観をしていた。その家々は人間の男女が住むにはあまりにも小さく、トムはなんとなく、またひとりで住むのも悪くないかもしれないなどと考えたりした。だが、はたしてこれまで本当にひとりで暮らしたことなどあっただろうか？　ドッティ叔母《おば》――その名のとおり頭の調子が少々狂《ドッティ》っていたが、金に関しては別だ――と暮らした子ども時代、ティーンエイジャーになって叔母のボストンの住居を離れてから、マンハッタンの安アパートメントでわずかな期間ひとりで暮らしたことはあるが、予備のベッドルームやリビングのソファがあるような裕福な友人たちを見つけてはそこに転がりこんでいた。そして二十六歳のとき、モンジベロでディッキー・グリーンリーフのもとに。ラルシャンの大聖堂のベージュがかった内壁を眺めながら、なぜこれらのことが走馬灯のように思い浮かぶのだろう？

大聖堂にいるのは彼らふたりだけだった。ラルシャンは観光客を引き寄せるような場所ではないので、フランクの存在がばれる恐れはほとんどなかった。むしろフォンテーヌブローのような海外からの観光客で溢《あふ》れている場所のほうが怖かった。それにどうせフランクもすでに行っているだろうと思い、トムはあえて訊《き》かなかったのだ。

戸口のそばの無人売店でフランクは大聖堂の絵葉書を何枚か買い、律義にその分の料金を木箱の料金投入口へ投げいれた。それからまだ手のひらにフランやサンチームがいっぱい残っていることに気づくと、それらをすべて箱に空《あ》けた。

「きみの家族は教会へ行ったりするの？」トムは玉石の敷きつめられた急なスロープを車に向かって下りながら少年に尋ねた。

「まさか、とんでもない」とフランクは答えた。「父はいつも教会を文化的遅滞の産物だと言ってましたし、母はもっと単純に退屈だと思ってます。べつにだからといってストレスも感じてはいないようです」

「お母さんはタルを愛しているのかな？」

フランクはトムをちらりと見てから笑いだした。「愛してるかですって？　ぼくの母はもっとクールに楽しんでいますよ。たぶん恋愛感情はあるのかもしれません。でも絶対に恋に目のくらんだような真似はしないし、それを他人に見せたりはしません。母は元女優なんです。ご存じでしょう？　だから、たぶん実人生でも演技ができるんだと思います」

「きみはタルのことが好きかい？」

フランクは肩をすくめた。「たぶん、彼はいい人だと思います。もっとひどい連中だって見てきましたからね。彼はアウトドア型の人間なんです。弁護士のくせに、とても頑強な肉体の持ち主です。ぼくはふたりのことはふたりに任せておくことにしてるんです」

トムはそれでもなお、彼の母親とタルマッジ・スティーブンスが結婚するかどうかに興味があった。だが、なぜそんな興味をもつ必要がある？　いまはフランクのことのほうがふたりよりもっと重要だし、トムの見る限り、フランクは一族の財産にはまったく無頓着なようだ。たとえ母親とタルが無頓着ではなく、父親殺しの疑惑をたてに少年の相続権を取り消す可能性があるとしても。

「きみが書いたあの手記のことだけれど」とトムは言った。「あれは破棄しなければならないよ。わかってるだろう？　手元に保管しておくのは危険だ。そうじゃないか？」

少年は足元を見おろしながら、ためらっている様子だった。だが、やがてはっきりとした口調でこう言った。「ええ」

「万が一誰かに見つかったら、こんなに実名が出てくるものを創作だとしらばっくれるのは不可能だ」もちろん少年はそう言い張ることもできるのだ。だが、それはいささか常軌を逸しているように思えた。「それともきみは告白しようなんて思ってるんじゃないだろうね？」トムは、そんなことは完全な狂気の沙汰《さた》だという含みをこめて尋ねてみた。

「ああ、違います。とんでもない」

少年の否定の激しさにトムは胸を撫《な》でおろした。「わかった。じゃあ、きみの了承のもとにぼくはあれを今日の午後破棄するからね。もう一度あれを読み直したいかい？」トムはそう言いながら車のドアを開けた。

少年は首を横に振った。「もう結構です。前に一度読みましたから」

ベロンブルに戻り、昼食を済ませたあとトムは少年の手記を四つ折りにしたものを手に（エロイーズが暖炉のあるリビングルームでハープシコードの練習をしている最中だったので）庭へ出た。フランクはマダム・アネットが洗濯してアイロン掛けをしたブルージーンズに着替え、温室の近くで鋤《すき》をふるっていた。トムは庭の片隅の、森に近い場所で手記をことごとく燃やした。

午後八時少し前に、トムはリーヴズの友人ことエリック・ランツを駅に迎えにいくために車でモレに向かった。フランクもまた行きだけ同乗して、帰り道は散歩しながら帰ってきたい（彼は歩ける距離だからと主張した）と言った。トムはしぶしぶながら同意した。彼は家を出る前にあらかじめエロイーズにこう言ってあった。「ビリーには夕食を自分の部屋で食べさせるからね」そしてエロイーズが「あらまあ、どうして？」と尋ねたので、こう答えておいた。「そのお客がビリーを見て、何かはした仕事でもさせようなんて考えを起こされたら困るからさ。ぼくとしてはたとえ金をはずむからと言われても、あの少年をトラブルに巻きこみたくないんだ。リーヴズとその友人とやらがどんな連中だか、きみも知っているだろう」エロイーズもそれは薄々とは知っていたし、トムはしばしば彼女にこう言ってきたのだ。「あれでリーヴズはなかなか役に立ってくれる男なんだ――必要なときにはね」つまりそれは、こちらが必要なときには特殊なサービスを供給してくれるということだった――たとえば新しいパスポートを供給したり、何かの仲介をしたり、ハンブルクにおける隠れ家の提供といった。エロイーズはそうした経緯をなかば理解しているときもあれば、まったく理解していないときもあった。だが彼女は知りたいとも思ってはいなかったし、それはそれでおおいに結構だった。おかげで詮索がましい父親がいくら情報を聞き出そうとしても、たいした結果は得られずにすんでいるのだから。

道路の端の空き地の前にトムは車を寄せて停めた。「じゃあ、こうしよう。ここはベロンブルから三、四キロ離れた地点だ。ちょっとした散歩にはちょうどいい距離だ。きみをモレまで連れていくことはできない」

「わかりました」少年はそう言って車のドアを開けようとした。

「ちょっと待って、まだあるんだ」トムはそう言ってズボンのポケットから平らなケースを取り出した。それはエロイーズの化粧台からくすねてきたパンケーキ・ファンデーションだった。「そのほくろは隠したほうがいい」彼はペースト状のファンデーションを少量とってフランクの頬《ほお》につけ、指で伸ばした。

フランクはくすくす笑った。「なんだか、おかしいや」

「これを持っているといい。エロイーズはこの手のものを山ほど持っているから、ひとつくらいなくなっても気づきはしないだろう。さてと、ここから一キロほど戻るからね」そう言って彼は車をターンさせた。

少年は何も言わなかった。

「ぼくが戻るまでには家に帰っているんだよ。お客のいる前できみを正面玄関から入れるわけにはいかないからね」トムはベロンブルから一キロほどの地点まで戻ると車を停めた。「じゃあ、散歩を楽しんでおいで。マダム・アネットが夕食をぼくの部屋に運んできてくれることになっている。彼女にはきみが今夜は早寝したがっているからと伝えておいた。ぼくの部屋から出るんじゃないよ。わかったね、ビリー?」

「はい《イエッサー》」少年は微笑《ほほえ》み、手を振ってから、ベロンブルに向かって歩きだした。

トムはふたたび車をターンさせて、一路モレへ向かった。おりしもパリからの列車が乗客をいっせいに吐き出しているところだった。トムは少しばかり気おくれを感じていた。エリック・ランツは彼の顔を知っているのに、彼は相手の顔を知らないのだ。おまけにどんな人物なのかまったくわからなかった。トムはゆっくりと改札出口に向かって歩きはじめた。三角の帽子をかぶった小柄なみすぼらしい駅員が、かがみこむようにして、切符が今日の日付けのものであるかどうかをチェックしている。フランス国内の鉄道旅行客の四分の三が、半額に相当する割り引きを受けている学生や、老人、公務員、それに傷痍《しょうい》軍人らであることをトムは知っていた。フランス国有鉄道がしょっちゅう赤字を嘆いているのも無理はない。トムはゴロワーズに火をつけると、空を見上げた。

「ミスター――」

トムは青い空から目の前の笑みを浮かべた顔に視線を転じた。やけに赤い唇をした、小柄な、黒い口ひげをたくわえた男が立っている。男は悪趣味なチェックのジャケットに派手なストライプのネクタイをして、とどめに黒縁の丸眼鏡までかけていた。トムは答えず、相手が何か言うのを待った。男はまったくドイツ人には見えなかったが、人間は見かけではわからない。

「トム？」

「そうだ」

「エリック・ランツだ」男は小さくお辞儀をしてみせた。「初めまして。わざわざ迎えにきてくれてありがとう」エリックは二個の茶色い安っぽいビニール製の鞄《かばん》を手に提げていた。どちらも飛行機なら機内持ちこみ手荷物と見なされそうなほどの大きさしかなかった。

「それからリーヴズがよろしくと言ってたぜ！」トムが身ぶりで示した、車が停めてある場所に向かって歩きだすとエリックの笑みはますます広がっていった。たしかにその言葉にはドイツ語のアクセントがあったが、ごくわずかだった。

「旅行は快適だったかい？」トムが尋ねた。

「もちろん！　それにフランスは楽しいからね！」エリック・ランツはあたかもコートダジュールか、どこかのフランス文化の粋を誇る美術館か何かに足を踏み入れたような口調で言った。

　トムはわけもなく不快な気分になった。だが、それがどうだというのだ？　彼はお客に対して礼儀正しく振る舞い、夕食とベッドと朝食を提供すればいいだけのことじゃないか。

それにエリック・ランツが何を要求するというのだ？　エリックはふたつの鞄をルノーのステーションワゴンのシートに載せることとさえ断って、床にじか置きしていた。トムはスピードをあげて一路家に向かった。

「あーあー」エリックが口ひげをむしり取りながら言った。「このほうがずっとましだ。このグルーチョ・マルクスみたいな代物《しろもの》ときたら」

次は眼鏡が外され、トムは思わず運転席の右を盗み見た。

「まったくリーヴズときたら！　ああいうのを英国人は『度が過ぎる』って言うんだぜ。まったくこの程度の仕事にパスポートを二枚用意するとはね」エリック・ランツは上着の内ポケットに入っているパスポートから、あの安っぽいビニール鞄に入っていたとおぼしき、洗面用具セットの二重底に隠されていたパスポートの写真の人物へと変貌を遂げつつあった。

いまや上着のポケットには本来の彼自身に似ている写真のパスポートがおさめられているることだろう、とトムは思った。男の本当の名前はなんというのだろう？　あの黒髪は本物なのだろうか？　リーヴズの走り使いをする以外のときは何を生業《なりわい》にしているのだろう？　金庫破りとか？　それともコートダジュールで宝石泥棒か？　トムは訊かないでおくことにした。「きみもハンブルクに住んでいるのかい？」トムは相手への礼儀から、また自分自身の学習のためにドイツ語を使った。

「いや《ナイン》！　西ベルリンさ。あっちのがはるかにおもしろい」とエリックは英語で答えた。

それにたぶん稼ぎもいいんだろうな、とトムは独りごちた。もしこの男が麻薬や違法入国者の運び屋をやっているのなら。今回は何を運んでいるのだろう？　男の身につけているもので、かろうじてその靴だけが高級品であることにトムは気づいていた。「明日、誰かと会う約束があるのかい？」トムはいま一度ドイツ語で尋ねてみた。

「ああ、パリでね。あんたの家を朝の八時には出なくちゃならない。もし、迷惑でないならね。申しわけないが、リーヴズは、おれとその——その男が空港で出会えるようにはからえなかったのさ。そいつはまだこっちに到着しちゃいないんでね。まだ着いちゃやばいのさ」

ふたりはヴィルペルスの村に入った。エリック・ランツのあけっぴろげな様子に、トムは思わずこう尋ねずにはいられなかった。

「そいつに何かを運ぶのかい？　差し支えなければ教えてもらえるかな」

「宝石さ！」エリック・ランツはくすくす笑いながら答えた。「そりゃあ、美しいもんだぜ。真珠とか——まあ、今日びはあんまり人気がないが本物だ。それからスマラクトつまりエメラルドのネックレスさ！」

なるほどね、とトムは心のなかで呟《つぶや》き、何も言わなかった。

「エメラルドは好きかい？」

「本当のことを言うなら、ノーだ」トムはとりわけエメラルドが大嫌いだった。エロイーズが彼女の青い目に似合わないので嫌っているせいかもしれない。エメラルドをつけている女も、グリーンを身につけている女もまた好きになれなかった。

「実はあんたにも見せようと思ってたんだよ。いやあ、なかなかいいところじゃないか」車がベロンブルの門扉を通りすぎるのを見ながら、ランツは満足そうな、ほっとしたような口調でそう言った。「これでやっとリーヴズからさんざん聞かされてきた、あんたのご機嫌な家にお目にかかれるってわけだ」

「ちょっとここで待っててもらえないか?」

「誰か客がいるのか?」エリック・ランツはとたんに警戒した様子を見せた。

「いや、そうじゃないよ」トムはそう言ってハンドブレーキを引いた。彼は自室の明かりがついているのを見て、たぶんフランクはそこにいるのだろうと思った。「すぐ戻る」トムはそう言い、玄関の階段を駆け上がってリビングルームに入った。

エロイーズは俯せになって黄色いソファに寝そべり、裸足《はだし》を腕木にかけて、本を読んでいた。「あら、ひとりなの?」彼女は驚いた様子で尋ねた。

「いや、エリックは車に待たせている。ビリーは帰ってきたね?」

エロイーズは身体《からだ》の向きを変えてソファから起き上がった。「彼なら二階にいるわよ」

トムは車に戻ってエリック・ランツを招じ入れた。そしてドイツ人をエロイーズに紹介し、彼の泊まる部屋へ案内するからと言った。ちょうどそのときマダム・アネットがリビングルームに入ってきたので、トムはこう言った。「ムッシュー・ランツ、こちらはマダム・アネットだ。お客様はぼくが案内するからいいよ、マダム」

二階の、先ほどまでフランクが使っていた部屋――もちろんいまはその痕跡はなかったが――に入ってから、トムは尋ねた。「あれでよかったのかな？　妻にはエリック・ランツで紹介しちゃったけれど」

「はっは、それはおれの本名だよ！　もちろんここならオーケーさ」エリックはビニールの鞄をベッドの足元に置いた。

「ならば、結構」とトムは言った。「そこがバスルームだ。下りてきたら一杯やろう」

同じ夜の十時ごろ、トムはエリック・ランツを家に泊める必要があったのだろうかと考えていた。ランツは明日モレ駅九時十一分発の列車でパリへ向かうことになっていた。モレまではタクシーを呼ぶから気にしないでくれ、とエリックは言った。トムもまた明日フランクを連れて車でパリへ行くことになっていたが、エリックにそれを言うつもりはなかった。

コーヒーが出るころには、ランツはしきりにベルリンの話をまくしたてていたが、トムはなかば上の空でそれを聞いていた。最高におもしろいぜ！　終夜営業の店は山ほどあるし、ありとあらゆる人々が、自由気ままに生きている。なんでもありさ。観光客はさほど多くない。せいぜい会議に招かれて出席するようなお堅い連中がいいところだな。ビールはすばらしいぜ。ランツはモレのスーパーマーケットでも手に入るミューツィヒという銘柄を愛飲していた――彼はハイネケンよりうまいと断言した。「だけど本当に最高なのはピルスナー・ウルケルさ――樽生《たるなま》のね！」エリック・ランツはすっかりエロイーズにのぼせあがり、彼女にできるだけいい印象を与えるべく奮闘しているように見えた。トムはエリックが、鞄を引っぱりだして彼女に宝石を見せようなどという気を起こさなければいいがと思った。さぞかしおかしな具合だろう！　美しい女性に宝石を見せ、またそれを彼女の鼻先から引っさらわなければならないなんて。なぜなら、その宝石は彼のものではないからだ。

エリックは予定されている産業ストライキの可能性についてしゃべっていた。彼の話ではもしそれが実施されるなら、ヒトラー登場前の時代から数えて初めてのものになるとのことだった。彼にはどこか細かすぎる計算高さのようなものが感じられた。彼は二度立ち上がって、ハープシコードのベージュと黒の鍵盤の美しさを誉めた。ほとんどあくびを噛《か》み殺さんばかりだったエロイーズは、コーヒーが出る前にふたりにおやすみを言ってすでに寝室に引きこもっていた。

「ムッシュー・ランツ、どうかくつろいでお休みくださいね」エロイーズは微笑みとともにそう言い置いて、上にあがっていった。

エリック・ランツは、彼女が一緒のベッドにいてくれれば、もっとくつろげるのにと言わんばかりの視線で彼女を見つめていたが、さっと立ち上がると、危うくつんのめりかけた。そして今晩二度目のお辞儀をしてみせた。「おやすみなさい、マダム！」

「リーヴズはどうしてる？」トムは何げない口調で尋ねた。「あいかわらずあのフラットに住んでいるのかい！」トムはそう言ってくすくす笑った。リーヴズと臨時雇いのメイドのガービーは、彼のフラットが爆破されたとき幸いにもそこに居合わせなかった。

「もちろん！　あいかわらずおんなじメイドとね！　ガービーさ！　まったくあれはいい女だ。こわいもの知らずで！　まあ、リーヴズのことが好きなんだな。奴さんがあの女の人生に少しばかり刺激を与えてやってるのは知ってるだろう？」

トムは話題を変えた。「ところでさっき言ってた宝石を見せてもらえるかな？」この際、知識を増やしておくのもいいだろうと彼は思っていた。

「もちろんだとも」エリック・ランツはまたしても立ち上がると、空《から》っぽのコーヒーカップと、同じく空になったドランビュイのグラスに未練がましげな視線を投げた。

ふたりは二階にあがり、客間に入った。トムの部屋のドアの下の隙間からは光が漏れていた。あらかじめ少年にはドアを内側からロックしておくようにと言ってあった。明かりをつけっぱなしにしているのは、フランク自身の判断によるものだろう。トムにはいささか大袈裟すぎるように思えた。エリックはぱんぱんに膨れたビニール鞄のひとつを開け、その底を探っていた――たぶん二重底になっているのだろう――そして紫のベルベットのような布を取り出してベッドの上に広げた。布の中央には宝石が輝いていた。

ダイヤモンドとエメラルドのネックレスを見てもトムの心は冷めていた。もしその余裕があったとしても、買おうという気にはなれなかった。たとえそれがエロイーズのためであろうと、誰のためであろうと。そのなかには数個の指輪も混じっていた。ひとつは相当な大きさのダイヤモンドがついたもの、他はエメラルドだった。

「それから、このふたつは——サファイアさ」エリック・ランツは芝居がかった抑揚をつけて言った。「出所がどこかは教えられないよ。けど、かなりの値打ちものだってことは確かだ」

エリザベス・テイラーが最近盗難にあったという噂《うわさ》はあっただろうか、とトムは思った。いやはや、実に驚くべきことだ。人々がこのように醜悪なものに——おまけに派手派手しい——価値を見いだしているとは。トムだったら、デューラーのエッチングかレンブラントを所有するほうを選ぶだろう。たぶん、これは彼自身の趣味が洗練されてきたということなのかもしれない。これが、ディッキー・グリーンリーフとモンジベロで同居していたときの二十六歳のころだったら、自分はやはりこれらの宝石に感銘を受けていただろうか？　たぶん。だが、それはあくまでもその金銭的価値に対してだ。そして、そのおかげで彼はひどい目にあった。いまの彼は、その金銭的価値にすら心動かされなかった。たぶん、自分の審美眼が向上したということなのだろう。トムはそう考えてため息をついた。

「たいそう美しいものだね。ところで、よく、シャルル・ド・ゴール空港で誰にも見とがめられなかったものだね？」

エリックは気を悪くした様子もなく笑った。「誰もおれのことなんか気にとめやしないさ。あんな馬鹿げた口ひげに、ちんけな格好をしてりゃね——安っぽい悪趣味な服装をした男になんて誰も注意を払いやしない。通関をやり過ごすにはテクニックが、ある種のポーズが要求されるんだ。おれはまさにそれをマスターしてるからね。あんまりさりげなさすぎてもいけないが、あんまりおどおどしすぎてもよくない。だからリーヴズはおれを気に入ってるのさ——つまり何かを運ばせるのにって意味だがね」

「この宝石は最終的にどこに行き着くんだい？」

エリックはふたたび紫色の布に宝石をくるみはじめていた。「さあね。おれの知ったことじゃないしね。おれは明日パリで相手と会うだけだ」

「どこで？」

エリックはにやりと笑った。「人のわんさかいる場所さ。サンジェルマン地区の。だが、おれは正確な場所や時間までは教えない」彼はからかうようにそう言って笑った。

トムもまた微笑んだが、たいした関心はなかった。これはイタリアの伯爵《はくしゃく》ベルトロッツィが泊まったときと同じくらい馬鹿げていた。伯爵はベロンブルにゲストとして一泊したのだが、彼の歯磨きチューブには——本人のまったく与《あずか》り知らぬことだったが——マイクロフィルムが隠されていた。トムはリーヴズのたっての頼みで、エリック・ランツがいま使っているバスルームからこっそり歯磨きチューブを盗み出さねばならなかったのだ。

「時計は持ってるかい？　それともマダム・アネットに頼んで起こしてもらうようにしようか？」

「いや、おれは目覚まし時計を持ってるからね。八時少し過ぎたらここを出るということでどうだろう？　できればタクシーは使いたくないんだ。でも、もし時間的に無理だというのなら——」

「心配するな」トムは上機嫌な口調で遮った。「ぼくは時間に融通のきく立場だからね。とりあえずは、ゆっくり休んでくれたまえ、エリック」そう言い置いてトムは部屋を出た。自分の宝石に対する賞讃が少なすぎるとエリックに思われはしないかと気にしながら。

　パジャマを忘れていたことに気がついたのはそのときだった。彼は裸で眠るのが嫌いだった。もし裸になるとしても、それはもっとあとになるべきだというのが彼の意見だった。多少ためらいつつも、指先で自室の部屋を軽くノックする。ドアの下からはまだ光が漏れていた。「トムだ」彼はドアの隙間に向かって囁《ささや》いた。すぐに少年のものとおぼしき、軽やかな、裸足の足音がした。

　フランクがにこやかな笑みを浮かべてドアを開ける。

　トムは唇に指をあてて、なかに入って、ドアをロックした。「悪いけど、パジャマをとらせてくれ」彼はバスルームから自分のパジャマと室内履きをとってきた。

「もう来てるんですか？　どんな奴なの？」フランクは隣室のほうを指さしながら尋ねた。

「気にしないでいいよ。奴は明日の朝八時きっかりにここを出ていく。ぼくがモレへ送りにいって帰ってくるまで、この部屋にいてくれ。いいね、フランク？」トムは少年の右頬にまたほくろが現れているのに気がついた。顔を洗うか、風呂に入るかしたせいだろう。

「わかりました《イエッサー》」フランクは答えた。

「それじゃ、おやすみ」トムは少しためらってから、少年の腕を優しく叩《たた》いた。「無事に戻ってきてくれて、ほっとしたよ」

フランクは微笑んだ。「おやすみなさい」

「ドアをロックするんだよ」トムはドアの前でそう囁いてから外に出た。そしてロックがおりる音をかすかに確認した。ドイツ人の部屋のドアの下からも光が漏れていたが、バスルームから水音と何かのメロディを口ずさむ声が聞こえていた。『なぜ泣いてるのか訊かないで』——なんと可愛《かわい》らしいセンチメンタルなワルツときた！　トムは身体をふたつに折って声を殺して笑った。

エロイーズの部屋の前まで来たとき、トムはふと立ち止まった。もしジョニー・ピアーソンが私立探偵を連れて弟を探すためにフランスへ来ていたら？　これは少しばかり厄介なことになる。明日少年を連れて大使館付近へ行ったりしたら——パスポート写真を撮るためにはそのほうが便利なのである——ジョニーが弟のことで大使館に相談に来ていたなどということはないだろうか？　起こってもいないことをいまから心配して何になる、とトムは自分に言い聞かせた。それに、もしそうだとしても、それがなんだというのだ？　少年が身を隠したがっているからといって、なぜそうまでしてフランクを必死に守らなければならないのだ。自分もまたリーヴズ・マイノットなみの策謀の世界に入りこもうとしているのだろうか？　トムはエロイーズの部屋のドアをそっとノックした。

「どうぞ」なかからエロイーズの声がした。

翌朝、トムはエリック・ランツを——あいかわらずひげなしのまま——乗せて、九時十一分の列車に間に合わせるためにモレへ向かった。エリックは上機嫌で、彼らが走り抜けている農地について——質の悪いものは家畜の腹へ、いいものは人間様の腹におさまるんだとか、なんでもかんでも助成金を出すもんだから、フランス農家はすっかり無能になってしまったんだとかいったことをひとしきりしゃべった。

「それでも——フランスってのはいいところだぜ。今日はいくつか絵の展覧会をまわってみようと思ってるんだ。お客さんとの約束は——まあ——その早いとこ終わりそうなんでね」

エリックの会見が何時だろうとトムの知ったことではなかった。だが、彼は今日、少年をボーブールで行なわれている〈パリ・ベルリン〉展に連れていこうと思っていた。万が一会場で鉢合わせでもしようものなら——もし、少年と一緒にいるところを見られでもしたら、エリックはフランク・ピアーソンの失踪を思い出すにちがいない。おかしなことだ、とトムは思った。どの新聞もまだフランクが誘拐された可能性については示唆していない。とはいえ誘拐犯たちは、それよりも早く身代金を要求する傾向がある。おそらくフランクの家族は、少年が自分自身の意志で家出し、逃げ続けていると思っているにちがいない。ペテン師どもにとっては、いまこそ、誘拐してもいない少年を預かったと称して身代金を要求する絶好のチャンスだった。そうだ、何がいけない——トムはその考えに思わずほくそ笑んだ。

「何がおかしいんだよ。あんたたちアメリカ人にとっちゃ、あんまりおもしろくない話だと思うぜ」とエリックが言った。彼は気軽そうな口調を装っていたが、そこにはいかにもゲルマン的な生真面目《きまじめ》さが感じられた。エリックはドルの価値の下落と、ヘルムート・シュミットの賢明な経済管理に比してカーター大統領がいかに無策であるかについて論じていたのだった。

「失礼」とトムは言った。「シュミットか、別の誰かが言ってたことを思い出していたんだよ――『アメリカの金融政策はいまや未熟なアマチュアどもの手に委ねられている』って、ね」

「そのとおりだよ！」

おりよく車はモレの駅前に到着し、エリックはそれ以上先を続けることはできなかった。握手、そして「ありがとう」の言葉が交わされた。

「それじゃ、いい一日を！」トムはそう言った。

「ああ、そっちもな！」エリックは微笑みを残して、車の外に出た。その両手にビニール鞄の取っ手をしっかりと握りしめて。

ヴィルペルスに戻ってきたトムは、村のなかほどで郵便配達中の黄色いヴァンが巡回しているのを見た。今日もまたいつもどおり郵便物は九時半に配達されるにちがいない。トムはちょっとした用事を思い出した。混雑しているパリでやるよりは、ここで済ませておいたほうが楽だろう。彼は郵便局の前に車を停めると、なかに入っていった。その日の朝、最初のコーヒーを飲みながら、トムは階下に下りて、リーヴズへのちょっとしたメモを書いていた。「……少年は十六、七歳だが、それより若くはない。身長は百七十八センチ。茶色のまっすぐな髪で、生まれは合衆国ならどこでもいい。なるべく早くぼくのところに速達で送って寄こしてほしい。見返りに何がほしいか言ってくれ。いつもすまない。とり急ぎ用件のみにて失礼するよ。E・Lはここに滞在している。こっちはすべてオーケーのようだ」ヴィルペルスの郵便局でトムは九フラン分の速達料金を払った。カウンターの向こうにいる娘は封筒に赤い速達のラベルを貼《は》ったが、封がされていないことに気づいて、トムに指摘した。トムはまだ同封したいものがあるのでと言って、封筒を受けとり、そのまま家に持ち帰った。

フランクはリビングルームにいた。少年はすでに着替えを済ませ、朝食を終えたところだった。

エロイーズはまだ下りてきてはいないようだった。

「おはよう。気分はどうだい？」トムは尋ねた。「よく眠れたかい？」

フランクは立ち上がった。その顔はトムへの崇拝もあらわに輝いていた。それを見てトムは少しばかりくすぐったいような気分になった。少年の顔は、ときおり、あたかも恋するテリーサを見ているような陶然とした表情を帯びることがあった。「ええ、今朝《イエッサー》はお客さんをモレまで送っていったんでしょう？　マダム・アネットから聞きました」

「ああ、もう出発したから大丈夫だ。これから二十分後に家を出よう。いいね？」トムは少年が黄褐色のポロネックのセーターを着ているのを見て、パスポート写真としてはそのほうがいいだろうと思った。「フランス・ディマンシュ」に掲載されていたものは——たぶんパスポート写真だろう——シャツにネクタイをつけていたので、フォーマルから遠ければ遠いほど結構だった。トムはさらに少年に近づいた。「髪を右わけにするのを忘れないように。でも今日写真を撮るときは、なるべく前と横に垂らすようにするんだ。そのときになったらまた言うよ。櫛は持っているね？」

フランクはうなずいた。「はい《イエッサー》」

「それからファンデーションは？」少年がすでにほくろを隠していることにトムは気がついていたが、彼はそれを一日じゅう保たなければならないのだ。

「大丈夫、ここにあります」少年はそう言って右尻のポケットを叩いてみせた。

トムが二階へ上がると、マダム・アネットがエリック・ランツが使っていたシーツをはがして、つつましやかにフランクが昨晩使ったものと取り替えているところだった。その作業はトムに昨日のことを思い出させた。マダム・アネットがトムの使っていたシーツを新しいものに替えようとすると、少年はそのままでいいからと主張したのだった。フランクはトムの使っていたもので満足だと言い、マダム・アネットはそれをきわめて思慮深い態度だと見なしたようだった。

「旦那様と、あのお若い方は今晩こちらに戻られるんですね？」彼女が尋ねた。

「ああ、夕食の時間までにはね」トムは郵便配達ヴァンのハンドブレーキが引かれる音を聞いた。彼は自分の部屋のクローゼットから、彼には少し小さすぎるブルーのブレザーを取り出した。フランクのあの独特のダイヤモンド・チェックの柄の上着がパスポート写真に載ってしまうのはまずい——もし、フランクが上着をつけなければならなかった場合の話だが。

クローゼットの床にずらりと並んだ靴がトムの目をとらえた。どれもぴかぴかに磨きあげられている！　おまけに兵隊の靴のようにずらりと一列に並べられているではないか！　彼はグッチのローファーがこれほどまでに見事に光り、あるいはコードバンがこれほどまでに深みのある輝きを放つのを見たことがなかった。フォーマル用のエナメル靴でさえ、その馬鹿げた畝織りのリボンにいたるまで、新たな光沢を帯びていた。フランクがやったにちがいない。トムにはわかっていた。マダム・アネットもときおりはブラシをかけたが、これほどまで完璧ではなかった。トムはひどく感銘を受けていた。大富豪の相続人であるフランク・ピアーソンが彼の靴を磨くとは！　トムはクローゼットのドアを閉めると、ブレザーを手に階下に向かった。

たいした郵便物はなさそうだった。いまここでわざわざ開ける気にはなれない銀行からの封筒が二、三通、友人のノエルのものとおぼしき筆跡で書かれたエロイーズ宛ての封筒。トムは「インターナショナル・ヘラルド・トリビューン」の茶色い封を切った。そしてまだリビングルームにいたフランクに向かってこう言った。「そのツイードのジャケットの代わりにこれを着たまえ。ぼくのお古だが」

フランクはひどく嬉《うれ》しそうな顔をして、丁寧な動作で上着に腕を通した。袖《そで》が少々長すぎるようだったが、少年はそっと腕を曲げて言った。「すごいや！　ありがとうございます！」

「よかったら、ずっと着てていいよ」

フランクはますます嬉しそうに微笑んだ。「ありがとうございます――本当に。ちょっと失礼します。すぐに戻ってきますから」そう言って少年は階段を駆け上がっていった。

「ヘラルド・トリビューン」にさっと目を通したトムは、二ページ目の下段に、小さな記事を見つけた。「ピアーソン家、探偵を派遣」という控えめな見出しがついていた。写真はない。トムはその記事を読んだ。

食品産業の大立者であった故ジョン・J・ピアーソンの未亡人ミセス・リリー・ピアーソンは、行方《ゆくえ》不明になっている次男を探すため私立探偵をヨーロッパに派遣した。フランク・ピアーソン君（十六歳）は七月以来メイン州の自宅から姿を消していたが、ロンドンとパリにいたことが確認されている。実兄のジョン君（十九歳）が私立探偵に同行しているが、フランク君は家を出た当時、兄のパスポートを持っていたとのことである。捜索はパリから行なわれる予定。いまのところ誘拐の可能性はないものと考えられている。

トムはこれを読みながら、ほとんど当惑にも似た激しい不安を覚えていた。もし万が一、フランクの兄と私立探偵と出くわしてしまったらどうしよう？　家族はただフランクの行方を探し出そうとしているだけだということはわかっていた。トムはこの記事を少年に見せるつもりはなかったし、新聞を家に置きっ放しにしておくつもりもなかった。エロイーズは新聞を広げても、ざっと目を通す程度だったが、もし彼がそれを持っていってしまえば、やっぱり読みたがるかもしれない。それにしても、この私立探偵と少年の兄について、フランスの新聞にはいったいどのように書かれているのだろうか？　あるいはそちらにフランクの写真が掲載されている可能性はあるだろうか？

フランクの準備が整うのを待って、トムはエロイーズに行ってくると声をかけた。

「私も一緒に行きたかったのに」とエロイーズは言った。

その朝二度目の不快な出来事だった。これはまったくエロイーズらしくなかった。ふだんの彼女だったら、いつも他にたくさんやることがあるはずだった。「昨日の夜のうちに言っておいてくれれば、支度できたわ」彼女はピンクとブルーのストライプのジーンズに、ノースリーブのピンク色のブラウスをつけていた。エロイーズのようなきれいな女性なら、八月のパリでどんなものを着ていようがいっこうにかまわないだろうが、フランクのパスポート用の写真を撮りにいくのだと知られたくはなかった。「でも、ぼくたちはボーブールへ行くつもりだったんだ。きみはあの展覧会をもうノエルと見たと言ってたじゃないか」

「ビリーはいったいどんな問題を抱えているの？」エロイーズはそう尋ねながら金色の眉《まゆ》

毛《げ》をいぶかしげに寄せてみせた。

「問題だって?」

「彼、なんだかひどい悩みを抱えているように見えるわ。それに、あなたをとっても尊敬しているみたい。もしかしたら『タペット』なの?」

それは同性愛者を意味する言葉だった。「ぼくの見る限りそんなことはないけどね。きみはそう思うのかい?」

「彼いったいいつまで家にいるつもりなの? もう一週間近くにもなるわよね」

「そのことなら、彼は今日は旅行会社に連れていってほしいと言っていたよ。パリのね。ローマへ行くとか言っていた。たぶん今週中には出ていくだろう」トムはそう言って微笑んだ。「それじゃあ、行ってくるよ、ダーリン。七時ごろには戻ってくる」

家を出る間際にトムは「ヘラルド・トリビューン」を引ったくり、それを小さく折って、乱暴に尻のポケットに突っこんだ。

8

トムはルノーを使うことにした。本当はメルセデスのほうがよかったのだが。あらかじめエロイーズに、今日車が入り用かどうか尋ねておかなかったことを悔やんだ。メルセデスはまだグレの家にあるのだ。だが車を使うつもりだったなら、エロイーズは何か言っているはずだ。フランクは頭をシートにもたせかけ、開いたウィンドーから流れこむ風に吹かれながら、ひどく浮き浮きとしている様子だった。トムは自分のもやもやした思いを気分転換するためにメンデルスゾーンのカセットのスイッチを入れた。

「いつも、ここに車を置いていくんだ。市街地で駐車する場所を探すのは大変だからね」トムはそう言ってポルト・ドルレアン近くの駐車場に車を停めた。「そうだな――午後六時ごろには戻る」トムは顔見知りの係員にフランス語で告げた。入口を通ったときに機械から受けとった駐車券には、到着時刻が記されてあった。彼とフランクはそこからタクシーを拾った。「ガブリエル通りまで」とトムは運転手に言った。まっすぐ大使館に乗りつけるのは避けたかったし、ガブリエル通りと直角に交わる、写真館のある通りの名前も覚えていなかった。その近くまで行ったところで、運転手に言って降ろしてもらえばいいだろう。

「これこそ人生っていうものなんですね。ここはパリで、ぼくはあなたと一緒にタクシーに乗っている！」フランクがあいかわらず夢見心地の口調で叫んだ。なんの夢を見ているのだろう――自由の？　少年はタクシー代を自分が持つと言って聞かなかった。彼はトムの古いブレザーの内ポケットから札入れを取り出した。

万が一少年が取り調べを受けるようなことになったら、あの札入れから他にどんなものが出てくるのだろう、とトムは思った。彼はガブリエル通りのすぐ近くの、目的の通りで降ろしてもらった。「あそこに写真屋がある」トムは、二十メートル先の、玄関口にぶら下がっている小さな看板を指さして言った。「店の名はマルグリットとか、そんなものだったと思う。ぼくはきみと一緒に入るわけにはいかない。ほくろはいまのところうまいこと隠れているようだけど、くれぐれも触らないようにね。髪はもっとくしゃくしゃにして。ほんのちょっぴり笑ったほうがいい。深刻そうな顔をしないで」わざわざトムがそう言ったのは、少年がほとんどいつも深刻そうな顔をしていたからだった。「サインをするように言われるから、チャールズ・ジョンソンとでも書いておけばいい。身分証明書を求められる心配はないからね。ついこの前、ぼくも同じことを、あそこでやったからわかっているんだ。いいね？」

「はい《イエッサー》」

「ぼくはあそこで待ってる」トムは道の向こう側のカフェ・バーを指さして言った。「終わったら、あの店に来たまえ。写真ができるまで一時間かかると言われるからね。実際には四十五分くらいのものなんだが」

それからトムはガブリエル通りに歩いていき、左に曲がってコンコルド広場へ向かった。そこに新聞の売店があるのを知っていたのだ。彼は「ル・モンド」紙と、「フィガロ」紙、さらに第一面を青、緑、黄色で飾り立てた、けばけばしいスキャンダル紙の「イシ・パリ」も買った。トムは「イシ・パリ」にさっと目を通しながらカフェ・バーに戻った。「イシ・パリ」は、クリスティナ・オナシスとロシア人プロレタリアとの驚くべき結婚に丸々一ページを割いていた。また、マーガレット王女の新しいお相手となるのではないかと思われる、王女よりほんの少し若いイタリアの銀行家についても一ページを割いていた。あいも変わらず話題はセックスのことばかりだった。誰と誰がやったか、誰と誰が怪しいか、あるいは誰と誰が切れたとか。腰をおろしてコーヒーを注文するころには、トムは「イシ・パリ」のすべてのページに目を通し終わり、フランクについては何もないのを確認していた。考えてみればセックススキャンダル記事に登場するわけがなかった。最後から二番目のページには、いかにして真のパートナーに巡りあうかといった広告が満載されていた——「人生は短いのです。いますぐ、あなたの夢を実現させましょう」——そして空気を入れて膨らませるさまざまなゴム人形のイラスト入り広告。値段は五十九フランから三百九十フランまで、あらゆる用途に耐え、簡単な包装で船積み送りもできますと謳《うた》っている。いったいどうやって空気を入れるのだろうとトムは首をかしげた。これを膨らませようと思ったら肺の力を振り絞らなければ無理だろうし、購入者の家政婦や友人は、自転車もないのに空気入れが置いてあるのを見たらなんと言うだろう？　もし、人形を車に乗せて修理工場に持っていき、係員に膨らませてくれと頼んだりしたら、さぞかしおもしろい見物にちがいないとトムは思った。それに、男のベッドでその人形を見つけた家政婦が死体だと思いこみでもしたら？　でなければ、クローゼットのドアを開けたとたん家政婦の上にそれが倒れこんできたりしたら？　それに、何も人形を一体しか買っちゃいけないという決まりはないのだから、妻として一体、愛人として二、三体揃《そろ》えれば、男の妄想生活は実に多彩で多忙なものになるのではないか。

すでにコーヒーがテーブルに置かれていた。トムはゴロワーズに火をつけた。「ル・モンド」にも「フィガロ」にも何も見あたらなかった。フランス警察がこうした写真館に、フランク・ピアーソンやその他のお尋ね者たちを見張るために人を配備しているということはあるだろうか？　そういった連中は往々にして、身分証明書はもちろんのことパスポートも変える必要があるのだから。

フランクがにこやかな笑みを浮かべて戻ってきた。「一時間後と言われましたよ。あなたに言われたみたいに」

「あなたに言われたとおりに、だろ」トムは少年の言葉を訂正した。ほくろのメイキャップはまだ保っているようだ。少年の髪はてっぺんのあたりが少し突っ立っていた。「何かにサインさせられたかい？」

「ええ、お店の名簿に。チャールズ・ジョンソンと署名してきました」

「よし、ちょっと散歩をしよう——四十五分ほど」トムは言った。「ここでコーヒーを飲むかい？」

フランクはまだ小さなテーブルに腰をおろしていなかったが、突然、通りの向こうを見て身体《からだ》をこわばらせた。トムも目をやったが、ちょうど走ってきた何台かの車に視界を遮られてしまった。少年は腰をおろしたが、顔を背け、不安そうに額《ひたい》をこすっている。「たったいま——」

トムは立ち上がって舗道を、続いて通りの向こう側の舗道を見渡した。ちょうどそのとき、そこにいたふたりの男の片方が振り返った。ジョニー・ピアーソンだ。トムはふたたび腰をおろした。「なんとね」トムはそう言って、カウンターの後ろのウェイターたちに目を走らせたが、こちらに注意を払っている者はいないようなので、そのまま立ち上がってカフェの入口に歩み寄り、もう一度外を見た。探偵は（トムはその男が探偵にちがいないと睨《にら》んでいた）灰色のサマースーツ姿で、帽子はかぶっていない。赤茶けた髪にはウェーブがかかり、がっしりした体格をしている。ジョニーはフランクよりも背が高く、髪の色は明るかった。ウェスト丈の、白に近い色のジャケットを着ている。トムはパスポート写真屋に――店にそう銘打ってあるわけではなく、パスポート用の写真撮影もするカメラ屋というだけだ――ふたりの男が入っていくかどうかを確かめ、そのまま通りすぎるのを見ると、ほっと胸を撫《な》でおろした。だが、男たちはおそらく角を曲がってすぐのところにある米国大使館で問い合わせをした帰りにちがいない。トムは席に戻って腰をおろした。

「まあ、大使館に問い合わせたって何もわかりゃしないだろう。それは確かだ。少なくともぼくたちの知らないことについてはね」

少年は黙っていた。彼の顔ははっきりとわかるほど青ざめている。

トムはポケットから、五フラン硬貨――コーヒー一杯の代金としては充分すぎる――を取り出して置くと、少年を促して立ち上がった。

ふたりは外に出て左に曲がり、コンコルド広場からリヴォリ通りに向かって歩いた。トムは腕時計を見て、写真が十二時十五分過ぎにはできることを確かめた。「もっと気を楽にして」トムはあえて急ごうとはしなかった。「まず、ぼくがひとりで店に戻ってみよう。ひょっとして彼らがあそこで待ち受けてるかもしれない。だが、さっきは店の前を通りすぎていた」

「本当に？」

トムは微笑《ほほえ》んだ。「本当だ」もちろん、後戻りして店に入ってくる可能性もある。人々がいつもどこでパスポート写真を撮ってもらうかを大使館で問い合わせていたとすれば。彼らはフランクの人相に一致する少年が最近、店に来なかったかを店の者に尋ねることだろう。だが、トムは自分にどうしようもないことで、あれこれ頭を悩ませるのにはうんざりしていた。ふたりはリヴォリ街のショーウィンドーをひやかして歩いた――絹のスカーフ、ミニチュアのゴンドラ、フレンチカフスの洒落《しやれ》たシャツ、正面入口に置かれたラックに並ぶ絵葉書。いつもだったらW・H・スミス書店を覗《のぞ》くところなのだが、この書店はいつもアメリカ人やイギリス人で賑わっているからと少年に言った。このスパイごっこが少しでも少年の心を慰められるのならと思ったが、兄の姿を見てからというもの、フランクの顔はひどくショックを受けているように見えた。そうこうするうちに、写真屋に戻る時間になった。トムはフランクに、ゆっくりと舗道を歩いていくように、万が一、また彼の兄と探偵を見かけたらまわれ右をしてリヴォリ街のアーケードに戻るようにと指示をした。そうすれば、トムのほうで彼を見つけるからと。

トムは写真店に向かって歩き、なかに入った。アメリカ人らしいカップルが、背もたれ痩《や》せがまっすぐな椅子《いす》に座って待っている。そして二カ月ほど前にトムが見たのと同じ、痩せて背の高い若い男が――写真家本人――新しい客である若いアメリカ人女性に、顧客名簿に署名を求めていた。それから男は若い女性を伴って、カーテンの向こうに消えた。そこがスタジオになっているのをトムは知っていた。トムはその間じゅうガラスケースのなかのカメラを見ている振りをしていたが、やがて外に出て、フランクに安全だと告げた。

「ぼくは外で待っている」とトムは言った。「写真の代金は払ってあるんだろう？」トムは手順を知っていたので、少年がすでに三十五フラン前払いしたのはわかっていた。「気楽に構えて。ぼくはここにいるから」トムは少年を元気づけるように笑顔を浮かべた。

「急がないで」トムは歩き出した少年に声をかけた。

フランクは素直に歩調を落としたが、振り返らなかった。

トムは急がずに、しかし、いかにも目的があるような足どりで、通りの端に向かって歩いていった。ジョニーと探偵が戻ってきはしないかと目を配っていたが、それらしき姿は見あたらなかった。トムはガブリエル通りの突き当たりのブロックまで来たところで振り返ると、フランクが店から出て彼のほうに向かって歩いてくるところだった。少年は通りを横切って、ジャケットのポケットから小さな白い封筒を取り出し、それをトムに手渡した。

その写真は、トムが「フランス・ディマンシュ」で見たものとはかなり印象が異なって見えた。頭のてっぺんのあたりの髪はいっそう乱れ、トムが提案したように、うっすらと笑みを浮かべ、ほくろもうまく隠れている。それでも目や眉《まゆ》はほとんど同じで、注意深く調べれば、二枚の写真の少年が同一人物だということは、すぐにわかってしまうだろう。

「まあ、こんなものだろう」とトムは言った。「じゃあ、タクシーをつかまえるとするか」

フランクがもっと誉め言葉を期待していたのをトムは感じとっていた。運よく、コンコルド広場に着く前にタクシーを拾うことができた。トムはリーヴズ・マイノットのために用意しておいた封筒を取り出した。封筒に封をすると、彼はようやくほっとした気持ちになった。運転手には行き先をボーブールと告げてあった。たしかその近くに、スナック・バーと郵便局があったはずだ。トムはその双方を、醜いチューブの塊のようなポンピドゥー・センターのすぐ近くに見いだした。

「ものすごい代物《しろもの》だろう?」トムは青い怪物じみた美術館の外観を評して言った。「醜悪だよ——少なくとも、外見は」

それは、まるで、たくさんの長いブルーの風船を破裂寸前まで膨らませて、たがいに巻きつけたような外観を呈していた。どことなく鉛管を思わせたが、直径三メートルの風船の中身が水なのか空気なのかを想像する気にはとてもなれなかった。トムは、性的用途のためのゴム人形のことを思い出して、それが男の身体の下で破裂する様を想像した。間違いなく、その手の事故はときどき起きているはずだ。なんという屈辱だろう！　トムは唇を噛《か》んで笑いをこらえた。ふたりは煙草《たばこ》屋兼カフェ・バーで、ポテトフライを添えたステーキ定食を食べた。トムはすでに、その外にある黄色い速達用ポストに封筒を投函《とうかん》していた。回収時刻は午後四時だった。

〈パリ・ベルリン〉展で、フランクはエミール・ノルデの『金の子牛』がいたくお気に召したようだった。三人または四人組の野卑な女性たちが、裸も同然の姿で、猛烈な勢いで踊り跳ねている。「金《きん》の子牛って、要するに金《かね》のことですよね?」フランクが尋ねた。少年はすでに目をとろんとさせ、うっとりした表情を浮かべていた。

「そう、お金のことだ」展示されている作品は、安らぎを与えてくれるような類《たぐ》いのものではなかった上に、四六時ちゅう周囲を見まわしてジョニー・ピアーソンと探偵がいないのを確かめなければならないので、トムの神経は張り詰めていた。一九二〇年代のドイツ社会における芸術家たちの主張を理解しようと努めながら——第一次世界大戦時の反カイザーのポスター、キルヒナーの作品、オットー・ディクスによる肖像画が何点か、おまけにあの傑作『三人の娼婦』まであった——同時に、この喜びを不意に断ち切ってしまいかねない、二人組のアメリカ人の登場に気を揉んでいなければならないのは、実に気疲れする作業だった。アメリカ人どももなんぞくそくらえ! トムは頭のなかで毒づくと、かたわらのフランクに言った。「きみもしっかり見張っててくれなくちゃ駄目だ——きみの兄さんなんだろう? ぼくはこの展覧会をゆっくり楽しみたいんだから」トムの口調はわれ知らずきつくなっていた。だが、彼を取り巻く絵画はまるで沈黙の音楽のように、彼の耳に——でなければ彼の目に流れこんできた。トムは深く息をついた。ああ、ベックマンがある!

「きみのお兄さんも、展覧会とかいったものは好きなの？」

「ぼくほどじゃないけれど」と少年は答えた。「でも、好きなほうですね」

あまり喜ばしい答えとは言えなかった。フランクは、今度は木炭デッサン画の前で釘づけになっていた。左奥に窓が見える部屋の内部が描かれ、前景には逞しい男性が、緊張と拘禁状態を身体にみなぎらせて立っている。壁と床の不釣り合いなバランスが、拘禁そのものを暗示していた。才気に満ちた作品とは言えないかもしれないが、画家の信念とその心に宿る強烈さがまっすぐに伝わってきた。それがどういう種類の部屋なのかはわからなかったが、明らかにこれは牢獄だった。トムにはなぜフランクが目を奪われているのかわかるような気がした。

トムは少年の肩に手を置いて、その絵から引き剝《は》がさなければならなかった。

「すみません」フランクは軽く頭を振って、自分たちが立っている部屋のふたつのドアを交互に見た。「父さんはよくぼくたちを展覧会に連れていってくれました。父さんは印象派が大好きで、たいていフランスの絵でした。パリの街が吹雪《ふぶ》いている絵がお気に入りで。ぼくの家にルノワールがあるんです。その吹雪《ふぶき》の絵が」

「だったら、きみのお父さんにもひとついいところがあったということだ。絵が好きだったということ。しかも、それらを買うお金も持っていた」

「ええ――たしかに。つまり絵のことですけれど――たしかに何十万ドルかはしましたから――」たいした額ではないような口ぶりだった。「前から思っていたんですが、あなたは、いつも父のことを良く言おうとするんですね」彼は少しばかり恨みがましそうな口調で言った。

そうだっただろうか？　どうやらこの展覧会はフランクの心のなかの深い感情を引き出させているようだった。「死者への敬意《デ・モルテイウス》さ」トムはそう言って肩をすくめてみせた。「父がルノワールを買うお金を持っていたか？　そう、もちろん」フランクは、まるで誰かを殴る準備をするように腕を曲げた。だが、その視線は虚ろでまっすぐ前を見つめていた。「父の商売相手は全世界、あらゆる人々だった。まあ、金を持ってる人なら誰でも。父が扱っていた食品の多くは贅沢品《ぜいたくひん》でしたから。『アメリカの半分以上は、脂肪過多だ』それが口癖《くちぐせ》でした」

彼らは、すでに見た部屋をゆっくりと戻りはじめていた。左手では、短編映画のミニ・ショーが行なわれ、三つの短編映画のうちの一本が上映されていた。七、八人ほどが椅子に座り、残りの人々は立ったままそれを見ている。スクリーンでは、ロシアの戦車がヒトラーの軍隊に攻撃を仕掛けていた。

「前にも話しましたけれど」フランクは続けた。「うちの会社では通常の食品とグルメ食品の他に、低カロリー食も扱っています。ぼくはそれを思うたびに、世間がギャンブルや娼婦について言っていること――つまり、彼らは、人間の悪習を利用して金を稼いでいるのだという言葉を思い出さずにはいられません。父は人々を太らせ、次に痩せさせて、そして、また同じことを繰り返させていたんです」

少年の生真面目《きまじめ》な様子がトムを微笑ませた。なんという手厳しさ！　少年は自分が父親を殺したことを正当化しようとしているのだろうか？　それはまるでやかんが、蓋《ふた》をぱたぱたさせながら小さな蒸気を噴き出しているところを思わせた。フランクがその大いなる自己正当化に辿《たど》り着く日は、自分の罪をすっきりと捨て去れる日は来るのだろうか？　完全な弁明を見いだすことなど永遠にできはしないだろう。だが、彼は自身の生きる姿勢を決めなければならないのだ。人生におけるあらゆる失敗に対して、人はその姿勢を——たとえそれが正しかろうと、間違っていようと、建設的だろうと自滅的だろうと——そのつど見つけ出していかねばならないのだ。もしその事態に正しい姿勢でのぞむことができるなら、ひとりの人間にとっての悲劇も、他のひとりにとってはそうではなくなる。フランクは罪の意識を持っていた。だからこそ、トム・リプリーを訪ねてきたのだ。皮肉にも一度たりともそのような罪悪感を覚えたこともなければ、そのことで深刻に頭を悩ませたこともない彼のもとへ。たしかに、この点においては自分は変わっている、とトムは思った。たいていの人なら不眠症におちいったり、悪夢に怯《おび》えたりするところだろう——とりわけディッキー・グリーンリーフを殺したときのあとでは。だが、トムは悩まされることはなかった。

フランクが突然、両手を握りしめた——だが、何かを見たからではなかった。その仕草は、彼自身の思いが引き起こしたものだった。

トムは少年の腕をとった。「もういいかい？　こっちから外へ出よう」トムは出口のある部屋と思われるほうに彼を連れていったが、そのためには、もうひと部屋通り抜けなければならなかった。トムはひとり、またひとりと兵士たちの――絵の――横を歩きすぎていくような錯覚を覚えた。まるで、絵のなかの人物がとりどりの扮装を凝らし、完全武装した戦士たちの軍団であるかのような――なかには夜会服を着ている者も混ざってはいたが――気がしてならなかった。なんとなく奇妙な敗北感を覚えて、トムはそれが気に入らなかった。いったい何が彼をそんな気分にさせるのだろう？　絵が原因でないことは確かだった。おそらく彼は少年をどこかへ遠ざけなくてはならないことになるだろう。状況はいささか感情的で、鬱陶《うっとう》しく、なおかつ厄介になりつつあった。

　だしぬけにトムは笑いだした。

「どうしたんですか？」フランクは驚いたような口調でトムに尋ね、何がおかしいのか見極めようとするかのようにあたりを見まわした。

「なんでもないよ」とトムは言った。「ぼくの頭にはいつも馬鹿げたことが詰まってるんだ」実はさっきからトムはこんなことを考えていた。もし探偵とジョニーが、トム・リプリーと一緒のフランクを見かけたら、まず彼らはトムが少年を誘拐したものと思いこむにちがいない。なぜなら、トムは非常に芳しくない評判の持ち主なのだから。そしてもし、探偵が彼の住まいを尋ね当て、少年がトム・リプリーの家に滞在していたと聞けば、やはり同じ見解に達する可能性があった。だが、マダム・アネットを除いて、ヴィルペルスの住人でそのことを知る者はいないはずだ。それに、トムは身代金の要求をしたわけでもない。

ふたりはタクシーを拾って駐車場に戻り、六時をちょっと過ぎるころにベロンブルに帰りついた。エロイーズは二階で髪を洗っていた。ということは、乾かすのにあと二十分はかかるということだ。これは好都合だった。というのも、トムはもう一度フランクを説得してみるつもりだったからだ。少年はリビングルームに座って、フランスの雑誌をめくっていた。

「テリーサに電話して、きみは元気だと伝えてやれよ」トムは陽気な口調で言った。「きみがどこにいるかまで言う必要はないだろう？　どっちにしたって、きみがフランスにいることを彼女に知らせなくちゃ」

テリーサの名前を聞いたとたん、少年は少し身体をこわばらせた。「あなたは――ぼくに出ていってほしいんですね？　わかりました」フランクは立ち上がった。

「きみがヨーロッパにいたいというのなら、そうすればいい。それはぼくが口を出す問題じゃない。ただ、テリーサと話をして、きみが無事なことを伝えられれば、きみだって楽になるだろう、違うかい？　彼女だって心配しているとは思わないの？」

「たぶん。そうだといいんですが」

「いま、ニューヨークはちょうど昼ごろだろう。彼女はニューヨークにいるんだったね？――ダイヤル一九一を回して、次に二一二だ。ぼくは二階に行くから、ひとことも聞こえないよ」トムは電話を身ぶりで示し、階段のほうに歩いていった。少年はトムの言葉に従うだろうとわかっていた。トムは階段を上がって自分の部屋に入り、ドアを閉めた。

三分もしないうちに、少年がトムの部屋のドアをノックした。トムが返事をすると彼は入ってきた。「彼女はテニスをしに出かけてるそうです」彼は、あたかも悲惨なニュースを伝えるような口調で言った。

フランクには、テリーサが平然とテニスに出かけてしまう程度にしか彼のことを気にかけていないなどとは想像もつかなかったのだろう。そして彼女がフランクよりも好いている男性とテニスをしているという事実が、彼をいっそう苦しめているにちがいない。「彼女のお母さんと話をしたのかい?」

「いいえ、メイド——ルイーズです。彼女とは顔見知りなんです。一時間後にかけ直すようにと言われました。ルイーズの話では、彼女は友人たちと出かけたそうです——複数の男の子たちと」メイドの言葉を繰り返すフランクの口調はひどく悲しげな響きを帯びていた。

「きみが無事だということは伝えたのかい?」

「いいえ」一瞬考えたあと、少年は答えた。「だって必要ないでしょう? ぼくの声を聞けば、無事なのはわかったと思うけれど」

「悪いけど、ここから電話をかけ直すのは遠慮してもらうよ」とトムが言った。「もし、そのメイドの——ルイーズとやらが電話のことを話したら、家の人たちは、きみが電話をかけ直したときに、逆探知できるように手配するかもしれない。とにかく、ぼくから見ればあまりに危険が多すぎる。フォンテーヌブローの郵便局はもう閉まってるし。そうでなければ車で送ってやるところなんだが。どうやら今夜のところは、テリーサに連絡するのは無理なようだな、ビリー」トムとしては、今夜じゅうにでも、少年がテリーサと連絡をとってくれることを望んでいた。そして、テリーサが「まあ、フランク、あなた大丈夫なの⁉　寂しいわ！　いつ帰ってきてくれるの？」とかなんとか言ってくれることを。

「わかりました」と少年は言った。

「ビリー」トムはきっぱりした口調で言った。「きみは、自分がどうしたいと思っているのか、はっきりさせないといけない。きみはいまのところ怪しまれているわけじゃないし、告発されることもないだろう。スージーのことも、さして重大な問題とは思えない。なにしろ、彼女は何も見ていないのだから。実際、きみは何を恐れているんだい？　きみもそろそろ事態に慣れておいたほうがいいと思うんだがね」

フランクは身体の位置を動かして、尻ポケットに手を突っこんだ。「ぼくが恐れているのは自分自身のことだと思います。前にもそう言ったでしょう」

それはトムもわかっていた。「もし、ぼくがいなかったら、きみはどうするつもりだったんだ？」

少年は肩をすくめてみせた。「自殺してたでしょうね。でなければ、ピカデリー広場で野宿してたかもしれない。あの像のある噴水のまわりを大勢の宿なしたちがうろついているの、ご存じでしょう。たぶん、ジョニーにパスポートを送り返して、その後はどうしただろうな——そのうちに誰かがぼくだと気づいて、家に送り返されていたかもしれませんね」少年はそこでまた肩をすくめてみせた。「やっぱりわからないや。でも、告白はしなかったと思う——」彼は「告白」という言葉を強調しながらも、声をひそめた。「でも、たぶん、二週間かそこらで自殺してたと思います。それからテリーサのことも。たしかにぼくがにっちもさっちもいかなくなってることは認めます。もし、あっちで何かまずいことが起きれば——もしかしたら、もう起きてるかもしれないけど——そうなっても彼女はぼくに手紙を書くことはできない。そうでしょう？ もう、最悪です」

フランクが最終的に結婚にこぎつける女性と出会う前に、おそらく、あと十七人の女の子と恋に落ちることになるだろうということは言わないでおいたほうがよさそうだ。

水曜日、正午を少しまわったころ、思いがけなくリーヴズから電話が入った。例の物がその夜遅くにはできあがるので、翌日の昼ごろにはパリに届くということだった。もし、彼が急いでいて、自分で受けとりたいというのなら、トム自身がパリのあるアパートメントにとりにいくか、さもなければパリからトム宛ての書留で送らせることになるとリーヴズは言った。トムは引き取りにいくほうを選んだ。リーヴズは住所と名前を告げて、建物の三階だと教えた。

トムが、念のためにそこの電話番号も教えてほしいと言うと、リーヴズはそれも教えてくれた。「こんなに早くやってくれるとは思わなかった。礼を言うよ、リーヴズ」ハンブルクから書留で送ってもらっても、まったく問題はなかったのにとトムは思った。だが、飛行機で運ぶなら丸一日早く手に入る。

「それから、このささやかな仕事の報酬として」リーヴズは年寄りじみた——まだ四十にもなっていないのに——しわがれ声で言った。「二千いただけたらありがたい、トム。ドルでだ。手間を考えれば安いものだ。そう簡単な仕事じゃないんだからな。いってみれば新品みたいなものだ、そうだろう？　それに、あんたのお友だちは、それくらい余裕があるだろうし、なあ？」リーヴズは愛想のいい、嬉《うれ》しげな口調で言った。

トムは悟《さと》った。リーヴズはそれがフランク・ピアーソンだと気づいたのだ。「いまはこれ以上話せない」とトムは言った。「支払いはいつものルートで」トムの言うルートとは、スイス銀行の彼の口座への請求を意味していた。「このあと何日かは家にいるかい？」トムに計画があるわけではなかったが、そのことを確認しておきたかった。リーヴズは何かのときには非常に役に立ってくれるにちがいなかった。

「ああ、なぜだ？　こっちに来るのかい？」

「いいや」トムは用心深く遮った。彼は電話が盗聴されているかもしれないという絶えざる不安につきまとわれていた。

「奥歯にもののはさまったような言い方をするじゃないか」

自分がフランク・ピアーソンをかくまっていることをリーヴズは知っているにちがいないとトムは睨んでいた。たとえ、彼自身の家のなかにではなくても、どこか別のところに。

「どういうことになってるんだ？　話せないってわけか？」

「そういうことだ、いまのところはね。きみには本当に感謝しているよ、リーヴズ」

彼らは電話を切った。トムはフランス窓に歩み寄って、リーバイスと、それより色の濃いブルーのワークシャツ姿で、細長い薔薇《ばら》の花壇の端にせっせと鋤《すき》を入れているフランクの姿を眺めた。ゆっくりとではあるが、着実に仕事をこなしていく様子は、自分の作業を心得ている農夫のようで、最初だけは威勢がよくても、十五分もするとへとへとになる素人のようには見えなかった。妙だな、とトムは思う。少年は心のなかで、仕事をすることを、罪の償いか何かのようにとらえているのかもしれない。フランクは昨日と今日、本を読んだり、音楽を聴いたり、洗車やベロンブルのワイン・セラーの掃除といった——そのためにはかなり重いワインの棚を動かし、また元に戻すという骨の折れる作業をしなければならなかった——家の雑用をして過ごした。フランクはそれらを自らに課せられた仕事と見なしているようだった。

ヴェネチアにでも連れていくべきだろうか、とトムは思う。風景が変われば少年の心ももっと落ち着き、彼に決断を促すこともできるかもしれない。もしかしたら、ヴェネチアからニューヨーク行きの飛行機に乗せて、自分で家に帰るように仕向けることだってできるかもしれない。でなければ、ハンブルクは？　あそこでも悪くはない。だが、トムは、フランク・ピアーソンをかくまっていることにリーヴズを巻き込むのは気が進まなかった。それに、白状するなら、彼自身もあまり長いことフランクに関わりたくないと思っていた。

おそらくフランク自身も、新しいパスポートを手に入れれば、勇気を奮い起こして自分自身で飛びたち、彼なりのやり方で、秘密の冒険を終わらせることができるのではないか。

木曜日の正午、トムはパリのシルク通りにある場所の電話番号を回した。電話に出てきた女性と彼はフランス語で話した。

「トムですが」

「ああ、お待ち《ウ》してまし《イ》た。すべて準備できてます。こちらには今日の午後いらっしゃいますか?」その女性はメイドではなく、家の住人らしく思われた。

「ええ、そちらのご都合がよろしければ。三時半ごろでどうでしょう?」

それで話は決まった。

トムはエロイーズに、彼らの銀行の支配人に話があるので、ちょっとパリまで行ってくると告げた。五時か六時には戻るからと。いや、べつに超過引き出しで困っているわけではなく、モルガン・ギャランティ・トラスト銀行の支配人のひとりが、ときおり株式の情報を流してくれるんだ。それがまた、誰でも知ってるようなどうでもいい情報ばかりで、投機などという危険なゲームに時間を費やすよりも、いっそのことそのまま預けっぱなしにしておいたほうがまだましだと思わせるような代物ばかりでね。何はともあれ、トムの口実はなんの支障もなく受け入れられた。というのも、その日の午後、エロイーズの頭は彼女の母親のことで一杯だったのである。母親は若々しい五十代の女性で、とうてい病気とは縁がなさそうに見えたが、どうやら病院で検査をする必要があり、その結果によっては手術して腫瘍を取り除くことになるかもしれないのだという。トムは、医者というものは、つねに、患者たちに最悪の事態を覚悟させておくものだから心配することはないと言った。

「お母さんは健康そのものに見えるよ。話す機会があったら、ぼくからお大事にと伝えておいてくれ」

「ビリーもあなたと一緒に行くの?」

「いや、彼は家にいるよ。いくつか片づけたい仕事があるそうだ。うちのためのね」

シルク街では、幸いにも空《あ》いたパーキングメーターを見つけることができた。目的の家は、手入れの行き届いた古い建物で、通りに面したドアに普通のアパートメントにあるようなブザーが並んでいた。彼はそれを押してドアが開くのを待ち、玄関ホールに足を踏み入れた。管理人詰め所の窓口とドアもあるにはあったが、トムは無視した。そしてエレベーターで三階に上がり、シュイラーという表札の左のベルを鳴らした。

背の高い、豊かな赤毛の女性が、細めにドアを開いた。

「トムです」

「ああ、お入りになって! こちらへどうぞ」彼女はホールの向こう側の居間にトムを案内した。「彼には以前にお会いになってると思いますわ」

リビングルームに入ると、笑みを浮かべ、腰に両手をあてたエリック・ランツが立っていた。ソファの前の低いテーブルにはコーヒーのトレイが置かれている。エリックはそのままの姿勢で言った。「やあ、トム。またお目にかかったね。どうだい、調子は?」

「ああ、おかげさまで。そっちはどうなんだい?」トムも笑顔で応じたが、内心驚いてもいた。

赤毛の女性はふたりを残して部屋を出ていった。別の部屋からミシンの低いモーター音が聞こえてくる。ここではいったい何が行なわれているのだろう? ここもハンブルクのリーヴズのアパートメントと同じく盗品売買の拠点として使われているのかもしれない。表向きは仕立て屋《クチユリエール》ということにして。

「さて、これがお望みの品だ」エリック・ランツは、紐《ひも》で閉じるようになっているベージュの厚紙のフォルダーを開いた。そして分厚い封筒の束のなかから、白い封筒をひとつ取り出した。

トムは封筒を手にとり、それを開ける前にちらりと肩越しに振り返った。他に誰も部屋に入ってくる者はいなかった。封筒には封がされていなかった。エリックはもうパスポートを見ただろうか? おそらく見ているだろう。エリックの前で中身を出すのは気が進まなかったが、同時にハンブルクの連中がちゃんと仕事をしてくれたかどうかを確かめたかった。

「満足してもらえる出来だと思うよ」エリックが言った。

フランクの写真に押された国の証印は、写真の下部に部分的にかぶさるように押されていた。表面に凹凸が浮き出ていて、さらに「写真は国務省ニューヨーク旅券局により添付」という文字が記されている。氏名はベンジャミン・ガスリー・アンドルース、出生地はニューヨーク。身長、体重、生年月日はフランクのものと、うまく一致していた――ただしその誕生日でいくなら、彼は現在十七歳ということになるが。まあ、問題はないだろう。この手のものを見慣れてきたトムの目にも、それは非常によくできているように思えた。たぶん、拡大鏡を使って見れば、浮き出しスタンプの写真にかかっている箇所が、それ以外の部分からほんの少しずれていることを見破ることはできるかもしれないが。いや、だが、本当にずれているのだろうか？　トムにはわからなかった。一ページ目の裏側にはフル・アドレスが記されているが、それはどうやらニューヨークの両親のものらしかった。パスポート自体は約五カ月前に発行されたもので、ヒースロー空港の入国スタンプが押されている。次にフランス、イタリアと来て、そこで不運な持ち主はパスポートを紛失したようだった。新しいフランス入国スタンプはなかったが、出入国係官がフランクの容姿に不審を抱かない限り、入国スタンプや出国スタンプをあらためて確認などしはしないことをトムは知っていた。「大変結構だ」トムは最後にそう言った。

「あとは写真にかかるように署名するだけさ」

「パスポートの氏名は変更されているのか、それともベンジャミン・アンドルース本人がパスポートを探す可能性がまだあるのか、きみは知ってるかい？」表紙の次のページにタイプされた氏名に消した痕跡を見つけることはできなかった。写真の脇《わき》からはみ出ている以前の署名の断片は巧妙に跡形もなく消されていた。

「ラストネームは変更してあるそうだ。リーヴズがそう言っていた。コーヒーでもどうだね？　おれはもう済ませてしまったが、メイドに頼めば、またいれてもらえるよ」エリック・ランツは前よりほっそりとして見えた。属する社会階級までもが、トムが三日前に会ったときよりも上のように見えた。まるで彼は奇跡の男で、頭で考えるだけで好きなように変身できるかのようだ。いま、彼はダークブルーのサマースーツのズボンをはき、上質の絹のシャツを着て、トムにも見覚えのある靴を履いていた。「まあ、掛けたまえよ、トム」

「ありがとう。でもすぐに帰るからと言って出てきたもので。きみはずいぶん、あちこち飛びまわっているようだね」

　エリックは笑った――赤い唇に白い歯がのぞいた。「リーヴズの仕事はとだえることがないもんでね。ベルリンでもそうだ。今回はハイファイ装置の販売だ」彼はそこで声をひそめ、トムの背後のドアにちらりと目をやった。「名目上はね、はっはっ！――ところでベルリンに来る予定は？」

「さあね、いまのところ予定はない」トムはパスポートを封筒に戻し、それを上着の内ポケットに押しこむ前に、エリックに振ってみせながら、「これの支払いについては、すでにリーヴズと話はついている」

「聞いているよ」エリックは、ソファに置いてあったブルーの上着から札入れを取り出した。彼は名刺を引き抜いて、トムに手渡した。「もし、ベルリンに来るようなことがあったら、ぜひ寄ってくれよ、トム」

トムは名刺に目を走らせた。ニーブール通り。トムの知らない場所だったが、電話番号から察するに、ベルリン市内だった。「ありがとう——リーヴズとは長いのかい？」

「そうだな——二、三年てところかな」彼の赤い、形のよい唇が、ふたたび笑みを形作った。「それでは幸運を祈るよ、トム——それから、きみの友人にもね！」彼はトムと一緒にドアに歩いていき、彼を見送った。「じゃあまた！《ヴィーダーゼーエン》」エリックは穏やかな、だがきっぱりした口調で言った。

トムは階段を下りて車に乗り、一路家路を目指した。ベルリンもいいかもしれない。べつにエリック・ランツがそこにいるからというわけではなく——そもそも彼が家にいるのかどうかさえ怪しいものだ——ベルリンが一般の観光ルートからまったく外れた場所だからだった。そもそもベルリンに行ってみたいなどと思う人間がいるだろうか？　せいぜいが世界大戦の研究者や、エリックが言っていたような、会議に招かれたビジネスマンくらいのものだろう。フランクがもう少し身を隠していたいというのなら、ベルリンはうってつけの場所かもしれない。たしかにヴェネチアのほうが魅力的で美しい街だが、ジョニーと探偵が、フランクの捜索のために数日滞在する可能性はおおいにあった。トムがぜがひでも避けたいのは、ヴィルペルスの家のドアをあの二人組がノックすることだった。

9

「ベンジャミン。ベン。すてきな名前だ」とフランクは言った。少年は自分のベッドの端に腰かけて、新しい自分のパスポートにじっと見入り、喜びに顔を輝かせている。

「これがきみに勇気を与えることを祈るよ」とトムは言った。

「ずいぶんかかったんでしょう。金額を言ってください。――いますぐには無理でも、あとで必ず払いますから」

「二千ドルかな……これで、もう、きみは自由だ。髪はもっと伸ばしなさい。それからパスポートの写真の上に署名をしなくてはね、わかってると思うけど」トムは、タイプ用紙で彼のフルネームを書く練習をさせた。少年の筆跡は、どちらかといえばまっすぐで、しゃちほこばっていた。トムは少年に言って、ベンジャミンの大文字のBに丸みをつけさせ、名前全部をもう三、四回練習させた。

　最後に少年はトムの黒のボールペンで署名をしてから尋ねた。「どうでしょう?」

　トムはうなずいた。「結構。何かにサインをするときは、必ずこれを忘れないようにね――あんまり力をこめずに、全体にもっと丸みをもたせて書くようにするんだ」

　すでに夕食は済んでいた。エロイーズはテレビで見たいものがあると言い、トムは少年に一緒に二階に来るようにと促していた。

少年はトムを見て、目をぱちぱちさせた。「ぼくがどこかへ行くと言ったら、一緒に来てくれますか？　どこか別のところへ行くと言ったら？　どこかの街へ」彼は唇を湿らせた。「ぼくがここにいることが――つまり、ぼくをかくまっているのが迷惑だってことはわかっています。もしぼくと一緒に別の国に行ってくれたら、そのままぼくを置いて帰ってくださって結構ですから」少年は新たなふさぎの虫にとりつかれたかのように、窓のほうを見た。それから、トムを振り返った。「怖いんです、とても。ここを――あなたの家を出るのが。でも、あなたがそうしてくれればできると思うんです」彼は背筋をしゃんと伸ばして立ち上がった。まるで、自分の足で立てることを証明しようとするかのように。

「行き先は考えてるの？」

「ヴェネチア、ローマ、そこら辺かな。あれくらい大きければ、姿を紛らわすことができるでしょう」

トムは苦笑いした。イタリアは誘拐犯の温床なのだ。「ユーゴスラビアは？　興味ないかい？」

「ユーゴスラビアがお好きなんですか？」

「ああ」トムはなるべく、彼がいますぐそこへ行くのには乗り気ではないように聞こえるような口調で答えた。「ユーゴスラビアならいいだろう。だが、ヴェネチアやローマは勧められない――もし、きみがもう少し自由でいたいと言うならね。ベルリンという線もある。旅行者がめったに行かないところだ」

「ベルリン。行ったことがないな。ベルリンだったら一緒に行ってくれますか？　ほんの数日でいいんです」

悪くない申し出だった。実は、トムもベルリンに興味を惹《ひ》かれはじめていた。「ベルリンのあとは、家に帰ると約束するならばね」トムは穏やかだが、きっぱりとした口調で言い渡した。

フランクの顔に笑みが戻った。パスポートを受けとったときと同じように、その顔が輝いた。「わかりました。約束します」

「オーケー。では、ベルリンに行くことにしよう」

「ベルリンをご存じなんですか？」

「行ったことがあるよ――二回ほど」トムは不意に気分が上向くのを感じた。三、四日ベルリンというのは悪くない。それどころか実際楽しめるにちがいない。そして、彼は少年が約束どおり、家に向けて旅立つのを見届ければよいのだ。おそらくは少年に約束のことを思い出させる手間もいらないかもしれない。

「いつ出発しますか？」フランクが尋ねた。

「早いほうがいいな。明日はどうだろう。明朝、フォンテーヌブローで航空券の手配をするよ」

「まだいくらか金が残っています」そこで少年は声音を落とした。「たいしてないけれど。ドルに換算して五百くらいしかありません」

「金のことは心配いらないよ。あとで精算すればいい。さてと、それじゃぼくはおやすみを言わせてもらうよ。これから下に行って、エロイーズに話をしたいのでね——もちろん、きみも下りてきたければかまわないが」

「ありがとうございます。ぼくはテリーサに手紙を書こうと思います」フランクはひどく嬉《うれ》しそうだった。

「結構。だけど、それを投函《とうかん》するのは、明日、デュッセルドルフでだよ。ここでは駄目だ」

「デュッセルドルフ？」

「ベルリンに向かう飛行機は、まず最初にドイツ内のどこかで一回着陸しなければならないんだ。ぼくはいつもフランクフルトではなく、デュッセルドルフ経由で行くことにしている。そうすれば、飛行機を乗り換える必要がなくて、ただ数分間、機外に出ればすむんだ——パスポート検査のためにね。それともうひとつ、一番大事なことだ。テリーサには、きみがベルリンに行くことを知らせるな」

「わかりました」

「彼女からきみのお母さんに連絡が行かないとも限らない。きみだってベルリンで邪魔されたくないだろう？　デュッセルドルフから手紙を出せば、消印できみがドイツにいることがわかる。文面には——ウィーンに行くつもりだとでも書けばいい。それでどうかな？」

「はい《イエッサー》」フランクは命令を受けるのが嬉しくてしかたない、昇進したばかりの下士官のような口調で言った。

トムは階下《した》へ下りた。エロイーズはソファに横になって、ニュース番組を見ている。

「見て」彼女が言った。「あの人たちは、どうしてあんなふうに殺し合ったりできるのかしら?」

それは単なるうわべだけの質問にすぎなかった。トムはぼんやりとテレビの画面に目をやった。アパートメントの建物が爆発し、赤と黄色の炎がいっせいに燃え上がり、鉄の梁が空中を舞っている光景が映っている。たぶんレバノンだろう。数日前はヒースロー空港だった。イスラエル航空への襲撃の余波をくらったのだ。明日は世界じゅうに広がるだろう、とトムは思った。彼は、明日のおそらくは朝十時ごろに、エロイーズの母の検査結果が出ることを考えていた――手術ということにならなければよいが。トムは十時前にフォンテーヌブローに行って航空券を買うつもりだった。エロイーズにはリーヴズ・マイノットから頼まれた緊急の仕事でベルリンへ行かなければならなくなった、と説明するつもりだった――昨夜、電話で急に知らされたとかなんとか適当に言いつくろって。エロイーズの部屋に電話はなく、彼女がドアを閉めていれば、トムの部屋や階下のリビングルームに電話がかかってきても彼女の耳に届くことはなかった。テレビではあいかわらず悲惨なニュースが続いている。トムはいまのエロイーズに何を話しても無駄だと思った。

その夜ベッドに入る前に、トムはフランクのドアをノックして、ベルリンについての数冊のパンフレットと地図を渡した。「興味があればと思って。政治状況とかいろいろと書いてあるよ」

朝食の時間には、すでにトムは計画に多少の変更を加えていた。彼自身の切符はモレの旅行代理店を通じて買うことにして、フランクの分に関しては、空港に電話して予約することにした。エロイーズには、リーヴズから深夜電話があって、絵の取り引きに立ち会って助言してほしい、ついてはすぐにハンブルクに来てほしいと頼まれたのだと説明することにした。

「今朝ビリーに話したんだ。そしたら、一緒にハンブルクに行きたいと言ってね」トムはなおも続けた。「そのあとは、そのままアメリカに帰ると言っていたよ」月曜日にパリに行った時点では、ビリーはまだどこに行こうか決心がついていないようだと彼女には伝えてあった。

案の定エロイーズは少年がトムと一緒に出発すると聞いて、見るからに嬉しそうな顔をしてみせた。トムの予想したとおりだった。「それで、あなたの帰りはいつになるの?」

「ううん――まあ三日後というところかな。たぶん日曜か、月曜になるだろう」トムは着替えを済ませて、リビングルームで二杯目のコーヒーとトーストを食べているところだった。「これからすぐに出かけて、航空券の手配をしてくる。十時にはいい知らせが聞けることを祈ってるよ、ダーリン」

エロイーズは、十時にパリの病院の医師に電話をして、彼女の母親の検査の結果を尋ねることになっていた。「ありがとう、あなた《メルシー シエリ》」

「お母さんのことはなんの心配もいらないような気がするよ」トムは本心からそう言った。彼女の母親は実に健康そうに見えたからだ。ちょうどそのとき、庭師のアンリの姿が目に入った──今日は、火曜でも木曜でもなく、金曜日だというのに──アンリはのろのろした動作で、温室の横のタンクから雨水を金物の水差しに入れていた。「アンリが来てる。たまげたね！」

「あら、本当。──ねえ、トム、ハンブルクでは、何も危ないことないんでしょうね？」

「心配ないさ。リーヴズはぼくがバックマスター画廊での競売にかかわる知識があるのを知っていてね。ハンブルクでも同じようなことをやってるんだそうだ。それにあそこならビリーを送り出すのにも格好の場所だしね。少し市内を案内してやろうと思ってる。危ないことなんか、絶対にしやしないよ」トムはそう言って微笑《ほほえ》んだ。だが、頭のなかでは撃ち合いのことを考えていた。幸い自分はそういうものに、まだ一度も巻きこまれたことはない。だが、同時にベロンブルにマフィアの死体が二体転がっていた晩のことも思い出した。死体は、まさにこのリビングルームの大理石の床に横たわっていたのだ。血がどくどく溢《あふ》れだし、トムはそれをマダム・アネットの丈夫な灰色の床雑巾《ゆかぞうきん》で拭《ふ》きとらなければならなかった。幸いエロイーズはそれを見ていなかった。まあ、あれは正確には撃ち合いではなかった。マフィアの連中は銃を持っていたが、トムはその内のひとりの頭を薪《まき》で叩《たた》き割ったのだ。あまり楽しい思い出とは言えなかった。

トムは自室でシャルル・ド・ゴール空港に電話して、その日の午後三時四十五分発のエールフランスの便に空席があることを確かめ、ベンジャミン・アンドルースのために一席を確保した。そして切符は空港で引きとるように手配した。それから車でモレに向かい、彼自身の名で往復航空券を買い、家に戻ってからフランクにその旨を伝えた。ふたりは一時ごろに家を出ることにした。

エロイーズがハンブルクのリーヴズの電話番号を尋ねなかったことに、トムはほっとしていた。何か別の機会に、たしかに教えておいたはずなのだが、どうせどこかに置き忘れているだろう。もし、彼女がそれを見つけてリーヴズに電話をかけるようなことがあったら、少々厄介なことになる。ベルリンに着いたらすぐにリーヴズに電話をしなくては。だがなぜか、いま、それをするのは気が進まなかった。フランクは荷造りを始めた。そしてトムは、自分の家を、まるでじきに見捨てようとしている船を見るような思いで見ていた。実際は、この家はマダム・アネットの確かな手に任されているのだが。やれやれ、たかだか三、四日家を空《あ》けるだけの話じゃないか？　それがなんだというのだ。トムは当初ルノーを使い、シャルル・ド・ゴールの駐車場に置いていこうと考えていたが、エロイーズが、自分が運転して彼らを送っていくか、でなければ、せめて修理の終わったベンツで同行させてほしいと言い出した。そこでトムがシャルル・ド・ゴール空港までベンツを運転していくことになった。一年ほど前まで国際空港だったオルリーはなんと使い勝手がよく便利だったことか、とトムは運転しながら思った。オルリーならヴィルペルスとパリの中間に位置していたので便利だった。ところがパリ北部にシャルル・ド・ゴールが開港されると同時に、あらゆる便がそこから飛びたつようになってしまった。ロンドン行きの便までもが。

「エロイーズ——何日もお世話になって、本当にありがとうございました」フランクがフランス語で礼を言った。

「どういたしまして、ビリー！　こちらこそ——庭や家のことを手伝っていただいて、いろいろとありがとう。お元気でね！」彼女は車の開いた窓越しに手を伸ばし、さらにトムが少なからず驚いたことに、身をかがめたフランクの両頬《りょうほほ》にキスをした。

フランクは照れくさそうに微笑んだ。

エロイーズの車が走り去ると、トムとフランクは手荷物を持ってエア・ターミナルに入っていった。エロイーズの愛情のこもったさよならを見て、トムは彼女が少年のアルバイト代としてどれだけ払っているのか、一度も尋ねなかったことに思い当たった。実際は何も払ってはいなかった。フランクもまた決して受けとらなかっただろうと彼は確信していた。今朝、トムは少年に五千フランを渡していた。個人がフランス国外に持ち出すことを許されている最高限度の金額である。トム自身も同じだけの額を持っていた——もっともフランス出国時に調べられたことは一度もなかったが。もしベルリンで金が足りなくなるようなことがあれば——まず、そんなことはないだろうが——チューリッヒの銀行に電報を打って送金させることもできる。彼はフランクに、エールフランスのカウンターに行って自分の切符を買ってくるようにと言った。

「ベンジャミン・アンドルース、七八九便だ」トムは彼に念を押した。「それから、機内では席が別々になるだろうから、ぼくのほうを見ないこと。もしかすると、デュッセルドルフで会えるかもしれないが、そうでなければベルリンでということになる」トムは荷物のチェックインのために歩き出したが、結局は、フランクの前には数人しか客の列はなく、フランクが何事もなく切符を買えるかどうか見届けるまで近くをうろうろしていた。フランクの前には数人しか客の列はなく、たいして待つこともなくフランクはカウンターの前に立つことができた。係員の女性がペンを走らせ、金がやりとりされる様子を見たところでは、万事うまくいっているようだった。

トムはスーツケースを預けた。それから上りのエスカレーターのひとつに乗り、ゆっくりと六番ゲートに運ばれていった。ふつうはこうしたゲートはイギリスでも他のどこでも、ただ簡単に「ゲート」と呼ばれているのに、ここでは滑稽《こっけい》にも「サテライト」という、あたかも空港本体から切り離されて、ぐるぐる巡っているような印象を与える名称で呼ばれていた。トムは喫煙が許されている最後のホールで、煙草《たばこ》に火をつけ、同乗者たちをざっと見まわした。ほとんどが男で、ひとりは早くも「フランクフルター・アルゲマイネ」紙の向こうに顔を隠していた。トムは第一陣に混じって搭乗した。後ろを振り返って、ラウンジにフランクが入ってきたかどうか見るようなことはしなかった。トムは喫煙席の自分のシートに腰を落ち着けた。そして半ば閉じた目で、アタッシェケースを手にあちこちぶつかりながら通路を進む乗客たちを見ていた。だが、フランクの姿は見あたらなかった。デュッセルドルフで、乗客たちは手荷物を機内に残しておいてもよいが、全員機外に出なくてはならないと通告された。乗客たちは、あたかも羊の群れのように、見えない目的地に向かってぞろぞろと導かれていったが、前にもここに来たことのあるトムは、この先に待っているのが、せいぜいパスポート検査と検印であることを知っていた。

狭い待ち合い場所が見えてくると、彼らはまたしても羊のようにそこに追いこまれた。そこで、トムはテリーサ宛ての手紙の切手を買おうとするフランクの姿をようやく目にすることができた。トムのポケットには以前に旅行したときに余ったドイツ紙幣や硬貨が入っていたのだが、少年に渡すのを忘れてしまっていたのだ。やがてドイツ人女性はにっこり笑ってフランクのフランス硬貨を受けとり、手紙は彼女の手に渡った。トムはベルリンへ向かう飛行機に乗りこんだ。

彼はあらかじめフランクにこう言ってあった――「ベルリン・テーゲル空港はきっときみも気に入るよ」実際、トムは気に入っていた。なぜなら、それはまさしく人間的規模という言葉がふさわしい空港だったからである。そこには余分な装飾も、目もくらまんばかりのクロムめっきの三層になったエスカレーターもなく、ただ中央に丸いカフェ・バー・カウンターのある、ほとんどの壁が黄色く塗られた送迎ホールと、トイレがひとつあるだけ――そこに行くのに一キロも歩かなくてもすむのは明らかだ――の場所だった。トムは環状の軽食カウンターのあたりを、スーツケースを手にうろつき、フランクが近づいてくるのを見ると彼にうなずいてみせた。だが、明らかにフランクは忠実に指令に従うつもりらしく、トムには目もくれなかった。しかたなくトムは彼の行く手を遮らなければならなかった。

「これは驚いた、こんなところできみに会うとは！」トムは言った。

「こんにちは」フランクはにこやかに答えた。

ベルリンに降り立った四十人かそこいらの旅客たちは、しだいに散っていって、いまでは十人くらいになっていた。これまた彼にとっては好都合だった。

「ホテルの手配をしてくるから」とトムは言った。「荷物を持って、ここで待っていてくれ」トムは数メートル離れた電話ボックスに向かい、仕事用の住所録を繰ってホテル・フランケの番号を回した。一度知人に会いに、その中クラスのホテルを訪れたことがあり、将来使うこともあるかもしれないと住所と番号を控えてあった。ちょうどふた部屋用意できるとのことだったので、トムは彼の名前で予約し、半時間ほどでそちらに着くと伝えておいた。くつろいだ雰囲気のターミナルにはほんの数人しか残っておらず、とても脅威に結びつくとは思えなかったので、トムは少年と一緒にタクシーに乗りこむという危険をあえて冒すことにした。

ふたりの目的地はクーアフュルステンダムを外れたアルブレヒト・アヒレス通りだった。最初は延々と平坦な広野を走り続けた。倉庫や畑や納屋《なや》をいくつも通りすぎ、やがて都市がその姿を徐々に現しはじめるにつれ、非常にモダンな外観のベージュとクリーム色の

(アンテナのような尖塔にクロムが少しばかり使われている)ほとんど摩天楼《まてんろう》と呼べるほどの高層ビルがいくつか見えてきた。ふたりは北の方角から中心部に近づこうとしていた。トムはゆっくりと、そしてどちらかといえば不安な思いで、その西ベルリンと呼ばれている、周囲をソヴィエト管理下の領地に囲まれた盆地のような、島のような存在を意識しはじめていた。とはいえ彼らは壁のなかにいるのだし、さしあたっては、少なくともフランスとアメリカと英国の兵士たちに守られている。粗削りな外観をした、新しいものとはとうてい言えない大建築物が目に入ったとたん、トムは自分でも驚くほど心が高揚するのを覚えた。

「あれがカイザー・ヴィルヘルム記念教会だよ!」まるで自分の所有物を誇るような口調でトムはフランクに言った。「非常に重要な歴史的建造物だ。見てのとおり、爆撃を受けたんだが、それでもそのままの形で残されている」

　フランクは開いたウィンドーから外を見てうっとりとしていた。まるでヴェネチアにでもいるかのように。たしかにベルリンもそれなりにすばらしかった。

　教会の壊れた赤茶色の塔を左手に見て通りすぎるとトムは言った。「ここいら一帯は何もかもが爆撃で崩れ落ちてほとんど倒壊してしまったんだ——いま、きみが見ているあたりさ。だから、ここでは建物がみな新しい」

「そうなんです《ヤー》、全部壊れてしまった《カプート》!」中年の運転手がドイツ語で言った。「お客さんたち、ご旅行ですか? ここには観光だけの目的で?」

かね?」

「ああ」トムは答えた。彼は運転手のおしゃべりを歓迎したい気分だった。「天気はどう

「昨日は一日雨で――今日はこんな具合でさ」

空は一面雲に覆われていたが、雨は降っていなかった。車はクーアフュルステンダムを突っ走り、レーニン広場《プラッツ》の赤信号で停止した。

「見てごらん。どの店もみんな新しいものばかりだ」とトムは言った。「ぼくは本当のことを言うと、クーアフュルステンダムはあまり好きじゃない」彼は初めてベルリンをひとりで訪れたときのことを思い出した。あのときは、この長くてまっすぐな通りを行ったり来たりしながら、飾りたてられたショーウィンドーを眺めて、そこにはありもしない雰囲気を感じとろうと空《むな》しく試みたものだった。舗道沿いのクロム合金とガラスでできた小さな店には磁器や腕時計やハンドバッグが飾られていた。クロイツベルクのような、いまではトルコ人労働者で溢れかえっているベルリンの古い貧民街のほうがまだしも個性というものを持っていた。

運転手は左折してアルブレヒト・アヒレス通りに入り、見覚えのある角のピザ屋を通りすぎ、それからスーパーマーケットを――いまは夜なので閉まっている――右手に見て通りすぎた。ホテル・フランケはちょうど通りが緩やかにカーブしたあたりの左手にあった。トムは六百近くある、使い残しのマルクのなかからタクシー料金を支払った。

ホテルの受付係に渡された小さな白い宿泊カードに記入する際には、ふたりともパスポ

ートを見ながら正しい番号を書きうつさなければならなかった。彼らの部屋は同じ階だったが、隣同士ではなかった。カイザー・ヴィルヘルム記念教会の近くに、ホテル・パレスというもっと高級なホテルがあるが、トムはそこに行く気にはなれなかった。前に一度泊まったことがあるので、ひょっとして彼を覚えている者がいるかもしれないし、知己でもなさそうな少年と一緒にいると気づかれないとも限らない。誰がどう思おうと、トムはいっこうに気にならなかったし、それはホテル・フランケでも同じだったが、フランケのような地味なホテルのほうがフランク・ピアーソンだと気づかれる可能性は低いように思えたのだ。

トムはズボンを掛けて、ベッドカバーをはがし、ボタン留めのシーツにくるまれた羽毛の詰まった白い上掛けの上にぽんとパジャマを置いた。それはシーツと毛布の両方を兼ねるという代物《しろもの》で、トムの知るところでは昔日のドイツ名物だった。部屋の窓からはどうしようもなく無味乾燥な灰色っぽい裁判所と、傾斜をつけて建てられた、変わりばえのしない六階建てのセメントのビルと、遠くに立っている数少ない木々のてっぺんを望むことができた。突然、トムは説明のつかない幸福感に襲われた。自分がまったくの自由だという気持ちがした。ただの錯覚かもしれないが。彼はパスポートケースにフランス・フランをはさんでスーツケースの底に突っこみ、スーツケースの蓋《ふた》を閉めると、部屋を出て鍵をかけた。五分後に迎えにいくとフランクには言ってあった。トムはフランクの部屋のドアをノックした。

「トム？――どうぞ」

「ベン！」トムは笑みを浮かべて言った。「どんな具合だ？」

「この珍妙なベッドを見て！」

彼らは、不意に、弾《はじ》けるような大声で笑いだした。フランクもベッドカバーを剝《は》がして、ボタン留めの羽毛の上掛けにパジャマを置いていた。

「外に出て散歩しよう。パスポートはどうした？」少年が新しいパスポートを隠したのを確かめ、さらにジョニーのパスポートがスーツケースに入ったままになっているのを見て、ライティングデスクの引き出しから取り出した封筒にしまった。彼はそれを少年のスーツケースの底に押しこんだ。「あわてて違うほうを取り出したりしたらまずいだろう？」トムはベロンブルでジョニーのパスポートを燃やしてこなかったことを悔やんでいた。どっちにしてもジョニーはすでに新しいパスポートを取得しているはずだから。

彼らは部屋を出た。階段を下りてもよかったのだが、フランクがエレベーターをもう一度見たいというのでエレベーターで下りることにした。少年はトムと同じくらい幸福感を味わっているように見えた。なぜだろう、とトムは思った。

「Eのボタンを押したまえ。それが一階《エーアトゲショス》だ」

キーを預けてからふたりは外に出て、右に曲がって、クーアフュルステンダムのほうへ歩いていった。フランクはあらゆるものに目を奪われている様子だった。運動のために散歩させられているダックスフントにまでも。トムは角のピザ屋でビールを飲もうと提案した。彼らはそこでチット（飲食物を注文してサインする伝票）を買い、ビール専用のカウンターの列に並んだ。それから大きなマグを手に、すでに女性ふたりがピザを食べているテーブルに空《あ》き席を見つけてそこに向かった。彼女たちが同席を承諾してくれたので、トムと少年は腰をおろした。

「明日はシャルロッテンブルクに行こう」とトムは言った。「美術館があるし、美しい公園もある。そのあとは動物園だな」さしあたって、今夜はどうしよう？　夜のベルリンには訪れるべき場所がたくさんある。トムは少年の頰に目をやって、ほくろが隠れているのを確認した。「とれないように気をつけるんだよ」トムは自分の頰を指さしてそう言った。

午前零時ごろ、彼らは〈ロミー・ハークス〉にいた。さらに三、四杯のビールをひっかけたフランクは少し酔っ払っていた。ビアホールの外の的当てゲームの屋台で、フランクが賞品としてせしめた縫いぐるみ、ベルリンのシンボルとも言える茶色の小さな熊はトムの手にあった。前回ベルリンを訪れたとき、トムはやはり〈ロミー・ハークス〉に来ていた。そこは、心持ち観光客向けという感じがしないでもないディスコ・バーで、女装者たちが演じる深夜ショーを売りものにしていた。

「踊らないのかい？」トムはフランクに声をかけた。「どっちかを誘って踊ったらいいのに」トムは向かいのスツールに飲みものを前にして座っているふたりの女の子のことを言ったつもりだったが、娘たちの目は、その上で灰色の球がくるくると回り続けているダンスフロアに釘づけになっていた。水玉模様のような穴が開いたライト、黒と白の影がゆっくりと壁の上で踊っている。回転する灰色の物体（大きさはせいぜいビーチボール程度だ）は、それ自体が実に醜悪な、まるで三十年代の遺物か何かのようで、どこかヒトラー出現以前のベルリンを思い起こさせた。だが同時に、妙に魅惑的にも見えるのだった。

フランクは、女性に声をかけるなんてとんでもないと言いたげに、もじもじしていた。彼とトムはバーの前に立っていた。

「あの子たちは娼婦じゃないよ」トムはけたたましい音楽に負けじと声を張り上げた。

フランクはドア近くのトイレに行くと言ってトムのもとを離れた。トイレから出てきた少年はトムの前を素通りしてダンスフロアに出ていった。トムは何分かの間、彼の姿を見失ったが、しばらくしてから、くるくる回る球体の下で、たくさんのカップルに混じって（あるいはわずかなシングルもいたかもしれないが）、金髪の少女と踊っている少年の姿を見つけだした。トムは思わず微笑んだ。フランクはぴょんぴょん飛び跳ねるようにして踊り、心から楽しんでいる様子だった。音楽はノンストップだったが、フランクは数分後に、意気揚々として戻ってきた。

「あなたに、女の子を誘うこともできない臆病者と思われるのは嫌だったんです！」とフランクは言った。

「いい娘《こ》だったかい？」

「ええ、とってても！　すてきな娘でした！　ガムを嚙《か》んでるのはいただけなかったけれど。『こんばんは《グーテン・アーベント》』って声をかけて、『愛してるよ《イッヒ・リーベ・ディッヒ》』なんて言っちゃったんです。歌で聞いて知ってただけなんだけど。きっと彼女は、ぼくのことを酔っ払いか何かだと思ったんじゃないかな。それでも、彼女、笑ってたっけ！」

たしかに少年は酔っ払っていた。トムは片腕を差し出して、フランクがスツールに片足をかけるのを支えてやった。「ビールは残しておきなさい。無理することはない」

ドラムロールが響きわたり、フロアショーの始まりを告げた。三人の屈強な男が、花をあしらったつばの広い帽子に、それぞれピンク、黄、白の、床まであるひらひらしたドレスという格好で踊り出た。むき出しになった巨大なプラスチックの乳房には、真っ赤な乳首がこれみよがしについている。たちまち拍手喝采が湧き起こった！　彼らは『蝶々夫人』からとおぼしきナンバーを歌い、それから、ちょっとした寸劇をいくつか披露した。トムにはかろうじて半分理解できる程度だったが、観客たちにはいたく受けていたようだった。

「あの人たち、本当におかしいや！」フランクがトムの耳元で笑いながらどなった。

観客が投げる花が雨あられと降りそそぐ。筋肉隆々の三人組は、『ベルリンの風』をスカートをひるがえし、足を高く蹴《け》り上げて演じて締めくくった。

フランクは手を叩いて、「ブラヴォー！――ブラーヴィ！」と叫び、あやうくスツールから落ちそうになった。

数分後、トムは少年と腕を組んで――おもに少年の身体《からだ》をまっすぐに起こしておくという目的のために――薄暗い舗道を歩いていた。午前二時を三十分まわっていたにもかかわらず、まだ少なからぬ人々が歩いていた。

「あれは何？」奇妙な衣装の二人組が近づいてくるのを見てフランクが言った。

それは男女のカップルらしく、男は道化師のタイツに、尖った丸いつばのついた帽子をかぶっている。女のほうはといえば、まさに歩くトランプのカードといった感じだった。さらに近づいてから、トムはそれがクラブのエースだということに気づいた。「大方パーティの帰りか何かだろう」とトムは言った。「でなければ、これから行くところか」ベルリンの住民たちの服装が極端に走る傾向にあることにトムは以前から気づいていた。彼らはときとして仮装さえいとわなかった。「『わたしは誰？』ゲームをやっているのさ」とトムは説明した。「街全体がこんなふうなんだ」彼はこの話をもっと続けてもよかった――つまり、ベルリンの街はこの上なく奇怪で、この上なく人為的なのだ――少なくとも政治的立場においては。それゆえにこの街の市民は、自分たちの服装や行動で、それを凌駕しようと試みているのではないかと。そして、それは同時にベルリンっ子たちの「我らここに在り」という表現なのである。だが、トムは意見を開陳するような気分ではなかったので、ただ、こう口に出すだけにとどめておいた。「考えてもみたまえ。この街は、あの退屈で、ユーモアのセンスの欠片《かけら》もないロシア人たちに取り囲まれているんだよ！」

「ねえ、トム、ちょっとだけでも東ベルリンを見ることはできませんか？　どうしても見てみたいんだ！」

トムは小さなベルリンの熊を引っつかみ、フランクに迫るかもしれない危険を思い描こうとしてみたができなかった。「いいとも。あの連中は、訪問者が誰なのかを知るよりも、訪問者から少しばかりのドイツマルクを巻き上げるほうに関心があるのさ。さあ、タクシーが来た！　あれをつかまえよう！」

10

トムは翌朝九時に自室からフランクに電話した。「やあ、ベン、気分はどうだい？」

「上々です、ありがとう。ほんの二分前に目を覚ましたばかりなんです」

「ぼくの部屋にふたり分の朝食を注文するから、こっちへ来ないか？　四一四だ。それから、部屋を出るとき、鍵をかけるのを忘れないように」

トムは夜中の三時ごろ、ホテルに戻ってきたときに、フランクのパスポートがスーツケースにあるかどうかを確かめていた。ちゃんとあった。

朝食を食べながら、トムはシャルロッテンブルク、そのあとは東ベルリン、さらに、もし余力が残っていたら、西ベルリン動物園へ行こうと提案した。彼は少年に、ロンドンの「サンデー・タイムズ」紙にフランク・ジャイルズが書いた記事を手渡した。数少ない言葉でベルリンについて多くのことを教えてくれるその記事をトムは切り抜いて、大事に取っておいたのだった。「ベルリンは永久に分断されたままか？」というのがそのタイトルだった。フランクはマーマレードを塗ったトーストを食べながらそれを読んだ。トムは、ずいぶん長いこと持っていたものだから、切り抜きが汚れてもかまわないと少年に言ってあった。

「ポーランド国境から、たったの八十キロ！」フランクが驚嘆したような口調で言った。「さらに――九万三千のソヴィエト軍勢がベルリン周辺部の三十キロ以内に――」そこでフランクは顔を上げて、トムに尋ねた。「彼らはどうして、ベルリンのことをそれほどまでに重視するんでしょう？　ただの壁に囲まれた都市にすぎないのに」

トムはゆっくりとコーヒーを味わっている最中で、講義を始める気分ではなかった。ほうっておいても、今日の内にフランクも現実をしみじみ感じとることだろう。「壁というのは単にベルリンだけじゃなくて、ドイツをすっぱりと分断しているんだ。ベルリンの壁がもっとも頻繁に話題になる理由は、それが西ベルリンを囲んでいるからだが、壁はポーランドやルーマニアにまで及んでいるんだ。きみにも今日、それがわかるよ。明日にはタクシーでグリーニッケ橋《ブリユッケ》まで行ってみてもいいな。そこでは、ときどき西と東の囚人の交換が行なわれているんだよ。というか、はっきり言えばスパイのね。そこでは川までが分割されている。川面の上にワイヤーが張ってあって、川を真ん中で分けているんだ」

全部とはいかないまでも、いくらかは少年の頭には入ったようだった。少年は俄然、記事を丹念に読みはじめた。そこでは英仏米軍の三者によるベルリンの占領と統治について説明され、なぜドイツのルフトハンザ航空がベルリン・テーゲル空港に着陸できないのかを理解する手がかりを与えてくれていた（だが、正直なところトムにとっては釈然としないものが残っている。ベルリンに関しては、いつも何かを見逃しているという感じを拭《ぬぐ》えないのだった)。ベルリンは人為的で、特別な何かであり、西ドイツの一部でさえなく、そしておそらくはそれを望んでさえいない。なぜなら、ベルリンっ子はつねにベルリンっ子であることを誇りにしているからだ。

「着替えて、十分くらいしたらきみの部屋をノックするよ」トムはそう言って立ち上がった。「パスポートを忘れずにね、ベン。壁を越えるために必要なんだ」少年はすでに着替えていたが、トムはまだパジャマ姿だった。

彼らはクーアフュルステンダムで古風な市街電車に乗り、シャルロッテンブルクに向かった。そして考古学博物館と絵画美術館で一時間以上を過ごした。フランクは、太古のベルリンで行なわれていた産業活動の模型の前から、なかなか離れようとしなかった。それは紀元前三千年の動物の毛皮をまとった人間たちによる銅採鉱を再現したものだった。ボーブールのときと同じように、トムはフランクに関心を抱いている者がいないかどうかを警戒しながら周囲を窺《うかが》っていた。だが彼の目に映ったのは、ケースを覗《のぞ》きこむ、ぺちゃくちゃとうるさい、好奇心のかたまりのような子どもたちを連れた親たちだけだった。ベルリンはこれまでのところ、穏やかで無害な顔だけを見せていた。

そのあと、また市街電車に乗って都市高速鉄道《エスバーン》のシャルロッテンブルク駅に戻り、壁を目指して、フリードリヒ通り駅に向かった。トムは地図を持っていた。ふたりが乗っているのは地上鉄道だが、車輛《しゃりょう》は現在ならば地下鉄に使われるような類《たぐ》いの列車だった。フランクは窓の外をじっと見て、過ぎ行くアパートメントハウスに目を奪われていた。ほとんどが、かなり古ぼけてくすんでいる――ということは、爆撃を受けなかったということだ。そして、壁。前口上どおり灰色のそれは高さが三メートルほどもあり、てっぺんには有刺鉄線が張り巡らされていた。表面にはところどころ、東ドイツ兵たちの手によってペンキがスプレーされた跡があった。トムの記憶するところによれば、数カ月前のカーター大統領訪問の際、西ドイツのテレビに、壁に描かれた反ソヴィエトのスローガンを放映されては困るというので、そうした措置がとられたとのことだった。西ドイツのテレビ番組は、東ベルリンや、数多くの東ドイツの家庭にまで届いているのだ。トムとフランクは、他の五十人ほどの観光客や西ベルリン住民たちと一緒に部屋で待たされた。西ベルリン市民の多くは、買い物袋や、果物の入ったバスケットや、缶詰のハムや、洋品店で求めたとおぼしき箱包みを抱えている。たいがいが年配者で、おそらくは彼らの兄弟や従兄弟《いとこ》を、一九六一年に壁によって引き裂かれて以来、数えきれないほどこうして訪れてきたのだろう。ようやくのことで、格子の嵌まった窓の向こうの娘が、トムとフランクの七桁《けた》の番号を読み上げた。彼らは列をなして別の部屋に移動し、緑灰色の制服に身をかためた東ドイツの兵士たちが座る、長い机の前に連れていかれた。娘が彼らのパスポートを返してくれ、数メートル先に進むと、彼らは兵士から六ドイツマルク五十ペニヒ相当の東独貨を買わされた。東ドイツのマルクのほうが大きな金額になった。トムは触れるのも嫌だったので、空っぽの裏ポケットに突っこんでおいた。

これでようやく、「解放」されたのだ。壁を越えてこちら側までも続いているフリードリヒ通りを歩きはじめながら、トムはそんなことを思って微笑《ほほえ》んだ。いまだ荒れ果てたままに放置されているプロイセン王家の宮殿を指さした。いったい、どういうつもりでほったらかしにしているのだろう？　トムには理解できなかった。よその国にいい印象を与えたいと思うのなら、周囲に植栽のボックスを並べるだけだって充分なのに。

フランクは周囲をぐるりと見まわして、数分の間、言葉もなかった。

「ここがウンター・デン・リンデン（東西のドイツが分離する前ベルリン一の目抜き通りだった）だ」とトムは言ったが、あまり楽しげな口調ではなかった。自己保存の本能が、彼に何かもっと楽しくなるようなことをしろと命じるままに、彼はフランクの腕をとって右側の通りに連れこんだ。「こっちへ行こう」

彼らは戻っていた——そう、ふたたびフリードリヒ通りに。舗道半ばまではみ出しているスナック・カフェの長い立ち食いカウンターがいくつも並び、客たちは立ったままでスープをスプーンですすり、サンドイッチを食べ、ビールを飲んでいる。漆喰《しっくい》にまみれたつなぎ姿の建築作業員らしき者もいれば、事務員とおぼしき女性や少女もいた。

「ボールペンでも買おうかな」とフランクが言った。「ここで何かを買うっていうのもおもしろそうだ」

彼らは文房具店に向かって歩いた。正面に空《から》の新聞スタンドが置かれた店先で彼らを迎えたのは正面扉の「今日は気が向かないので休みます」という貼《は》り紙だけだった。トムは笑って、フランクにそれを訳して聞かせた。

「こっちのほうに別の店があったはずだ」とトムは言い、彼らは歩き続けた。たしかに店はあった。だが、それも閉まっていて、またもや手書きの「二日酔いにつき休み」という貼り紙があった。フランクはこの事態を楽しんで受け止めたようだった。

「彼らにもユーモアのセンスがあるってことなんじゃないのかな。そうでもなくて、文面どおりそのままに受けとれということなら、なんというか――無気力な感じがしますよね」

トムも、最初の東ベルリン訪問で、同じような忍び寄る活気のなさのようなものを感じていた。人々の服はくたびれて見えた。これはトムの二度目の訪問になるわけだが、少年がここを見たいと言わなければ二度と来ることもなかっただろう。「昼飯にしよう。少し景気づけをしなくっちゃ」トムはそう言って身ぶりでレストランのほうを示した。

それは大きな、小ざっぱりとしてきびきびした雰囲気のレストランで、いくつかの長いテーブルには白いテーブルクロスが掛けられていた。もし金が足りなくても、レジでは喜んでドイツマルクを受けとることだろう、とトムは思った。席につくと、フランクは注意深く常連たちの観察を始めた――ひとりで食べている眼鏡をかけたダークスーツ姿の男性、近くのテーブルでコーヒーを飲みながらぺちゃくちゃしゃべっている、肉づきのいい女の子ふたり。まるで、動物園で新種の動物でも見ているようだ。トムにはそれがおもしろかった。ここにいるのは、フランクにしてみれば共産主義の色づけをした「ロシア人」なのだろう。

「実際のところ、彼らは完全な共産主義者というわけじゃないんだよ」とトムは言った。

「彼らはドイツ人なんだ」

「わかってます。ただ、思ったんですが、ここの人たちは、そうしたくても西ドイツに行って、あっちで暮らすなんてことはできないんですよね——そうでしょう?」

「そのとおり」トムは言った。「彼らにはできない」

そうこうするうちに彼らの料理が来た。トムは愛想のいい笑みを浮かべたブロンドのウエイトレスが行ってしまうのを待った。「だが、ロシア人は資本主義者の侵入を防ぐために壁を築いたと言っている。まあ、それがあいつらのやり口だが」

彼らは東ベルリンが誇るアレクサンダー広場《プラッツ》のテレビ塔のてっぺんに上がって、コーヒーを飲み、眺めを愛《め》でた。突然、ふたり揃《そろ》ってここを出たいという願望にとりつかれた。西ベルリンは、壁に囲まれてはいても、いったん壁から離れてしまえば大きな広場のような開放感があった。彼らは動物園に向かう高架電車にガタゴト揺られていった。十ドイツマルク紙幣をさらに多めに両替してあったので、フランクは手持ちの東ベルリン硬貨をためつすがめつしているところだった。

「記念にとっておいてもいいな——何枚かテリーサに送ってあげたら喜ぶかもしれない」

「ここからは送らないでくれよ、頼むから」とトムは言った。「家に帰るまで取っておきたまえ」

園内のとりあえずの自由を謳歌してぶらつくライオンや、専用のスイミングプールのかたわらでのんびりくつろぎ、見物客に向かって悠々と大あくびをして見せる虎を見るのはいい気分転換になった。もちろん動物たちと観客の間は堀で隔てられていたが。トムとフランクが通りかかったとたん、ナキハクチョウが長い首をもたげて大声で鳴いた。彼らはゆっくりと水族館へ歩を進めた。ここで、フランクはニシキカワハギにひと目惚《ぼ》れしてしまった。

「信じられない！」フランクはぽかんと口を開け、不意に十二歳の子どもに戻ってしまったかのように見えた。「あのまつげときたら！　まるで、メイキャップしてるみたいだ！」

トムは笑って、その小さな、あでやかなブルーの魚をじっと見た。身の丈は十五センチあるかないかのその魚は、悠々迫らざるスピードで泳ぎまわりながら、明らかに何かを探し求めているわけではないのに、小さな丸い口だけは問いかけるように開いたり閉じたりを繰り返している。特大の目のまぶたは黒く縁どられ、その上下には長く黒いまつげのような線が、まるで漫画家が油性鉛筆でその青い鱗《うろこ》の上に描きでもしたかのように、優雅にカーブしていた。これこそは自然の驚異というやつだ。彼は前にもその魚を見たことがあったが、それでも、やはり驚きをあらたにせざるを得なかった。同時にニシキカワハギが、名高いムラサメモンガラ（独名・ピカソフィッシュ）よりも大きな賞賛をフランクから勝ち得たことに彼はひそかな喜びを覚えていた。ムラサメモンガラというのは、これまた小ぶりの魚で、黒と黄色の体の腹部には黒の筋模様が走っている。それが、かの画家のキュビスム時代の筆づかいを連想させるのでそう呼ばれていた。さらに青い頭部にはアンテナのような黒い筋が入り、たしかにこの上もなく珍妙な姿をしているのだが、どういうわけかニシキカワハギのまつげにはかなわないようにトムには思えた。魚たちの水中世界から目をそらしたとたん、足で歩き、空気を呼吸している自分が、とてつもなくぶきっちょなでくのぼうのように思えてきた。

クロコダイルはガラスで仕切られた暖房つきの部屋——観客用の橋が上に渡されている——に住んでいた。どれも、かすかに血の滲《にじ》んだ傷をいくつか負っていたが、それらが仲間たちの仕業であることは疑いようもなかった。だが、いまのところは、世にもおぞましいにやにや笑いを浮かべて一斉にうたた寝を楽しんでいる。

「満喫したかい？」トムが訊《き》いた。「そろそろ駅に行こうか？」

彼らは水族館を出ると、数ブロックほど歩いて鉄道の駅に行き、そこでトムは、さらに手持ちのフランス・フランをドイツ貨に替えた。フランクも、やはりいくらかを両替した。

「ねえ、ベン」マルクをポケットに突っこみながらトムは少年に言った。「ここで、もう一日《いち》過ごしたら、そろそろ考えたほうがいいよ——家に戻ることを」トムは駅の内部を一瞥《べつ》した。ここは詐欺師《さぎし》、盗品売買人、同性愛者、ポン引き、薬物常用者等々、得体の知れない連中が集まるには格好の場所だった。彼は話しながらも足をとめずに、早くここから出ようとした。うろついている連中の誰かがなんらかの拍子に、彼と少年に関心を抱かないとも限らない。

「ローマに行ってもいいかなと考えているんです」クーアフュルステンダムのほうに向かって歩きながらフランクは言った。

「ローマは駄目だ。またの機会にしたまえ。ローマはもう行ったことがあるんだろう？」

「二回だけ、ほんの小さなときに」

「まずは家に帰りなさい。ごたごたを片づけてしまうんだ。テリーサとのことも。そのあとでも、この夏じゅうにローマに行くことはできる。まだ八月の二十六日なんだからね」

三十分ほどあとに、トムが自分の部屋で「モルゲンポスト」紙と「デア・アーベント」紙を手にくつろいでいると、フランクが彼の部屋から電話をかけてきた。

「月曜のニューヨーク行きの切符を予約しました」と少年は言った。「十一時四十五分発エールフランス、それからデュッセルドルフでルフトハンザに乗り換えます」

「それを聞いて安心したよ――ベン」トムはほっと胸を撫《な》でおろした。

「お金を少しお借りできるでしょうか。航空券は買えるのですが、その残りでは、ちょっと心もとないものですから」

「もちろんだよ」トムは辛抱強く言った。五千フランといえば、千ドルを超える額だ。まっすぐ家に帰るはずの少年に、どうしてそんなにたくさん金が必要なのだろう？　いつもそんな大金を持ち歩く癖《くせ》があるのか？　たっぷり手元にないと不安になるとか？　それとも、トムから借りた金が、トムのフランクに対する愛情のしるしとなっているのだろうか？

その晩、彼らは映画を見にいったが、最後まで見ずに外に出た。夕食がまだだったので、トムは、すぐ近くのライニッシエ・ヴィンツァーシュトゥーベンに少年を案内した。ビヤ樽《だる》の栓の横には、半分ほどビールを注いであるグラスが少なくとも八個、客待ち顔で並んでいた。ドイツ人はビールを正しく注ぐために数分をかける。その点をトムは高く評価していた。トムとフランクは、自家製スープ、ハム、ビーフやラムのロースト、キャベツ、揚げたのや茹でたポテト、それに半ダースの種類のパンが並んだカウンターから、自分たちの食べたいものを選んだ。

「さっきあなたがテリーサについて言ったことは正しいと思います」テーブルについてからフランクは言った。「彼女のことを、もっとはっきりさせるつもりです」フランクはごくりと唾を飲みこんだ。まだひと口も食べていなかったが。「彼女はぼくを好きかもしれないし、そうでないかもしれない。それに、自分がまだ若すぎるということもよくわかってるんです。なにしろ、あと五年たたないとカレッジを卒業できないんだから。ああ、なんてこった！」

フランクは突如として学校教育制度に対する怒りを覚えたようだったが、トムには少年の悩みが、テリーサに対する確信が持てないことに起因しているのだとわかっていた。

「彼女は他の女の子と違ってるんです」少年は続けた。「うまく言えないんですけれど、言葉では。彼女は馬鹿じゃないんです。すごく自分に自信を持ってる――だから、ときどき、ぼくは不安になるんです。だって、ぼくは彼女ほど、自信に溢《あふ》れて見えないことはわかっているから。たぶん、自信がないんです――いつか、あなたにも彼女に会ってもらえるといいんですが。本当にそうなるといいんだけど」

「ぼくもぜひ会ってみたいね。――冷めないうちに、食べてしまいなさい」トムは、自分がテリーサに会うことは決してないだろうと思っていた。しかし、いま、少年がしがみついているような幻影や希望がなかったら、何が人間を動かし続けることができるというのだろう？　エゴ、モラル、エネルギー、そして、人々がひどく漠然と表現するところの未来――それらはたいていの人にとって、自分以外の人間との関係に基づいた言葉ではないのか？　ひとりで生きていける人間など、いったいどれほどいるというのだろう？　そして、彼自身は？　トムはちょっとの間、エロイーズのいないベロンブルにいる自分を想像してみた。マダム・アネットの他には誰も話し相手もおらず、ハイファイのスイッチを入れて、突然家じゅうにロックを響かせたり、ときにはラルフ・カークパトリックのハープシコードの音楽をかける者もいない日々を。トムは彼の生活の非常に多くの部分――もし露見したら、ベロンブルの生活に終止符を打つことになるような、非合法かつ潜在的危険を伴う彼の活動――をエロイーズにはひた隠しにしてきた。だが彼女はすでにトムにとって存在の一部、いやほとんど肉体の一部にさえなっていた。まるで婚姻の誓いの言葉のように。ふたりはそう頻繁に愛し合うわけではないし、トムが彼女のベッドに寝るときでも――それさえ、しょっちゅうとはとても言えないのだが――必ずそうするわけではない。だが、いったん愛し合うとなれば、エロイーズは激しく情熱的だった。愛し合うことが稀《まれ》だという事実が彼女を悩ませている様子はまったくないようだった。考えてみればそれも不思議な話だ。なぜなら、彼女はまだ二十七歳――いや八だったか――という若さなのだから。だが、彼にとっては都合がいいことは確かだった。彼は週に何回も要求してくるような女には我慢がならなかった。そんなことをされると、とたんにその女に嫌気がさしてしまい、それっきり関心が戻ることはなかった。

トムは勇気を奮い起こし、気軽な、だが礼儀正しい口調で尋ねた。「失礼だが、きみはテリーサと寝たことはあるの？」

フランクは皿からさっと目を上げて、ちらりと、不安げな笑みを浮かべてみせた。「一度だけ。ぼくは――その、もちろん、最高でした、ちょっと、最高すぎるくらいだったかも」

トムはその先を待った。

「こんなこと、打ち明けられるのはあなただけなんですが」フランクは声を低くして話を続けた。「ぼく、うまくやれなかったんです。興奮しすぎちゃったみたいで。彼女もすごく興奮してました。だけど、何も起こらなかった――本当に。あれはニューヨークの彼女の家族のアパートメントでした。みんな出払っていて、ぼくたちはドアに鍵をかけておきました――そして、彼女は笑ったんです」フランクは淡々とした表情でトムを見た。まるで起こった事実を述べているだけで、自分はちっとも傷ついたりはしていない、あれはただの事実にすぎないと言いたげに。

「きみのことを笑ったのかな?」トムは、穏やかな関心という態度を崩さないように気をつけながら尋ねた。彼はドイツのゴロワーズともいうべきロート・ヘンドレに火をつけた。

「ぼくのことを? わかりません。でも、たぶんそうだと思います。ひどい気分でした。すごく恥ずかしくて。彼女と愛し合うつもりになっていたのに、最後まで行くことができなかった。わかりますか?」

トムには想像がつくような気がした。「ふたりで笑いたかったということじゃないのかな、きっと?」

「ぼくは笑おうと努力したんです。——絶対に、誰にも言わないでくださいね」

「わかってる。それに、誰に話すっていうんだい?」

「学校の他の男の子たちは、年がら年じゅう自慢ばかりしてるけど、大体はガセだと思うな。そうに決まってる。一歳上の友人のピートなんか——もちろん、ぼくは彼が大好きですが、彼の話が全部本当じゃないのはわかってる。女の子との武勇伝がってことですけれど。たしかに、簡単なんだと思います。もし、その女の子のことを本気で好きじゃなければ。そう思いませんか? 相手が好きな子じゃなかったら、自分のことだけ考えて、断固として最後までやりとげて、すべてうまくおさまるでしょう。だけど、ぼくはテリーサのことをずっと愛してきたんだ、もう七カ月にもなる。初めて会ったあの夜から、ずっと」

トムは質問を組み立てようとしていた。テリーサには他にも、一緒にベッドに行くようなボーイフレンドはいないのだろうか? その問いをトムが口に出さないうちに、ビアホールの喧噪を貫くようにして、ショーの始まりを告げる和音が鳴り響いた。

彼らの正面の、ずっと離れた壁で何かが始まっていた。トムは前に一度そのショーを見たことがあった。そこにはすでに照明がともっていて、『魔弾の射手』の騒々しい序曲が、どこかにあるかなりくたびれた蓄音機から響きわたった。切り抜き影絵でできた不気味な家々の、のっぺりした背景絵が壁から十センチほど浮き上がって見えていた——木にはフクロウが止まり、月が輝き、稲妻が光っている。そして、まるで本物の雨のような水滴が、右方から斜めにざあっと降りそそぎはじめた。雷鳴も鳴り響いたが、これは舞台裏でブリキの大きな欠片《かけら》を震わせているみたいな音だった。何人かが、もっとよく見ようとテーブルから立ち上がった。

「すごいや！」フランクは満面の笑みを浮かべて言った。「見にいきましょうよ！」

「行っておいで」トムがそう言うと、少年は走り去った。トムは座ったまま、離れた場所から少年をじっくり観察して、誰か彼に関心を示している者がいないかどうかを確かめようと思った。

フランクはトムの青いブレザーに、自前の茶のコーデュロイのズボンをはき——ズボンは少しばかり短かったので、買ってから背が伸びたのだろうと思われる——腰に手をあてた格好で、目の前に繰り広げられる活人画らしきものに見入っている。トムの見る限りでは、誰ひとり少年に関心を抱いている様子はなかった。

シンバルがすさまじく鳴り響いて音楽が終わり、照明も消えた。雨滴が少しずつおさまり、人々はそれぞれの席へと戻りはじめた。

「なんてすばらしいアイディアだ!」フランクはすっかりリラックスした様子で戻ってきた。「雨は正面の細い溝に注ぐようになってるんです。知ってました?——もう一杯ビールをいかがですか?」フランクはトムの世話を焼きたくて仕方がないようだった。

トムがタクシーの運転手に、〈グラッド・ハンド〉というバーにやってくれと告げたのは、もう午前一時近い時間だった。トムは、それがなんという通りにあるのか知らなかったが、誰かからその名を聞いていたのだ。たぶんリーヴズあたりからだろう。

「お客さんの言ってるのは、〈グラッド・アス〉のことじゃありませんかね」運転手がにやにやしながらドイツ語で言った。バーの名前だけは英語のままだったが。

「まあ、そんなところだろう」トムは言った。ベルリンっ子が、仲間内で話すときには地元のバーの名前を変えて話すのを知っていたのだ。

そのバーは外にはなんの看板も出ていなくて、ドアの横の外壁のガラスの向こう側にドリンクとスナックの値段のリストが明かりに照らされているだけだった。だが、ディスコ・ミュージックの大きな音は外にいても聞こえてきた。トムが茶色のドアを押して開けると、背の高い、幽霊じみた人影が、冗談っぽい仕草でトムを押し戻した。

「駄目、駄目、あなたは入れないわよ!」その人物はそう言ったかと思うと、トムのセーターの前を摑《つか》んで彼を引っぱりこんだ。

「よう、別嬪《べっぴん》さん!」トムは彼を引き入れた人物に大声で呼びかけた。身長百八十センチを超える身体《からだ》を、床にまで届くモスリンのガウンに包んだその男の顔はピンクと白で塗り固めたマスクのようだった。

　トムは、フランクが後ろについてきているのを確かめながら、少しずつバーカウンターのほうに進んでいったが、ものすごい人込みなので――全員が男性や少年で、それがまた全員たがいにわめき合っている――とても辿《たど》り着けないような気がした。どうやら、ダンスのできる大きなフロアがふたつ、もしかしたら三つ、あるようだった。必死の面持《おもも》ちでトムについてくるフランクはたくさんの視線を集めて、熱い歓迎を受けていた。「まったくなんて騒ぎだ?」トムは彼にそう言って、陽気に肩をすくめてみせた。ビールにしろ何にしろカウンターに辿り着いて注文できるのはいつになることやらと言いたげな顔で。壁に寄せるようにしてテーブルがいくつか置かれていたが、どこもふさがっており、さらに多くの男たちがそのまわりに群がって、座っている男たちに話しかけていた。

「あら《ホッブラ》!」別の女装した男が耳元でわめいた。そして、トムはほとんど刺すような羞恥の感情とともに気がついた。おそらく、あれはトムがストレートに見えたからなのだと。外に放り出されないのが不思議なくらいだ。たぶんフランクと一緒だったことに感謝するべきなのだろう。そう思いあたったとたん、彼はまんざらでもない気分だった。なんとトム自身が嫉妬《しっと》の対象になっているのだ。なにしろ、きれいな十六歳の少年を連れているのだから。そのとき、それをしかと証明するような光景を目のあたりにして、トムは思わず微笑んだ。

革服を着た男が、踊らないかとフランクを誘っている。

「行っておいで！」トムはフランクにそう叫んだ。

フランクは一瞬うろたえ、怯《おび》えたようだったが、気を取り直したらしく、革服の男についていった。

「……おれの従兄弟がダラスにいるんだ！」トムの左でアメリカ人が誰かに叫んでいたので、トムはそこから離れた。

「ダラス－フォートト、フォーアト！」ドイツ人の連れが言った。

「いや、それは、くそったれ空港だろう！　おれが言ってるのはダラスだ！　バーの名前は〈フライデー〉。ゲイバーだよ！　男の子も女の子もいる！」

トムは彼らに背を向け、どうにかバーの縁に辿り着いて、ビールをふたつオーダーすることに成功した。三人のバーテンダーはすり切れたブルージーンズこそはいていたが、やはりかつらにルージュ、ひらひらのブラウスを身につけ、陽気な口紅べったりの微笑みを浮かべていた。酔っ払っているようには見えなかったが、誰も彼もがとてつもなく幸せそうだった。トムは片手でバーにしがみつき、爪先立ってフランクの姿を探した。〈ロミー・ハークス〉で少女と踊っていたときよりも、むしろいっそう奔放に踊る少年の姿が目に入った。男がもうひとり彼らに加わったようだったが、トムにははっきりわからなかった。そこに、アドニスとおぼしき像――実物よりも大きく、金色に塗られている――がするすると天井から下がってきて、ダンスフロアの上方で水平に回転しはじめた。一方、色とりどりの風船が高いところから、ふわふわと漂うように下りてきて、回転し、あるいは浮き上がったり、下の動きにつられてそよいでいた。風船のひとつには黒いゴシック体の文字で「マザーファッカー」と書かれていた。他の風船にもこれみよがしのイラストや言葉が描かれていたが、トムの場所からはよく見えなかった。

フランクが周囲を押し退けるようにして、トムのところに戻ってきた。「見てくださいー　ボタンがなくなってしまった。すみません。床を探そうとしたんだけど見あたらなかったし、押し倒されてしまいました」彼はブレザーの中ボタンをなくしていた。

「どうってことないよ！　さあ、きみのビールだ！」トムは、背の高い、先細のグラスを少年に手渡した。

フランクは泡だつビールを飲んだ。「みんなすごく楽しんでるみたいですね――」彼はわめいた。「それも女の子なしで！」

「なぜ戻ってきたんだい？」

「他のふたりが揉めはじめたので――たいしたことじゃないんですけれど！　最初の男の人が――何か言ったんですが、ぼくにはわかりませんでした」

「気にするほどのことじゃないさ」トムには、相手が何を言ったのかごく容易に想像がついた。「英語で言ってくれと言えばよかったのに」

「そうしたんです。それでも、まだわからなかったんです！」

トムの背後の数人の男が、フランクに向かってみだらな視線を送っていた。フランクはトムに、今宵が特別な夜か何かなのか、たとえば誰かの誕生日で、だから風船が飛ばされていたのかと尋ねようとしていた。だが、大音響の音楽が、ほとんどふたりの会話を不可能にしていた。もちろん会話など必要ないのだ。客が他の客をこれと見定め、そうしたらふたりで外へ出るか、住所を教え合うだけのことなのだから。フランクがもう踊りたくないと言ったので、彼らはビールを一杯飲んだだけでそこを出た。

日曜の朝、トムは十時を少し過ぎたところで目を覚まし、電話でまだ朝食をオーダーできるかどうかとフロントに問い合わせた。大丈夫だった。彼は少年の部屋に電話した。誰も出ない。フランクは朝の散歩にでも行ったのだろうか？　トムは肩をすくめた。なんで自分は肩をすくめたりなどしたのだろう？　それともただの反射作用だったのか？　あの子が通りでトラブルに出くわしでもしたら、たとえばぬかりのない警察官にでも話しかけられたらどうする？　「失礼ですがお名前は？　パスポートか身分証明書を拝見できますか？」とか。トムとフランクは何か見えない絆《きずな》のようなもので結ばれているのだろうか？　まさか。もしそうだとしても、そんなものは断ち切ってやる、とトムは思った。どっちにしても、明日には切れることになっているのだ。少年の飛行機がニューヨークに向けて飛び立つときに。トムは丸めた煙草《たばこ》の包みを屑籠《くずかご》に投げつけたが、失敗して、結局拾いにいった。

トムの耳に、ドアをそっと叩《たた》く音が聞こえた。指先で叩くそのやり方は、彼自身と同じだった。

「フランクです」

トムはドアを開けた。

フランクは果物の入った、透き通った緑のビニール袋を持っていた。「散歩にいってきました。下で、あなたが朝食を注文したと聞いたので、もう起きたかなと思って。フロントではドイツ語で話しました。これなら大丈夫でしょう?」

正午少し前、彼らはクロイツベルクで、ファストフードのワゴンの前に立っていた。ふたりとも缶ビールを手に、フランクはさらにバンズなしのハンバーガーのようなブレッテと呼ばれるものを食べていた。これは調理したコールド・ミートで、それを指でつまんで、マスタードをつけて食べるものだった。ビールとフランクフルトソーセージを手に、彼らの隣に立っているトルコ人の装いは、カジュアルなサマーファッションの決定版とも言えるものだった。上半身はまったくの裸で、毛深い腹がグリーンのショートパンツの上に突き出ている——おまけにそのショートパンツはさんざんはき古されている上に、犬に食いちぎられたのではないかと思うほどずたずたの細切れになっていた。男の汚れた足はサンダルに包まれていた。フランクはその男を上から下まで臆せずに見まわした。

「ベルリンっていうのは、実に大きな街ですね。なにものにも縛られてない」

その言葉で、トムは午後のプランを思いついた。グルーネヴァルト、大きな森。だが、まずはグリーニッケ橋からだろう。

「今日のことは忘れません――あなたと過ごした最後の日のことは」フランクが言った。「それに、今度はいつ、あなたに会えるかわからないし」

まるで恋人の別れのような台詞《せりふ》だ、とトムは思った。はたしてフランクの家族は――とりわけ彼の母親は――トムが今度の十月にアメリカに訪れる際に、フランクの顔を見に立ち寄ったら歓迎してくれるだろうか？　怪しいものだ。彼の母親が、ダーワットの絵の偽造容疑について何か知っているということはあるだろうか？　その可能性は高い。フランクの父親がそのことを話していたというからには、おそらくはディナーの席でのことだろう。フランクの母親は、彼の名前を聞いて眉《まゆ》をひそめたりはしないだろうか？　トムはそれ以上知りたいとは思わなかった。

ふたりは、ヴァンゼー湖の青い湖水と孔雀島《くじゃくとう》を見晴らす高台の、屋外のテーブルで遅い昼食をとった。彼らの足の下には小石や土の感触があり、木の葉は彼らの上に影を落とし、恰幅のいいウェイターは愛想がよかった。ポテト・ダンプリングを添えたザウアーブラーテン（酢とワインに漬けた牛肉の蒸し煮）、赤キャベツに、ビール。ふたりは西ベルリンの南西地区に来ていた。

「うーん、最高だな、そう思いませんか？　ドイツって」フランクが言った。

「そうかい？　フランスよりも？」

「ここの人たちのほうが、親しみやすい感じがするんです」

トムもドイツについては同じ感想を持っていた。それにしても、よりによってベルリンでそれを言うのもおかしな話だ。その朝、彼らは壁の長い区画の横を車で走ってきたのだ。

衛兵の姿こそ目に入らなかったが、高さはフリードドリヒ通りと同じ三メートルで、壁の向こう側にはスライドする鎖《くさり》に繋《つな》がれた攻撃犬どもが、彼らのタクシーの走る音にまで反応してさかんに吠《ほ》えていた。運転手はこの小旅行に大喜びして、とめどもなくしゃべり出した。壁のあっち側、犬どもよりももっと向こうの、目に見えない場所には、細長い地雷敷設地帯があるのだという。「幅五十メートルですぜ！」運転手はドイツ語で言った。それを越えると、深さ三メートルの自動車避けの堀がある。さらにその向こうの細長い土地は、足跡がはっきりとつくように耕されているのだと。「ずいぶん手間をかけてるんですねえ！」フランクは言った。トムはその話に触発されるように口を開いた。「彼らは自分たちを革命家だと言ってるが、実はもっともそれに逆行していることを証明してしまったようだね。あらゆる国に革命を起こすべきだと言っているが、連中の一部はいまだにモスクワと手を切れずにいるじゃないか――」彼はそれをなんとかドイツ語で運転手に伝えようとした。「ああ、そりゃモスクワは軍隊を持ってるってだけの話ですよ。あちこちで力を見せびらかしてるだけだ。理想なんて、まったくなし」運転手は諦観したように言った。というよりは諦観したふりを装っていた。グリーニッケ橋で、トムは、大きなプラカードにドイツ語で書かれた声明を、翻訳してフランクに読んでやった。

この橋を「団結の橋」と名付けた本人たちが、壁を築き、鉄条網を張り巡らし、死の地雷地帯を造り、団結を妨げた。

トムはこう訳して聞かせたが、少年はドイツ語の原文を欲しがったので、トムが書き写してやった。運転手のヘルマンはとても親切だったので、トムは彼に、よかったらここで一緒に昼を食べて、そのあとまた別の場所に乗せていってくれないかと尋ねた。ヘルマンは昼食には同意したが、礼儀正しく、別のテーブルでひとりで食べると言った。

「グルーネヴァルトだ」勘定を済ませると、トムはヘルマンにそう告げた。「行ってもらえるかな？　そこでぼくたちを降ろしてくれれば、あとはもういい。少し、その辺を歩きたいから」

「もちろんですとも！　オーケー！」ヘルマンはそう言って、大儀そうに椅子《いす》から立ち上がった。まるで何キロもいっぺんに体重が増えたかのように。その日はぽかぽかと暖かく、彼は白い半袖《はんそで》シャツを着ていた。

今度は北を目指して六キロ近いドライブになった。トムは膝《ひざ》の上に地図を広げて、フランクに現在地を示してやった。車はヴァンゼー橋を渡って、北に曲がり、小さな家々の集落が並ぶ、森の多い地域をいくつも通った。ようやくグルーネヴァルトが見えてきた。トムがフランクにも話したとおり、フランス、英国、米国の軍隊が、しばしば戦車演習をしたり、火砲発射練習をしたりしている戦争ゲームの行なわれている場所でもある。

「トリュンマーベルクで降ろしてもらえるかな、ヘルマン？」トムは尋ねた。

「トリュンマーベルクね。トイフェルスベルクの」彼は応えた。

ヘルマンはトムの指示どおり坂を登りはじめた。そこにトリュンマーベルク、すなわち戦争が残した瓦礫で造られ、土をかぶせ、いまなお高さを増しつつある山があった。トムはヘルマンに料金を払い、二十ドイツマルクほどチップをやった。

「ありがとう《ダンケ・シエーン》、よい一日《シエーネン・ターク》を！」

小さな男の子が山をちょっと登ったところに立っていて、玩具《おもちゃ》の飛行機を電子操縦で巧みに操っている。トリュンマーベルクの山腹には、スキーやそりが滑降できるようにU字型にゆるやかな溝が作られていた。

「彼らは、冬にはここでスキーをするんだよ」トムはフランクに言った。「おかしいだろう？」実際のところは、いまこのとき、それの何がおかしいのか自分でもわからなかったが——雪もないし——トムは無性に楽しくてたまらなかった。一方には広大な森、もう一方には遠く、低く、彼方に広がるベルリン市。それらを目のあたりにするのは、とほうもなく贅沢《ぜいたく》な眺めだった。舗装されてない細い道は、地図から見当をつければ二十キロ四方はあろうかと思われる野生の森グルーネヴァルトに続いている。その森が実にベルリン市の境界線をも取り囲んでいるということにトムは大きな驚きを覚えた。大きな安堵《あんど》と言ってもいいかもしれない。なぜなら、グルーネヴァルトをも含めて西ベルリンがそっくり取り囲まれているのだから。

「こっちに行こう」トムは、森に続く小道のひとつを選んで言った。

ものの二、三分もすると木々が頭上近くに覆いかぶさり、太陽の光をあらかた遮ってしまった。少年と少女が数メートル離れた場所で、松葉の上に毛布を広げてピクニックと洒《しゃ》落《れ》こんでいる。フランクは彼らに夢見るような視線を向けた——たぶん羨望の。トムは小さな松ぼっくりを拾い上げ、ふっと息を吹きかけてズボンのポケットに突っこんだ。

「すごい樺の木だ！　ぼく、樺の木が大好きなんです！」フランクが言った。

松やときおり見かける樫の木に混じって、そこここにあらゆる大きさの樺の木が斑模様の幹をさらして立っていた。

「このあたりのどこかに——軍用地区域があるはずだ。鉄条網の囲いを巡らして、赤い警告標識がある、ぼくの記憶によれば」だが、トムはなんとなく、何も話したくないような気分がした。彼は少年の悲しみを感じとっていた。

明日のいまごろは、フランクはニューヨークを目指して西に飛んでいることだろう。そして、彼は誰のもとに帰っていくというのだろうか？　彼に気があるのかどうかもわからない少女のもとへ、それとも父親を殺したのかと彼に問いかけたことのある母親——彼が違うと言うと一応は信じてくれたらしい母親のもとへ？　そして、アメリカでの状況は何か変化があっただろうか？　フランクに不利な新しい証拠が発見されたとか？　それはあり得る。トムにはなぜか、新しい証拠が出てくる気がしてならなかった。フランクは本当に父親を殺したのか、それともすべてフランクの妄想の産物なのだろうか？　それはトムの心にずっと引っかかっている疑問だった。陽光に照らされた森があまりに美しく、あまりにも気持ちのいい日だったので、彼は少年が誰かを殺したなどと信じたくなかったのだろうか？　左側に大きな木が倒れているのにトムは気づいた。トムが身ぶりでそちらを示すと、少年は彼についてきた。

トムは、切り倒されたものだとわかった木にもたれて煙草に火をつけ、ちらりと時計に目をやった。あと十三分で四時になる。そろそろトリュンマーベルクに引き返すべき時間だ。あそこなら少しは車が走っているから、タクシーをつかまえられるかもしれない。これ以上遠くまでさまよい込めば、あっという間に迷子になってしまうだろう。「煙草は？」トムは、昨夜、少年が一本吸ったのを見ていた。

「結構です。ちょっと失礼。小用を足しにいってきます」

トムは、少年が彼の前を通りすぎるのを待って木から離れた。「じゃあ、ぼくはこのあたりにいるから」と、トムはさっき歩いてきたばかりの小道のほうを身ぶりで指した。たぶん、明日の午後にはパリに帰れるだろう。その前にエリック・ランツのところに立ち寄って、ひと晩付き合ってもらうというのはどうだろう？　ここベルリンで彼がどんなアパートメントに住んでいるのか、どんな暮らしぶりなのかを見るのもおもしろいかもしれない。そうすれば、エロイーズへの土産《みやげ》も買える。クーアフュルステンダムで何かすてきなものを見つけよう――たとえばハンドバッグとかいった。だしぬけにトムは右のほうにさっと目をやった。何かが聞こえたような気がした。それも人の声が。彼は少年を探した。「ベン？」彼は呼びかけた。トムは数歩戻って、「おい、ベン、迷ったのかい？　こっちだぞ！」トムは、さっきふたりで寄りかかっていた木のところまで戻った。「ベン！」森のずっと先のほうに聞こえるのは、下生えの灌木を鳴らす音だろうか？　それとも風か？　フランクがまたいたずらをしているんだろう、とトムは思った。ベロンブルの近くの小道でしたように、トムが見つけてくれるのを待っているのだろう。藪《やぶ》のなかを歩いていくなどトムには考えられなかった。あんなところに入ったらズボンの折り返しが引き裂かれてしまう。少年が声の届く範囲にいるとわかっていたので、大声で叫んだ。「オーケー、ベン！　ふざけるのは終わりだ！　帰るぞ！」

沈黙。

トムは、ぐっと息を呑《の》みこんだが、なぜか不意にそれが困難になっていた。いったい何を心配しているんだ？　自分にもよくわからなかった。

突然、トムは弾《はじ》けるように走り出して、前方のかすかに左寄り、さっき枝の擦れ合う音が聞こえたような気がしたほうに向かった。「ベン！」

応えはない。トムは夢中で飛びこんでいった。ただ一度だけ足をとめて、後ろに誰もいないことを、そこにあるのがただ密集した樹木だけなのを確かめ――ふたたび走り出した。

「ベン！」

不意に泥道に出くわし、彼はそのまま道を走った。依然、左の方角を目指したまま。道はやがて右に曲がった。このまま進むべきか、それとも引き返すべきか？　こちらのほうにちがいないという予感に駆られて、そのまま走り続けながら――いままでは小走りになっていたが――同時に、もう三十メートル進んで少年が見つからなかったら、引き返して、もう一度森を探してみようと決めていた。少年はまた逃げ出したのだろうか？　フランクはそこまで馬鹿じゃないはずだ、とトムは思った。パスポートだってホテルに置いてあるのに、あれなしで、どこかに行けるはずもない。それとも、フランクは誰かにさらわれたのだろうか？

行く手に、道よりも一段低くなった小さな切り開きが見えた。突然、トムの目に答えが飛びこんできた。両側のフロントドアを開けたままの紺色の車が、彼の目の前に停まっていた。運転者が威勢よくエンジンをかけ、横のドアをバタンと閉める。もうひとりの男が車の後ろから走ってきて、助手席に飛びこもうとしたが、トムの姿を見て、片手をドアにかけたまま足をとめ、もう一方の手で上着のなかを探った。

あいつらがフランクをさらったのだ。トムは確信した。彼は前に進もうとした。「いったいおまえたちは——」

突然、トムは、五メートルくらい離れたところからまっすぐ自分に狙いを定めた黒いピストルを見つめていることに気づいた。男は両手で銃を構えた体勢のまま車のなかに滑りこんだかと思うと、ドアが閉まり、車がバックしはじめた。ＢＲＷ七七八、ナンバープレートにはそうあった。運転者はブロンドがかった髪をしていた。あとから飛び乗った男は大柄ながっしりした男で、まっすぐな黒い髪に口ひげを生やしていた。奴らはトムの顔をはっきり見たにちがいない、と彼は思った。

車は走り去ったが、さして急なスピードではなかった。全力で走れば追いかけられたかもしれないが、それが何になる？　みすみす腹に弾をくらうのか？　トム・リプリーの死などというちっぽけな問題など、数百万ドルの値打ちのある少年とは比べ物にもならない。フランクは猿轡《さるぐつわ》を嚙《か》まされて後ろのトランクに転がされていたのだろうか？　それとも頭を殴られて気絶していたのか？　あるいはもうひとり、三人目の男が後部座席にいたのかもしれない。おそらくは。

それらの考えが彼の頭を駆け巡るうちに、車――アウディ――は次のカーブを曲がったところで、完全に彼の視界から森のなかに消えていった。

トムはボールペンを持っていたが、紙が見つからなかったので、ロート・ヘンドレの煙草の包みを引っぱりだしてセロファンをはがし、忘れないうちに車のナンバーをピンク色のパッケージに書き留めた。彼らは車を捨てるか、プレートを替えるかするかもしれない。トムに見られたのを知っているのだから。でなければ、この仕事のために盗んだ車だということも考えられる。

さらに、男たちが彼をトム・リプリーだと知っていたという厄介な可能性もある。たぶん連中は昨日かそこいらから、彼とフランクのあとをつけていたのだろう。あいつらにとってトムを消したほうが好都合だということはあり得るだろうか？　五分五分だ、とトムは思った。いまはとてもではないが、物事をはっきりと考えられるような状態ではなかった。ナンバーを書き留めたときも手の震えが止まらなかった。そうだ、彼はたしかに森のなかで男たちの声を聞いたのだった！　誘拐者たちは、あたりさわりのない質問をするような振りをして、フランクに近づいていったのだろう。

最善の策は、明日といわず、いますぐにもベルリンを立ち去ることだ。小道へ近道をするために、トムは不快な藪に、ふたたび飛びこんだ。いつまた彼を撃つことに決めた人さらいたちが、道路を戻ってやってこないとは限らなかった。

11

トムはフランクと歩いた道を辿《たど》って、トリュンマーベルクまで戻った。そこで、いらいらしながら二十分近くもタクシーを待ち、ようやく、偶然通りかかった一台をつかまえた。グルーネヴァルトを訪れる人は、ほとんどが自分の車で来るのだ。トムは運転手にアルブレヒト・アヒレス通りのホテル・フランケへと告げた。

どんなにかいいだろう《グレート》——フランクの好きな言葉を借りればそうなる——少年がまたちょっとした隠れんぼをしただけで実はもうホテルの部屋に戻っているとしたら？　そしてトムが目撃した、銃を持った車の男たちはたまたま別の悪事にかかわっていたのだとしたら？　だが、そうはならなかった。フランクのルームキーはホテルのフロントのフックにぶら下がったままだった。トムのと同じように。

トムは鍵を取って、自分の部屋に行き、内側からしっかりとドアに鍵をかけ、ベッドに腰をおろして電話帳に手を伸ばした。警察署の番号は表紙に載っているはずだ——あった。

彼は「緊急用」の番号を回し、車のナンバーを書いた煙草《たばこ》のパッケージを前に置いた。

「実は誘拐を目撃したようなんです」とトムは言い、それから電話の相手の質問に答えた。いつ？　どこで？

「あなたのお名前は？」

「名前は言いたくありません。車のナンバーは控えてあります」トムは続けてそのナンバーを伝え、車の色は濃紺色で、アウディだったと伝えた。

「さらわれたのは誰ですか？　その人を知っているのですか？」

「いいえ」とトムは答えた。「少年でした——十六、七の。男のひとりは銃を持っていました。何時間かしたら電話し直して、そちらでわかったことを教えていただきたいのですが？」トムは、相手の返答がどうあれ、電話するつもりだった。

男は「どうぞ」と応え、そっけなく礼を言うと電話を切った。

トムは、誘拐が午後四時ごろに、トリュンマーベルクから遠くないグルーネヴァルトで起きたことも伝えておいた。いまは五時を三十分近く過ぎている。フランクの母親と連絡をとるべきだ。身代金の要求が来るかもしれないと警告しておかなくては——とはいっても、それがなんの役に立つのか自分でもわからなかったが。いまようやく、ピアーソン家の雇った探偵は本当に為すべき仕事を得たというのに、彼はパリにいて、トムには連絡する術《すべ》がなかった。しかし、リリー・ピアーソン夫人ならできるはずだ。

トムはフロントに行って、ヘル・アンドルースの部屋のキーを貸してくれと頼んだ。

「友人は外に出ているんだが、必要なものがあるので取ってきてほしいと言われたのでね」

何も訊《き》かれることなくキーはトムの手に渡された。

トムは上にあがって、フランクの部屋に入った。ベッドは整えられ、部屋は整然としている。トムはライティングテーブルに目をやって住所録を探し、フランクのスーツケースのなかにジョニーのパスポートが入っていることを思い出した。ジョニーの米国の住所は、ニューヨークのパーク街になっていた。彼の母親がいるのは多分ケネバンクポートのほうだろう。だが、ニューヨークの住所だって何もないよりはましだ。彼はそれを書き写し、パスポートをスーツケースに戻した。それからスーツケースの蓋《ふた》のポケットに、小さな茶色の住所録を見つけ、必死の思いでそれを繰った。ピアーソンという箇所にあったのはフロリダの住所と電話番号だけで、そこにはピアーソン・サンフィッシュとあった。あまり幸先がいいとは言えなかった。そもそも人は自分自身の住所を住所録に書いたりはしない。そらで覚えているのが普通だが、ピアーソン家のようにあちこちに家を構えている人々なら違うかもしれないと、トムは一縷《いちる》の望みを抱いていたのである。

結局のところ、欲しいものを手に入れるためには、下のフロントに行くのが最善の策だろう、とトムは思った。今日は日曜だから郵便局は閉まっている。だが、その前に彼は自分の部屋に戻り、フランクのキーをベッドの上に放ると、セーターを脱いでタオルを濡らした。顔を拭《ふ》き、身体《からだ》もズボンの上まで拭いてから、セーターを着直した。なんとか気を落ち着かせようと試みながら。彼は自分が激しく動揺していることに気づいていた。原因は少年が略奪《レイプ》されたこと——彼が文字どおりかっさらわれたという意味でそう言ってもいいだろう——にあるのは明らかだった。自分自身が行なった何かが原因で、これほどまでに動揺したことはなかった。過去にこういう事件にぶつかったことはあっても、彼はつねに事態を掌握していた。今度はまったく立場が逆だ。彼は部屋を出て鍵をかけ、階段を下りた。

ホテルのフロントで、彼はメモ用紙にこう書きつけた——メイン州（バンゴー）、ケネバンクポート、ジョン・ピアーソン。バンゴーは一番近い大きな町なので、そこでならケネバンクポートの番号もわかるかもしれないと思ったのだ。「メイン州のバンゴーに問い合わせをお願いしたいのですが。ピアーソン家の電話番号を知りたいのです」トムがカウンターの向こうの男に頼むと、彼はトムの書いたものを見て「かしこまりました、ただちに」と言い、そのままトムの右の交換台の前に座っている女性のところに行った。

男はトムのところに戻ってきて、「二、三分でわかると思います。どなたか特定の方とお話しになりたいですか？」

「いいえ、とりあえずは、番号を教えていただければ結構です」トムはロビーをうろうろしながら、オペレーターは首尾よく電話をつないでくれるだろうかと気を揉んでいた。アメリカのオペレーターが、その番号は電話帳に載っていないので教えられないと言ったらどうすればいい？

「ヘル・リプリー、番号がわかりました」フロントの男が、手に紙切れを持って、そう言った。

トムは微笑《ほほえ》んだ。彼は別のメモ用紙にそれを写しとった。「ここを呼び出してもらえますか？　ぼくは部屋で電話をとりますから。ぼくの名は出さないでください。ただベルリンからだとだけ伝えてもらいたい」

「かしこまりました、サー」

部屋に戻り、一分待つか待たないかで、電話のベルが鳴った。

「こちらメイン州ケネバンクポートです」女性の声だった。「そちらはドイツのベルリンですか？」

ホテル・フランケのオペレーターがそうだと確認した。

「では、おつなぎします」メイン州側のオペレーターが言った。

「おはようございます、ピアーソン宅ですが」イギリス人とおぼしき男の声が出た。

「もしもし」とトムは言った。「ピアーソン夫人とお話ししたいのですが」

「失礼ですが、どちら様ですか？」

「ご子息のフランクのことについてお話があるのです」相手のやけにしゃちほこばった対応が、トムの必要としていた冷静さを取り戻すのに役立ってくれた。

「少々お待ちください」

少々にしては長いなと思う時間、トムは待たされたが、少なくともフランクの母親は在宅しているようだった。トムの耳に女性と男性の声が聞こえ、リリー・ピアーソンが執事

——トムの記憶では、たしかユージーンという名だった——を伴って電話に近づいてくる気配が伝わってきた。

「もしもし」甲高い声が言った。

「もしもし。ピアーソン夫人、息子さんのジョニーと私立探偵が滞在しているホテルを教えていただけますか？　パリにいらっしゃるのでしょうか？」

「なぜ、そんなことをお尋ねになるの？　あなたはアメリカの方？」

「ええ」トムは答えた。

「お名前をうかがえるかしら？」彼女の声には警戒と怯《おび》えが滲《にじ》んでいた。

「それはどうでもよいことです。いま、大事なことは——」

「フランクの居場所をご存じなの？　息子はあなたと一緒にいるのですか？」

「いいえ、一緒にはいません。ぼくはただ、パリにいるあなたの私立探偵と連絡をとる方法を知りたいだけです。彼らの泊まっているホテルを教えてください」

「でも、なぜ、そんなことを知りたいの？」彼女の声は金切り声に近くなってきた。「息子をどこかに監禁しているんですか？」

「いいえ、とんでもない、ピアーソン夫人。ぼくだって探偵の所在を突きとめることはできるんですよ。フランスの警察に電話をすればわかることです。ですから、この場で教えていただいて、こちらの手間を省いてくださいませんか？　秘密でもなんでもないのですから、そうでしょう？　彼らがいるパリのホテルはどこですか？」

かすかなためらい。「ホテル・ルテシアです。でも、なぜ、それを知りたいのか教えていただきたいわ」

トムは望んでいたものを手に入れた。トムが望んでいないのは、ピアーソン夫人あるいは探偵から、ベルリンの警察に通報が行くことだった。「パリで息子さんを見かけたかもしれないのです」トムは言った。「ただ、確信はありません。ありがとう、ピアーソン夫人」

「パリのどこで息子を見たのですか?」

トムはもう電話を切りたかった。「サンジェルマン・デ・プレのアメリカン・ドラッグストアで。ぼくはパリから来たばかりなんです。さようなら、ピアーソン夫人」トムは受話器を置いた。

彼は荷造りを始めた。不意に、ホテル・フランケが物騒な場所に思えてきた。あのフランクをさらった二人組だか三人組だかが、金曜日の夜以降のどこかで彼とフランクをホテルまでつけてきた可能性は高いのだ。そして、彼がホテルを出ようとしたところを銃で撃つくらい造作ないと考えてもなんの不思議もない。それどころか、彼の部屋に上がってくることさえいとわないかもしれないのだ。トムは受話器をとり上げて、フロントに、すぐに出発するから彼の請求書とさらにヘル・アンドルースの請求書も作ってほしいと告げた。それからスーツケースを閉め、フランクの部屋にルームキーを持っていった。ついさっき、エリック・ランツに電話することを思いついたのだ。エリックなら喜んで泊めてくれるだろう。もしエリックのところが駄目でも、ここ以外のホテルならどこでも安全なような気がした。続いてフランクの荷造りをする。床の上の靴、バスルームの練り歯磨きに歯ブラシ、ベルリンの熊。そしてスーツケースを閉じ、それを持って、ルームキーは錠に差し込んだままで部屋を出た。そのスーツケースを自分の部屋に運ぶと、上着のポケットに入れっぱなしにしていたエリックの名刺を見つけて、彼の番号を回した。

ドイツ語の声――エリックのそれよりも太い――が出て誰かと尋ねた。

「トム・リプリーです。いま、ベルリンにいるのですが」

「アッハ、トム・リプリー！　アイネン、モメント、ビッテ！　エーリク・イスト・イン・バート！」トムは微笑んだ。

エリックは家にいて、風呂に入っている！　いくらも待たないうちにエリックが出た。

「やあ、トム！　ベルリンへようこそ！　で、いつ会える？」

「これから――すぐにでも」トムはできるだけ落ち着いた声を出そうと努めた。「いま、忙しいのかい？」

「全然。いま、どこにいる？」

トムは場所を告げた。「これからホテルをチェックアウトするところなんだ」

「迎えにいくよ！　時間あるんだろ？」エリックは陽気な口調で言った。「ペーター！　アルブレヒト・アヒレス通りだ、たいして遠くはない……」彼の声がドイツ語に変わって遠のき、また戻ってきた。「トム！　十分もしないうちに、そっちに行くからな！」

トムは受話器を下ろした。ぐっと気分が軽くなっていた。

フロントの男はトムがふた部屋分の請求書を求めても驚いたような声を出さなかったが、彼が少年のスーツケースを持って発《た》つのをいぶかしく思われたかもしれなかった。トムは、あらかじめヘル・アンドルースは空港で待っているのだという答えを用意していた。彼は二通の請求書の支払いと、彼の電話料金の支払いも済ませたが、何ひとつ尋ねられなかった。結構なことだ、とトムは思った。ぼくがフランクを誘拐した男たちのひとり、あるいは共謀者で、フランクの荷物をとりにきたということだってあり得るのに。

「楽しいご旅行を！」フロントの男はにこやかに言った。

「ありがとう！」そのときロビーに入ってくるエリックの姿が目に入った。

「やあ、トム！」エリックが言った。満面の笑顔だ。風呂上がりの黒っぽい髪はまだ湿っている。「終わったのかい？」ちらりとフロントに目をやって彼は訊いた。「スーツケースを片方持つよ。自分で運んできたのかい？」

ベルボーイがひとりいることはいたが、彼はスーツケースを三個抱えた別の客にまとわりついていた。

「ああ、たったいま。友人が空港で待っているんだ」フロントの男にしろ誰にしろ、聞いている者がいるかもしれないのでトムはそう答えた。

エリックはフランクのスーツケースを持った。「じゃあ、行こう！　ペーターの車がすぐそこの右手に停めてある。おれのは明日にならないと修理工場から出てこないんだ。ただいま故障中というわけでね、はっは！」

淡いグリーンのオペルが、さほど離れていない縁石に停まっていた。エリックはペーター・シュープラーという名前の——とりあえずトムの耳にはそう聞こえた——運転手を紹介した。長身のすらりとした男で、年は三十くらいに見える。顎《あご》が突き出ていて、黒い髪は短く刈りこまれ、まるで床屋から直行してきたように見えた。スーツケースは後部の座席と床になんとかおさまった。エリックはトムに、ペーターと一緒に前に座るようにと言って譲らなかった。

「きみの友人はいまどこにいるんだ？　本当に空港で待ってるのかい？」ペーターが車をスタートさせると、エリックは身をのり出して興味ありげに尋ねた。

トムの友人というのが誰なのかは知らなくとも、それがエリック本人がパリに運んできてトムに渡したパスポートの受取人であるフランク・ピアーソンだということくらいの見当はついているはずだった。「いや」とトムは答えた。「あとで話す。できれば、このままきみの家に連れていってもらえないだろうか、エリック？　むろんそちらに差し支えなければの話だが」ペーターが英語を理解するのかどうかはわからなかったが、トムは英語で話した。

「差し支えなんて、とんでもない！　家に戻るぞ、ペーター！　なに、どうせペーターは帰るところだったんだ。たぶん、そっちにも少しなら付き合う時間くらいあるんじゃないかと思ってね」

　トムはずっと通りの両側を観察していた。ホテルを出るときから、彼は舗道を行き交う人々や、縁石に停車している車にまで目を光らせていた。だが、クーアフュルステンダムに差しかかるころには、だいぶほっとした気分になっていた。

「あの少年と一緒かい？」エリックが英語で尋ねた。「彼はどこに？」

「そのあたりを散歩しているよ。あとで連絡をとることになっている」トムはさりげなく言ったが、突然、胸のあたりにひどいむかつきを覚えた。彼は自分の横のウィンドーをいっぱいに下ろした。

「スペイン人曰く、わたしの家はあなたの家ってね」エリックはそう言って、正面入口を入ってキーホルダーを取り出した。そこは建物自体は古いが、すっかり改装されているアパートメントで、クーアフュルステンダムと並行するニーブール通りにあった。

　三人はスーツケースとともに広々したエレベーターで上がっていき、エリックが玄関のドアを開けた。エリックのさらなる歓迎の言葉に迎えられ、ペーターの助けを借りて、トムはふたつのスーツケースをリビングルームの隅に置いた。そこは独身者向きフラットで、余分な飾りはいっさいなく、質のよい年代物の家具と、サイドボードの奥でかすかにきらめく、丁寧に磨き上げられた銀のコーヒーポットがあるくらいだった。壁には十九世紀の景色や森林の絵が数枚掛かっていた。価値あるものではあったが、トムにはいささか退屈なものだった。

「ちょっと失礼するよ、ペーター。よかったらビールを飲んでてくれ」エリックが言った。

寡黙なペーターはうなずき、新聞を取り上げて、スタンドの下の大きな黒のソファに腰をおろした。

エリックは隣のベッドルームにトムを招き入れてドアを閉めた。「さてと、いったい何があったんだい？」

彼らは座らなかった。トムは手短に、リリー・ピアーソンとの電話での会話も交えて一部始終を語った。「誘拐犯人たちがぼくを始末しにくるんじゃないかと思ったんだ。グルーネヴァルトでぼくの正体がわかったかもしれないし、少年から聞き出すことだってできる。というわけで、エリック、今夜ひと晩泊めてもらえると非常にありがたいんだが」

「ひと晩だって？　ふた晩でも三晩でも、好きなだけ泊まりたまえ！　なんてことだ、くそっ《マイン・ゴット》！　ということになれば――身代金の要求だろう？　母親のところへか？」

「たぶんね」トムは煙草を抜き出して、肩をすくめた。

「連中が少年を西ベルリンから連れ出そうとするとは思えない。あまりに困難だ。東との国境で、車という車は徹底的に調べられるからね」

トムにも想像はついた。「今夜、電話を二本かけさせてほしいんだ。ひとつは警察へ、グルーネヴァルトで見たアウディについて何かわかったかを問い合わせる。もうひとつはホテルへ――フランクがひょっこり姿を現したりはしなかったかと尋ねてみる。犯人たちが途中で怖じ気づいて少年を解放する可能性もあると思う。だが――」

「だが？」

「きみの電話電号や住所はもちろん言わないでおくよ。そんな必要はないからね」

「助かるよ。とりあえず、警察には言わないでおいてくれ。ちょっとまずいんでね」

「外からかけてもいいんだよ、そのほうがよければ」

「とんでもない！」エリックは手を振って言った。「ここでやってることに比べたら、あんたの電話なんて無邪気なものさ！　白状すれば、ほとんど暗号なんだがね！　どうか、遠慮なく使ってくれよ、トム。なんなら、あんたの代わりにペーターにかけさせればいい！」エリックは自信たっぷりに言った。「さしあたりペーターはおれのお抱え運転手であり、秘書であり、ボディガードであり――要するに全部をやってもらってるのさ！　さあ、行こう、一杯やろうじゃないか！」彼はトムの腕を引っぱった。

「ずいぶんペーターを信用しているんだね」

エリックは声をひそめた。「実は、ペーターは東ベルリンから逃げてきたんだよ。二度目で成功したんだが、おれに言わせれば放り出されたのさ。最初のときは監獄に放り込まれた。で、奴はそこでとんでもない持て余し者を演じたってわけさ。ついに連中がペーターに我慢できなくなるまでね。ペーターは見た目こそ穏やかで静かだが、あいつには――なんというか、ガッツがある」

ふたりはリビングルームに戻った。エリックがウィスキーを注ぐと、即座にペーターがキッチンに氷をとりにいった。すでに八時近かった。

「ペーターに、ホテル・フランケに電話して伝言がないか訊いてもらおう――彼はなんと名乗っていたんだっけ?」

「ベンジャミン・アンドルース」

「ああ、そうそう」エリックはトムを上から下に眺めおろした。「ずいぶん浮き足立ってるじゃないか。まあ、トム、腰くらいかけろよ」

ペーターが氷を黒いゴムのトレイから銀のバケットに移していた。ほどなくトムの手にスコッチが渡された。エリックはペーターに向かって早口のドイツ語でいきさつを話して聞かせた。

「それはまた《ヴァス》」ペーターが仰天したような口調で言った。彼はトムに尊敬に満ちた目を向けた。まるで、その日トムがちょっとした修羅場をくぐり抜けてきたことに突然気がついたとでもいうかのように。

「……緊急だ」エリックはペーターにドイツ語で話していた。「あんたが教えたのは車のナンバーだったな。まさか名前までは言わなかっただろうな」

「もちろんさ」トムはロート・ヘンドレのパッケージに書いた番号を、エリックの電話メモにもっと読みやすいように写しとり、「濃紺色のアウディ」と書き加えた。

「まだ車の情報は入ってないと思う」エリックが言った。「たぶん車はどっかに乗り捨てられてるだろうな、そいつが盗難車だったとしたら。たぶん、なんにも出てはこないぜ。警察が指紋でもとっていない限りは」

「まずホテルに電話をしてみてくれ、ペーター」とトムは言った。ホテルの請求書に電話番号が印刷されていた。「あそこの連中には、なるべくぼくの声を聞かせたくないんだ。ヘル・アンドルースからメッセージが入ってないか訊いてくれるか?」

「アンドルース」ペーターは復唱してから、ダイヤルを回した。

「ヘル・リプリー宛てに他にもメッセージがないかどうかも」

ペーターはうなずいて、ホテル・フランケにこれらの質問をした。数秒後、ペーターは「わかりました、ありがとう」と言って電話を切った。そして「メッセージはないそうだ」とトムに告げた。

「ありがとう、ペーター。では、警察に車の件を問い合わせてみてくれないか?」トムはエリックの電話帳を調べて、そこにある緊急用の番号がさっきかけた番号と同じものか確かめてから、それをペーターに指で示した。「ここに」

ペーターは番号を回し、数分間――何回か長い間を置きながら――相手と話していたが、やがて受話器を置いた。「そういう車は見つかってないそうだ」

「あとでまたかけてみればいい――双方に」エリックが言った。

ペーターがキッチンに姿を消したかと思うと、皿がカチャカチャいう音や、冷蔵庫のドアが閉まる音が聞こえてきた。どうやらペーターはこの家にすっかり馴染んでいるようだ。

「フランク・ピアーソン、ね」トレイを手に入ってくるペーターを気にもとめず、エリックはおなじみの、いやらしさを感じさせない笑みを浮かべてみせた。「彼の父親はたしか亡くなったんだよな、けっこう最近の話だ。そうだ、前に記事で読んだよ」

「ああ」とトムは言った。

「自殺だったよな？」

「だということになっている」

ペーターは食卓の準備をしていた。コールド・ロースト・ビーフ、トマト、そしてチェリーブランデーの香り漂うボウルに一杯の生パイナップルのスライスが運ばれてきた。彼らは椅子《いす》を引いて、長いテーブルについた。

「母親にも電話したんだったよな。パリにいる探偵にも電話するつもりかい？」エリックは赤身肉を口に入れ、続いて赤ワインをひと口すすった。

エリックのくつろいだ様子が、かすかにトムの癇《かん》に障った。まだ事態が少しばかりおかしくなりはじめたにすぎないのに、エリックは喜んでトムの助けになろうとしている。なぜならトムはリーヴズ・マイノットの友人だからだ。エリック自身はフランクに会ったこともないのに。「べつにこっちからパリへ連絡する必要はないと思うね」トムが言いたいのは、自分はべつに仲介人として名乗りを上げたわけではないということだった。「前にも話したように、母親にはぼくの名前を言ってはいないんだから」

ペーターは注意深く耳を傾けている。たぶん、すべてを理解しているのだろう。

「だが、できれば探偵がベルリン警察をこの件に引っぱりこまないでくれることを願いたいね――とりわけピアーソン夫人に身代金の要求が届いたあとは。こういった場合、警察が役に立つとは限らない」

「知らせないほうがいいだろう。少年を無事に生きたまま取り戻したければね」とエリックは言った。

アメリカ人探偵はベルリンにやってくるだろうか、とトムは思い巡らしていた。少年はベルリンで解放される可能性が非常に高い。彼をどこかへ連れ出すのは至難の業《わざ》だからだ。そして誘拐犯たちは金をどこに用意するように要求してくるだろう？　それは誰にもわからない。

「それで、何を心配してるんだ？」エリックが尋ねた。

「心配なんかしちゃいないさ」トムは微笑んで言った。「ただ、ピアーソン夫人が、悪ふざけをしているのか、誘拐犯とぐるかもしれないアメリカ人がベルリンにいるから用心するようにと探偵に言うだろうなと思ってたのさ。ぼくは彼女に――」

「カフーツ《カフーツ》？」

「ぐるってことさ。ぼくはパリでフランクらしい人物を見かけたと彼女に話した。だが、まずいことに彼女はぼくがベルリンから電話していたことを知っている。ホテル・フランケのオペレーターがそう言ってしまったんだ」

「そこまで気をまわさなくても大丈夫だよ。でも、だからこそ、あんたは成功したんだろうけどな」

成功した？　そうなのだろうか。

ペーターが何かドイツ語でエリックに話しかけたが、ひどく早口だったのでトムには聞き取れなかった。

エリックは笑い声を上げ、食べものを飲みこんでからトムに言った。「ペーターは誘拐犯が大嫌いなんだとさ。彼が言うには、ああいう輩《やから》は急進主義者と称しているだけの政治的クズどもで、他の悪党たちと同じようにただ金が欲しいだけだというのさ」

「今夜、ホテル・ルテシアに電話して、何か変わったことがなかったか訊いてみよう」とトムは言った。「ピアーソン夫人に誘拐犯から電話があったかもしれない。奴らが電報か速達を利用するとは思えないからね」

「たしかに」皆にワインを注ぎ足しながらエリックは相槌を打った。

「もういまごろ、パリの探偵は、金はどこに送るのか、少年はどこで解放されるのかとかいったことをすべて知らされているかもしれない」

「彼が、そこまであんたに教えてくれると思うかね？」エリックは座り直しながら言った。

トムはまた笑みを浮かべた。「たぶん、駄目だろうね。それでも、何か嗅《か》ぎ出せやしないかと思うんだ。ところでエリック、使った電話の料金はこっちで払わせてもらうよ」これから何度も電話を使うことになりそうな気がした。

「なんと、これはまたイギリス人みたいなことを。友人や客人に電話料金を払わせるなんてね。いいかい、ここはおれの家だ――ってことは、あんたの家でもあるってことなのさ。さて何時になったかな？　なんならあんたの代わりにおれがルテシアに電話したっていいぜ、トム？」エリックはトムに言葉をはさむ間を与えずに、自分の腕時計を見た。「だいたい十時か。パリも同じ時刻だな。まあ、探偵さんには、せいぜいフレンチディナーを食べ終える時間を与えてやろうじゃないか。ピアーソン家のつけでね、はっは！」

エリックはテレビのスイッチを入れ、ペーターはコーヒーをいれた。数分するとニュース番組が始まった。エリックはその間、二度ほど彼宛ての電話に出て、二回目はかなり怪しげなイタリア語でしゃべっていた。それからエリックとペーターは、政治家のスピーチに耳を傾け、その間じゅうずっとくすくす笑ったり、言葉を交わしたりしていた。トムは画面の男が何を言っているのか関心をもつ気にはなれなかった。

十一時ごろになって、ようやくエリックがホテル・ルテシアに電話をしようと言い出した。トムは、エリックにまた浮き足立っていると言われるのが嫌で、それを言い出すのをずっと我慢していたのだ。

「たしか番号はここに控えてあったと思うな」エリックが黒革の住所録を開いた。「そら《ヤー》、あった――」彼はダイヤルを回しはじめた。

トムは横に控えていた。「ジョン・ピアーソンにつないでもらうように言ってくれ。探偵の名前は知らないから」

「あっちは、まだあんたの名前を知らないのかい？」エリックが尋ねた。「あの少年から聞いてるんじゃ――」エリックはそう言いながら電話の後ろの小さな丸いレシーバーを指さした。

トムはそれをつまみ上げて耳に当てた。

「もしもし。ジョン・ピアーソンをお願いできますか?」エリックはフランス語でしゃべり、オペレーターのかしこまりましたという返事に、トムを見て満足げにうなずいてみせた。

「もしもし?」若々しいアメリカ人の声が出た。フランクの声によく似ている。

「もしもし。あなたの弟さんについて新しい情報がないかどうか、うかがいたくてお電話したのですが」

「どなたです?」ジョニーが問いただし、別の男が彼に何かを言っている声が聞こえた。

「もしもし?」低く太い声が出た。

「フランクについて何か新しい情報がありましたか? 彼は無事なんでしょうか? 何か消息が入りましたか?」

「名前を聞かせてもらえるかね? どこから電話しているんだ?」

エリックがちらっと目で問いかけると、トムはうなずいた。

「ベルリンです」エリックが答えた。「連中はピアーソン夫人になんと言ってきたんですか?」エリックの口調は、いかにも退屈で当たり前のことを尋ねているふうだった。

「身元もわからない奴に、なぜ、そんなことを教えてやらなくちゃならない?」探偵が切り返してきた。

ペーターはサイドボードに寄りかかってじっと聞いている。

トムはエリックに手ぶりで受話器を寄こすように示し、持っていた小さなレシーバーをエリックに渡した。「もしもし。トム・リプリーだ」

「ああ！――そうか。ピアーソン夫人に電話をしたのはきみだな？」

「そうだ。フランクが無事でいるかどうか知りたい。それと相手とはどういう取り決めがなされたのかも」

「少年の安否はまだわかっていない」探偵の声は冷ややかだった。

「連中は身代金を要求してきたのか？」

「あ、ああ」それくらいなら漏らしても失うものはなかろうと思案したような口調だった。

「金はベルリンに届けられるんだな？」

「なぜ、きみが関心を持つのか理解できないんだがね、ミスター・リプリー」

「フランクはぼくの友人だからだ」

　探偵は何も言わなかった。

「フランクに訊いてくれればわかる」

「彼とはまだ話していない」

「だが、連中はフランクを誘拐したことを証明するために、必ずや彼に話をさせるはずだ――そうじゃないか？　そちらの名前を聞かせてもらえないかな？」

「あ、ああ。サーロウだ。ラルフ・サーロウ。少年が誘拐されたことをなぜ知っているる？」

　トムには答えられなかったし、答えるつもりもなかった。「ベルリン警察には届けたのか?」

「いいや、犯人たちに止められている」

「犯人たちがベルリンのどこにいるか、心当たりは?」トムが訊いた。

「ない」サーロウの声は沈んでいた。

警察の協力なしでは電話の逆探知は難しいだろう、とトムは思った。「犯人たちはどんな証拠を出すと言っている?」

「少年に話をさせると言っている——たぶん、今夜遅くに。睡眠薬を呑《の》ませたと言っていた。——そっちの電話番号を教えてもらえないかね?」

「申しわけないが、それはできない。だが、またこちらから連絡する。それでは、ミスター・サーロウ」サーロウはまだ何か言っていたが、トムは電話を切った。

エリックがレシーバーを元に戻しながら、うまくいったなと言いたげな顔でトムを見た。

「ああ、まあ、多少のことはわかった」トムは言った。「あの子はやっぱり誘拐されたんだ——ぼくの勘違いではなかった」

「次はどうする?」エリックが尋ねた。

トムは銀のポットからコーヒーのおかわりをたっぷり注いだ。「ベルリンにとどまって何かが起こるのを待つつもりだ。フランクが安全だと確認できるまで」

12

そのあと、ペーターは、明朝は修理工場に寄ってエリックの車が彼のアパートメントの正面に届けられるのをちゃんと見届けるからと言い置いて帰っていった。「トム・リプリー——成功を祈るよ！」ペーターはそう言って、しっかりとトムの手を握った。

「すばらしい男だろう？」エリックは玄関のドアを閉めるとそう言った。「おれは奴さんが東を逃げ出すのを少しばかり手伝ってやっただけなんだが、絶対にその恩を忘れない。彼の本職は会計士なんだ。ここでもたやすく仕事口が見つかるし、実際しばらくはそれをやっていたんだが、いまは、おれの頼む仕事がほとんどなので、仕事は必要ないというわけさ。ちなみにおれの所得税申告書のほうも実にうまくやってくれているよ」エリックはくすくす笑った。

トムは話を聞きながらも、頭のなかでは今夜もう一度パリに電話しようと考えていた。午前の二時か三時ごろにでも。サーロウがフランクと話すことができたのかどうか確かめたかった。睡眠薬か、なるほど。そんなことだろうと思った。

エリックが葉巻箱を取り出したが、トムは丁重にそれを断った。「あの探偵にうちの電話番号を教えなかったのは正解だったよ。奴さん、犯人たちに漏らしかねないからな！探偵《ブープス》なんて間抜けばっかりさ——ありとあらゆる情報を必死に掻き集めて、人様の迷惑など考えもしない。間抜けども《ブーブス》！――失礼、アメリカのスラングが大好きなもんでね」

トムはブーブスのもうひとつの意味（おっぱい）のほうは言わないでおくことにした。「そのうちスラングの本を一冊送らせてもらうよ。――チューリッヒ、バーゼル、どっちだろう？」トムは考えこみながらも、それをエリックの面前で声に出して言うことができるのが嬉《うれ》しかった。いつもなら、人に知られないように自分だけで考えなければならなかった。

「金の受け渡しが行なわれるのは、そこらあたりだと考えているんだな？」

「その辺が有望だと思うんだが、どうだろう？　誘拐犯たちが、反体制活動やらなんやらのための資金をドイツのマルクで手に入れたいというのでもない限りはね。でも、スイスのほうが絶対に安全だと――まあ、ぼくはそう思う」

「どれくらい要求してくると思う？」エリックがゆったりと葉巻をふかしながら言った。

「百万か、二百万ドルかな？　サーロウはすでに金額を知っているのかもしれない。たぶん、明日、スイスに向けて出発するんじゃないかな」

「なぜ、この誘拐事件にそれほどまで入れこむんだい？　差し支えなければ教えてもらえるかね？」

「そうだな――ぼくはあの子の安否が気になるんだ」トムはポケットに手を突っこんで部屋のなかを歩きまわった。「あれほどの金持ちの家に生まれていながら、彼にはどこか変わったところがある。彼は金を恐れている、もしくは憎んでいる。あの子はなんとぼくの靴を全部ぴかぴかに磨いてくれたんだよ。これもそうなんだが」彼は右足を上げて見せた。

そのローファーはグルーネヴァルトの藪《やぶ》を歩きまわるという酷使にも耐え、いまだ輝きを留めていた。トムはフランクの父親殺しのことを考えた。トムが少年に共感を覚えたのは、その事実ゆえだった。だが、エリックにはこう言っておくだけにとどめておいた。「彼はニューヨークにいる少女に恋をしているんだ。でも居場所を教えるわけにはいかなかったから、ヨーロッパにいる間、彼女から連絡することはできなかった。彼はしばらく身を隠していたかったんだ。それで、フランクはやきもきしていた――つまり、少女がいまでも自分を愛してくれているかどうか自信がないんだ。まだ十六歳だからね。きみにだってわかるだろう?」だが、はたしてエリックはこれまでに恋をしたことがあるのだろうか? トムには想像もできなかった。エリックにはどこかひどく利己的で自己保存的なものを感じさせるところがあった。

エリックは考えこんだ様子でうなずいた。「おれがあんたのお宅にお邪魔したとき、彼もあそこにいたんだな。誰か他にいるのはわかってたんだ。でも、たぶん――女じゃないかと――でなければ――」

トムは笑った。「妻に内緒の隠し女がいるとでも?」

「フランクはなぜ家出したんだろう?」

「ああ――そりゃ男の子にはよくあることだよ。父親の死で動転したのかもしれない。ガールフレンドのせいかもしれない。彼は少しの間隠れていたかった――ひっそりとね。あの子はぼくの家で庭仕事をしていたんだよ」

「アメリカで何か法に触れるようなことでもしたとか？」エリックの口調はわざとらしいほどさりげなかった。

「ぼくの知る限りでは、ないね。ただ、しばらくの間、彼はフランク・ピアーソンでない人間になりたがっていた。だから別のパスポートを手配してやったのさ」

「そして、ベルリンに連れてきたというわけだ」

トムは大きく息をついた。「ここから家に帰るように説得できると思ったんだ。事実、説得した。彼は明日の飛行機の切符を予約していたんだからね。ニューヨークに戻るために」

「明日ね」エリックがなんの感情も交えずに繰り返した。

だが、はたしてエリックに感情などというものがあるのだろうか、トムは思う。彼はエリックの絹のシャツのボタンを眺めた。腹のふくらみのせいで弾《はじ》けとびそうだ。そのボタンはまさしくいまのトムの気分を代弁していた。「今夜、もう一度サーロウに電話したいんだが。深夜、午前二時か三時ごろにでも。かまわないかい、エリック？」

「もちろん、かまやしないさ。どうか自由に使ってくれ」

「さてと、どこで寝させてもらうのか訊《き》いておかないと。ここかな、たぶん？」トムは大きなホースヘアのソファを指して言った。

「アッハ、あんたがそう言い出すのを待ってたぜ！　ずいぶん疲れてるみたいだからな。ああ、このソファを使ってくれて結構だ。だが、こいつはベッドソファになってるんだよ。

さあ、見ててくれ！」エリックはピンクのクッションをソファから除けた。「見せかけはアンティークだが、実は最新式でね。ボタンひとつ押せば――」エリックが何かを押すと、シートがさっとせり上がり、背もたれが倒れて平らになり、ダブルサイズのベッドになった。「ほら！」

「すばらしい」とトムは言った。

エリックが持ってきた毛布とシーツを広げるのを、トムも手伝った。まずは毛布をソファのボタンが作る窪みの上に敷いてなだらかにして、次にシーツだった。「さて、あとはあんたが床に入るだけさ。床に入る《ターン・イン》、床を出る《ターン・アウト》、ひっくり返す《ターン・オーバー》、入れる《ターン・イン》、切る《ターン・オフ》、敵対《ターン・アゲインスト》する、くつがえす《ターン・アップ》。英語というのは実に融通がきく言葉だなって思えることがあるよ――ドイツ語とおんなじくらいにね」エリックはぽんぽんと枕《まくら》を叩《たた》きながら言った。

トムはセーターを脱ぎながら、今夜は泥《トップ》のように眠ってしまいそうだと思ったが、万が一エリックがその慣用句に興味を持ったとしても、ここで語源上のディスカッションを始めるような気分ではなかったので、黙ってスーツケースの底《ボトム》からパジャマを引っぱりだすにとどめておいた。トムは誘拐犯たちが、フランクに無理やり名前を聞きだしているのではないかと考えていた。ピアーソン夫人は彼を信頼して、身代金を託してくれるだろうか？　トムは、誘拐犯どもになんとか一矢報いてやりたくてたまらなかった。それは、無謀で、あまりに馬鹿げた考えかもしれなかったが、いまの彼は漠然とした怒りを覚えている上に、疲れすぎていてとても論理的に考えることなどできなかった。

「バスルームは自由に使ってくれたまえ、トム」エリックが言った。「さて、それじゃおやすみを言わせてもらうよ。これ以上あんたの邪魔はしないようにね。電話するんだったら、目覚まし時計を二時ごろにでもセットしておこうか?」

「なんとかなると思う——自分で起きられる《ウェイク・アップ》よ」トムは答えた。「ありがとう——何もかも。エリック」

「ああ、それで思い出したんだが、ひとつだけ教えてもらえないか。英語では『目覚めさせる《ウェイクン》』『起こす《ウェイク》』あるいは——『覚醒させる《アウェイクン》』のどれを使うんだい?」

トムは頭を振ってこう言った。「べつにわかって使ってるわけじゃないさ」

トムはシャワーを浴びてベッドに入り、きっかり一時間と二十分後、午前三時に目が覚めるように心に念じた。自分自身がさらわれるかもしれない、いや、それどころか撃ち殺されるかもしれないのに、それほどの危険を冒す価値があるのだろうか? 身代金を渡すなんて、誰にだってできることじゃないか。あるいは犯人たちのほうから指名してくるかもしれない。誰を? 引き渡しにはトム・リプリーを使うようにと迫ってくるのでは? その可能性は高い。もし彼を捕らえることができれば、誘拐犯たちはさらなる金を手中に収めることができるからだ。トムはエロイーズが夫の身代金をかき集めようとしているところを想像してみた——いくらだろう? 二十五万?——それを彼女の父親に頼むのか——いやはや、まさか! トムは思わず笑いをこらえきれず枕に顔を押し当てた。ジャック・プリッソンが、義理の息子トム・リプリーのために不承不承でも金を出すと思うか?

まさか！　二十五万ドルといえば、彼とエロイーズの財産をすべて吐き出すことになるだろう。ベロンブルさえも売り払うことになるかもしれない。冗談じゃない！

そしておそらく彼が考えていたことは何ひとつ実現しないだろう。

しばらくして、トムは怖い夢から目を覚ました。夢のなかで、彼はサンフランシスコでもお目にかかったことのないような急勾配の、ほとんど垂直に近いような坂道を車でのぼっていた。頂上に着く直前で、車が後ろにひっくり返った。彼の額《ひたい》や胸は汗で光っていた。

時計を見ると、三時一分前だった。どんぴしゃりだ。

彼はエリックの住所録を見ながらルテシアの番号を回した。そこにはパリの局番まで書き込まれていた。トムはムッシュー・ラルフ・サーロウにつなぐように頼んだ。

「もしもし。——ああ——ミスター・リプリーか。サーロウだ」

「どんな具合だ？　フランクと話は？」

「ああ、一時間ほど前に話をすることができた。怪我《けが》はないそうだ。だがひどく眠そうな声だった」そう語るサーロウの声もまたひどく疲れているようだった。

「それで、取り引きについては？」

「場所はまだ指定してこなかった。だが——」

トムは待った。サーロウはおそらく金のことを口に出すのを躊躇《ちゅうちょ》しているのだろう。そしてホテル・ルテシアでの一日は彼にとって、ひどくタフなものであったにちがいない。

「だが、彼らは要求するものを言ってきたと？」

「ああ。それは明日——つまり今日だが——チューリッヒから送られることになっている。ピアーソン夫人がベルリンの三つの銀行にテレックスを打って送金の手配をした。三つに分けるよう犯人たちが指定してきたんだ。それにピアーソン夫人も、そのほうが安全だと考えている」

よほどの大金にちがいない、とトムは思った。ピアーソン夫人としてもなるべく注意をひかないようにしたいのだ。「きみもベルリンに来るのか?」

「いまのところ、まだ決まってはいない」

「誰が銀行で金を受けとることに?」

「それは知らない。奴らはベルリンに金が届いたかどうか確かめるのが先だと言った。そのあとで金の受け渡し場所を教えると」

「だから受け渡し場所はベルリンだときみは考えるんだな?」

「そう考えていいと思う。はっきりしたことはわからない」

「警察はかかわっていないようだね——これまでの話を聞いた限りでは」

「もちろんだ」サーロウが言った。「それが当方の希望でもある」

「金額は?」

「二百万アメリカドル。ドイツマルクで用意しろとのことだ」

「そんな大金、銀行の使いにどうやって運べというんだろう?」そう考えて、トムは思わず笑いを漏らした。

「連中は――どうやらまだ仲間内で議論しているような感じだった」サーロウのアメリカ風の話し声が低く単調に続く。「場所と時刻について。わたしと話したのは男ひとりだけだ――ドイツ語訛《なま》りの」

「朝の九時ごろ、また電話をかけさせてもらってもいいだろうか？　それまでには金もこちらに届いているだろう？」

「ああ、たぶん」

「ミスター・サーロウ、もし差し支えなければぼくが金を受けとって、どこなりと彼らの望む場所に届けてもいいのだが。そのほうが手っとり早いと思うし――」トムはそこでとどめた。「ただし彼らにぼくの名は出さないでほしいんだが」

「しかし少年はきみの名前を彼らに言ってしまったそうだ。きみは彼の友人だと。夫人にもそう話していた」

「わかった。だが、もし彼らがぼくのことを訊いてきたら、ぼくからは何も連絡はないと言っておいてほしい。フランスに住んでいるから、もう帰ったんじゃないかと。ピアーソン夫人にもその点についてはぜひ念を押してほしい。きっと彼らから電話が行くはずだから」

「彼らは大体わたしに連絡してくる。夫人には一度、少年と話をさせただけだ」

「できたら、ピアーソン夫人にお願いしてみてくれないか、彼女からスイス銀行だかベルリン銀行に対して、ぼくが金を受けとりにいくことになっているからと話しておいてもらえないかと――むろん、夫人の同意が得られればの話だが」

「検討してみよう」サーロウは言った。

「数時間後に、また電話をする。彼が無事だということを聞いて本当によかった――それにいまのところは眠気以外のものに苦しめられている様子もないようだし」

「そういうことだ。おたがい希望を持とう！」

トムは電話を切り、ベッドに戻った。エリックがキッチンで静かに動きまわる音にトムはふたたび目を覚ました。やかんがカタンとあたる音、電動コーヒーミルの唸《うな》り声。それらはひどく心安らぐ音だった。九時まであと十二分。八月二十八日、月曜日だった。トムはキッチンに行って、エリックに午前三時の電話の結果を報告した。

「二百万ドル！」エリックが声を上げた。「まさに、あんたの予想したとおりだったな」

エリックにとってはそちらのほうが、フランクが生きていて母親と話せるほど元気だったという事実よりも興味深いようだった。トムは相手の言葉を聞き流して、コーヒーを飲んだ。

トムは服に着替え、それからどうにかベッドをソファの形に戻して、今夜もこれらを使わせてもらうことになるだろうと考えながら、きちんとシーツをたたんだ。リビングルームをもとどおりに整え終えると、自分の時計に目をやって、サーロウに電話しようかと考えた。だが、その前に好奇心に駆られて、エリックの書棚の長いシラーの一画に歩み寄って『群盗』を引き出した。それは本当に個人用に特注で作られた革装の本だった。ここへ来たときから、ずらりと並んだシラーの著作の完全コレクションは、実は金庫か秘密の仕切りの目隠しか何かで、あるいは本そのものが秘密の隠し場所ではないかと睨《にら》んでいたのだ。

トムは受話器をとり上げて、ルテシアの番号を回し、ムッシュー・ラルフ・サーロウをと言った。

サーロウが出た。「やあ、ミスター・リプリー。銀行名がわかったぞ。三行とも」サーロウの声は、昨夜と比べるとはるかに生気を帯びて、潑剌《はつらつ》としていた。

「金はこっちに届いているのか？」

「ああ。それからピアーソン夫人は、きみに今日それを受けとってほしいそうだ――それもできるだけ早く。チューリッヒの銀行には、これは自分がたしかに許可を与えた譲渡だと伝えてあるし、ベルリンの各銀行にも同じように伝えてある。そっちの銀行の営業時間は少々変則的なようだが、その点は問題ないだろう。きみがそれぞれの銀行に電話して、何時に行くからと告げれば向こうで――」

「わかっている」こちらでは、銀行は一時に閉まってしまうのと、三時半にならなければ開かないのとに分かれていることをトムは了解していた。「それで、銀行のほうだが――」

サーロウが遮った。「連中は――わたしに電話してきた連中は、金が集まったことを確認するために、あとで電話してくることになっている。それから金の置き場所を指定すると言っていた」

「なるほど。ぼくの名前は出さなかったね？」

「むろんだとも。ただ、金を受けとって、そちらに渡す人間としか言っていない」

「結構。では、銀行名を教えてもらおうか」トムはボールペンを手にして書き留めた。最初は、ヨーロッパ・センターのＡ　Ｄ　Ｃ　Ａ《アルゲマイネ・ドイチエ・クレデイト・アンシユタルト》　銀行。そこには百五十万ドイツマルク。次は、ベルリナー・ディスコント銀行に同じ金額。最後はベルリナー・コメルツ銀行で、百万ドイツマルクには「いささか足りない」額を。「わかった、ありがとう」トムはそれらを書き終えてから言った。「あと二時間くらいのうちに集めてくるようにする。そして、すべてうまく運んだら、昼ごろにそっちに電話しよう」

「わかった、待っている」

「ところで、われわれの友人たちは、どこかの集団に属していると言ってたかい？」

「集団？」

「それとも一味というのかな？　よく自分たちのグループに名前をつけて、進んでそれを名乗りたがる連中がいるじゃないか。『赤い救国者』とか」

ラルフ・サーロウは神経質な笑い声をあげた。「いいや、そのようなことはない」

「彼らはどこかの個人宅のアパートメントからかけているようだったか？」

「いいや、違うようだ。少年と夫人が話をしたときはそうだったかもしれない――夫人はそう思っていたようだったから。しかし、今朝はどこかの公衆電話からだった。八時ごろに電話をかけてきて、金はベルリンに届いたかと訊いてきた。こっちはそれにひと晩じゅうかかりきりだったんだからな」

電話を切ると、エリックの寝室からタイプライターを叩く音が聞こえてきたが、トムは邪魔をしたくなかった。彼は煙草《たばこ》に火をつけ、エロイーズに電話しなければと思った。今日か明日には帰るからと約束して出てきたのだ。だが、いまは時間を無駄にしたくなかった。それに、明日のいまごろ、自分はどこにいるのかもわからないのだ。

トムはベルリンのどこかの部屋に監禁されているフランクのことを思った。たぶん、縛られてはいないだろうが、昼夜監視されていることだろう。フランクだったら、隙をねらって逃げ出そうとするだろうし、部屋がそれほど高いところでなければ、窓から飛び降りるくらいやりかねない。誘拐犯たちもそれに気づいているのではないだろうか。またこうした反体制的な連中、つまり誘拐をするような集団は、たいがい彼らに隠れ家を提供してくれるような一般人の友人を持っているものだ。リーヴズとそのことについて、つい最近電話で話したばかりだった。この状況というのがまた入り組んでいるのだ――というのも、革命集団、つまりギャングたちは、自分たちは左翼活動の一端を担っていると主張しているのだが、実際にはその勢力の大多数から拒絶されているのだから。トムの目には、こうしたギャングたちにはなんの思想も方向性もないように見えた。だが、彼らが不穏な空気を作り上げる努力をしていることも確かだった。彼らはそうすることで権力による弾圧を誘発して、権力の正体がファシストであり、人種差別主義者だということを露呈させようとしているのだ。旧ナチを代表する幹部であり、いくつもの工場の所有者として、一部から激しく非難されていたハンス・マルティン・シュライヤーの誘拐殺害は、不幸なことに、当局による知識人、芸術家、自由主義者に対する魔女狩りを引き起こす結果になってしまった。そして右派はときを逃さず、警察の処置がまだまだ甘いと主張したのだった。ドイツでは、何ひとつ簡単に白黒をつけることはできないのだ、とトムは思う。フランクをつかまえた連中が「テロリスト」、あるいはなんらかの政治的意図を持った者たちだということはあり得るだろうか？　彼らは交渉を引き延ばして、自分たちの宣伝をするつもりだろうか？　トムはそうでないことを願った。彼としてはこれ以上自分の名を世間にさらすわけにはいかないのだから。

エリックがリビングルームに入ってきたので、トムは銀行へ金を取りにいくことを話した。

「たいした額だな！」エリックは唖然とした表情を見せ、それから目をぱちぱちさせた。「ペーターとおれも手伝えるぜ、トム。その銀行はみんなクーアフュルステンダムに固まっている。おれかペーターの車で行こう。ペーターは車に銃を積んでいるが、おれのにはない。もちろん、きみの車はエンコしてるんだと思ってたが」

「きみの車はエンコしてるんだと思ってたが」

「エンコ？」

「故障中《カプット》ってことさ」トムは言った。

「ああ、今朝はもう大丈夫だ。ペーターが十時までにここに持ってくると言っていた。いまは九時三十五分だ。安全のためにも、今朝はみんなで一緒に行ったほうがいいんじゃないか？」エリックはこれ以上ないというくらい慎重な表情で、電話に歩み寄った。

トムはうなずいた。「一緒に金を集めて、ここに持ってこよう――もちろん、きみがかまわなければの話だが、エリック」

「そりゃあ、かまわないさ」エリックはあたかも数時間後には、この壁紙が剝《は》がされているのではないかと言いたげに、壁にちらりと目をやった。「ペーターに電話しよう」

ペーターは出なかった。

「たぶん、おれの車をとりにいってるんだろう」とエリックは言った。「階下で彼がブザーを鳴らしたら――もう間もなくだと思うが――これから一緒に行ってもらえるかどうか訊いてみることにしよう。それで、そのあと金はどこへ持っていくんだ、トム？」

トムは微笑《ほほえ》んだ。「昼までに、それがわかることを願うね。ところでエリック、たぶん持ち運びのためにスーツケースが必要になると思うんだが、できればきみのを貸してもらえないだろうか？　駄目なら、ぼくのかフランクのを空《から》にするが」

エリックは即座に承諾して、寝室に行き、茶色い中型のピッグスキンのスーツケースを手に持ってきた。新しくも高級そうでもなく、ほどよい大きさ――千ドイツマルクを束ねた四千枚近い紙幣というのが、どれくらいの嵩《かさ》になるのかトムには想像もつかなかったが――のように思えた。

「ありがとう、エリック。もしペーターが一緒に来られないときは、タクシーを使おう。

まずは、それぞれの銀行に電話しなければ。いますぐに」

「そいつはおれがやろう。ＡＤＣＡ銀行だったな」

トムは電話の横にリストを置き、電話帳を引いてＡＤＣＡの番号を調べた。エリックがそこに電話している間に、トムは残りのふたつの銀行の番号を書き留めた。エリックはすっかり落ち着き払った様子で、とどこおりなく事を進めていった。まず、銀行の支配人を呼び出し、トーマス・リプリーの名前で保管されているはずの金の受けとりに関する件だと告げた。その数分の間に、トムは身元を証明するためのパスポートをポケットに入れて、耳を傾けていた。エリックはそれぞれの支配人と直接話すことはできなかったが、各銀行とも、たしかに金は保管されているという確約を得ることはできた。エリックはヘル・リプリーが一時間以内にそちらにうかがうのでよろしく、と告げた。

最後の銀行にかけている最中に、玄関のドアベルが鳴った。エリックが身ぶりで、キッチンにある解除ボタンを押すよう指示した。トムはスピーカーボタンを押して「どちらさま？」と尋ねた。

「ペーターだ。エリックの車を下に持ってきた」

「ちょっと待っててくれ、ペーター、いまエリックに代わるから」

エリックと交替して、トムはキッチンを出た。

トムの耳に、今日これから「非常に重要な用向き」が二、三あるのだが、身体《からだ》があいているかとエリックがペーターに尋ねている声が聞こえてきた。やがてエリックはリビングルームにやってくるとこう言った。「ペーターは身体があいているそうだ。それからおれの車は下に届いているそうだよ。まったくすばらしい男だと思わないか?」

トムはうなずいて、銀行のリストをポケットにしまった。「ああ、まったく」

エリックはジャケットを着た。「じゃあ、出かけるとするか」

トムは空《から》のスーツケースを取り上げた。エリックはドアに二重に錠をおろし、彼らは連れ立ってアパートメントの階段を下りていった。

ペーターは縁石に停めた自分の車に座っていた。エリックのメルセデスは、アパートメントの入口からそう離れていない場所に停められている。エリックは助手席に乗りこみ、トムに手ぶりで後部座席に座るように示した。

「これから説明することは誰にも聞かれたくないんだ」とエリックはペーターに言った。そしてドイツ語で、トムはこれから銀行を三つ訪れて誘拐犯に渡す身代金を集めなければならないことを話し、ペーターの車に乗せていってもらえるか、それとも自分の――エリックの車にみんなで乗っていくかと尋ねた。

ペーターは笑みを浮かべてちらりとトムを見た。「かまわないよ、おれの車で」

「銃は持ってるな、ペーター?」エリックはそう言って、小さな笑い声をたてた。「使わないで済むことを祈るがね!」

「ああ、ここに《ヤー》」ペーターはグローブボックスを指さして笑みを浮かべてみせた。トムに金を集める権限が与えられているのに銃を使うなんてことは馬鹿げていると言わんばかりに。

彼らはまずヨーロッパ・センターのＡＤＣＡ銀行からまわることに決めた。あとの二行はクーアフュルステンダムにあるので、エリックのアパートメントに戻りがてら寄ることができる。幸い、ＡＤＣＡ銀行のごく近くに駐車することができた。近くのホテル・パレスの正面にホテルの顧客や行き来するタクシーのためのパーキングエリアがあったからだ。この銀行は開いていた。トムはひとりで銀行の入口に向かった。スーツケースは持っていかなかった。

トムは受付嬢に名を告げて、支配人が待っているはずだと英語で告げた。受付嬢は電話で話してからトムの左に見える、後ろのドアを指し示した。青い目の五十代の男がドアを開けた。灰色の髪をいただくその男は、背筋をまっすぐ伸ばし、感じのいい微笑みを浮かべている。部屋のなかにはブリーフケースをいくつか携えた男が控えていたが、すぐに立ち去った。別段トムに特別な視線を向けることもなく、トムはいくらか気分が楽になった。

「ミスター・リプリー？　おはようございます」男が英語で挨拶《あいさつ》した。「どうぞお座りください」

「おはようございます」トムは示された革の肘《ひじ》掛《か》け椅子《いす》にすぐには腰かけず、ポケットからパスポートを出した。「よろしいですか？　わたしのパスポートです」

机の向こうに立っている支配人は眼鏡をかけて念入りにパスポートを調べ、写真とトムの顔を見比べてから腰をおろし、メモパッドに何かを書きつけた。「ありがとうございました」彼はトムにパスポートを返し、机の上のボタンを押した。「フレッド？　すべて《アレス・》オーケーだ《イン・オルドゥヌング》。――ああ《ヤー》、頼む《ビッテ》」彼は両手を組み合わせてトムを見た。あいかわらず笑顔を浮かべてはいるが、かすかにもの問いたげな目をしている。やがて先ほどの男が、大きな黄褐色の封筒をふたつ持って入ってきた。ドアは男の後ろで自動的に閉まり、カチリと重い音がした。トムはなんとなく閉じ込められたような気がした。

「金額を確認なさいますか？」支配人が言った。

「もちろん、そうすべきでしょうね」トムは、まるでパーティでカナッペを勧められたときのように如才なく答えたものの、とても全部数える気にはなれなかった。彼は輪ゴムで留めてある二通のマニラ封筒を開いて、なかに茶色い紙の帯封のかかったドイツマルクの束が収められているのを確認した。そしてひとつの封筒には、少なくとも二十の小さな束が入っているらしいこと、どちらも同じくらいの重さがあることを確かめた。札はすべて千ドイツマルク紙幣だった。

「百五十万ドイツマルクです」と支配人が言った。「すべて百枚ずつの束になっています」

　トムは札束の端のひとつをぱらぱらと繰ってみた。たしかに百枚ありそうだ。トムはうなずいた。銀行にはシリアルナンバーを控えてあるのだろうか。だが、あえて訊く気にはならなかった。誘拐犯たちには勝手に心配させておけばいい。一味は金種を指定してはこなかった。もししていれば、サーロウが言ってきたはずだ。「わかりました。あなた方を信用します」

ふたりのドイツ人は笑みを浮かべ、封筒を持ってきた男は出ていった。

「それから領収書です」と支配人。

トムは百五十万ドイツマルクの領収書にサインした。そして支配人が頭文字を印し、一番上の控えをトムに渡した。トムは立ち上がると、握手の手を差し出した。「ありがとうございました」

「どうかベルリンで快適な旅を」支配人がトムの手を握り返しながら言った。

「ありがとう」支配人の口ぶりは、トムが横領した金で遊興三昧《ざんまい》をたくらんでいるのではないかと疑っているような響きがあった。トムは封筒を小脇《こわき》に抱えた。

支配人はおもしろがっているような顔つきをしている。昼食の席で披露するジョークでも考えているのだろうか、百万ドル近いマルクを小脇に抱えて出ていったアメリカ人の話をしようとでも？「お帰りの際、守衛をおつけしましょうか？」

「いいえ、結構です」

トムは脇目も振らずに銀行から出た。エリックは車のなかに座り、ペーターは片手をズボンのポケットに入れた格好で立ち、煙草をふかしながら、仰向けた顔に太陽の光を浴びていた。

「うまくいったか？《アレス・グートウ・ゲガンゲン》」ペーターが封筒に目をやりながら尋ねる。

「うまくいった」トムは後部座席でスーツケースを開いて、なかに封筒を押しこみ、ファスナーを閉めた。トムは、車を出すとき、エリックが舗道を行き交う人々に目を配っているのに気がついた。トムは何もしなかった。彼はわざとゆっくりとあくびをして座席にもたれ、ペーターが左折してクーアフュルステンダムに入るのを眺めていた。

次のふたつの銀行は、青々とした樹が整然と並ぶ広い並木道にあり、たがいにかなり近い場所に建っていた。またもや、クロムめっきときらめくガラスの店構えがトムを迎えた。トムの目指す建物も真新しいもので、防弾ガラスと思われるウィンドーの上には、でかでかと銀行の名前が記されていた。ペーターは角にある銀行の正面に車を停めた。空いているパーキングメーターはなかったが、エリックは、自分が外の舗道のどこかで待機して、トムが出てきたら車の駐車場所を教えるからと言った。

今度の受領も最初のそれと同じように進んだ。受付嬢、支配人、身分証明のパスポート、そして金と、ADCA銀行で署名したのと同じ金額の領収証。今回は、金は一通の大きな封筒に入っていた。同じように、金を数えるかと尋ねられ、丁重にトムは辞退した。それでは、銀行の守衛に目的地までお送りさせましょうか？

「いいえ、結構です」

「封筒に封をいたしましょうか？――念のために？」

封筒のなかをちらっと覗《のぞ》くと、真ん中あたりを紙の帯封で巻かれたドイツマルクの束があった。先ほど受けとった束と同じだ。トムが封筒を手渡すと、支配人は机に置いた機械から出した黄褐色の幅広の粘着テープで封をした。

舗道の上のエリックは、いかにも友だちが来るのを待っているような風情で立っていた。

どちらから来るのかわからないが、とにかく銀行だけは眼中にないという顔をして。エリックは右を示した。ペーターが二重駐車していた車にエリックとトムは乗りこんだ。トムは今度も後ろに乗って、封筒をスーツケースに入れた。

三番目の銀行で、トムは六十万ドイツマルクほどの金を受けとって、緑色の封筒を手に銀行をあとにした。今度もエリックは舗道に立ち、ペーターは右手の角のあたりに駐車していた。

バン！　ドアの閉まる音のなんとありがたかったことか。トムは座席に深くもたれかかった。膝《ひざ》の上には緑色の封筒が置かれている。ペーターが次の角を曲がると、それがエリックのアパートメントに向かう道だということがトムにもわかった。ペーターとエリックは冗談を交わしていたが、トムはあえて聞こうともしなかった。どうやら銀行強盗に関するネタらしい。ふたりの笑い声を聞きながら、トムは最後の封筒をスーツケースに押しこんだ。

部屋に着いてからも、上機嫌なムードは続いた。ペーターとエリックはスーツケースを見ながらくすくす笑っている。ペーターは、お抱え運転手である自分が持つと言い張って運んできたスーツケースを、部屋の奥にあるサイドボード脇の壁に立てかけた。

「駄目、駄目、いつもどおりクローゼットのなかじゃなけりゃ！」エリックが言った。「あそこなら同じようなのがいくつか並んでるんだから」

ペーターは指示に従った。

正午まであと十五分。トムはサーロウに電話することを考えていた。エリックはヴィクトリア・デ・ロス・アンヘレスのレコードをかけた。たまらないほど幸福な気分のときにはいつもこれを聴くのだという。エリックはたしかに上機嫌だった。だが、幸福な気分というよりは気が昂《たかぶ》っているといったほうが近い、とトムは思った。

「たぶん、今夜にはフランクに会えるぞ」エリックがトムに言った。「そうであることを願うよ！　もちろん彼はここに泊まって、おれのベッドを使ってくれていい。おれは床に寝るから。なにしろわが家の大事なお客様だからな！」

トムはただ微笑むだけにとどめた。「申しわけないが、レコードの音を少しの間だけ落としてもらえないか？　そろそろ、サーロウに電話してみようと思うんだ」

「もちろん！」エリックは言われたとおりにした。

ペーターが冷えたビールをトレイに載せて入ってきた。トムはひとつ取って電話の横に置き、ダイヤルを回した。

サーロウの電話はふさがっていたので、トムはホテルのオペレーターにこのまま待つと告げた。ほどなくしてサーロウとつながった。

「こっちのほうはすべてうまくいった」なるべく落ち着いた声を出そうと努めながら、トムは言った。

「受けとったのか？」サーロウが訊いた。

「ああ。それで、場所のほうは？」

「それはわかっている。ベルリンの北部だ——彼らはそう言っていた。リュバ——綴《つづ》りを言ったほうがいいかな。大文字Lの、uウムラウト、b、a、r、sだ。わかったか？——それと通りの名は——」

トムは書きとりながら、エリックに手ぶりで、電話の後ろの小型レシーバーを取るように伝えた。エリックは素早く動いた。

サーロウが通りの名に続いて、綴りを言った。ツァーベル・クリューガー・ダム。この通りはアルト・リュバースという通りと交わっているということだった。「ツァーベル・クリューガー・ダムは東西に走っていて、東の端でアルト・リュバースに突き当たる。そこを北に進んでいくとやがて細い未舗装の道に出る——どうやら、通りの名前はないらしいが。そこを百メートルほど行くと、道の左側に納屋《なや》が見えるそうだ。これまではいいな？」

「ああ、大丈夫だ」トムには理解できたし、エリックを見ると彼もうなずいてみせた。その道を見つけるのは、トムが考えているほど難しくはないとでもいうかのように。

サーロウは続けた。「箱か袋に入れた金を午前四時に置いていく。つまり今晩ということだが」

「わかった」

「納屋の後ろにそれを置いて立ち去る。必ずひとりで来るようにと言っていた」

「それで、フランクは？」

「金を受けとったら、いま一度電話をかけてくることになっている。すべて首尾よく運んだら、四時過ぎにこっちへ電話してもらえるか？」

「ああ、もちろんだ」

「それでは幸運を祈るよ、トム」

トムは受話器を置いた。

「リュバースね！」エリックが小型レシーバーを元に戻した。彼はペーターに向き直った。

「リュバースだ、ペーター、午前四時に！　あそこは昔からの農村地帯だよ、トム、北部の。壁のすぐそばだ。住人はたいしていない。壁はリュバースに接しているんだ。地図を持ってるかい、ペーター？」

「ああ《ヤー》。そこには前に行ったことがある。二回くらいかな——そこら辺を車で走った」ペーターがドイツ語で答えた。「ぼくが今夜トムを送っていくよ。車じゃないと無理だ」

トムはありがたく好意を受けとった。彼はペーターの運転と度胸を信頼していたし、ペーターの車には銃もある。

ペーターとエリックは昼食を作り、ワインを一本テーブルに置いた。

「今日の午後はクロイツベルクで人と会うことになっている」エリックがトムに言った。

「一緒に来ないか？　こういうときは、頭を切り替えろとフランス人も言ってるじゃないか。せいぜい一時間かかるかどうかだし。今夜はそのあとマックスに会わなければならないし。そこまで付き合えよ！」

「マックス?」

「マックスとロロ。おれの友人たちさ」エリックは食べながら言った。かすかに眉《まゆ》をつり上げて見せた。ペーターのどちらかといえば青白い顔がトムに向かって微笑み、かすかに眉をつり上げて見せた。ペーターは穏やかで、自分に自信をもっているように見えた。

トムは食が進まず、いま、ニューヨークの真似をしてベルリンで行なわれている「犬の落としもの撲滅キャンペーン」——すなわち、飼い主は小さなスコップとビニール袋を携行せよ、というキャンペーンを揶揄するエリックとペーターの会話もろくに耳に入ってこなかった。現在、ベルリンの公衆衛生局がジャーマンシェパードも入れる大きさのフンデトアレッテン、つまり犬用トイレを作ることを計画しているが、ペーターに言わせれば、そんなことをしたら犬は飼い主の家で用を足してもいいのだと思いこむようになるとのことだった。「連中にはどうせ違いなんてわからないだろうしね」

13

エリックとトムは、ベルリンのクロイツベルク地区にエリックの車で向かった。エリックの言葉によれば十五分もかからないということだった。ペーターは、午前一時ごろに来ることを約束して立ち去った。リュバースでの引き渡しに備えて、できれば早めに出発したいのだとトムは言ってあった。ペーターでさえ、その場に行って納屋《なや》を見つけるのには小一時間くらいかかるだろうと言っていたからだ。

エリックが車を停めたのは、古い、赤茶けた四、五階建てのアパートメントが並ぶ陰気な通りで、正面ドアが開け放たれた角のバーの近くだった。子どもがふたり――トムの頭に浮浪児という言葉が一瞬浮かんだ――駆け寄ってきて小銭をせびった。エリックは服のポケットを探りながら、硬貨でもやっておかないと車に何をされるかわからないからと言ったが、男の子は八歳くらいにしか見えず、女の子のほうもせいぜい十歳というところだろうが、唇と頬《ほお》にどぎつく紅をさしていた。道路につくくらい長いドレスを着ていたが、それはピンで留め合わせた赤茶色の窓のカーテンを、どうにか服らしきものに作り変えたとしか思えない代物《しろもの》だった。トムは、その少女が母親の化粧品や服で遊んでいるのだろうという最初の考えを改めた。そこには何かもっと陰惨なものが感じられた。男の子の頭はもじゃもじゃな黒髪をしていたが、ヘアカットの途中で、ところどころが無残にぶった切られていた。黒い目には生気がなかったが、もしかしたら、ただ表情がないだけなのかもしれない。突き出た下唇は、少年を取り巻く世界に対する凝り固まった侮蔑《ぶべつ》を示していた。エリックが少女に与えた金は、少年のポケットにおさまった。

「あの男の子はトルコ人なんだ」エリックは車をロックしながら、声をひそめて言った。彼はこれから訪れようとするアパートメントの入口を身ぶりで示した。「連中は文字が読めないのさ。みんなが不思議がるんだが、連中はトルコ語もドイツ語も流暢《りゅうちょう》に話すのに、何ひとつ読めやしないのさ！」

「女の子のほうは？　ドイツ人のように見えるが」少女はブロンドだった。奇妙な幼いカップルは、エリックの車の横に立ったまま、まだふたりを注視している。

「ああ、ドイツ人さ。少女売春婦だよ。男の子のほうは彼女のヒモか――その見習い中というところかな」

ブザーを鳴らすとドアが開き、彼らはなかに入った。そしてろくな照明のない階段を四階まで上がった。廊下の窓は汚れがひどく、ほとんど光が射しこんでいなかった。エリックは濃い茶色のドアをノックした。ドアのペンキには、殴られたり蹴《け》られたりしてできたような傷がついている。重たげな足音が近づいてくると、エリックはドアの隙間に向かって「エリックだ」と名乗った。

ドアの鍵が開く音がして、肩幅の広い長身の男が、太く低い声でドイツ語を何やら呟《つぶや》きながらふたりを招じ入れた。これまたトルコ人だ、とトムは思った。黒髪のドイツ人でも、これほどまで浅黒い肌にはなれない。トムはラム肉とキャベツを煮こんでいるとおぼしき、すさまじい匂いのなかに足を踏み入れた。運が悪いことに、案内されたのは匂いの源であるキッチンだった。小さな子どもがふたり、リノリウムの床で遊んでいる。やけに頭が小さな、縮れた薄い灰色の髪をした老女が焜炉《こんろ》の前に立って、神経質に鍋《なべ》をかき回している。おそらく子どもたちの祖母であり、トルコ人には見えないからドイツ人だろうとも思ったが、たしかなところはわからなかった。エリックと逞しい男は丸いテーブルにつき、トムもしきりに勧められて、嫌々ながら席についた。それでも、できるだけ会話を楽しもうとは思っていた。いったいエリックはここで何をしているのだろう？　だがエリックの俗語だらけのドイツ語と、トルコ人のめちゃくちゃなしゃべり方のせいで、ふたりが何を言っているのかさっぱりわからなかった。彼らは何やら数字を話題にしていた。「十五……二十三」次に価格、「四百マルク……」十五とは、なんのことだろう？　そしてトムは思い出した。そのトルコ人が、パキスタン人や東インド人たちのために西ベルリン滞在の許可証を手配してやるベルリンの弁護士たちの、いわば仲介者のような仕事をしていると聞かされたことを。

「こんなちっぽけな汚れ仕事はやりたかないんだがね」とエリックは言った。「おれが書類仕事の仲介者として、ある程度は協力してやらないと、ハキは奴さんの臭い移民たちよりもずっと重要なおれの仕事をやってくれなくなるんでね」そうだ、たしかそんな話だった。母国語さえろくに読み書きできず、なんの技術も持っていない移民のなかには、さっさと東ベルリンから地下鉄で西ベルリンに潜りこみ、ハキに迎えてもらってしかるべき弁護士に会わせてもらうという手を使う者がいた。そうすれば、彼らは西ベルリンからの生活保護を受けながら、「政治亡命者」としての申請を審議してもらうことができる。おまけに、その審議には何年かかるかわからないときているのだ。

ハキはフルタイムの詐欺師《さぎし》なのか、それとも同国人と同じように失業中なのか——たぶんその両方なのだろう。そうでもなければ、こんな時間に家にいるわけがない。年はせいぜい三十五というところで、雄牛なみに頑強そうに見える。とうの昔に腹がおさまらなくなってしまったとおぼしき彼のズボンは、いまは腰の紐《ひも》一本でかろうじて両側がつなぎとめられ、ズボンの前ボタンのいくつかは留められていなかった。

ハキが、得体の知れないウィスキー・タイプの自家製ウォッカ（とトムは聞かされた）を持ち出した。ビールのほうがいいかと男は尋ね、トムはウォッカをひと口味見してからビールを選んだ。飲みかけのビールの大壜《おおびん》が供された。ハキは何かを取りに別の部屋へ行った。

「ハキは建設労働者なのさ」エリックはトムに説明した。「だがいまは、仕事中の怪我《けが》がもとで休職中というわけだ。もちろん奴さんが、ええとなんというのかな――『アルバイツローゼンウンターシュテュッツング』の恩恵にあずかっていることは言うまでもないが」

トムはうなずいた。「失業手当」だ。ハキが汚い靴箱を手にどすどすと戻ってきた。一足ごとに床が揺れる。彼は靴箱を開けて、茶色の紙にくるまれた、大人の握りこぶし大の包みを取り出した。エリックが包みを振るとカタカタ音がした。真珠？　あるいは麻薬の丸薬か？　エリックは札入れを取り出して、ハキに百マルク紙幣を渡した。

「ただのチップだよ」エリックはトムに言った。「退屈かい？　なに、もうすぐ終わるから」

「モウスグオワル！」床の上の薄汚れた小さな女の子が繰り返した。じっとこちらを見ている。

トムは軽いショックを受けた。子どもたちはここで行なわれていることを、どれくらい理解しているのだろうか？　鍋をかき回している老女――さながらマクベスの魔女か、精神病院の入院患者を思わせる――もまたトムを凝視していた。見たところかすかに震えていて、神経を病んでいるかのようだった。

「女房は？」トムは小声でエリックに尋ねた。「この子どもたちの母親はどこに？」

「ああ、彼女は働いてるよ。ドイツ人で――東ベルリンから来たんだがね。哀《あわ》れをそそるタイプだが、それでも働いている。まあ――」エリックは穏やかな口調でそう言うと、その能弁な指で、続きはあとでというような仕草をした。

エリックが腰を上げるのを見て、トムはほっとした。そこにいたのは、ほんの半時間ほどだったが、トムにはもっとずっと長く感じられた。別れの挨拶《あいさつ》が交わされ、舗道に出ると、不意に清々しい太陽の光がふたりの顔に降りそそいだ。エリックの上着のポケットは先ほどの小さな包みで膨らんでいた。彼は周囲を見まわしてから車のドアを開け、その場から走り去った。トムは包みの中身について興味があったが、それを訊《き》くのも憚られるような気がした。

「おかしな話でね――さっき、あんたが言ってた『女房』のことだけど。彼女は東ベルリンで売春婦をしていたんだが、あろうことか米軍兵士にジープか何かに隠してもらって密輸されてきたのさ！　で、こっちに来て彼女の暮らしは、ちょっぴりよくなった――売春婦としてはね。だがヤク中になっちまった。いちおう表向きの仕事は確保しているが――

たしか公衆トイレの清掃か何かだと思うが、よくはこっちも知らないんでね。ところで、アメリカの兵隊たちは、いまじゃ西ベルリンの売春婦を買う金がないって知ってたかい？　ドルの価値がめちゃくちゃに下落しちまったもんでね。だから、わざわざ東ベルリンまで出かけてかなくちゃならなくなったんだ。共産主義者たちは怒り狂ってるよ。奴らの国じゃ売春婦というのは存在しないことになってるのさ、表向きはね」

トムは、なんとなく楽しい気分になって微笑《ほほえ》み、数時間後に控えていることを切り抜けるために、なんとか気分を入れ替えようとした。誘拐犯たちはどういう連中なのだろう？　若い素人グループか？　それなりに頭の切れるプロたちか？　仲間には女性がいるかもしれない。女性がいるというのは、無害な印象を世間に与えるのに非常に有効な手立てとなる。そして、エリックも言ったとおり、彼らの欲しいものはただひとつ、金だ。だとすればフランクにしろ他の第三者にしろ、肉体的危害を加えられる心配はまったくないものと考えてもいいだろう。

エリックの部屋に戻ったところで、トムはベロンブルに電話した。局番はパリと同じだった。トムはベルが六回、七回と鳴り続けるのを聞いて、エロイーズはたぶんパリに行ったのだろうと思った。急に思い立ってノエルと一緒に午後は映画と洒落《しゃれ》こみ、マダム・アネットは、マリーとジョルジュのカフェで紅茶か冷たいソーダ水を前に、ヴィルペルスの家政婦仲間と最新のゴシップ交換をしている最中なのだろう。九回目のベルに、マダム・アネットが応えた。

「アロー？」

「マダム・アネット？　トムだよ！　そちらは万事変わりないかい？」

「あらまあ、ムッシュー・トム！《トレ・ビアン》　いつお帰りのご予定ですか？」

トムはほっとして微笑んだ。「水曜日になると思うが、はっきりとはわからない。心配はいらないから。マダム・エロイーズは家にいるかい？」

　彼女は家にいたが、二階にいたので、マダム・アネットが彼女を呼びにいった。

「トム！」エロイーズが電話に出たのは驚くほど早かったので、彼の部屋の受話器をとったのだろうとトムは思った。「いまどこにいるの？　ハンブルク？」

「いや。ちょっと動きまわっているんだ。昼寝の邪魔をしてしまったかな？」

「マダム・アネットが作ってくれたものに指を浸していたのよ。だから彼女に電話に出てもらったの」

「指を浸す？」

「昨日、水やりをしていたら温室の小窓が落ちてきて指を腫らしてしまったのよ。でも、マダム・アネットは爪が駄目になることはないだろうって言ってるわ」

　トムは気の毒にと言いたげなため息を漏らした。彼女が言っているのは、つっかい棒で支えて内側に開けるようになっている温室の窓のひとつのことだった。「温室のことはアンリに任せればいいのに！」

「ああ、アンリね！――それで、あの子はまだ一緒にいるの？」

「ああ」トムは答えながら、誰かがベロンブルに電話してフランクのことを問い合わせてはしないだろうかと思った。「たぶん、明日の飛行機で帰ることになると思う、エロイーズ」トムは彼女に言葉をさしはさむ暇を与えずに、急いで言った。「もし、誰かが電話でぼくの居所を尋ねてきたら、ヴィルペルスを散歩してるとでも言っておいてくれるかい。つまり、ぼくは家にいるけど――ちょっと出かけてると。長距離電話がかかってきたら、必ず、そう言っておいてほしい」

「なぜ、そんなことを?」

「だって、実際すぐにそういうことになるからだよ。たぶん、水曜日には。こっちでは――いまドイツにいるんだが――あちこち動きまわってるから、どっちにしたって、いますぐぼくと連絡をとりたいという人がいても無理だということさ」

これは充分納得のいく理由だった。

「キスを送るよ」トムはそう言って電話を切った。

トムはずっと気分が楽になっているのを感じた。これは彼自身でも認めるところだが、ときおり、自分が愛され、地に足のついた生活をしている一人前の既婚者なのだという、普通の人々がごく当たり前に味わっているような気分を実感することがあった。たったいま、妻にちょっとした嘘《うそ》をついたばかりだというのに。とはいえ、トムが嘘をついたのはよくあるような理由のためではなかったが。

その晩、十一時ごろには、トムはクロイツベルクよりもずっと陽気《ゲイ》な場所、ゲイバーにいた。その店はフランクと一緒に行った店よりも、はるかに洗練されていた。そこにはトイレにつながる、ガラスで囲われた階段室があって、客はそこに立って、下にいるお目当ての相手と近づきになったり、品定めをしたりしている。

「おもしろい場所だろう?」エリックが言った。彼は誰かとここで待ち合わせをしているのだった。テーブルはひとつも空いていなかったので、ふたりはバーカウンターに立っていた。その店は言うまでもなくディスコも兼ねていた。「こういう場所のほうが簡単――」と言いかけたところでエリックは後ろから押されて言葉をとぎらせた。

たぶん、エリックが言わんとしたのは、物の受け渡しには、街角よりもむしろこういう場所のほうが向いているということだったのだろう、とトムは思った。ここでは踊っている連中を除けば、すべての客が怒鳴り声で会話に夢中になっているか、相手と見定めた男を一心に見つめているかで、禁制品に関心を持っている者など誰もいなかったからだ。トムは女装したひとりの若者に、思わず目を奪われた。黒い羽毛の長いストール（と思われる）の一部を首に巻き付け、残りは垂らしていて、彼がしゃなりしゃなり歩くにつれて、その片方の端がふわふわと優雅に漂っている。自分の魅力を最大限に引き出すために、ここまでやれる女性はめったにいない。

そこへエリックの待ち人がやってきた。黒い革に身を包んだ、どちらかといえば背の高い若者で、両手を黒革の短いジャケットのポケットに突っこんでいた。「マックスだ!」エリックがわめくように紹介した。

　エリックがトムの名前を出さなかったことに、彼はいささかほっとしていた。例の包みはエリックがプレゼント用包装紙で包み直して青いリボンをかけていたが、持ち主を代えて、マックスの革のジャケットの胸の部分におさまり、マックスはジャケットのジッパーをもとどおりに閉めた。マックスの髪は非常に短く刈られていたが、爪はショッキングピンクに塗られていた。

「落とす暇がなくてね」マックスがドイツ語訛《なま》りの英語でトムに話しかける。「一日じゅう忙しかったので。気に入った？」マックスはにやりとして、爪が気に入ったのかとトムをからかった。

「飲むかい、マックス？　ドルンカートにするか？」エリックが激しくリズムを刻む音楽に負けじと声を張り上げた。「それとも、ウォッカ？」

　不意にマックスの表情が変わった。彼の目は、遠く離れた隅っこの何かを見ていた。

「ありがたいけど、ずらかったほうがよさそうだ」彼は、さっきから見ていたほうを顎《あご》で示し、困惑したように視線を落とした。「あそこにいる奴、いまは会いたくないんだ。つらくて。悪いね、エリック。それじゃ、お先に」彼はトムにうなずいてみせると、踵《きびす》を返して外に出ていった。

「グーデ・ユンゲ！」エリックはトムに大声で叫び、マックスが消えたドアを顎で指した。「グッド・ボーイってことさ！　ゲイだが、ペーターと同じくらい頼りになる！　マックスにはロロというダチがいてね！　そのうちお目にかかれるよ！」エリックはトムの前腕に手を置いて、もう一杯飲むようにと言ってきかなかった。「なんでもいいぜ、ビールはどうだい？　せっかくなら、もっとゆっくりできればいいんだけどね」

トムはビールを一杯頼んで、バーテンダーに前金で払った。「最高にファンタスティックな場所だな！」彼はエリックに言った。ヤク中や、化粧をした男や、恋愛遊戯がそこかしこに行き交い、笑い声と上機嫌なムードが絶えないこの場所をトムはいたく気に入っていた。ここにいると気分が高揚してくる。ちょうど戦いにおもむく前に聞く『夏の夜の夢』の序曲がそうさせてくれるように。まさに白昼夢！　勇気というのはいつだって想像上のものでしかない、ただの精神状態にすぎないのだ。人が銃身とかナイフに向き合うとき、現実感などなんの助けにもならない。そのときトムはあることに気がついた。それが最初というわけではなかったが、エリックがときおりこっそりと肩越しにあたりを窺《うかが》っている――少なくとも不安気な視線をちらちらと投げていることに。エリックが男や少年たちの間に新旧の知人を探しているというわけではなさそうだった。それとも、実はそうなのか？　いや、違う、とトムは思った。エリックはビジネスマンであり、ずいぶんと手広く行なっているらしいそのビジネスのせいで、用心を怠ってはならないのだ。肩越しに周囲を見まわすのは彼の習性になっているのだろう。

「ここで警察と面倒なことになったことでもあるのかい、エリック？」トムはエリックの耳元に口を寄せて訊《き》いた。「つまり、この手のバーで？」

だが、タイミングを見計らったように鳴り響いたシンバルの音のおかげで、それはエリックの耳に入らなかった。それはまるである種のクライマックスのように震えおののきながら数秒続いた。それからふたたび力強い脈動が息を吹き返し、まるで壁がドラムの皮であるかのように、リズムががんがん叩《たた》きつけた。ダンスフロアでは、ほとんど恍惚《こうこつ》状態におちいった男たちの影が飛んだり跳ねたり、あるいはくるくる回転したりしていた。トムは諦《あきら》めて頭を振り、来たばかりの自分のビールを取り上げた。こんなところで「警察」という言葉を声の限りにわめくつもりはなかった。

14

ベルリンの街の明かりが背後でしだいに遠ざかっていく。ペーターとトムは、ほとんど田舎といってもいい、なんの変哲もない小集落を縫うようにして車を走らせていた。もうカフェの明かりは必ずといっていいほど消えていた。ふたりは北に向かっているところだった。エリックは家に残ったが、トムにとってはかえってそのほうが好都合だった。彼が来たところでプラスになることなど何もないように思えるし、ペーターの車に三人目の男が乗っているのを見た犯人たちが、彼を警察官と勘違いしないとも限らない。

「ここからがリュバースだ」四十分ほど車で走ったところで、ペーターが言った。「道はあってると思うが、ちょっと見てみよう」彼はあたかも重要な仕事にとりかかろうとするかのように座り直した。ペーターは簡単な地図を描いて持ってきていた。エリックのアパートメントでトムに見せたそれを、いまはダッシュボードの上に広げている。「どうやら道を間違えたらしい。くそっ！ でも心配はないよ。時間はたっぷりある。まだ三時三十五分だ」ペーターはダッシュボードの上の棚から小さな懐中電灯を取り出して、地図を照らしだした。「わかった。引き返すぞ」

ペーターが車をまわすと、ヘッドライトに照らされた暗い畑が浮かび上がり、列をなすキャベツだかレタスが、まるで大地に整然と留めつけられた緑色のボタンのように見えた。トムは膝《ひざ》の間にはさんだ分厚いスーツケースを置き直した。夜はひんやりと心地よく、月は出ていないようだった。

「よし――ツェーベル・クリューガー・ダムまで戻ったぞ。ここで左へ行くべきだったんだ。このあたりの住民は信じられないほど早い時間にベッドに入ってしまうんだ――朝も実に早いけどね！――アルト・リュバース、ここだ」ペーターは注意深く左へターンした。「ここから右側に村落広場《フェアダムト》が見えるはずだ」ペーターがドイツ語で静かに言った。「家にあった小さな地図ではそうなっていた。教会とかが一緒にある。それから、前のほうに明かりが見えるだろう？」彼の声がこれほどまで緊張にうわずるのをトムは初めて聞いたような気がした。「あれが壁だ」

前方の道路面よりもやや下がったところに、長い、ひと続きの、ぼんやりとした白黄色の光が見えた。壁の向こう側のサーチライトの光だった。道はやや下方に傾斜している。トムは頭を巡らせて車が一台でも見あたらないかと探したが、ペーターが村落広場と呼んだ方向に、おそらくは義務的に点灯されている街灯がいくつかある他は、どこまでも暗い闇《やみ》が続くばかりだった。いまや車はほとんど這《は》うにも等しいスピードで進んでいた。誘拐犯たちは、トムが見た限りではまだ到着していないようだ。

「この細い道は本来車が通るような道ではないんだ。だから、こんなのろのろとしか走れない。そろそろ左のほうに――納屋《なや》が見えていいはずだが。あそこだ、たぶん、あれじゃないかな?」

あの納屋だ、とトムは思った。低い造りの細長い建物で、道に面した側が開いているようだった。右のほうの野原に、さらにぼんやりといくつかの建物が見える。馬の放牧場らしかった。ペーターが納屋の横で車を停めた。

「さあ、スーツケースを納屋の後ろに置いてきたまえ。そうしたら、車をバックさせて戻ろう」ペーターがドイツ語で言った。「ここじゃターンはできないから」ペーターはすでに車のライトを暗くしていた。

トムの準備はできていた。「きみは先に帰ってくれ。ぼくは残る。なんとかベルリンまでは帰れるから、心配しないでいい」

「どういう意味だ? 『残る』とは?」

「ここに残るということさ。実は急に思いついたんだが」

「ギャングどもに会うつもりなのか?」ペーターのハンドルを握る手がぎゅっとこわばるのがわかった。「まさか連中をやっつけようなんて思ってるんじゃないだろうな? 馬鹿な真似はするんじゃない、トム！」

トムは英語で言った。「きみの銃、あれを借りていいかい？」

「ああ、それはもちろん。でも、待っていてもいいんだよ。もし――」ペーターは怪訝《けげん》な顔をしながら、グローブボックスのつまみを押して、布の下に隠した黒い銃を取り出した。「装塡《そうてん》してある。六発。これが安全装置だ」

トムは銃を受けとった。小ぶりでそれほど重くはないが、人を殺すには充分なように思えた。「ありがとう」ジャケットの右側のポケットにそれをおさめ、腕時計を覗《のぞ》きこむ。三時四十三分。トムはペーターが不安そうにダッシュボードの時計を一瞥《いちべつ》したのを見た。一分進んでいる。

「トム、あそこに小高くなっている場所が見えるだろう？」ペーターが、彼らの背後の右側にあたる村落広場のほうを指さして言った。「あそこに教会がある。ぼくはあそこで待っている。もちろんライトを消して」ペーターはまるで命令するように言った。まるで、自分の銃を持たせただけでも充分な譲歩だと言わんばかりに。

「待たないで結構だよ。クリューガー・ダムには、バスだって終夜走っていると教えてくれたのは、きみじゃないか」トムはドアを開けて、スーツケースを運び出した。

「バスが通っていると言っただけで、きみにそれを使えと言ったわけじゃない！」ペーターが囁《ささや》いた。「彼らを撃っては駄目だ！　反撃されて、死ぬのがおちだぞ！」

トムは車のドアをできるだけそっと閉めて、納屋に向かって歩き出した。

「これを！」ペーターが窓越しに囁いた。彼はトムに小さな懐中電灯を渡した。

「ありがとう、友よ！」でこぼこした地面を歩くのに、懐中電灯はこの上なくありがたかった。トムはなんとなくペーターをすっかり無防備にしてしまったような気がした。銃も懐中電灯もこっちにあるのだ。納屋の裏側の角をまわるとトムは懐中電灯を消し、ペーターに別れを告げる意味で腕を上げたが、ペーターから見えたかどうかは定かでなかった。ペーターはどう見てもパーキングライトだけではおぼつかない泥道を、そろそろとまっすぐに後退していった。トムが見守るうちに、車はアルト・リュバースに辿《たど》り着き、ゆっくりとトムから見て左の方向に曲がって、村落広場に向かって走り出した。ペーターはあくまでも待つつもりなのだ。

そして、まだリュバースの乏しい街灯こそ灯ってはいるものの、ほのかな、非常にかすかな夜明けの訪れをトムは認めた。ペーターの車はもう見えなかった。遠くで犬が吠《ほ》え、トムはかすかな寒気とともに、それが壁の向こうの東ドイツの攻撃犬どもの声だということに気がついた。べつだん興奮している様子もなかった。壁の方角から微風が吹いている。おそらく彼が聞いたのは、針金に沿って走りながら犬同士が交わす会話の断片にすぎなかったのだろう。トムは壁のサーチライトの不気味な輝きから目をそらして、耳をすますことに専念した。

車のエンジン音に耳をすませる。身代金をとりにくる者が、よもや彼の背後の草地を通ってくることはあり得まい。

トムはスーツケースを納屋の裏壁にもたせかけていたが、それをそっと足で突いて、もっと近くに寄せた。彼はペーターの銃をジャケットのポケットから取り出して、安全装置を押して解除し、また元のポケットに突っこんだ。静かだ。あまりに静かすぎて、納屋の内部、板壁の向こう側にいるかもしれない人物の呼吸音まで聞こえてきそうな気がした。トムは木の厚板に指先を触れてみた。ざらざらした板には裂け目がいくつかできていた。

突然、小用を足したくなった。それでグルーネヴァルトでフランクの身に起こったことを思い出したが、この際は我慢せず、ともかく用を足した。それにしても、自分は何がしたいのだろう？　なぜ、ここにとどまっているのか？　もう一度誘拐犯の顔を見るために？　この暗さのなかで？　彼らをびっくりさせて金を守るため？　まさか。フランクを守るためか？　それを考えるのなら、彼がそこにいることが必ずしもプラスになるとは限らない。むしろ逆効果ではないのか？　自分は誘拐犯たちを憎んでいるからだ、とトムは思いあたった。彼らに逆襲をくらわせることができたら、さぞかし溜飲が下がる思いがするだろう。これが非論理的な考えだということはわかっている。なぜなら、おそらく敵のほうが数が多いだろうから。それでも彼はここにいるのだ。無防備な、格好の銃弾の的として。誘拐犯たちの逃走をかえって助けることになるかもしれないのに。

アルト・リュバースの方角から車のエンジン音が聞こえたとたん、トムははっと身を起こした。それともあれはペーターの車が去っていく音だろうか？　だが、車はエンジンをふかしながら前進し、トムにもそのほの暗いパーキングライトが見えてきた。その車は非常にゆっくりしたスピードで納屋の建っている未舗装の道に入ってきたが、小道のでこぼこにタイヤをとられて、思うように進むことができないようだった。車はトムの右側、十メートルほど離れた場所に停まった。色はダークレッドのように見えたが、はっきりとはわからなかった。トムは納屋の裏手に身体《からだ》をぴたりとつけ、車のライトが納屋まで届かないのをいいことに、裏側の角のあたりをじっと窺《うかが》っていた。

後部左側のドアが開いて、人影がひとつ出てきた。車のライトが消え、外に出た男が懐中電灯をつけた。男はがっしりして、それほど背は高くなかったが、確固たる足どりで歩きはじめ、いったん道を下りて草地に足を踏み入れると歩調を落とした。男は立ち止まり、車中の仲間に手を振って見せた。まるで、これまでのところは万事順調だとでもいうように。

車のなかには何人残っているのだろう。ひとり？　ふたり？　男が後部座席から降りてきたことから見て、ふたりは残っているだろう。

男はゆっくりと納屋に近づいてきた。左手には懐中電灯、右手をズボンのポケットに滑らせて、銃とおぼしきものを取り出した。彼はトムの右側、納屋の裏壁に近づいてきた。

トムはスーツケースの取っ手をしっかり握りしめて持ち上げた。男が角を曲がるや否《いな》や、スーツケースを振り上げ、男の頭の左側に命中させた。その瞬間、大きくはなかったが確かな手応えとともにどすっと鈍い音がした。あおりをくらった男の頭が納屋の裏壁にぶつかって、ふたたびどすんという音をたてる。くずおれる男の頭の左に狙いを定めて、トムはもう一度スーツケースを振り下ろした。黒のセーターらしきものの上に白く浮かびあがるシャツの襟《えり》を目安にトムはペーターの銃の台尻を男の左のこめかみに打ち下ろした。男のほうは身動きもせず、大声を上げることさえしなかった。男の懐中電灯はトムの左の地面を照らしている。トムはペーターの銃を射撃体勢で握り、銃口を上に向けた。

「くらえ、この豚野郎《ゴット・ザ・スワイン》！」トムはヒステリックにわめいた――それとも「ちくしょう《ゴット・ダス・》、豚野郎《シュヴァイン》」とドイツ語で叫んでいたのかもしれないが。そして同時に空に向けて二発ぶっ放した。

　トムはもう一度大きな声で何やら――たぶん悪態だったと思うが――わめいて、納屋の裏壁を蹴《け》った。彼は自分がほとんど金切り声になっていること、そしてそれに対してなんの応答もないことに気がついた。

　壁の向こうでは銃声に興奮した犬どもが甲高く吠えている。

　車のドアが閉まる音に、トムは撃たれたように飛び上がった。納屋の角から覗き見ると、まさに男が運転席に片足を入れるところだった。一瞬、車内灯がともるのが見えた。だがドアが閉まると同時に、車は無灯火のままトムの右方に後退し、そこで初めてパーキングライトをつけた。車はバックしたままアルト・リュバースを左に入り、そこからスピードを上げてもっと広い道路へ向かって走り去った。

　犯人たちは同胞を見捨てていったのだ。もっとも彼らにしてみれば、いまのところ、同胞を見捨ててもなんの支障もないのは言うまでもなく、身代金についてもあせる必要などないのだった。彼らにはまだフランク・ピアーソンがいるのだから。おそらくこれは警察の策略で、この場には金も運ばれてきてはいないと彼らは考えたにちがいない。トムは、まるで取っ組み合いをしたあとのように、口ではあはあ息をしていた。彼はペーターの銃の安全装置を戻すと、ズボンの右ポケットに押しこみ、地面の懐中電灯を拾い上げて、倒れている男を数秒照らして見た。男の左こめかみは血だらけで、おそらくは砕けているものと思われた。グルーネヴァルトで出くわしたイタリア系の男のように見えなくもない。ただし、あのときの口ひげは消えていたが。そうだ、ポケットのなかは？　懐中電灯をつけたまま、トムは急いで男の黒いズボンの尻ポケットを探った。空《から》だ。それから、苦労しながら、左の前ポケットに手を伸ばした。マッチひと箱に、硬貨二、三枚、そして鍵が一本。どうやら家の鍵らしい。トムは素早く、ほとんど上の空でその鍵をしまいこんだ。男のこめかみから顔にかけて広がった赤いしみにはなるべく目を向けないようにした。それを見ていると気が遠くなりそうな気がした。あるいはそう思っただけかもしれないが。右の前ポケットはぺちゃんこで、空っぽだった。トムは男の手の近くの地面に落ちている銃を拾い、スーツケースの隅に押しこんで、ファスナーを閉じてしめた。彼は懐中電灯を自分のズボンにこすりつけ、スイッチを切り、地面に落とした。

それからトムは、ペーターに借りた小型の懐中電灯さえつけずに——一度大きくつまずいたが——道に向かって歩きだした。攻撃犬の甲高い吠え声に送られるようにして、アルト・リュバースを目指してひたすら歩を進めた。これまでのところは、わざわざ外に出て銃声の正体を確かめようとする者はいないようだったので、トムは思いきって、小さな懐中電灯を数秒ずつ点灯して、足元を確かめながら進んだ。アルト・リュバースまで出てしまえば、道のでこぼこは減るので明かりは必要ない。ペーターがまだ待っているかもしれないと思いながらも、トムは左を見ようとはしなかった。いつ村の住民がドアから出てくるかわからないのだ。運悪く出くわさないとも限らない。

後ろのほうで窓が開き、何か叫ぶ声が聞こえた。

トムは振り返らなかった。

なんと叫んでいたのだろう？　「誰かいるのか？」それとも「いったい誰だ？」か。

犬の声が徐々に遠くなっていった。クリューガー・ダムに入る角を右に曲がりながら、トムは唇を湿らせた。不意にスーツケースの重さが消えたように思えた。ここまで来れば、何台もの車が駐車しているし、猛スピードで走りすぎていく車さえ見かけることができた。夜明けがいっそう近くなり、それを証明するかのように街灯の半分が消えていた。遠くのほう、せいぜい百メートルくらい向こうに、トムはバス停の標識と思われるものを見つけた。ペーターは二十番のバスがテーゲル行きだと言っていた。それは空港へ向かうものだったが、とりあえずベルリンの方角にはちがいなかった。トムはスーツケースを掲げて、角に赤やピンク色の血のしみとおぼしきものがついていないか目を走らせた。薄明かりのなかでは確かなところはわからなかったし、土や泥だって血と同じように見えるかもしれないと思ったが、気になるものは見あたらなかった。彼はあえて普通の速さで歩くようにした。あたかも、どこかに行く途中なのだが、べつに急いではいないとでもいうように。いま、舗道を歩いているのは彼を除けばふたりだけだった。どちらも男で、年配のひとりは、かすかに背を丸めていた。彼らはトムになんの関心もないようだった。

バスはどれくらいの頻度で運行されているのだろう？　トムはバス停で立ち止まり、後ろを見た。車が現れ、ライトを一杯につけたまま、トムの横を走りすぎた。

「アプフェル、アプフェル！」小さな男の子の声がした。少年は走ってくるや否や、老人に勢いよく飛びつき、老人はその子をかかえ上げんばかりに抱きしめた。

トムは一部始終を見ていた。あの子はどこから現れたのだろう？　なぜ「リンゴ《アプフエル》！」などと叫んでいたのだろう？　手には何も持っていないじゃないか？　老人は少年の手をとって、ふたりは歩きはじめた。ベルリンと反対の方向へ。

そこに、どうやらバスのものとおぼしき黄色っぽいライトが見えてきた。正面に「20テーゲル」という文字が明かりに照らしだされているのが見える。切符を買ったとき、左拳の関節に黒ずんだ血がこびりついているのに気がついた。なぜ、こんなところについたのだろう？　彼はほとんど空に近いバスの座席に腰をおろし、足の間にスーツケースを置いた。左手はジャケットのポケットに押しこみ、他の乗客のほうをなるべく見ないようにした。左側の窓からじっと外を眺めながら、しだいに家屋や車や人の数が増えてくるのを見てトムは心強い気持ちになった。すでに車の色も見わけられるほど明るくなっている。

ペーターはどうしただろう？　銃声を聞いて逃げてくれていればいいのだが。

死体が発見されるまでどれくらい時間がかかるだろう？　一時間くらいだろうか？　たぶん好奇心の強い犬か、その犬を連れた農夫が見つけるかもしれない。道からは死体は見えないはずだ。トムには、あれが意識を失っている男ではなく、死体だということに確信があった。彼はため息をついたが、まるであえいでいるような音しか出なかった。彼は頭を振り、膝の間にはさんだ茶色のピッグスキンのスーツケースを凝視した。このなかに二百万ドルの紙幣が入っているのだ。彼は後ろにもたれて力を抜いた。テーゲルは終点にちがいないから、眠ってしまってもまず大丈夫だろう。だが、彼は眠らなかった。ただ窓に頭をもたせかけていた。

バスがようやくテーゲルに着いた。空港ターミナルというよりは、地下鉄駅のようだった。トムはタクシーをつかまえようと思った。そしてすぐにタクシーの列を見つけた。ニーブール通りにやってほしいとだけ告げた。番地は言わずに、その通りに出れば目的の家はわかるからと。トムはシートにゆったりともたれて、煙草《たばこ》に火をつけた。拳には擦り傷ができていたがたいしたことはなかった。ともかくも、それは彼自身の血だったのだ。犯人たちはまだ試みるつもりでいるだろうか？　パリに電話して、新たに日時を決め直すか？　それとも心底怖じ気づき、パニックにおちいったあげく、フランクを解放するだろうか？　それではあまりにも素人っぽいとトムは思ったが、犯人たちがプロなのかどうかさえもわからないのだ。

トムはニーブール通りに着くと、適当なところで降りた。運転手に料金とチップを支払い、エリックのアパートメントのある方角に歩いていった。彼はエリックから鍵がふたつついたキー・リングを預かっていた。そのひとつで正面扉を開け、エレベーターに乗った。エリックの部屋のドアをノックしてから、一回だけ短くベルを押した。時刻は六時半になろうとしていた。

足音が聞こえ、エリックがドイツ語でこう言った。

「どなた?」

「トムだ」

「ああ!」チェーンがかちゃかちゃと鳴り、ふたつの錠がスライドする音がした。

「ただいま!」トムは声をひそめて陽気な口調でそう言い、スーツケースを玄関に置いた。そのすぐ先はリビングルームだった。

「トム! なんだってペーターをほっぽってきたんだ? ペーターはひどく心配して、二度も電話してきたんだぞ——おまけに、スーツケースまで持って帰ってくるとはね!」エリックはにやりと笑って頭を振った。まるで、物持ちが良すぎるにもほどがあるというかのように。

トムはジャケットを脱いだ。八月の太陽が部屋の窓の向こうで輝きはじめていた。

「二発銃声がしたと、ペーターは言ってたぞ。さあ、何があったのか教えてもらおうじゃないか。——とりあえず掛けたまえ、トム! コーヒー? それとも一杯やるか?」

「まずは一杯もらいたいね、ジントニックを作ってもらえるかい?」

エリックが飲みものを作っている間にトムはバスルームに行き、お湯と石鹸《せっけん》で手を洗った。

「どうやって戻ってきたんだ？　ペーターはあんたに銃を渡したと言っていたが」

「まだ持ってるよ」トムは片手にゴロワーズ、もう一方に飲みものを持って立っていた。

「バスとタクシーを使ったんだ。金はまだここにある」トムはスーツケースのほうに顎《あご》をしゃくって見せた。「だからこれを持って帰ってきたのさ」

「まだなかに？」エリックのピンク色の唇がぽかんと開いた。「誰が銃を撃ったんだ？」

「ぼくだ。でも空に向けてだよ」トムの声はしゃがれていた。「きみのスーツケースでひとりぶちのめしてしまった。イタリア系の男だと思う。たぶん、死んでいる」

エリックがうなずいた。「ペーターがそいつを見たよ」

「彼が？」

「ああ。ちょっと何かはおってくるよ、トム。この間の抜けた格好をなんとかしないと」パジャマ姿のエリックは寝室に飛びこんだかと思うと、黒いシルクのドレッシングガウンのベルトを結びながら現れた。「ペーターは待っていたんだそうだ。たぶん十分くらいかな。それから、あんたが怪我《けが》をしたか死んだんじゃないかと思って、様子を見に戻ったのさ。そこで納屋の裏に倒れている男を見つけたというわけだ」

「なるほど」とトムは言った。

「なんだって、あんたは――どうしてペーターのところに行かなかったんだ。教会で待ってたのに？」

教会で待ってた！　トムは笑い声を上げて、足を前に投げ出した。「わからない。怯《おび》えていたのかもしれない。思いつきもしなかったんだよ。教会のほうを見ることさえしなかった」トムはさらにグラスの飲みものをすすった。「そうだな、コーヒーもお願いしようかな。それからちょっと眠らせてほしい」

トムの言葉が終わらないうちに電話が鳴った。

「またペーターだぞ」エリックが電話に歩み寄りながら言った。「ああ、たったいま、戻ったよ！」と彼は言った。「いや、彼は無事だ。怪我もしていない――バスとタクシーで帰ってきたそうだ！」それからエリックはペーターの言葉に笑い声を上げた。「トムに伝えておくよ、ああ。傑作だ――ああ、とりあえずは全員無事ということだ――ここにあるよ！　信じられるかい？」エリックは受話器を胸に押し当てて、まだ満面に笑みを浮かべていた。「ペーターは金がここに戻ってきたということが信じられないそうだ！　あんたに代わってほしいと言ってるよ」

トムは立ち上がった。「ハロー、ペーター……ああ、ぼくは大丈夫だよ。まったくどんなに感謝しても足りないほどだ。本当によくやってくれたよ」トムはドイツ語で言った。「いいや、ぼくはあの男を撃っちゃいない」

「暗くてよく見えなかったんだ――こっちは明かりがなかったし」とペーター。「倒れているのがきみじゃないということしかわからなかった。だから、そのまま走り去ることにしたんだ」

よく戻ってみる勇気があったものだ、とトムは思う。「借りた銃と懐中電灯はちゃんと持っているからね」

ペーターはくっくっと笑った。「ふたりとも少し眠らなければね」

エリックがコーヒーをいれてくれた——それを飲んでも、眠るのにまったく支障にならないことはわかっていた——それからふたりはホースヘアのソファを広げて、シーツを敷き、毛布を広げた。

トムは茶色のスーツケースを窓際に運んで、血の跡がないか調べた。どこにもない。それでも念のために、トムはエリックの許可を得て、キッチンに置いてある床雑巾《ゆかぞうきん》を流しで濡らし、スーツケースの表面をきれいに拭《ふ》き、雑巾をそそいで竿《さお》に干した。

「実はね」エリックがトムに話しかけた。「ペーターがあの小道から立ち去るとき、男がひとり近づいてきて銃声を聞いたかと尋ねたそうだ。ペーターが、それが聞こえたからここに確かめに来たんだと言うと、今度は、ここで何をしているのかと尋ねられたんだそうだ。ペーターはどう見たって、あそこら辺の者じゃないからね。そのペーターの答えが傑作でね。『ああ、ガールフレンドと教会でしけこんでたもんで』だとさ！」

トムは笑えるような気分ではなかった。バスルームでおざなりに身体を洗い、パジャマを着た。犯人たちはフランクを解放するだろうか。解放したからといって彼らがサーロウにわざわざ知らせるとは限らない。フランクは、彼の兄と探偵がパリのホテル・ルテシアにいることを知るか、おそらくはもう知っているかもしれないから、なんとか自力でそこまで辿り着こうとするかもしれない。もし解放されていればの話だが。あるいは――犯人たちは致死量の麻薬を与えてあっさりとフランクを殺し、ベルリンのどこかのアパートメントに死体を置き去りにして逃げるかもしれない。

「何を考えこんでいるんだい、トム？　ベッドに入って少しばかり睡眠をとろうじゃないか。いや、少しじゃない、どっさりと！　好きなだけ寝坊してくれていいからね！　うちのハウスキーパーは明日は休みだし、ドアには錠もチェーンもかかっている」

「パリのサーロウに電話したほうがいいかなと考えていたんだ。そうすると約束してあるから」

エリックはうなずいた。「それもそうだな――この先、事態がどう動くのかわかったもんじゃない。いますぐ電話したまえ、トム」

トムはパジャマにローファーを突っかけた姿で電話に歩み寄り、ダイヤルを回した。

「あっちは何人いた？」エリックが尋ねた。「犯人の姿は見えたのか？」

「いや、たいして。車に乗っていたのは、たぶん三人というところだろう」いまはふたりだ、トムは思った。彼は電話のかたわらのライトを消した。窓から射しこむ光で充分だった。

「もしもし！」サーロウが出た。「いったい、何があったんだ？」

連中がサーロウに電話をしたのは間違いなかった。「電話ではちょっと言えないんだ。

彼らはもう一度取り引きを試みると言っているか?」

「ああ、それは間違いないと思うが、なんとなく怯えて――神経質になっているようだった。それに前よりも脅しが強くなってきたようだ。連中が言うには、もし警察が関わっているなら――」

「いや、警察は関係ない。まったく無関係だ。彼らには、もう一度取り引きの日時を決めるようにと言ってもらえないだろうか?」トムは不意に、格好の受け渡し場所を思いついた。「あっちは、まだ金を欲しがっているはずだ。フランクがちゃんと生きているかどうかを連中に確かめてくれ、いいな? またあとで、今日じゅうに連絡する。少し寝かせてもらいたいんでね」

「金はいまどこに?」

「ちゃんとぼくが持っている」トムはそう言って電話を切った。

エリックはトムの空《から》のコーヒーカップを手にして立ち、耳を傾けていた。

トムは最後の煙草に火をつけた。「金のことを心配してたよ」彼は微笑《ほほえ》みながらエリックに言った。「奴らがまだ金を欲しがっているのは間違いない。少年を殺して死体を抱えこむよりずっとましなはずだからね」

「うむ、確《ヤー》かに。――スーツケースはおれの寝室に戻しておいたよ。気づいてたかい?」

トムは気づかなかった。

「おやすみ、トム。ゆっくり休みたまえ!」

トムはドアのチェーンにちらっと目を走らせてから言った。「おやすみ、エリック」

15

「エリック、実は女装用の服を一式借りたいんだけど――たぶん今夜使うことになると思う。きみの友人のマックスに服を貸してもらえないだろうか？」

「女装ね？」エリックは戸惑ったような笑みを浮かべた。「なんでまた？　パーティか何かでも？」

今度はトムが笑う番だった。彼らは――というよりトムは朝食の最中だった。すでに午後の一時十五分になっている。トムはパジャマとドレッシングガウンという姿で、小さいほうのソファに座っていた。「パーティじゃないが、ちょっと思いついたことがあってね。たぶんうまくいくと思う。少なくともおもしろいことだけはたしかだ。犯人たちと、今夜、〈ハンプ〉でデートと洒落《しゃれ》こもうと思ってね。もしかしたらマックスも一緒に来てくれるかもしれないし」〈デア・ハンプ〉というのは、例のガラスの階段室のあるゲイバーの名前だった。

「〈ハンプ〉で金を渡すつもりかい？　女装して？」

「いいや、金はなしだ。女装するだけさ。いま、マックスに連絡がつくかな？」

エリックは立ち上がった。「マックスはいま仕事中だろうな。ロロのほうがつかまる見込みがある。奴さんはたいてい昼ごろまで寝ているんでね。ふたりは同居しているんだよ。電話してみよう」エリックはダイヤルを回した。番号を調べる必要はなかった。数秒後、彼はこう言っていた。「ハロー、ロロ！　元気かい？……マックスはいるかな？……そうか、実は頼みがあるんだよ」彼はドイツ語で続けた。「おれの友人のトムが――ああ、マックスは彼に会ったことがある。そのトムがおれのところに泊まっているんだがね。今夜、女装用の服を借りたいと言ってるんだ……そう《ヤー》！　ロングドレスに――」エリックはトムを見やってうなずいた。「そう《ヤー》、もちろんかつらもね。化粧品に――靴も」エリックはトムのローファーに目をやった。「マックスのほうがいいだろう。きみのはでかすぎる、ハ、ハ！……たぶん、〈ハンプ〉でね！……はっは！　ああ、もちろん、そうしたかったらきみも来てかまわないさ」

「それからハンドバッグも」トムは小声で言った。

「ああ、それにハンドバッグ」エリックが言った。「さあね、わからないよ。楽しいことだけはたしかさ」エリックはくすくすと含み笑いをした。「そう思うかい？　結構、トムに言っておくよ。じゃあな《ヴィーダーゼーエン》、ロロ」エリックは電話を切って言った。「ロロの話じゃ、マックスは十時ごろには来られるそうだ――ここに。つまり、マックスは美容院で九時まで働いていて、ロロのほうは六時に家を出て、十時までショーウィンドーの飾りつけの仕事をすることになっているんだが、マックスの目につくようにメモを残しておくからと言っていた」

「ありがとう、エリック」トムはなんとなく気分が明るくなるのを感じた。まだ何ひとつ手はずが整ったわけでもなかったが。

「おれは、今日の午後も人に会うことになっていてね」エリックが言った。「今回はクロイツベルクじゃないよ。一緒に来るかい？」

今回は行く気になれなかった。「いいや、やめておこう。少しここいらをぶらついてみようかと思ってる——エロイーズのプレゼントでも探しにね。それにもう一度パリに電話しなくちゃ。きみには電話代として千ドル返さなきゃならないね」

「はっは！——電話代を払うだって！　何言ってるんだ。おれたちはみんな友だちじゃないか、トム」エリックは寝室に姿を消した。

ロート・ヘンドレに火をつけながら、トムは彼の言葉を思い返していた。彼らは友だちだった。リーヴズがそうであるように。彼らはたがいの電話を、家を使い合い、ときには一緒に住み、結局はなんとなく貸し借りなしになる。それでも、エリックにアメリカ俗語辞典をプレゼントするくらいはしてやらなくては、とトムは思った。

いま一度、トムはルテシアの番号を回した。

「やあ、電話を待っていたぜ」サーロウの声は何かを噛《か》んでいるように聞こえた。「ああ」トムの問いに答えて彼は言った。「奴らは今日の昼ごろ電話してきた。今度は、背後で消防車みたいな音がしていたな。ともかく連中は、新しい時間と場所を決めたいということで、それらを指定してきた。今度はレストランだ——住所を教えるから——きみはそこに例のものを置いてきてさえくれれば、連中が――」

「場所についてはこっちに考えがある」トムは相手の言葉を遮るように言った。「〈ハンプ〉というバーだ。H、U、M、P、ああ、そのままの綴《つづ》りだ。通りは――ちょっと、失礼」トムは送話口を手でふさいで呼びかけた。「エリック！――邪魔して申しわけないが、〈デア・ハンプ〉のある通りは？」

「ヴィンターフェルト通り！」即座にエリックの声が返ってきた。

「ヴィンターフェルト通りだ」トムはサーロウに伝えた。「いや、番地は必要ない。すぐに見つけられる……そう、ただの普通のバーだ。だが、とても大きな店で、タクシーの運転手なら確実に知っているはずだ……真夜中ごろ。そうだな、十一時から十二時の間がいいだろう。ジョーイを訪ねるようにと彼らに言ってくれ。彼らの欲しいものはジョーイが持っているからと」

「きみがそのジョーイなのか？」サーロウが興味を惹《ひ》かれたような口調で尋ねる。

「いや――それはまだ決めてはいない。だが、ジョーイと呼ばれる人物がそこにいることは確かだ。もちろん、フランクの無事は確かめてあるだろうね？」

「連中は無事だと言っている。フランクと直接話すことはできなかった。後ろで消防車の音が聞こえていたから、たぶん外から電話してきたにちがいない」

「ありがとう、ミスター・サーロウ。今夜はうまくいくと思う」トムは本心よりも自信ありげに言い切った。彼はさらに続けた。「金を受けとったら、彼らは必ずきみに確認の電話をしてフランクを解放する場所を教えるはずだ。彼らにそうするよう言ってみてくれないか？　今夜の取り引きの確認のために、もう一度電話をしてくることになっているんだろう？」

「こちらとしてもそう願ってるところだ。とにかく、わたしはきみに伝えるようにと命令されたのでね、そのレストランの件を。そっちはいつ次の連絡をくれるんだ、ミスター・リプリー？」

「いまのところは、正確な時間は言えない。だが、必ず連絡する」トムはそう言って電話を切ったが、なんとなく漠然とした不満を覚えていた。フランクを捕らえている連中が、今日、サーロウにもう一度電話してくることを願うしかなかった。

エリックが廊下から、さっそうたる足どりで封筒をなめながら入ってきた。「うまくいったかい？　あっちはどうなってた？」

まったく不安を感じていないエリックの様子がトムに少しばかりの冷静さを取り戻させてくれた。数分もすれば、彼らはふたりともアパートメントを離れるのだ。二百万ドルをここに無防備のまま残して。「今夜十一時から十二時の間に、〈ハンプ〉で取り引きをすることにした。犯人たちはジョーイという人物を尋ねてくることになっている」

「それで、あんたは金を持ってくつもりはないと？」

「ああ」

「で、どうするつもりなんだ？」

「おいおい計画を立てるつもりだ。マックスは車を持っているかい？」

「いいや――ふたりとも持っていない」エリックはダークブルーの上着に腕を通すと、トムを見て微笑《ほほえ》んだ。「今夜は女装をしたあんたがタクシーに乗るのを見届けよう」

「一緒に来るかい？」

「どうかな」エリックは頭を揺り動かした。「トム、どうか遠慮なくくつろいでくれたまえ。ただし、出かけるときは、二重に錠をかけるのを忘れないでくれ――それだけは頼むよ」

「間違いなく、忘れないよ」

「スーツケースの場所を確かめておくかい？――おれのクローゼットのなかにあるけど」

トムは微笑んだ。「いいや」

「バイ・バイ、ディア・トム。六時には戻るよ、たぶん」

それから何分かあとにトムも外に出た。エリックに言われたとおり二重に錠をおろして。ニーブール通りは穏やかで、ごく平凡なたたずまいを見せていた。どこを見まわしても、意味もなくぶらぶらしていたり、彼に注意を払っているような人影は見あたらない。トムは左に曲がってライプニッツ通りに入り、もう一度左に折れて今度はクーアフュルステンダムに出た。ここには本とレコードの店をはじめとして店舗が立ち並び、舗道には四輪ワゴン車のスナックが出て、人々の生活があった――大きなボール紙の箱を抱えて走る小さな男の子、ブーツの踵《かかと》についたチューインガムをなんとか手で触らずにこそげ落とそうとしている少女。トムは顔をほころばせた。彼は「モルゲンポスト」紙を買って、ざっと目を通した。思ったとおり、誘拐に関する記事は何も見あたらなかった。

トムは洒落たアタッシェケースやハンドバッグや札入れがずらりと並んだショーウィンドーの前で足をとめた。彼は店に入って、ダークブルーのスウェードのショルダーバッグを買った。エロイーズは気に入ってくれるだろう。二百三十五ドイツマルク。これを買ったのは、必ず家に帰ってこのバッグを彼女に贈ることができるという保証が欲しかったからなのかもしれない。われながら非論理的ではあるが。ファストフードのワゴンで、トムはロート・ヘンドレをふた箱買った。便利なものだ、とトムは思った。食べものやビールと一緒に、煙草《たばこ》やマッチまで買えてしまうのだから。ビールでも飲むか？　いや、やめておこう。彼はエリックの家にぶらぶらと戻っていった。

トムはエリックのアパートメント入口の正面扉を開けて、空《から》のショッピングカートを手に出てきた女性のために押さえてやった。彼女は礼を言ったが、ほとんど彼のほうを見もしなかった。

静まり返ったエリックのアパートメントに入るのは気が進まなかった。一瞬、もし誰かがエリックの寝室に隠れてでもいたらという疑惑に駆られた。馬鹿馬鹿しい。それでも、彼は寝室に入っていって――ベッドは整えられ、静かで整然としていた――クローゼットのなかを覗《のぞ》きこんだ。茶色のスーツケースは奥のほうに置かれていて、それより大きいスーツケースが前にあった。そして、大きいスーツケースの前には靴がずらりと並んでいた。

トムは茶色のスーツケースを持ち上げてみた。そして、持ち慣れた重さを確かめた。

リビングルームに戻ったトムは、森を描いた絵の一枚に――嫌悪を覚えながら――じっと見入った。暗い青の嵐雲の下に、一匹の枝角のある雄鹿が怯《おび》え、血走った目をして佇《たたず》んでいる。猟犬どもに追われているのだろうか？　もしそうだとしても、その姿は見あたらなかった。絵のどこかにライフルの銃身が見えてはいないか探して見たが、無駄だった。たぶん、雄鹿は画家を忌み嫌っていたのだろう。

電話が鳴り、トムは飛び上がらんばかりに驚いた。ベルの音がつねになく大きく響きわたった。犯人たちに彼らの番号が知れたのか？　まさか、そんなことはあり得ない。電話に出るべきだろうか？　声音を変えるとかして？　トムは受話器をとり、普段の声で応えた。

「もしもし？」

「もしもし、トム。ペーターだ」ペーターの落ち着いた声が聞こえてきた。

トムは微笑んだ。「ハロー、ペーター、エリックは出ているが、六時ごろ戻ると言っていたよ」

「それはいいんだ。それよりきみのほうはどうなんだ？　ちゃんと眠れたかい？」

「ああ、おかげさまで。――ところで今夜は何か予定があるかい、ペーター？　そうだな、十時半か十一時《ヤー》くらいに、ちょっとだけ時間を割いてもらえないだろうか？」

「いいとも、こっちは従兄弟《いとこ》と会って食事をするくらいのものだ。今夜何か？」

「〈デア・ハンプ〉に行きたいんだ。たぶん、マックスと一緒に。それで、もう一度きみの車で送ってもらえないかと思って。たぶん今夜のほうが昨日よりは安全だと思う。まあ――」トムはあわててつけ加えた。「こっちとしてはそう願っている。でもこれはぼくの問題で、きみにまで及ぶことはないと思う」

ペーターはエリックのアパートメントに十時半から十一時の間に行くと言った。

マックスは持参した女装に必要な一式を、顧客の気に入りそうな品物を広げるセールスマンよろしく、エリックのリビングルームで並べてみせた。といっても、すべてマックスご愛用のひと揃《そろ》いにすぎないのだが。「これが、ぼくの持ってるなかでは最高の一枚」マックスがドイツ語で言った。彼はブーツと黒革という装束でリビングルームをずかずかと歩きまわりながら、ロングドレスを自分の身体《からだ》にあて、一番すてきに見えるように広げて見せた。

それが長袖《ながそで》なのを見て、トムはほっとした。ピンクと白のそのドレスは透けていて、縁には三重になったフリルがついていた。「すばらしい」とトムは言った。「すごくきれいじゃないか」と彼はつけ加えた。

「それと、これも忘れちゃいけない」赤いキャンバス地の大型バッグから、マックスはドレスと丈の合う白いスリップというのかペティコートを取り出した。「まずドレスを着てくれないか。それでメイクの雰囲気を決めるから」マックスが笑みを浮かべて言った。

トムはためらわなかった。ドレッシングガウンを脱いでショーツ姿になり、スリップを着て、その上にドレスを重ねた。問題が生じたのはベージュのまとわりつくタイツを着用するときだった。マックスが言うにはちゃんとはくには座らなければならないということだが、最後にはマックスも匙《さじ》を投げた。「かまうこっちゃない」タイツなしで靴を履くのが気にならないのなら、ドレスは床近くまであるのだから。マックスの身長はちょうどトムと同じくらいだった。ドレスにベルトはなく、ゆったりと垂れ落ちるデザインになっていた。

それからトムは、エリックが寝室から持ってきた長方形の鏡の前に座った。すでにサイドボードの上に化粧道具を広げて待っていたマックスが、いよいよトムの顔にとりかかった。エリックは腕を組み、無言で一部始終を見物していたが、おもしろがっているのは明らかだ。マックスはこってりした白いクリームをトムの眉《まゆ》に塗りつけ、鼻歌混じりでそれを伸ばしていった。

「心配はいらないよ」とマックスが言った。「眉毛はちゃんと戻してあげるから。あんたには絶対に欠かしちゃいけないものだ」

「音楽を欠かしちゃいけない！」エリックが言い出した。「『カルメン』がいい！」

「『カルメン』はやめてくれ！」トムは言った。『カルメン』なんて考えただけでもぞっとする。たいした曲じゃないというのが主な理由だったが、もしかしたらビゼーを聞きたい気分ではなかったのかもしれない。トムは自分の唇の変化に仰天した。上唇は薄くなり、下唇はふっくらと厚みを増している。自分の顔を見ても、それとはわからないかもしれなかった!

「さて、お次はかつらだ」マックスがドイツ語でそう呟《つぶや》きながら、サイドボードの隅に載せられていた、赤褐色のどちらかといえばおぞましい代物《しろもの》を振ってみせた。カールがいくつも垂れさがるそのかつらにマックスは丁寧に櫛を入れはじめた。

「何か歌ってくれないか」トムが言った。「あの歌を知らないかな、ほら、あの『いかした女の子』の?」

「アハ!——あの歌ね。いまおたくの顔に施しているものの歌だ——『メイキャップ』!」マックスは手をとめて、上手にルー・リードの物真似をしながら歌いはじめた。「ルージュに色つきのお香に氷……」マックスは身体を揺すりながら仕事を進めた。

その歌はトムに、フランクを、エロイーズを、ベロンブルを思い出させた。

「そしてきみは目を覚ます!」マックスが彼に歌いかける。いま、マックスはトムの目の化粧に専念していた。彼は一瞬手をとめてトムを眺め、それから鏡を覗きこんだ。

「今夜、あいてるかい、マックス?」トムはドイツ語で尋ねた。

マックスは笑ってかつらを合わせ、自分の作業の成果をまじまじと眺めながら答えた。

「本気?」マックスの大きくて、気だてのよさそうな唇が、微笑みの形に広がった。マックスは顔を赤らめているとトムは思った。「ぼくがいつも髪をこんなに短くしてるのは、かつらをよりよく合わせるためなんだけど、本当はそんなの、気にするほどのことじゃないんだよ。すごくすてき」

「ああ」トムはまるで他人を見るかのようにしげしげと鏡を覗きこんだ。いまのところさしたる感慨もわいてはこなかった。「真面目《まじめ》な話、マックス、一緒にバーに来てもらえないかな？　今夜、〈ハンプ〉に。真夜中ごろ、もっと早くてもいい。ロロも連れてきたらいいよ。遠慮はいらない。ほんの一時間くらいでいいんだけど、どうかな？」

「おれはお邪魔かい？」エリックがドイツ語で口をはさんだ。

「どうぞご自由に、エリック」

いま、マックスはトムがハイヒールのパンプスを履くのを手伝っていた。パンプスはエナメル製でかなりひどくひび割れていた。

「クロイツベルクの古着屋で買った中古なんだけど」とマックスが言った。「でも、そんじょそこらのハイヒールと違ってこれは足が痛くならない。ほら！　ぴったりだ！」

トムはもう一度鏡の前に座った。そしてマックスの魔法の手が左頰《ひだりほほ》に黒い点を描き、それがつけぼくろになるのを見て、まるでファンタジーの世界にいるような気分になった。

ドアのベルが鳴り、エリックがキッチンに入っていった。

「本当に、今夜、ロロとぼくも一緒に〈ハンプ〉に行っていいのかな？」マックスが訊《き》いた。

「ぼくがひとりぼっちで腰かけたり、壁の花になってるほうがいいと思うのかい、マックス？　きみたちふたりが必要なんだよ。エリックはちょっとタイプが違うからね」トムはなるべく高い声を心がけようとした。

「これは全部ただの遊びってわけ？」トムの赤褐色の巻き毛にまた手を触れながら、マックスが訊いた。

「ただの遊びだよ。架空のデートで相手をすっぽかしてやるんだ。どっちにしても、あっちは店に入ってきてもぼくのことはわからないのさ」

　マックスは笑った。

「トム！」エリックがリビングルームに戻ってきた。

トムなんて呼ばないで、そう言ってやりたい気分だった。

エリックは一瞬、言葉を失って立ちつくし、鏡に映ったトムの変容振りに見入った。

「ぺ、ペーターが下に来ていて、駐車場所を見つけるのが難しいから、下で待っていていいだろうかと言っているんだが？」

「結構」とトムは答えた。彼は涼しい顔でハンドバッグ——赤い革と黒のエナメルがバスケットのように交差している大ぶりなバッグ——を取り上げた。そしてやはり涼しげな顔で、フロントクローゼットに吊《つ》るしておいたジャケットのポケットに手を入れて、イタリア系の男からくすねた鍵を、さらにクローゼットの床の右奥の隅からペーターの銃を取り出した。エリックとマックスは盛装したトムを眺めながら雑談を交わしていたが、ふたりのうちどちらも、トムがペーターの銃をバッグに忍ばせたことには気づいていないようだった。「準備はいいかい、マックス？　どっちがぼくを下までエスコートしてくれるのかな？」

マックスがその役をつとめた。マックスはこう言った――エリックの家に行くのが少しばかり遅れたので、もしかしたらロロはもう〈ハンプ〉に行っているかもしれない。でも自分はとりあえず大至急家に戻らせてもらいたい。少しばかり服を替えたいのだと。いま着ているこのシャツで一日じゅう働いていたのだから。

トムを見たとたん、ペーターの煙草はあやうく彼の口から落ちかけた。彼は車のなかに座って待っていたのだ。

「トムだよ」トムは言った。「やあ、ペーター」

ペーターとマックスが顔見知りなのは明らかだった。マックスはトムに、彼の家はすぐ近くだし、〈ハンプ〉は反対方向だから、自分は走って家に帰ると言った。すぐにそっちへ行くから。ペーターとトムはヴィンターフェルト通りに向かって出発した。

「今度はいったいなんなんだ？　お遊びかい？」ペーターの声音はかすかにこわばっていた。

その声にわずかながら冷淡さが漂っているように思えるのは気のせいだろうか？「それだけってわけじゃないが」トムは、サーロウに電話をかけ直す時間はあったのに、そうしなかったことを思い出した。肝心の誘拐犯たちが今夜のデートに応じたかどうかを確かめていなかった。「まだ少し時間がある――昨夜は、納屋《なや》まで戻ってきてくれたんだってね、ペーター？」

ペーターは肩をすくめるとも、身をよじるともつかない仕草をした。「ああ、歩いてね。車のエンジンの音をさせたくなかったので。明かりがないから真っ暗だった」

「そうだろうね」

「きみが死んでしまったんじゃないかと思った――でなきゃ、怪我《けが》をしてるのかもしれない。そっちのがもっと厄介だけどね。男が地面に転がっているのを見つけたが――きみじゃなかった。だからぼくもさっさとずらかることにしたんだ。撃ってはいないんだろう?」

「スーツケースの角で殴ったんだ」トムはぐっと唾を飲みこんだ。ペーターの銃の床尾で、男のこめかみを砕いたことまでは言いたくなかった。「犯人たちは、ぼくがひとりじゃないと思ったみたいだった。銃を二度撃って、わめいただけなんだが。でも、ぶっ倒れたあの男はたぶん死んでたと思う」

ペーターがくすくす笑った。その笑いはぎこちなかったが、トムはとたんに気分がやわらぐのを感じていた。「確かめないで、すぐに戻ってきてしまったんだ。夕刊は見ていないし――夜のテレビニュースも見ていない」

トムは何も言わなかった。さしあたっては、危機を脱したようだ。だが、いま現在のことを考えなければならない。思いきって今回も〈ハンプ〉の外で待っていてくれるようにペーターに頼んでみようか? 今夜、ペーターの助けがあるのとないのでは、天と地ほどの違いがある。

「そして連中は走り去った」ピーターは続けた。「彼らの車が行ってしまうのを見て、それからきみを待っていた。少なくとも五分は待っていたと思う」

「ちょうどそのときぼくは、あの道に――クリューガー・ダムに歩いて戻っていた。そこからバスに乗ったんだ。教会のほうを見ることもしなかった。本当に申しわけなかった、ピーター」

ピーターは角を曲がった。「そして、あの金はそっくりエリックの部屋に置きっぱなしとは！――金が入らなかったら、連中があの少年に何をすると思う？」

「連中にしてみればあの子を抑えておくよりも金をもらったほうがずっといいだろうさ」

彼らの車はバーのある通りに入っていた。トムはピンクのネオンサインを探していた。ビルの横に筆記体の文字で「デア・ハンプ」とありその下に線が引かれたネオンサインを。だが、まだ見えなかった。今夜予想される事態についてぜひともピーターに話しておかなければならなかったが、なんとなく言い出しにくかった。女装していることが、ひどく浅はかで無防備に思われた。彼はそわそわと赤と黒のハンドバッグを膝《ひざ》に載せた。バッグはピーターの銃のせいで少し重たく感じられる。「きみの銃を持ってきているんだ。まだ四発弾が入っている」

「ここに？　銃を持ってきたのか？」ピーターはドイツ語でそう言って、トムのバッグにちらりと目を走らせた。

「ああ。犯人たちと今夜会うことになっているんだ――たぶん、現れるのはひとりだけだろう、たしかではないが――〈ハンプ〉で――十一時から十二時の間に会うことになっている。だから、ペーター、もしぼくを待っていてくれる気があるのなら――いま十一時だから、あともう少しの辛抱だ。店のなかでぼくは彼らを無視するから、そのあとで彼らを追跡できればと思っている。彼らは車で来ると思うが、それも絶対とは言いがたい。もし、違っていたら、ぼくが徒歩で、できるだけあとをつけてみるつもりだ」

「へええ」ペーターは半信半疑の声を出した。

ペーターはトムがハイヒールを履いていることを考えているのだろうか？ 「もし彼らが全然姿を現さなかったら、それはそれで楽しいお遊びになるし、だれも傷つかないですむ」ちょうどそのとき、トムは〈デア・ハンプ〉のピンクのネオンサインを見つけだした。それは彼が覚えていたよりもずっと小さかった。ペーターは駐車場所を探していた。「あそこに！」通りの右側に並んで停まっている車に隙間を見つけたトムが叫んだ。

ペーターはすかさずその場所に入りこんだ。

「一時間近く、もしかしたらもっとかかるかもしれないけど、待っていてくれるかな？」

「ああ、もちろんさ」ペーターはそう言って車を停めた。

トムは計画を説明した――もし犯人たちがこの待ち合わせに応じる気があるのなら、「ジョーイ」なる人物をここに尋ねてくるはずで、バーテンダーかウェイターにジョーイがどこにいるかと訊くだろう。しばらく経《た》ってもジョーイが現れなければ彼らは帰るだろうから、トムはそのあとをつけていく。「連中が夜明けの閉店時間まで待つとはとても思えない。十二時を過ぎたころになれば、彼らもこれが罠だと気づくだろう。もしトイレに行きたいのなら、いますぐどこかで済ませておいたほうがいい」

ペーターの長い顎《あご》がわずかに下がり、彼は笑った。「いや、大丈夫だ。きみこそひとりであそこへ乗りこむのか？　たったひとりで？」

「そんなにか弱く見えるかい？　マックスが来てくれる。おそらくロロも。バイバイ、ペーター。またあとで会おう。十二時を十五分過ぎるようなことがあったら、ここに戻ってその先のことを相談しよう」

トムは〈デア・ハンプ〉のドアを見た。逞しい男がひとり出てきて、入れ替わりに別のふたりがするりとなかに入り、ディスコ・ミュージックの激しいビートが、開いたドアからいっそう大きく流れ出てきた。ボム・パ……ボム・パ……ボム・パ……ちょうど心臓の鼓動のように、それほど速すぎも遅すぎもしない、力強い響き。だが、いささか偽物めいても聞こえる、とトムは思った。人工的で、電子的で、まったく人間を感じさせない。トムにはペーターの考えていることがわかっていた。

「あまり賢明なやり方とはいえないな」ペーターがドイツ語で言った。

「ぼくはとにかくあの子の居場所が知りたいんだ」トムはハンドバッグを取り上げた。「もし待っていたくないというのなら、それはそれで仕方ない。きみを責めるつもりはないよ。尾行を始めるときに、タイミングよくタクシーをつかまえられるかもしれないし」

「待ってるよ」ペーターがややこわばった笑みを浮かべた。「もし、何かやばいことになったら——ぼくはここにいるから」

トムは車を降りて通りを渡った。吹きつける夜のそよ風が、彼を丸裸でいるような気分にさせた。トムはちらりと目を落として、スカートが吹き上げられていないのを確認した。縁石に足を踏み出そうとして、足首をひねってしまった。彼は自分にあせるなと言い聞かせた。トムはかつらにそわそわと手をやると、ほんの少し唇を開いて、〈デア・ハンプ〉のドアを引いて開けた。とたんに脈動するディスコの活気に呑《の》みこまれ、鳴り響く振動が鼓膜を襲った。トムは足を踏み入れ——少なくとも十人の客の注目を浴び、その多くは彼に微笑みを向けた——カウンターを目指して進んだ。空気はマリファナの匂いがした。

今夜もカウンターは隙間なく混んでいたが、驚いたことに四、五人の男が少しずつ詰めてくれ、どうにか丸くてピカピカ光るクロムめっきのカウンターの縁に手をかけることができた。

「きみ、なんていう名前?」ずたずたに引き裂かれ、その下には何もつけていないことがはっきりわかるリーバイスをはいた若い男が話しかけてきた。

「マーベルよ」トムはそう答えて、まつげをぱちぱちとさせてみせた。涼しげな顔でバッグを開き、底のほうに突っこんであるマルクや小銭を手さぐりして、飲みものを頼もうとしたが、不意にマニキュアを忘れたことに思い当たった。マックスもそこまでは思いつかなかったのだ。なんてこった。イギリス式にカウンターに硬貨を投げ出したんじゃ男丸出しじゃないか。しかたなくトムは飲みものを諦《あきら》めることにした。

　ダンスフロアでは男や少年たちが、地響きをたてるロックミュージックの大音響に合わせて身体をよじり、あるいは激しく上下させていた。まるで足元の床が破裂したか、波打っているかのように。ガラスで囲まれた階段を見上げると、人影が漂い、見つめあい、トイレに向かって上がっていくのが見えた。ひとりがあやうく階段から転げ落ちかけたが、ふたりの男に助け起こされ、明らかに何もなかったように、そのまま歩いて下りていった。そこには、ロングドレスで盛装した男たちが、少なくともあと十人はいたが、いま、トムが周囲を見まわして探しているのはマックスだった。トムはこれ以上はできないくらい、ゆったりとした動作でバッグから煙草を出し、火をつけた。ことさらバーテンダーの目を引いて、オーダーするまでもないと言わんばかりに。もう十一時十五分になる。トムは周囲を窺《うかが》った——とりわけバーの近辺を。誰かがジョーイのことを尋ねるとしたら、必然的にバーテンダーのところに行くだろうから。だが、これまでのところ、どんなに想像力をたくましくしてもストレートと呼べそうな者は見あたらなかった。彼はなんとなく誘拐犯たちはストレートだと決めこんでいた。

　そこへ、パールのボタンのついた白のウェスタンシャツに着替え、黒の革ズボンとブーツはそのままでという姿のマックスが部屋の奥から——踊っている連中はあらかたそこに集まっていた——姿を現した。その後ろには背の高い、ベージュのティシュペーパーで作ったようなロングドレスを着た人物が控えていた。髪はクルーカットだが、細い黄色のリボンを、巧みに両耳の上で結わえている。

「いよう、こんばんは」マックスが笑顔で言った。「ロロだ」彼はティシュペーパーの人物を身ぶりで示した。

「マーベルよ」トムは陽気な笑顔を向けた。

ロロの薄く赤い唇の両隅がつり上がった。それを除けば、彼の顔は真っ白に塗りたくられている。ブルーグレイの瞳はダイヤモンドのようにきらめいていた。「お友だちを待ってるんですって?」彼は長い黒のシガレットホルダーを、煙草を入れないままで、手に持っていた。

ロロはふざけているのだろうか? 「まあね《ヤー》」トムはそう答えながら、もう一度テーブルのコーナーで壁を背にして立つ男たちのほうを見渡した。誘拐犯たちが――たとえひとりにせよふたりにせよ――ダンスフロアで踊っているとは思えなかった。だが、この際はなんだってあり得るのだ。

「飲みものは?」ロロがトムに訊いた。

「それはぼくが。ビールにする? トム」マックスが言った。

ビールはレディらしくないように思えたが、すぐにそれも馬鹿馬鹿しいと思い、イエスと言いそうになったとき、カウンターの奥のエスプレッソ・マシンに目がとまった。「コーヒーをお願い《カフェ・ビッテ》!」トムはばら銭をバッグの底から取り出してカウンターに置いた。自分の札入れは置いてきたのだ。

マックスとロロはドルンカートを頼んだ。

トムはドアに向かい合うような位置に身体を持っていき、カウンターに寄りかかり、いまは彼と向かい合って立っているマックスとロロと雑談を交わしていた。ただ、この騒音のなかでおしゃべりというのはなかなか難しかった。数秒ごとに、男がひとりふたり、ドアから入ってきたが、出ていく数はそれよりも少ないようだった。

「誰に待ちぼうけをくらわすのさ?」マックスがトムの耳元で叫んだ。「もう来てる?」

「まだ!」まさにそのとき、トムは、ずっと隅のほう――トムの右に向かってカーブしているカウンターの端で、壁にもたれて立っている黒髪の若い男の姿に気がついた。こいつはたぶんストレートだ。二十代後半に見える男はキャンバス地のような黄褐色のジャケットを着て、煙草を持った左手をカウンターに預けている。男はビールを飲みながら、ゆっくりと、油断なく周囲を見まわし、ドアにも目を走らせている。だが、ドアをじっと見ているのは他にも大勢いたので、トムには判断がつきかねた。遅かれ早かれ、トムが待っている男はバーテンに尋ねるだろう――もしかしたら、もうすでに一回質問していて、それが二度目ということになるのかもしれないが――ジョーイという者を知らないか、今夜来てるか、それともジョーイから何か伝言はないかと。

「踊る?」トムよりももっと背の高いロロが、優美に身をかがめてトムを誘った。

「喜んで」彼とロロは人込みを縫うようにしてダンスフロアに進んでいった。

数秒もたたないうちに、ハイヒールが我慢できなくなった。彼が脱ぎ捨てたそれをロロが優雅に拾い上げ、カスタネットのように頭上で打ち鳴らしはじめた。スカートがくるくると回り、誰もが笑っている。だが彼らのことを笑っているのではない。実際、誰ひとりとして彼とロロに注意を払っている者はいなかった。デュー・イット……デュー・イット……デュー・イット……それとも、嚙め《チュー・イット》か、小便しろ《ピー・イット》、なめろ《ブルー・イット》、ああ、そんなことはどうでもいい。裸足《はだし》に床が心地よかった。ときおり、頭のてっぺんに手をやってかつらをまっすぐに直さなければならなかった。ロロも一度直してくれた。ロロが賢明にも平らなサンダルをはいてきていることに彼は気がついた。トムは気分が高揚し、自分がひどく力強くなったような気がしてきた。まるで、ジムでトレーニングをしているみたいな気分だった。ベルリンっ子が仮装にひたるのも無理はない！　これほどまでに自由な気分になれるとは。おまけに仮装をしていると、本来の自分自身に戻れるような気がするのだ。

「カウンターに戻ってみようか？」すでに十一時四十分をまわっているのはわかっていたので、トムはもう一度それらしき姿を探してみたかった。

トムはカウンターに戻るまでハイヒールを履かなかった。そこには、彼の飲みかけのコーヒーがまだ置かれていた。彼のハンドバッグの監視はマックスが務めていた。トムはドアを見張ることができる元の場所にふたたび位置を定めた。さっき目をつけた男は、もうカウンターの端にはいなかった。トムは黄褐色のジャケットの男を求めて、テーブルの周囲にひしめき合う男たちや、ダンスフロアや階段にじっと目をすえて立っている男たちに、さっと目を走らせた。例の男は彼のほんの数メートル後ろのカウンターにいた。間にいる客たちのせいでほとんど姿が隠れているが、男はバーテンダーの注意を引こうとしていた。

マックスがトムに向かって何か大声でわめきはじめたが、トムは指を振って彼を黙らせ、ほとんど閉じたようなつけまつげの間から男を監視した。

ブロンドの巻き毛のかつらをつけたバーテンダーは身をのり出し、それから頭を横に振った。

黄褐色のジャケットの男はまだ話している。トムは爪先立ちになって彼の唇に目をこらした。「ジョーイ」彼はそう言っただろうか？　すると今度はバーテンダーがうなずいた。「彼が現れたら教えるよ」とでも言っているのだろう。それから黄褐色のジャケットの男はゆっくりとグループになっている男たちや、ぽつんとひとり立っている男たちの間を抜けて、バーの反対側の壁に向かって歩いていった。そこで彼は明るい青のオープンシャツを着て壁に寄りかかっている、ブロンドっぽい髪の男に話しかけた。彼が何を言ったのかはわからなかったが、青シャツの男は何も答えなかった。

「さっきはなんて言おうとしたの？」トムはマックスに訊いた。

「あれが、きみの友だち？」マックスはにやにやしながら、黄褐色のジャケットの男にうなずいてみせた。

トムは肩をすくめた。そしてピンク色のフリルの袖を押し上げて、あと十二分で午前零時になるのを確かめた。コーヒーを飲み干すと彼はマックスのほうに身体を傾けて言った。「もしかしたら、すぐに帰らなくちゃならないかもしれない。まだわからないけど。だから、いまのうちに、さよならとありがとうを言っておくよ、マックス。もしかしたら、ここから走り出さなくちゃならなくなるからね――シンデレラみたいにさ!」

「タクシーを呼ぼうか?」マックスは戸惑いながらも、礼儀正しく尋ねた。

トムは首を振った。「ドルンカートのお代わりは?」トムはマックスのグラスを指さし、それから指を二本上げて、ふたりのためにお代わりを注文し、マックスの抗議にも耳をかさずに十マルク紙幣を二枚取り出した。ちょうどそのとき、黄褐色のジャケットの男がカウンターに戻ってくるのが見えた。前と同じ壁際の場所を目指しているようだったが、いまその場所はすっかり会話に熱中しているらしい男と少年に占領されていた。黄褐色のジャケットの男はカウンターに近づくのを諦めて、ドアの近くに向かっていった。腕をあげ、おりよくカウンターのそちら側に近い端に居あわせたバーテンダーの目をとらえることができた。バーテンダーは即座に首を横に振った。そして、トムはこの黄褐色のジャケットの男こそ、ジョーイを探している人物だということを悟った。少なくともそう確信した。男は腕時計を見て、それからドアに目をやった。ティーンエイジャーの少年が三人入ってきた。三人ともリーバイスをはき、空《から》の手をぶらぶらさせながら目を皿のようにして見まわしている。黄褐色のジャケットの男は青シャツを見て、頭でドアのほうを示した。黄褐色のジャケットの男は出ていった。

「おやすみ、マックス」トムはハンドバッグを抱えた。「会えて楽しかったよ、ロロ!」

ロロは会釈をしてみせた。

トムは青シャツがドアのほうに進んでいくのを見て、彼が先に出るのを見届けた。それから、さして急いでいる様子も見せずに、ドアに歩み寄って外に出た。舗道の右側に男たちはふたりともいた。黄褐色のジャケットは青シャツが追いつくのを待っていた。トムは左側に行き、ペーターの車へ向かったが、車の向きが逆だということに気づいた。〈ハンプ〉に入ろうとする新たな客たちのひとりがトムに向かって口笛を吹き、残りがくすくすと笑った。

ペーターはシートに頭をもたせかけていたが、トムが半分開いた窓をコツコツ叩《たた》くと、ぱっと身体を起こした。

「ぼくだ！」トムは助手席にまわって乗りこんだ。「車をターンさせてくれ。奴らを見つけた。この通りにいる。男ふたりだ」

ペーターは即座に車をターンさせた。通りは薄暗く、いっぱいに車が駐車していたが、そのときは往来がとぎれていた。

「ゆっくり走って。あっちは歩きだ」トムは言った。「駐車場所を探しているようなふりをするんだ」

彼らが歩いている姿が見えてきた。前を向いたままだが、何やら話しこんでいるらしい。やがて彼らは一台の駐車中の車の横で立ち止まった。トムの手ぶりにしたがって、ペーターはさらに速度を落とした。後ろから車が来たが、追い越せる道幅はある。そして追い越していった。「気づかれないようにあとをつけたいんだ」とトムは言った。「やってみてくれるかな、ペーター。もし尾行に感づけば、ぼくらをまこうとするか、スピードを上げるかするにちがいない」トムは「まく」という言葉をドイツ語に言い直そうとしたが、ペーターは充分理解したようだった。

彼らの十四、五メートルほど手前で、男たちの車が動きだし、次の交差点でさっと左に曲がった。ペーターがそれに続いて曲がると、その車は右折して、もっと賑やかな通りに入っていった。間に二台の車をはさむことになったが、トムの眼は男たちの車をとらえつづけた。次に左に曲がったとき、他の車のヘッドライトに照らされて、その車の色がわかった。えび茶色だ。

「ダークレッド。あの車だ!」

「見たことがあるのか?」

「リュバースで見たのは、あの車なんだ!」

追跡していたのは五分間ほどにトムには思えたが、実際はその半分くらいだったろう。車はさらに二回曲がり、その間ずっと行方を指示していたトムは、ようやく車がスピードを落とすのを見た。そこは四、五階ほどの高さの建物が並ぶ通りで、その左側の路上駐車スペースに車は停まった。建物の窓はもうほとんど明かりが消えているようだ。

「ここで停まって、少しバックしてくれないか」トムは急いで言った。

トムはどの建物に彼らが入っていくのか確かめたかった。そしてもしできるなら、どの階の明かりがつくかも見届けたいと思っていた。このあたりの建物もまた、第二次世界大戦の砲火を免れた、陰鬱《いんうつ》な中流階級以下のアパートメントだった。ジャケットの黄褐色のおかげで、トムはぼんやりとだが、背景に浮かび上がる人影を目で追うことができた。明るい色のジャケットが、建物のひとつの正面玄関前の階段を上り、扉の向こうに姿を消すのをトムは見た。

「三メートルほど進んでもらえるか、ペーター」

ペーターがじりじりと車を進めるなか、トムは三階の光が明るさを増し、逆に二階の光のひとつが暗くなり、まったく消えてしまったのを見た。通路の照明はタイマー消灯システムなのか？　三階の左のほうで先ほどのよりもさらに明るい光がともった。二階の右側の光は明るいまま変わらない。トムはバッグの底を手探りして、硬貨や紙幣がばらばらに突っこまれたなかに、イタリア系の男のポケットからとった鍵を見つけだした。

「よし、ペーター、ここで降ろしてくれ」とトムは言った。

「待ってようか？」ペーターはひそひそ声で訊いた。「何をするつもりなんだ？」

「まだ、わからない」車は道路の右側、駐車している車の列に横づけして停められていたが、誰の邪魔にもなっていなかった。ペーターはこのまま十五分くらい待っていることはできるだろうが、トムはどれくらいかかるのか自分でもよくわからなかったし、ペーターの命を危険にさらしたくはなかった。万が一、男たちが建物から飛びだして彼に向かって銃を撃ってきたら、ペーターはなんとかして彼を車に乗せようとするだろう。トムは自分がときどき、最悪のそれもまったく途方もない事態を想定する癖《くせ》があることを自覚していた。彼の手にある鍵は建物の正面扉のだろうか、それとも部屋の玄関ドアのだろうか。それとも、そのどちらのでもないのだろうか？　トムは階下の呼び鈴ボタンを片っ端から押していって、犯人たちではない無辜《むこ》な住人が建物に入れてくれるのを待っている自分の姿を想像した。「あいつらを脅かしてやるだけさ」指先でドアの取っ手を弾《はじ》きながらトムは言った。

「ぼくが警察に電話しようか？　いますぐか、それとも五分くらいしたら？」

「いや」少年を首尾よく取り戻せるにせよ、失敗に終わるにせよ、それは警察が到着する前でなくてはまずいのだ。たとえ警察がちょうどいいタイミングに到着するにせよ、遅れるにせよ、彼の名前は警察によって明るみに出てしまうだろう。それこそはトムのもっとも望んでいないことだった。「警察はこのことは何も知らない。ぼくはそのままそっとしておきたいんだ」トムは車のドアを開けた。「待たないでくれ。それと遠くへ離れてからドアを閉め直してほしい」彼は後ろ手で半ドアに閉め、かすかにカチッという音がした。

明るい色のドレスを着た女性が舗道でトムのそばを通りすぎながら、ぎょっとしたような視線を投げて歩き去った。

ペーターの車はそのまま進み、暗闇《くらやみ》のなかへ、危険の外へと消えていった。トムはドアがバタンと閉まる音を聞いた。彼は正面の数段の階段をハイヒールで上がることに神経を集中した。つまずかないように、長いスカートの裾《すそ》を階段よりも十センチほど持ち上げながら。

最初の正面扉のなかに入ると、少なくとも十は呼び鈴ボタンの並んだパネルがあった。

そのほとんどははっきり読めない名前が記されていて、部屋番号はまったくなかった。トムはがっかりした。もしあったら、思いきって2Aか2Bのボタンを押してみようという心積もりでいたのだ。あの明かりは、ヨーロッパ式に数えれば二階、アメリカ式では三階の部屋だったからだ。トムは手に持ったイェール錠の鍵を試してみた。鍵は錠にぴったりと合った。彼はいささか衝撃を受けた。ということは、ギャングのひとりひとりが建物の鍵を持ち歩いていて、部屋のなかにはつねに玄関ドアを開けてくれる誰かが待機しているということか？　それはどの部屋だ？　トムはタイマー照明のスイッチを押した。あまりぞっとしない、磨かれていない茶色の木の階段と、閉じたドアがふたつ浮かび上がった。彼の立っている場所の両側にひとつずつある。

彼は鍵をバッグのなかに落とし、銃を手探りした。そして安全装置を押して外し、バッグのなかに入れたまま、階段を上りはじめた。先ほどと同じようにスカートの裾をつまみ上げながら。上の階に近づいていくと、ドアが閉まる音がして、男がひとり通路に姿を現した。男が壁のボタンを押すと、また別のタイマー照明が灯った。やがてトムの真正面に、ズボンにスポーツシャツ姿の、ずんぐりした中年男が立ち塞がった。階段を下りようとしていた男は、脇《わき》にしりぞいてトムに道を譲ったが、それは礼儀からというよりは、トムの姿を見てぎょっとしたからというほうが近いようだった。

トムは、自分が女装の男というよりは、客に呼ばれてきた娼婦か何かだと思われたのだろうと考え、そのまま二階まで階段を上り、さらに上の階へ向かおうとした。

「あんた、ここの住人かい？」中年男がドイツ語で尋ねた。

「もちろんですわ《ヤヴォール》」トムは静かに、だがきっぱりと答えた。

「最近は変な奴らばかり来おって」男はぶつぶつ言いながら階段を下りていった。

トムは三階まで上っていった。階段が少し軋《きし》んだ。トムの左と右にはそれぞれドアがあり、下から明かりが漏れている。その奥にもさらにいくつかの部屋とドアがあるのだろう。トムの目指す部屋は、おそらく左側のほうだが、それでも右側のドアに耳をあててみると、なかからはたぶんテレビのものと思われる声が聞こえた。それから彼は左手のドアに歩み寄った。かすかに聞こえてきたのは非常に低い話し声で、少なくともふたりはいるようだ。トムはペーターの銃を取り出した。さっきつけたこの階のタイマー照明はあと三十秒くらいで消えるだろう。見たところドアにはひとつしか錠がなかったが、充分頑丈そうに見えた。さて、これからどうしたものか？　確信があるわけではなかったが、最良の策は彼らを驚かせ、不意をつくことだとわかっていた。

照明が暗くなりはじめるのを見計らって、彼は錠に銃の狙いを定めた。そして左手の拳で音高くドアをノックした。ハンドバッグが左肘《ひじ》にずり下がった。

ドアの向こう側が突如沈黙した。数秒後、男の声がドイツ語で言った。「誰だ？」

「警察《ポリッツァイ》だ！」トムは断固とした、うむを言わせぬ口調で叫んだ。「開けろ！」さらにドイツ語でそう続けた。

トムの耳に、小走りする足音と椅子《いす》の脚が床にこすれる音が聞こえたが、まだパニックにおちいっているわけではなさそうだ。ふたたび、低い話し声が聞こえてきた。「警察《ポリツァイ》だ、開けろ《エフネット》！」トムは拳の横をドアに叩きつけた。「おまえたちは包囲されている《イーア・ザイト・ウムリンクト》！」いまこのときにも彼らは窓から逃げ出しているのだろうか？　トムは用心のためにドアの右によけ、万が一彼らがドア越しに発砲してきた場合に備えたが、左手はドアノブのすぐ下の錠に置いたままにしていた。その位置を見失わないように。

タイマー照明が消えた。

そこでトムはドアの真ん前に踏み出し、銃口を金属と木部の裂け目に近づけて撃った。銃が手のなかで跳ね返ったが、彼はしっかりと握りしめた手を緩めず、同時に肩でドアを押した。ドアはまだ完全降伏をしたわけではなかった。チェーンがかかっているようだが、確かなことはわからない。「開けろ！」トムは同じ階の他のドアの向こうにいる人々をも脅かしかねない声を上げた。できれば彼らが部屋にじっとしていてくれることを願いながら。だが、そのとき背後でドアがかすかに開く音がして、トムはちらりと振り返って見た。この際、背後のドアになどかまってはいられなかった。トムは目の前のドアが開けられる音を聞いた。犯人たちは降参するつもりかもしれない、とトムは思った。

ドアを開けたのは青シャツの若いブロンドの男で、彼の背後からさす明かりがトムを照らしだした。男はぎょっとした様子で飛び上がり、尻ポケットに手を伸ばした。トムは銃を青シャツの前面に突きつけて、部屋に足を踏み入れた。

「おまえたちは包囲されている！」トムはドイツ語で繰り返した。「屋上に上がれ！　下の入口から逃げようなんて思わないことだ！——少年はどこだ！　ここにいるのか？」

　黄褐色のジャケットの男が——部屋の真ん中で唖然とした顔をしている——苛立《いらだ》たしげな仕草をして、三人目の男に何ごとかを言った。この男は茶色の髪のがっしりしたタイプで、ワイシャツの袖をまくり上げている。青シャツの男が壊れたドアを蹴《け》り閉めると——ドアはきっちり閉まらず、少し開いたままだ——トムの左側の部屋に駆けこんでいった。そこには正面の窓があるはずだった。トムの立っている部屋には大きな楕円形のテーブルがある。誰かが天井の照明を消したので、唯一の明かりはスタンドランプひとつだけになった。

　数秒間はまったくの混乱状態で、一瞬、いまのうちに逃げ出そうと思ったくらいだった。連中がずらかろうとするついでに彼を撃っていくことだってあり得るのだ。やはりペーターに警察を呼んでもらって、下でサイレンを鳴らしてとどめをさしてもらうべきだったのだろうか？　トムは突然英語で叫んだ。

「いまのうちに外へ出ろ！」

　青シャツは、腕まくりしたワイシャツの男と短い言葉を交わし、持っていた銃を黄褐色のジャケットの男に渡して、トムの右側の部屋に走っていった。どさっというスーツケースが落ちたような音が聞こえた。

　トムは少年を探す心の余裕がなかった。いまは黄褐色のジャケットに狙いを定めていなければならない——相手も銃を持っているのだから。背後でドイツ語でしゃべる声がした。

「おい、いったい何をやってるんだ?」

トムがちらりと後ろを見やった。通路に誰かがいた。おそらくはこの騒ぎを不審に思った隣人だろう。部屋履きのスリッパ姿の男は恐怖に目を見開き、いつでも自分の部屋に逃げ戻れるような姿勢をとっていた。

「さっさと消えろ!」黄褐色のジャケットが怒鳴った。

建物正面の部屋に行っていた腕まくりシャツの男が、トムのいる部屋に急いで戻ってきた。トムは背後の隣人がいつのまにか姿を消したのに気がついた。

「オーケー、急げ《シュネル》!」ワイシャツの男はそう言うと、楕円形のテーブル横の椅子に掛けてあった上着を引っつかんだ。彼は上着をはおると、空いているほうの手でさっと上を指さした。彼は部屋を横切ってトムの右側のドアに突進し、ちょうどそのドアから出てきた、スーツケースを持った青シャツの男と衝突した。

彼らは本当に路上に何かを見たのだろうか、トムは内心首をかしげた。彼が発砲したせいで、もう警官が集まっていたとか? まさか、そんなはずはない! 青シャツの男がスーツケースを持って彼の脇を走りすぎていった。黄褐色のジャケットがそれに続いた。彼らが屋上に通じる階段を上っていくのを、トムは見守った。屋上のドアをあらかじめ開けておいたのか、鍵を持っているかのどちらかだろう。こういう建物には非常階段がないのをトムは知っていた。消防車を停めるための中庭か、屋上出口しかないはずだ。普通の上着を着た男がようやくトムの横を駆け抜けていった。茶色のブリーフケースらしいものを提げている。彼は階段を駆け上がり、一度つまずいたが、すぐ立ち直った。この男は慌てるあまりトムにまともに衝突し、あやうくトムは突き飛ばされるところだった。トムはできる限りきっちりドアを閉めた。だが古い木材は大きく裂けてどうやってもぴったり閉まってはくれなかった。

トムは右側の部屋に入っていった。彼はまだペーターの銃を前方に向けていた。まるで敵に狙いを定めるように。

そこはキッチンだった。床の上にフランクが横たわっている。結わえたタオルで口を覆われ、両手を後ろに回され、くるぶしも縛りつけられて毛布の上に転がっていた。少年はもがきながら、毛布に顔を擦りつけ、なんとかタオルを外そうと必死になっているように見えた。

「おい、フランク！」トムは少年の横に膝をつき、結わえてある皿拭《さらふ》きタオルを顎から首のところまで押し下げた。

少年は涎を垂らし、目はどんよりと曇り、目の焦点を合わせることもできないようだった。たぶん、麻薬か睡眠薬のせいだろう。

「なんてこった！」トムは呟いて、刃物を探して周囲を見まわした。調理台の引き出しに一本見つけたが、親指で切れ味を試してみると、まったく役立たずなので、水切り板からパン切りナイフを引っつかんだ。水切り板の上にはコカ・コーラの空き缶がいくつか置かれていた。「すぐに自由にしてやるからな、フランク」トムはそう言って、フランクの手首を縛っている縄にナイフをかけはじめた。それは丈夫な縄で、直径が十ミリ以上もあったが、その堅そうな結び目を解くのはとても不可能に思えた。トムは縄をナイフで切っている最中も、誰か入ってきはしないかと、戸口のドアに耳をすましていた。

少年が毛布の上に吐いた——というか、吐こうとした。トムは慌ただしく少年の頬を叩いた。

「起きろ！　トムだ！　すぐにここを出るぞ！」トムは、流しの冷たい水でもいいから、インスタントコーヒーを作って彼に飲ませる時間があればと思ったが、インスタントコーヒーを探す時間さえも惜しかった。いま、彼はくるぶしの縄にとりかかっていた。最初は間違った輪に手をつけてしまい、半分まで切ったところでそれに気づき、悪態をついた。ようやくのことで彼は縄を外して、少年を引っぱり起こした。「歩けるか、フランク？」ハイヒールのパンプスの片方がどこかに消えていた。彼は、もう片方も蹴り飛ばした。こんな状況でハイヒールなんぞ履いていられるか。

「ト——トム？」少年が間延びした声をだした。まるで酔っ払いそのものだった。

「さあ、行くぞ、ぼうや！」トムはフランクの片腕を自分の首に回して、戸口のほうに歩きはじめた。無理やり動いているうちに、少しでも少年が正気づいてくれればいいのだが。ドアを目指して悪戦苦闘しながら、トムはカーペットを敷いていないリビングルームを見まわして、ノートや紙切れなど、男たちが残していったものが何かないかと探したが、そのようなものは何も見あたらなかった。犯人たちが効率的で手際がいいのは明らかだった。

おそらくは必要な用具すべてを一カ所にまとめていたのだろう。かろうじて、汚れたシャツらしきものが部屋の隅に落ちているのが見えただけだった。トムは、自分の左腕になぜかまだハンドバッグが下がっているのを見て、フランクを抱え上げる前に、そのなかに銃を突っこんでバッグを腕にかけたことを思い出した。廊下に出ると、三人の隣人とばったり顔を突き合わせた。男がふたりに、女がひとり。みな肝を潰し、怯えているようだった。

「なんでもないんです《アレス・ゲート・ゲート》！」そうは言ったものの、トムは自分の声が上ずって金切り声になっているのに気がついた。そして三人は、トムが階段に向かおうとすると、わずかに退いた。

「いまのは女か？」男のひとりが言った。

「警察に電話しましたからね！」女が脅すように言った。

「なんでもありませんったら！」トムはドイツ語で答え、今度はまともに声が出た。

「その子は麻薬をやっているじゃないか！」男のひとりが言った。「このけだものたちは、どこのどいつなんだ？」

トムとフランクはひたすら階段を下り続けた。少年のほとんど全体重がトムにかかっている。気がつくとふたりは正面扉の外に出ていた——アパートメントのドアをかすかに開けて、不審そうな目をのぞかせていたのは二軒だけだった。トムはあやうく正面の石の階段を転げ落ちそうになった。寄りかかる壁がなかったのだ。

「おやこれは、なんと神々しいお姿！」舗道を歩いている若い男の二人組のひとりが声を上げ、彼らは揃って大声で笑った。「何かお手伝いいたしましょうか、奥様？」若者はわざとらしい慇懃な言葉づかいで尋ねた。

「ええ、ありがとう。わたしたち、タクシーが必要ですの」トムはドイツ語で答えた。

「そうでしょうとも！　はっは！　タクシーですね、奥様《マイネ・ダーメ》！　ただちに手配いたします！」

「これほどまでにタクシーを必要としているレディは見たことがない！」もうひとりが言った。

そのふたりの助けを借りて、トムとフランクは次の曲がり角まで大して苦もなく辿《たど》り着くことができた。ふたりの若者はトムの裸足を見ると「おふたりさん、いったい何をやらかしてきたんだ？」と話しかけながら、馬鹿笑いしていた。それでもふたりは約束を果たしてくれ、ひとりが路上に出て精力的にタクシーを呼び止めようとしていた。ちらりと目を上げて道標を見ると、彼がいままで歩いてきた道、つまり誘拐犯たちのアパートメントのあった通りはビンガー通りという名だとわかった。そのとき、パトカーのサイレンが聞こえてきた。だが、同時にタクシーも見つかった！　タクシーがすっと停まり、トムがまず乗りこんでから、陽気な青年たちの助けを借りてなんとか少年を引き入れた。

「楽しい旅を！」ひとりがドアを閉めながら叫んだ。

「ニーブール通りへ頼む」トムは運転手に告げた。その運転手は必要以上に長い間トムに視線を注いでいたが、それでもメーターを入れて車を出した。

トムは窓を開けた。「深呼吸して」彼はフランクに呼びかけ、手をぎゅっと握って、もっと意識を取り戻させようとした。運転手がどう思うかなどまったく気にならなかった。トムはかつらをむしり取った。

「楽しいパーティだったかい?」正面を見たまま、運転手が言った。

「ウー、もち《ャ》ろ《ー》ん」トムは、とてつもなく楽しいパーティだったと言いたげに唸《うな》ってみせた。

ニーブール通りだ、やった! トムは金を求めてバッグの底を探った。すぐに十マルク紙幣が見つかった。料金はたったの七マルクだったのでそれで充分足りた。運転手は釣りを出そうとしたが、トムはそれには及ばないと言った。フランクの意識も、わずかながら戻りつつあるようだったが、まだ膝がおぼつかなかった。トムは彼の腕をしっかりと支えて、エリックのベルを押した。今夜は彼の部屋の鍵は持ってきていなかったが、トムにはエリックが必ず部屋にいるという確信があった。なぜなら、彼のアパートメントには大金が置いてあるのだから。そして待ちかねたブザーの音が応えるのを待って、トムはドアを押し開いた。

ペーターのひょろりとした姿が、敏速な足どりで階段を下りてきた。「トム!」と彼は囁《ささや》いたが、それから少年の姿を見てこう言った。「おや――おや――おや!」

フランクはいま、頭をしゃんと上げようと努力していたが、まるで首の骨が折れてでもいるようにぐらぐらと定まらなかった。トムは笑いたくなった――神経が異様に昂《たかぶ》り、極度に興奮していた。彼は下唇を噛んで、ペーターとふたりで少年をエレベーターに入れた。

エリックは玄関ドアをわずかに開けて待っていたが、彼らの姿を見ると大きくドアを開けた。「おお！《マイン・ゴット》」エリックが言った。

トムはまだ手にかつらを持っていた。彼はかつらとハンドバッグを部屋の床に放り投げ、ペーターと協力してフランクをホースヘアのソファに座らせた。ペーターが濡らしたタオルをとりにいき、エリックがコーヒーをいれにいった。

「奴らがフランクに何を与えたのかわからないんだ」とトムは言った。「それから、マックスの靴をなくしてしまった――」

ペーターは気づかわしげな笑みを見せて、トムが顔を拭いてやっている間、じっと少年を見ていた。エリックがコーヒーを持ってきた。

「冷たいけど、すっきりすると思うよ――そら、コーヒーだ」エリックが優しげな声でフランクに話しかけた。「おれはエリック。トムの友だちだ。怖がらなくていいからね」エリックは肩越しにペーターに話しかけた。「なんてこった《マイン・ゴット》、意識がないじゃないか！」

だが、トムには彼がよくなってきているのがわかった。まだ自分でカップを持てるような状態ではなかったが、ほんの少しコーヒーをすするまでにはなっていた。

「何か食べるか？」ペーターが少年に尋ねた。

「駄目だよ、むせちまう」エリックが言った。「コーヒーにどっさり砂糖が入ってる。これで充分さ」

フランクがみんなに笑いかけた。まるで酔っ払った子どものように。とりわけトムにはひどく嬉《うれ》しそうに微笑んでみせた。口中がからからに乾いていたトムは、冷蔵庫からピルスナー・ウルケルを一本くすねてきていた。

「いったい何をやらかしたんだ、トム？」エリックが言った。「奴らのアジトに乗りこんでいったのかい？　ペーターはそう言っていたが」

「銃で錠を壊した。でも誰も怪我《けが》はしていない。連中はすっかり震えあがって――というよりこっちが驚かせたんだが」トムは不意にひどい疲労感を覚えた。「シャワーを浴びさせてもらうよ」トムは呟くようにそう言って、バスルームに逃げ込んだ。彼は熱い湯を浴び、次に冷たい水を浴びた。幸いにも彼のドレッシングガウンがバスルームのドアの裏に吊り下がっていた。トムはマックスに返すドレスとスリップを丁寧にたたんだ。

リビングルームに戻ると、ペーターが何かをフランクに少しずつ食べさせていた。バターを塗ったパンだ。

「ひとりは――ウルリッヒ」フランクが言った。「それにボボ……」そしてさらに意味不明の言葉を呟いた。

「犯人たちの名前を訊いていたんだ！」ペーターがトムに言った。

「明日でいい！」エリックが言った。「明日になれば思い出すさ」

トムは玄関ドアのチェーンがかかっているかどうかを確かめにいった。チェーンはかかっていた。

ペーターがトムに嬉しそうに笑いかけた。「まったくすごいじゃないか！――連中はどこに行ったんだ？　外へ逃げたのかな？」

「屋上に上がったんだと思う」トムが言った。

「三人も相手にね」ペーターの口調には畏怖がこもっていた。「たぶんきみの女装に恐れをなしたんだろう」

トムは微笑んだが、疲れすぎていて言葉が出なかった。これが他の話題だったら話せたかもしれないが、たったいまくぐり抜けてきた修羅場のことだけは口にする気になれなかった。突然トムは笑いだした。「きみも今夜〈ハンプ〉に来ればよかったのに、エリック！」

「さて、ぼくはもう行かなくちゃ」ペーターがまだ出ていきたくなさそうな様子でそう言った。

「そうだ、銃を返さなくちゃ、ペーター、それと懐中電灯も、忘れるところだった！」トムは銃をハンドバッグから取り出し、懐中電灯をクローゼットから持ってきた。「本当にありがとう。おおいに助かったよ！　三発撃ったから、三発残っている」

ペーターは銃をポケットにしまってトムに微笑んだ。「おやすみ、ゆっくり眠りたまえ」彼は静かな声で暇を告げ、出ていった。

エリックは挨拶《あいさつ》を返し、ドアのチェーンをかけ直した。「さて、このベッドの支度とかかるかね、トム？」

「ああ。さあ、おいで、フランク」肘をソファの腕に載せ、間の抜けた笑顔を浮かべて彼らを眺めているフランクの姿にトムは顔をほころばせた。少年は劇場で眠りかけている観客のように目を半分閉じていた。トムは少年の身体を引っぱり上げて、肘掛け椅子に座らせた。

それからエリックとふたりでソファをベッドにして、シーツを掛けた。

「フランクはぼくと一緒に寝かせよう」とトムは言った。「ふたりとも、いまどこにいるのか見当もつかないだろうからね」トムはフランクの服を脱がせはじめた。少年も協力してはくれたが、たいした手助けにはならなかった。それからトムは大きなグラスに水を入れてきた。フランクを促して、できるだけたくさん水分をとらせるつもりだった。

「トム、パリに電話しなくていいのかい？」エリックが言った。「少年を救出したと伝えたほうがいいんじゃないかな？　ギャングどもがパリに連絡して、また何か企まないとも限らない！」

エリックの言うとおりだった。だがパリに電話することを考えるだけで心が億劫になった。「いまかけよう」トムはそう言ってフランクをベッドに仰向けに寝かせ、シーツを首のところまで引き上げ、軽い毛布も掛けてやった。それから彼はホテル・ルテシアの番号を回した。番号を思い出すのに苦労したが、間違えはしなかった。

エリックは、そばでうろうろしている。

サーロウの眠たげな声が応えた。

「もしもし、トムだ。こっちはすべてうまくいった……ああ、そういうことだ……危害は加えられていないが、薬を何か盛られているようだ。たぶん、トランキライザーのようなものだろう……いや、それについては明日説明する……金にはまったく手はつけられていない……そうだ……午前中はちょっと勘弁してほしいな、ミスター・サーロウ。われわれのほうもくたくたなんだ」サーロウはまだ何か話していたが、トムは電話を切った。「やっぱり金のことを訊いてきた」トムはエリックにそう言って笑った。

エリックも笑った。「スーツケースはおれの寝室のクローゼットのなかにあるよ！　おやすみ、トム」

16

エリックのアパートメントで、コーヒーミルのたてる心地よい唸《うな》り声に目を覚ますのはこれで二度目だった。だが今回のほうがずっと幸せな気分だった。フランクは顔を下にして、ちゃんと息をして眠っている。トムは少年が本当に呼吸をしているのを確かめたいという衝動に勝てず、彼の肋骨にしげしげと見入った。それからドレッシングガウンを着てエリックのもとへ行った。

「さてと、昨夜のことを詳しく聞かせてもらおうじゃないか」エリックが言った。「銃を一発――」

「そう、一発だけ。ドアの錠に向かってね」

エリックはさまざまな種類のパンやジャムをトレイに載せていた――おそらく、フランクの救出を祝う彼なりの特別なもてなしということなのだろう。「あの子には好きなだけ寝かせておいてやることにしよう。それにしても、きれいな子だね！」

トムは微笑《ほほえ》んだ。「そう思うかい？　そうだな、かなりハンサムな顔だけど、自分では気づいていない。そこがまた魅力だ」

彼らはリビングルームの小さいほうのソファに座っていた。その前にはコーヒーテーブルがある。トムは昨夜の出来事を語った。〈ハンプ〉でマックスとロロと一緒に待機していたことから、ふたりの男がジョーイなる人物を探しにきて、結局諦《あきら》めて帰っていった経緯を。

「連中はほとんど素人のようだな――そんなに簡単に尾行されちまうようじゃ」エリックが言った。

「どう見ても素人だね。みんな若かったし。せいぜい二十代だ」

「ビンガー通りの隣人たちは、少年の身元に気づいたと思うか？」

「それはどうかな」彼とエリックは声をひそめて話していた。フランクが目覚めたような気配はまったくなかったが。「隣人たちに何ができる？　犯人たちはあの家に出入りしていたのだから、誘拐犯たちの顔は見慣れていただろう。ひとりが警察を呼んだと言ってたし、たぶん実際にそうしたんだと思う。いずれにせよ、警察はアパートメントをくまなく捜索し、その気になれば指紋などいくらでも検出できるだろう。だが、そこで何が行なわれていたのかまで隣人たちが知っていたかどうかは疑問だね。警察はあそこでマックスのパンプスを見つけるだろうが、わけがわからなくなるだろうね！」エリックのいれた濃いコーヒーでトムはだいぶ気分が楽になっていた。「あの子をできるだけ早くベルリンから離れさせようと思っている——もちろんぼく自身も。できれば今日の午後、パリに発《た》ちたいが、フランクがそれに耐えられるとは思えない」

エリックはベッドを見て、それからトムに目を戻した。「いささか名残りおしいな」エリックがため息をついた。「ベルリンは退屈なところでね。まあ、あんたはそう思わないだろうが」

「本当かい？——それはそうと、今日は片づけなくちゃならない仕事がある。ここの三つの銀行に金を返さなければならない。銀行から誰か使いを呼んでもらえるかな？　たぶんひとり呼べば足りるはずだ。ぼくはいっさいかかわりたくない」

「大丈夫だろう。さっそく電話してみる」不意にエリックが弾《はじ》けるように笑いだした。「光沢のある黒のドレッシングガウン姿はまるで中国人のようだ。「金は全部ここにあって、パリにいるあのとんまは、ただ座ってるだけときた！」

「それでも報酬は受けとるのさ」トムは言った。

「想像もつかんな」エリックは続けた。「あの間抜け探偵《ブーブ》の女装姿なんて！　まず、奴さんじゃそこまではやれなかっただろうよ！　昨夜はおれも〈ハンプ〉へ行けばよかったたなあ。ポラロイドカメラで、マックスとロロと並んでいるところを撮ってやったのに！」

「あとでマックスに衣装を返しておいてもらえるかい？　ぼくがとても感謝していたと伝えてくれ。それから——例のイタリア男の銃をスーツケースから出しておかなければ。あんなものを銀行の使いに見せる必要はないからね。かまわないかい？」トムは寝室のほうを指して言った。

「どうぞ、どうぞ！　クローゼットの奥だ。すぐわかるよ」

トムはスーツケースをクローゼットの奥から引っぱりだしてリビングルームに運び、ファスナーを開いた。長めの銃口がまともに彼の顔を指していた。銃の柄がマニラ封筒とスーツケースの側面の間にずり落ちていたのだ。

「何かなくなっているものでも？」エリックが尋ねた。

「いや、大丈夫だ」トムは慎重に銃を取り出し、安全装置がかかっているのを確かめた。

「誰かこれをもらってくれる人はいないかな？　これを持っていては、空港で引っかかってしまう。エリック、きみはどうだい？」

「あはあ、例の銃か！　喜んでいただくとも、トム。こっちでは銃を手に入れるのは難しいんだ。飛び出しナイフだって長さが決められているくらいでね。規制が非常に厳しいんだ」

「つつしんで謹呈するよ」トムはエリックに銃を手渡した。

「ありがたく頂戴するよ、トム」エリックはそれを持って寝室に消えた。

そのとき、フランクがかすかに身動きして、仰向けになった。「ぼくは——嫌だ、嫌だ」

理性を取り戻したような、しっかりした口調だった。

トムが見ていると、フランクはいっそうひどく顔を歪めた。

「吐けと言われても、知らないよ、だから——やめろ！」少年が背をのけぞらせた。

トムは彼の肩をゆすった。「おはよう、トムだ。もう大丈夫なんだよ。フランク」

フランクは目を開けた。もう一度眉《まゆ》をひそめ、それから一気に上体を起こしてほとんど起き上がる体勢になった。「ワオ！」彼は頭を振って、ぼやけた笑みを浮かべた。「トム」

「コーヒーを」トムはカップにコーヒーを注いでやった。

フランクはぐるりと、壁から天井にいたるまで、周囲を見まわした。「ぼく——なんでぼくたちここにいるの？」

トムは答えなかった。コーヒーを持ってきて、少年が飲めるようにカップを支えてやった。

「ここはホテルですか？」

「いや、エリック・ランツの家だ。——ぼくの家に客が来て、きみが隠れなくちゃならなくなったことがあっただろう？　一週間かそこら前のことだが」

「ああ……そういえば」

「彼のアパートメントだよ。もっと飲んで。頭痛は？」

「いいえ……ここはベルリンですか？」

「そう。友人のアパートメントハウスの三階だ……きみさえ大丈夫なら、今日ベルリンを発ったほうがいいと思う。できれば午後にでも。パリに戻ろう」トムはパンとバターとジャムを載せた皿を運んできた。「何を呑《の》まされた？　睡眠薬か？　注射をされたのか？」

「鎮静剤を。コークに混ぜたのを――無理やり呑まされたんです。車のなかでは注射を打たれて――腿《もも》に」フランクはゆっくりと話した。

グルーネヴァルトか。あっちのほうがもう少しプロらしい手口だった。少年がトーストをひと口齧《かじ》って食べるのを見て、トムは胸を撫《な》でおろした。「連中は何か食べさせてくれたのか？」

フランクは肩をすくめようとした。「ぼく、何回か吐いてしまったから。それに、あいつら――ろくにトイレも行かせてくれなかったんだ。きっとズボンに漏らしちゃったと思う――うえええっ！　ぼくの服は――」少年は顔を歪めて、周囲を見まわした。まるで口にするのもおぞましい代物《しろもの》が、そこらに散らばっているのではないかとでもいうように。

「あんなもの――」

「気にするな、フランク、いいんだよ」エリックが戻ってくるのを見て、トムは声をかけた。「エリック、フランクを紹介するよ。少し頭もはっきりしてきたようだ」

フランクは腰まで覆っていたシーツを引き上げた。まぶたはまだ重たげだった。「おはようございます、サー」

「お目にかかれて嬉《うれ》しいよ」エリックが言った。「気分はよくなったかい？」

「ええ、おかげさまで」いま、フランクの目は、はっきりと驚きの色を浮かべてシーツからはみでているベッドのホースヘアの縁に注がれていた。「泊めていただいて――トムから聞きました。ありがとうございました」

トムは寝室に行き、そこに置いてあったフランクの茶色のスーツケースからパジャマを取り出した。そしてフランクのところに戻り、パジャマをぽんとベッドに置いた。「これで歩きまわれるだろう。きみのスーツケースはここにあるよ。だから、何もなくなっていない。彼を散歩に連れ出して新鮮な空気を吸わせてやりたいんだが、あんまり勧められないね」トムはエリックに話しかけた。「それにまずしなくちゃいけないのは、銀行のどれかに電話をすることだ。ＡＤＣＡかディスコント。ディスコントのほうが大きいような気がするんだが、どうだろう？」

「銀行？」フランクが、シーツの下でパジャマのズボンをはきながら尋ねた。「身代金ですか？」だが、その声はまだ眠たげで、関心もなさそうに聞こえた。

「きみの代金だよ」トムは言った。「きみの値段はどれくらいだと思う、フランク？　当ててごらん」トムは少年に話しかけることで、彼を目覚めさせようとしていた。札入れのなかの三枚の領収証に目をやる。それらには銀行の電話番号も記されているはずだ。

「身代金って――どこにあるんですか？」フランクが尋ねた。

「ここにあるよ。きみのご家族にお返しするんだ。そのことはあとで話そう、いまじゃなく」

「取り引きの約束があったのは知っています」パジャマの上を着込みながら、フランクが言った。「ひとりが英語で電話してました。それからみんな出ていった――いっぺんに――ひとりだけ残して」フランクの話しぶりはまだのろのろしていたが、だいぶしっかりしてきたようだった。

エリックはコーヒーテーブルの上の銀のボウルから黒い煙草《たばこ》を手にとった。

「もっともぼくは――」フランクの目つきがまた泳ぎだした。「ずっとキッチンに転がされていたから――でも、たぶん間違っていないと思う」

トムはまたコーヒーを注いでフランクに勧めた。「これを飲んで」

エリックがさっそく電話をかけていた。支配人を呼び出してほしいと言っている。彼が自分の住所を告げ、昨日トーマス・リプリーが受けとった金に関する件だと言うのが聞こえてきた。エリックは残りのふたつの銀行の件についても話していた。トムはほっとひと息ついた。エリックはなかなか手際よく処理してくれている。

「使いは昼前に来るそうだよ」エリックはトムに言った。「スイスの銀行の口座番号を知っているので、テレックスで戻すことができるそうだ」

「それはよかった。本当にありがとう、エリック」トムはフランクがベッドから這《は》い出るのを見守っていた。

フランクは床の上の開いたスーツケースと、そのなかの厚いマニラ封筒を見た。「これが、そう?」

「そうだ」トムはいくつか衣類を手にして、着替えのためにバスルームに向かった。ちらりと振り返ると、フランクがスーツケースを遠巻きにしながらじりじりと近づいていくのが見えた――まるでそれが毒蛇か何かであるかのように。シャワーを浴びながら、トムは昼ごろ電話するとサーロウに約束したことを思い出した。フランクも兄と話したいかもしれない。

トムはリビングルームに戻ると、パリに電話しなければならないこと、そして昨夜のうちに探偵のサーロウに彼の無事を知らせてあることをフランクに告げた。パリという言葉を聞いても、フランクはほとんど関心を示さなかった。「ジョニーと話をしたくないかい?」

「ええ、ジョニーなら――」フランクは裸足《はだし》のまま、そこらじゅうを歩きまわっている。彼を覚醒させるためには好都合だ、とトムは思った。

トムはルテシアの番号を回した。サーロウにつながるのを待って彼は言った。「ああ、彼はここにいる。話をするかい?」

フランクは眉をしかめて頭を横に振ったが、トムは電話を押しつけた。

「無事だということだけでも知らせてやれよ」トムは微笑んで言った。そして小声でつけ足した。「ただしエリックの名前は出さないで」

「ハロー?……ええ、大丈夫です……ええ、もちろん、ベルリンに……トムが」フランクが話している。「昨日の夜、トムが助けてくれました……わかりません、本当に……ええ、あります、ここに」

エリックが小型レシーバーを指さしてトムに勧めたが、トムは盗み聞きをする気にはなれなかった。

「そんなこと絶対にありません」フランクが言った。「トムがそんなもの要求するはずがないでしょう、あれは――」今度はフランクの台詞《せりふ》が少し長くなった。「知りません。電話でそんなこと話せるわけないでしょう?」フランクの口調は苛立《いらだ》っていた。「だから、わからないって言ってるでしょう……オーケー、わかりました」そこでフランクの表情が少しやわらいだ。「ハイ、ジョニー……ああ、もちろん、大丈夫だよ、ほんとに……わかんないよ、いま起きたばかりだから。でも心配いらないよ。骨も折れてないし、どこもなんともないよ!」ジョニーがひとしきりしゃべり、フランクはその間じりじりしている様子だった。「オーケー、オーケー、だけど、何が言いたいのさ?」少年はしかめ面になった。「急ぐ必要もないって!」彼は嘲《あざけ》るような口調で言った。「兄さんが言いたいのは、要するに、こういうことだろ。彼女は来る気もないし、全然――全然気にもしてないって」

トムの耳に、ジョニーの気安げなくすくす笑いが聞こえてきた。

「でも、少なくとも電話はかけてきたってわけか」フランクの顔が青白さを増したようだった。「わかった、わかった、そうするよ」彼は苛立たしげにそう言った。

トムの立っている場所にまで、代わって出たサーロウの声が聞こえてきた。そこで彼は小型レシーバーをとった。

「……パリに来てもらう件についてだが、何かこちらに来られないわけでもあるのかね？　おい、聞いているのか、フランク？」

「どうしてパリに行く必要があるんですか？」フランクが尋ねた。

「きみのお母さんが、きみに一刻も早く家に帰ってきてほしいと望んでおられるからだ。われわれはきみに、少しでも安全な場所にいてもらいたいんだ」

「ぼくは安全ですよ」

「もしかしたら――トム・リプリーがきみを引き止めているのかね？」

「誰も、ぼくを引き止めてなんかいません」フランクが答えた。ひとこと、ひとことをはっきりと発音しながら。

「ミスター・リプリーと話をさせてほしい。彼はそこにいるか、フランク？」

フランクがしかめ面でトムに電話を手渡した。「あの、くそ――」彼はふたこと目をしまいまで言わなかった。突然、フランクはどこにでもいる怒れるアメリカン・ボーイになってしまったかのようだった。

「トム・リプリーだ」彼はフランクが廊下に出ていくのを見送った。たぶん、バスルームを探しにいったのだろう。やがて少年はそれが右側にあるのを見つけた。

「ミスター・リプリー、わかってもらえると思うが、われわれはフランクを無事にアメリカに連れ帰りたいのだ。そのためにこそ、わたしはここにいるのだから。だから、教えてもらえないだろうか――もちろんきみの今回の活躍には本当に心から感謝しているが、ただ、彼の母親に、きちんと知らせておかねばならないことがいくつかあるんだ。たとえばフランクはいつ家に帰ってくるのかといったことを。それとも、わたしがベルリンに彼を迎えにいったほうがいいだろうか？」

「いいや、ぼくからフランクに話してみよう。彼はこの何日か非常に不快な状況に置かれていたんだ。大量のトランキライザーを投与されていてね」

「しかし、話した限りではまったく問題ないようだったが」

「少なくとも痛めつけられた痕跡はないようだね」

「それから、ドイツマルクのことだが、フランクの話では――」

「それについては今日じゅうに、ひとつ、あるいはすべての銀行に返却されることになっている。ミスター・サーロウ」トムは少し笑った。「この電話が盗聴されているとしたら、なかなかふさわしい話題だね」

「なぜまた、盗聴など？」

「ああ、そっちの職業が職業だからね」トムはまるで、彼の職業がいっぷう変わったもの、たとえばコールガールか何かであるかのような口調で言った。

「ピアーソン夫人は金が無事だったことを喜んでおられた。だが、わたしとしては、きみあるいはフランクが、あるいはふたり揃《そろ》ってでもかまわないが、フランクが家に帰る日を決めるのを、パリで手をこまねいてただ待っているというわけにはいかないのだ。それについてはわかってもらえると思うが、ミスター・リプリー？」

「パリがそんなに退屈な都市だとは思わないがね」トムは楽しげに言った。「ジョニーと話をさせてもらえるか?」

「ああ――ジョニー?」

ジョニーが出た。「フランクが無事で本当によかった! なんとお礼を言ってよいか!」

ジョニーはしごくあけっぴろげな、親しげな口調で言った。フランクのそれと似ているが、声はもっと深みがあった。「ギャングだかなんだか知りませんが、警察は犯人を捕まえたんですか?」

「いいや、警察はまったく関係ない」トムは警察の話題を持ち出したジョニーをサーロウがしいっと制するのを聞いたように思った。

「まさか、あなたひとりでフランクを助け出したんですか?」

「いいや――友人たちに少し助けてもらった」

「母は非常に喜んでいます! 母は――その――」

いまいちトムを信用していなかったということか。「ジョニー、さっきフランクに誰かから電話があったことを話していたね? アメリカからの電話かい?」

「テリーサですよ。こちらに来るつもりでいたのですが、もう、やめになりました。フランクも無事だとわかったからには、まず、来ることはないでしょうね。でも――本当は彼女は別の男とあつあつなんですよ。だから、どうせ来ないだろうとは思ってました。彼女から直接聞いたわけじゃないけど、相手がたまたまぼくの知っている奴だったから。ぼくが彼らを引き合わせたんですよ――アメリカを発つ前に、彼がたまたまそれをぼくに話してくれたんでね」

それでトムにも合点がいった。「それをさっきフランクに話したと?」

「こういうことは早く知っておいたほうがいいと思ったので。弟がひとり相撲をとってるのはわかってましたからね。もちろんテリーサの相手の名は言いませんよ。ただ、彼女の興味の対象が他に移ったようだと言っただけです」

その会話でトムはジョニーとフランクの世界の違いを理解した。ジョニーにとって、この世界はまさに来る者は拒まず、去る者は追わずなのだ。「なるほど、わかった」なんでよりにもよって、こんなときにそんなことを言うんだと意見してやる気にもなれなかった。

「じゃあ、ジョニー、これで失礼するよ」トムはサーロウが、もう一度代わってくれと言っている声を聞いたように思ったが、そんな気がしただけかもしれない。「それじゃあ」とトムは電話を切った。「くそったれが――どいつもこいつも!」トムは思わず毒づいた。

だが、誰もそれを聞いていなかった。フランクはくたくたになって、またベッドで眠りこけていたし、エリックはアパートメントのどこか別のところにいた。

そろそろ銀行の使いが着くころだった。

エリックがリビングルームに入ってくるのを待って、トムはこう言った。「ケンピンスキーで昼飯でもどうだい？　それともう何か予定でもあるのかな、エリック?」フランクにステーキか、大きなウィンナー・シュニッツェルでも食べさせて、その頰《ほお》に赤みを取り戻させてやりたかった。

「べつにないよ、結構だね」エリックはすでに服を着ていた。

ドアベルが鳴った。銀行の使いが到着したのだ。

エリックがキッチンで応答ボタンを押した。

トムはフランクの肩を揺すった。「フランク、おい——起きるんだ！　ぼくのドレッシングガウンを貸してやるから」トムは自分のスーツケースから、それを引っつかんで言った。「これを持って寝室に行くんだ。ここで人と会わなくちゃならないから、しばらくそっちに行ってなさい」

フランクはトムの言いつけに従った。トムは、少しでもきちんと見えるように、ベッドのシーツの上に毛布を広げた。

銀行の使いはビジネススーツに身を包んだ、背の低い、太った男だった。彼より背の高い、制服に身を包んだ護衛のようなお供を引き連れている。男は信任状を提示し、下に運転手つきの車を待たせてあるが、急ぐ必要はないと言った。彼は大きなブリーフケースをふたつ運んできていた。トムは信任状を確かめる気にもなれなかったので、代わりにエリックがそれを読んだ。最初のうち、トムは銀行の使いが金を数えるのを見ていた。ひとつの封筒には封がしてあって、いまもそのままになっていた。もうひとつの封筒のほうも、紙の帯封をしたドイツマルクの札束は手つかずのままになっていたが、そのひとつから、いや、ひとつに限らず、札束から千マルク紙幣を抜きとるのは不可能ではなかった。エリックは男の作業をじっと監視していた。

「この場はきみに任せてもいいかな、エリック?」しばらくしてからトムは訊《き》いた。

「ああ、もちろんだとも! けど、署名はきみにしてもらわなくちゃならないよ。わかってるだろうね?」エリックと使いはサイドボードの前に立っていた。封筒が開けられ、数え終わった札の山が次々と並んでいく。

「すぐ戻るよ」トムはフランクと話をするために部屋を出た。

フランクは寝室にいた。裸足で、濡らしたタオルを額《ひたい》にあてている。「たったいま、ちょっとの間なんだけど、頭がふらふらして――」

「じきに、ランチを食べに外に出かけるよ。たらふく食べて、元気をつけよう、いいね、フランク?――冷たいシャワーでも浴びてくるかい?」

「そうします」

トムはバスルームに行って、彼のために温度を調節してやった。「足を滑らせないようにね」トムは声をかけた。

「あそこで何をやっているんですか?」

「現ナマを数えてるところさ。着るものをとってきてあげよう」トムはリビングルームに戻って、フランクのスーツケースから青いコットンパンツと、黒のタートルネック・セーターを手にとり、フランクのが見あたらなかったので、彼自身のショーツを取り出した。トムは、完全にはきっちり閉まっていないバスルームのドアをノックした。

少年は大きなタオルで身体《からだ》を拭《ふ》いていた。

「パリのことはどうするつもり？　今日帰るかい？　今晩？」

「嫌です」

トムは、ひどく大人びて、固い決心を秘めたしかめ面を浮かべた少年の目に涙が光っているのに気がついた。「ジョニーがきみに何を言ったかは聞いたよ――テリーサのことで」

「いいえ、それだけじゃないんです」フランクはそう言って、バスタブの横にタオルを投げつけたが、すぐにそれを拾い上げ、タオル掛けにきちんと掛けた。彼はトムが差し出したショーツを受けとって、トムに背中を向けてそれを身につけた。「まだ帰るのは嫌です。絶対に嫌だ！」トムを振り返ったフランクの目は怒りに燃えていた。

トムにはわかる気がした。それは彼にとって二重の敗北を意味するのだ――テリーサを失い、また自由を奪われるという。せめて昼食のあとなら、フランクも落ち着きを取り戻して、別の見方ができるようになるかもしれない。だが、すべての問題はテリーサに起因していることを彼は知っていた。

「トム！」エリックが呼んだ。

署名はトムがしなくてはならなかった。トムはきっちり領収証に目を通した。三つの銀行の名前が並び、それぞれの金額が記されている。いま、銀行の使いはエリックの電話を借りてしゃべっていたが、何度も「すべて問題ありません」と繰り返すのが聞こえていた。トムは署名をした。ピアーソンという名前は、ここでも表には出ず、ただスイス銀行の口座番号が記載されているだけだった。去り際の握手が盛大に交わされ、エリックがふたりをエレベーターまで送っていった。

　フランクがリビングルームに入ってきた――靴以外はきちんと身支度を整えて。そこにエリックが戻ってきた。ほっとした表情で満面に笑みを浮かべ、ハンカチで額を拭《ぬぐ》っている。

「おれのアパートメントに〈ゲデンクターフェル〉でも掲げようかね！　あれは英語でなんと言うんだっけね？」

「銘板《プラーク》のことかい？」トムが言った。「さっきのケンピンスキでの昼食の件だが、予約を入れておいたほうがいいだろうか？」

「そのほうがいい。おれがやるよ。三人でいいんだな」エリックが電話に歩み寄った。

「マックスとロロに連絡がつかないかな。彼らもぜひ招待したいんだが。でも、ふたりは仕事中かな？」

「ああ！」エリックはクックックッと笑った。「この時間じゃ、まずロロは起きてないぜ。彼は夜更かしが大好きでね。朝の七時か八時になるまでベッドには入らない。一方マックスのほうはフリーランスの美容師だから、呼ばれたところへ行かなくちゃならない。夕方六時ごろじゃないと彼らと連絡をつけるのは無理だろう」

　エリックに住所を教えてもらえたら、彼らにはフランスから何かプレゼントを送ることにしよう、とトムは思った。洒落《しゃれ》たかつらをいくつかなんていうのもいいかもしれない。

エリックは電話で一時十五分前に昼食の予約を入れていた。

三人はエリックの車で向かった。トムはエリックの薬戸棚にあった肌色の軟膏《なんこう》を――切り傷、擦り傷用とチューブにはうたってある――フランクの頰のほくろに塗っておいた。少年が尻ポケットに入れてあったエロイーズのパンケーキをどこかでなくしてしまったと聞いても、トムは驚かなかった。

「さてと、なんでも好きなものを食べてくれたまえ」トムはテーブルにつくとフランクにそう言って、膨大なア・ラ・カルトのメニューを読み上げた。「きみはスモーク・サーモンが好きだったね」

「ああ！　おれはお気に入りを！」エリックが言った。「ここのレバー料理がこれまた最高なんだよ！」

レストランは天井が高く、白い壁には金と緑の渦巻き型の装飾が施されていた。上品なテーブルクロス、制服を着た気どったウェイターたち。テーブルに案内されるのを待つ間に、トムは、レストランの一角にグリルルームがあり、そこが、適切な服装をしていない人たちが食事をするところなのだと気がついた。きちんとしたセーターとジャケットをつけてはいてもジーンズをはいたふたり連れの男性が来れば、とりあえず丁寧な言葉づかいではあるが、グリルはそちらですとドイツ語で案内されることになるのだった。

フランクはよく食べた。トムが記憶を辿《たど》って捻《ひね》り出した二、三のジョークの助けを借りて――なぜなら少年自身は冗談を言うような気分ではなかったので。テリーサへの疑惑が少年の上に暗雲を投げかけていた。フランクにはテリーサの新しい相手の見当がついているのだろうか？　それともはっきりと誰なのかを知っているのだろうか？　トムにはとても訊くことができなかった。トムにわかっているのは、フランクが、離脱という苦しみに満ちたプロセスを辿りはじめたことだけだった。精神的な支えであり、彼の理想の極致であり、その具現化であったもの、そしていま現在も、世界じゅうでただひとりのかけがえのない少女からの離脱。

「チョコレートケーキは、フランク？」トムはデザートを勧めて、フランクのグラスに白ワインを注ぎ足した。これで二本目だった。

「それもいいけど、シュトルーデルもお勧めだよ」エリックが言った。「トム、これはまさしく忘れられない食事になりそうだ！」エリックが丁寧に唇を拭いながら言った。「それに、忘れられない朝でもある、ね？　はっは」

彼らはレストランの壁を背にした小さなアルコーブのひとつに席を占めていた。ブースのような無粋なものではなく、ロマンティックな雰囲気の隠れ家とも言うべきもので適度なプライバシーを保証してくれ、それでいて他の客たちの様子を見たいと思えばそれもできるようになっていた。誰も彼らに注意を払っている者はいないようだった。そして、トムは不意に、フランクが偽のパスポートで――つまりベンジャミン・アンドルースとして――ベルリンを発つのだということに気づき、なんとなく楽しい気分になった。パスポートはエリックの家に預けた、フランクのスーツケースに入っている。

「この次は、いつ会えるだろうね、トム？」エリックが言った。

トムはロート・ヘンドレに火をつけた。「またきみが、ちょっとしたものをベロンブルに持ってくるときかな？　もちろん手土産《てみやげ》のことじゃないよ」

エリックはくすくす笑った。料理とワインで顔がピンク色に染まっている。「それで思い出した。三時に人と会う約束があるんだ。ちょっと失礼」と言って彼は腕時計を見た。「二時十五分か。まだ大丈夫だ」

「ぼくたちはタクシーで帰るから、どうか好きにしてくれたまえ」

「いやいや、おれの家はちょうどその途中なんでね。なんの問題もないさ」エリックは舌で歯にはさまった食物をつつき、フランクをしげしげと見つめていた。

フランクはチョコレートケーキをほとんど平らげ、物憂げにワイングラスの脚を回していた。

エリックがもの問いたげに眉を上げて見せたが、トムは何も言わなかった。彼は勘定書きをとって支払いを済ませた。三人は明るい陽射《ひざ》しのなかを、エリックの車に向かって歩いていった。トムは微笑んで、衝動的にフランクの背を叩《たた》いた。だが、彼に何が言えるだろう？　「キッチンの床に転がってるよりは、ましだろう？」とか軽口を叩いてみたかったが、できなかった。むしろエリックのほうがやりそうなタイプだったが、その彼もいまは黙っていた。トムはもう少し長く歩きたいと思ったが、フランク・ピアーソンと歩いているのは百パーセント安全だとは思えなかったし、気づかれずに済むという確信もなかったので、ふたたび車に乗りこんだ。トムはアパートメントの鍵を持っていたので、エリックはふたりを手前の角で降ろした。

トムは、まわりをうろついている不審な人間がいないかどうか油断なく目を配りながら、慎重にエリックの家に近づいていった。だが、誰も見あたらなかった。階下の廊下には人気《ひとけ》がなかった。少年は沈黙していた。

アパートメントに入ると、トムは上着を脱ぎ、窓を開けて新鮮な空気を入れた。「パリのことだけど」トムは切り出した。

フランクは不意に両手で顔を覆った。少年はコーヒーテーブルの横の小さなソファに座り、広げた膝《ひざ》に肘《ひじ》をついていた。

「気にするな」トムはばつの悪い思いで言った。「言いたいことがあるなら、吐き出してしまえ」トムにはそれが長続きしないことはわかっていた。

数秒もすると、少年はもぎとるように手をおろし、立ち上がって「すみません」と言った。彼は両手をポケットに押しこんだ。

トムはゆっくりした足どりでバスルームに入り、たっぷり二分はかけて歯を磨いた。それから彼は何げないふうを装ってリビングルームに戻った。「パリに戻るのがいやなんだね、わかっているよ。だったら、ハンブルクはどうだい？」

「どこだっていい！」フランクの目は狂気もしくはヒステリーをはらんで張り詰めていた。トムは床に目を落として、瞬きをした。「そんなヒステリックな声で『どこだっていい』

なんて言うもんじゃないよ、フランク。わかってるよ。テリーサのことで——」なんと表現すればいいのだろう？「落ちこんでいるんだろう？」

　フランクは彫像のようにこわばって立ちつくしていた。まるで、これ以上の口出しは許さないとでもいうように。だが、いつかは家族に立ち向かわなければならないんだぞ——トムはそう言ってやりたかったが、あまりに酷に思えた。よりによっていまこのときに。いっそのことリーヴズに会いにいくというのはどうだろう？　環境を変えてみるのだ。とりあえず、トムにはそれが必要だった。「ベルリンはちょっと息苦しいような気がする。だからハンブルクのリーヴズに会いにいこうかと思うんだ。フランスで、前に彼のこと話さなかったっけ？　ぼくの友人の？」トムは努めて快活な口調を装った。

　少年は前よりも慎重な、礼儀正しい口ぶりになった。「ええ、聞いたと思います。たしか、エリックの友人だと言ってましたね」

「そうだ。ぼくは——」トムは躊躇《ちゅうちょ》した。少年はまだポケットに手を突っこんだまま、じっと彼を見返している。トムにしてみれば、彼を飛行機に無理やり乗せて、じゃあ元気でと送り返すのは簡単なことだった。だが、少年はおそらくパリに着いたらまた姿をくらますような気がした——それも飛行機を降りるや否や。彼はホテル・ルテシアには、まず行かないだろう。「リーヴズに連絡してみよう」トムはそう言って、電話のほうに歩き出した。そのとき、電話が鳴りだした。トムは受話器をとった。

「もしもし、トム、マックスだ」

「やあマックス！　こんにちは！　きみのかつらとドレスはここにあるよ――ちゃんと全部！」

「今朝電話しようと思っていたんだけど――忙しくって。つまり、家にいなかったんだよ。そしたらエリックから一時間前に、家には誰もいないからと言われてさ。それで、昨晩はどうだった？　例の子は？」

「ここにいるよ。元気だ」

「あんたが救い出したの？　あんたは怪我《けが》してないんだろう？　みんな無事？」

「無事だよ」頭を打ち砕かれてリュバースの地面に倒れていたイタリア系男性の姿が突然脳裏《のうり》に浮かんだが、トムは瞬きをして追い払った。

「ロロが昨夜のあんたの姿はすばらしかったと言ってたよ。こっちは焼き餅《もち》をやいちゃうところだった、はっ！　で、エリックはいる？　ことづけがあるんだ」

「いまはいない。三時に人と会うと言っていた。ぼくが訊いておこうか？」

マックスはノーと言って、またあとでかけると言った。

トムは電話帳でハンブルクの局番を探し、リーヴズの番号を回した。

「アロー？」女の声が出た。

リーヴズの掃除婦兼パートタイムの家政婦だろう、とトムは思った。マダム・アネットよりももっと恰幅のいい、だが同じくらい献身的な女性だ。「ハロー、ガービーかい？」

「ええ《ヤー》、どちらさま？」

「トム・リプリーです。元気かい、ガービー？　ヘル・マイノットはいるかな？」

「いえ、でも、たぶん——あら、帰ってきたようだわ」彼女はドイツ語で続けた。「ちょっとお待ちください」少し間があって、ガービーは戻ってきた。「ちょうどお帰りになりましたよ！」

「ハロー、トム！」リーヴズは息を切らしていた。

「いま、ベルリンにいるんだ」

「ベルリンだって！　こっちに来られるのかい？　そもそもベルリンでいったい何をしてるんだ？」リーヴズの声はいつもと同じくしわがれ、邪気がなかった。

「いまは話せない。でも、きみのところへ寄ろうかと思ってね——できれば今夜にでも。そっちの都合がよければの話だが」

「もちろんいいに決まってるさ、トム。あんたならいつでも大歓迎だし、おまけに今夜は暇ときてる」

「友人と一緒なんだ、アメリカ人の。もしかして今夜ひと晩泊めてもらえるかな？」トムはリーヴズの家に客用寝室があるのを知っていた。

「ひと晩なんて水臭い。何時に着くんだ？　飛行機の切符はもう買ったのか？」

「まだだ。これから今夜の便に乗れるか問い合わせてみるよ。七時か、八時か、九時、そんなところだろう。きみが家にいるなら、電話しないで直接お宅に行くよ。切符が取れなかったら電話する。オーケー？」

ってていたよ」

「オーケー、楽しみにしてるよ」

トムは笑顔でフランクを振り返った。「決まりだ。彼はぼくたちを喜んで歓迎すると言っていたよ」

フランクは小さいほうのソファに座って、いつもの彼らしくもなく、煙草をふかしていた。少年が立ち上がると、突然、彼の身長がトムと同じくらいになったような感じがした。この数日間でそんなに伸びたのか？　あり得ないことではない。「今日は不機嫌な顔をしていてすみませんでした。いまに回復しますから」

「ああ、もちろん、きみは大丈夫さ」少年は一生懸命礼儀正しくしようとしていた。それで大きく見えたのかもしれない。

「ハンブルクに行けることになってよかった。パリで探偵に会うなんて嫌だったんです。冗談じゃない！」最後の言葉は呟《つぶや》きに近かったが、怒気を含んでいた。「ふたりとも、どうしてさっさと帰国しないんだろう？」

「きみがちゃんと帰国するかどうか確かめたいからさ」トムは辛抱強く言った。

それからトムはエールフランスに電話した。彼は七時二十分発ハンブルク行きの便を二席予約した。トムはリプリーとアンドルースという名を告げた。

トムが電話している最中にエリックが帰ってきた。トムは彼らのプランを話した。「ああ、リーヴズのところへね！　それはいい！」エリックはちらりとフランクに――少年は何かをたたんでスーツケースに詰めていた――目をやってから、手ぶりでトムを寝室にいざなった。

「マックスから電話があったよ」トムはエリックのあとについていきながら言った。「またかけ直すと言っていた」

「ありがとう、トム。――ところで、これなんだが」エリックは寝室のドアを閉めて、腕に抱えていた新聞を取り出し、第一面をトムに見せた。「見ておいてもらったほうがいいと思ってね」エリックはときおり見せる、ひきつりのような笑み――楽しげというよりは神経質な――を浮かべて言った。「手がかりはないようだ――いまのところは」

「デア・アーベント」紙の第一面には二段抜きの写真が載っていて、それにはリュバースの納屋《なや》とイタリア系の男が、トムが最後に見たそのままの姿で写っていた。俯せに倒れ、頭をかすかに左に向け、左側のこめかみはべっとりと血に染まって、それが顔にも伝い落ちている。トムは急いで写真の下の五行あまりのコメントに目を走らせた。イタリア製の服とドイツ製の下着を身につけた身元不明の男性の死体が水曜日早朝にリュバースで発見されたとあった。男のこめかみは鈍器で強打されている。警察は男の身元確認を急ぐと同時に、付近の住民で騒ぎを聞きつけた者がいないかどうか調査している。

「あんたにはわかってるんだろう？」エリックが尋ねた。

「ああ」トムは空に向けて二発、撃っていた。銃声を二度聞いたと住民が証言するのは確実だった。たとえ男の死因が銃で撃たれたものでないにしても。スーツケースを持った見知らぬ男を見たという者もいるかもしれない。「もう見たくない」トムは新聞をたたんでライティングテーブルに置いた。彼は手首の時計に目をやった。「テーゲルまで車で送ってくよ。時間はたっぷりある」エリックが言った。「あの子は本当は家に帰りたくないんだろう？」

「ああ。おまけに今日、アメリカにいるガールフレンドのことで悪いニュースを聞かされたばかりでね。兄貴が、その子に新しいボーイフレンドができたと言ってしまったんだ。まあ、そんなわけだよ。二十歳くらいになっていれば、あの子ももう少しは楽に切り抜けることができたんだろうが」だがはたして本当にそうだろうか？　父親を殺したということも、フランクを帰国から遠ざけている原因のひとつなのだ。

17

飛行機がハンブルクに下降をはじめると、フランクはうたた寝から目覚めて、床に落ちそうになっていた新聞を膝《ひざ》の間に押さえた。少年はかたわらの窓から外を覗《のぞ》いたが、この高度からではまだ見えるものは雲しかなかった。

トムはこっそりと煙草《たばこ》を吸い終えた。スチュワーデスはせわしく通路を行き来して、最後のグラスやトレイを回収している。トムはフランクがドイツの新聞を膝から取り上げて、リュバースの男性死体の写真を眺めているのに気がついた。フランクにとっては、ただの新聞写真の一枚にすぎないのだろう。トムはフランクに、誘拐犯たちとリュバースで会ったことは話していなかった。ただ、奴らに待ちぼうけをくらわせてやったとだけ言っておいた。「じゃあ、彼らのあとをつけたんですか？」フランクは尋ね、トムはノーと答えて、犯人たちのあとをつけたのはゲイバーからで、そこでジョーイという男を尋ねるようにということを、あらかじめサーロウを通して犯人側に伝えてあったのだと説明した。フランクは夢中になって聞いていた。少年は単身犯人たちのもとに飛びこむという、トムの果敢な行為に対する——そしておそらくは勇気にも、とトムは思いたかった——畏敬の念で溢《あふ》れんばかりだった。ビンガー通り付近にしろ、どこにしろ、三人の誘拐犯のなかの誰かが捕まったという記事は、新聞のどこにも見あたらなかった。といっても、トムを除けば、彼らが誘拐犯だということを知る者は誰もいないのだが。彼らは前科者で、決まった住所も持っていないのかもしれない——まあ、そんなところなのだろう。

彼らのパスポートはひと目見ただけで手元に返され、それからふたりは荷物を受けとってタクシーを拾った。

トムはフランクに歴史的建造物をいくつか指さして教えた。次第に密になっていく闇《やみ》のなかにそそり立つ、見覚えのある教会の尖塔、たくさんの小さな橋の渡された満水状態の水路の最初のひとつ、そして両アルスター湖。彼らはリーヴズの白いアパートメントハウスへ続く上り坂のドライブウェイで降りた。かつては個人宅だったその大きな家は、いまはいくつかのフラットに仕切られていた。トムがリーヴズのもとを訪れるのはこれで二度目か三度目になる。階下で呼び鈴を押し、インタホンで名を告げると、すぐにリーヴズがなかに入れてくれた。トムとフランクがエレベーターで上がっていくと、リーヴズは彼のフラットのドアの外で待っていた。

「トム!」リーヴズの声はいくぶんか小さかった。この階には、少なくとも、あとひとつは他のフラットがあるからだ。「入ってくれ! ふたりとも!」

「こちらは——ベン」トムはフランクを紹介した。「リーヴズ・マイノットだ」

リーヴズは「初めまして」とフランクに言って、ドアを閉めた。いつものことだが、トムはリーヴズのフラットの、ゆったりした広がりと、塵《ちり》ひとつ落ちていない清潔さに感銘を受けた。白い壁には印象派やもっと最近の画家の作品が飾られ、そのほとんどが額縁に入れられていた。低い書棚がずらりと壁一面に並んでいる。おさめられているのはほとんど美術関係の本だ。背の高いゴムの木やフィロデンドロンがいくつか配置されている。外アルスターの湖水に望む大きなふたつの窓には黄色いカーテンが引かれていた。三人分の食器がテーブルにセットされている。ベッドで死にかけていると思われる女性を描いたピンク色がかったダーワットの絵(本物だ)が、まだ暖炉の上に掛けられているのをトムは見た。

「額縁を変えたね?」トムが尋ねた。

リーヴズは笑った。「あんたの目はごまかせないな、トム! どういうわけか、壊れてしまってね。たぶん、あの爆発のときに落ちて、ひびが入ったんだろう。おれはこっちのベージュのほうが好きだね。前のは白っぽすぎた。さてと、あんたたちのスーツケースはここに置いてくれ」リーヴズはトムに客用寝室を見せながら言った。「飛行機でなんにも食わされていないといいんだが。うちで食べてもらおうと思って用意してあるんだ。だが、まずは、冷やしたワインでも味わいながら、おしゃべりだ！」

トムとフランクは四分の三サイズのベッドが正面の壁につけて置かれている客間にスーツケースを置いた。ジョナサン・トレヴァニーもかつてここで眠ったことをトムは思い出していた。

「あんたのお友だちの名前はなんて言ったっけか？」トムとリビングルームに戻る途中にリーヴズが尋ねた。その声は低かったが、少年の耳に届こうとべつだん気にはしていない様子だった。

トムはリーヴズの笑みを見て、彼がフランクの正体を承知していることを悟《さと》った。トムはうなずいた。「あとで話すよ。べつに——」トムは内心困ったことになったと思ったが、考えてみればリーヴズに隠さなければならないことなど何もなかった。フランクはリビングルームのずっと離れた隅にいて、絵を眺めている。「新聞には載ってないが、あの子はベルリンで誘拐されたんだ」

「なんだって？」リーヴズは片手にコルク抜き、もう一方の手にワインの壜《びん》を持ったまま動きを止めた。彼の右頬《みぎほほ》にはほとんど口の端にまで達する薄気味悪いピンク色の傷跡があった。仰天して口を開けていると、その傷がいっそう長く見える。

「先の日曜の夜に」トムは言った。「グルーネヴァルトで。きみも知っているだろう、あそこの広い森」

「ああ、知ってる。どうやってさらわれたんだ？」

「ぼくが彼と一緒だったんだ。それがほんの数分離れていたすきに――座って、フランク。ここでは気楽にしていいんだから」

「そうだ、座んなさい」リーヴズがいつものしゃがれた声で言って、コルクを抜いた。

　フランクの目がトムの目を捉えた。そして少年はこくりとうなずいた。まるで、トムがそうしたいのなら真実を話してかまわないとでもいうように。「フランクは昨日の夜解放されたばかりなんだ。犯人たちに鎮静剤を投与されていたもので、まだ少し眠気が残っているんだと思う」トムは言った。

「いいえ、もうほとんど影響はないと思います」フランクは礼儀正しく、だがきっぱりとした口調で言った。彼は腰をおろしたばかりのソファから立ち上がり、暖炉の上のダーワットをもっと間近に見るために近づいた。フランクは両手を尻ポケットに押しこんで、トムをちらりと振り返り、ちらっと笑みを浮かべた。「いい絵ですね、ねえ、トム？」

「そうだろう？」トムは満足げに言った。彼はこの絵の、老女のベッドカバーか、あるいはナイトドレスではないかと思われる、濁ったピンク色が気に入っていた。背景はくすんだ茶色と陰気なグレイだった。彼女は死にかけているのか、それとも単に疲れて人生にうんざりしているだけなのだろうか？　だが、絵の題は『死にゆく女』だった。

「これは女性ですか、それとも男性？」フランクが尋ねた。

トムはちょうど、その題をつけたのは、おそらくバックマスター画廊のエドマンド・バンバリーかジェフ・コンスタントだろうと考えていたところだった。ダーワットは絵の題にこだわりがなかった。そして、彼の絵のなかの人物の性別は判別がつけがたいのだ。

「『死にゆく女』、題はそうなっている」リーヴズがフランクに言った。「ダーワットが好きなのかね?」その声には嬉《うれ》しい驚きのようなものが混じっていた。

「フランクのお父さんが一枚持ってるそうだよ――アメリカの家に。一枚、それとも二枚だったかな、フランク?」

「一枚です。『虹』というのを」

「ああ、あれか」リーヴズがまるでそれを目の当たりにしているような口調で言った。

フランクはぶらぶらとデイヴィッド・ホックニーの絵のほうに移っていった。

「あんたが身代金を渡したのか?」リーヴズはトムに尋ねた。

トムは首を横に振った。「いや、預かっていたが、渡さなかった」

「いくらだ?」リーヴズはワインを注ぎながら笑みを浮かべた。

「二百万、アメリカドルで」

「それは、それは。――それで、これからどうするんだ?」リーヴズは彼らに背を向けている少年のほうに顎《あご》をしゃくった。

「ああ、彼は家に帰るんだよ。それで、もしできればでいいんだが、リーヴズ、明日の夜もきみのところに世話になって、金曜にパリへ発《た》とうかと考えているんだ。ホテルに泊まって、彼の身元を知られるのは避けたいのでね。それに、もう一日ゆっくりするのは彼のためにもいいと思うんだ」

「いいとも、トム。遠慮はいらないさ」リーヴズは眉《まゆ》をしかめた。「よくわからないな。警察はまだ彼を捜しているのか？」

トムは落ち着かなげに肩をすくめた。「誘拐される前までは捜していた。たぶん、少年が見つかったということくらいはパリにいる探偵がフランス警察に届けているだろうね」トムは誘拐のことは、どこの警察にも知らせていないことを説明した。

「それで、あんたはどこに彼を連れていくことになってるんだ？」

「パリの探偵のもとに。彼の家族に雇われてる男だ。フランクの兄のジョニーも探偵と一緒にいる——ありがとう、リーヴズ」トムはグラスを手にとった。

リーヴズはフランクにもグラスを持っていった。それから彼はキッチンに向かい、トムもそのあとに続いた。リーヴズは冷蔵庫から、スライスしたハムやコールスロー、さまざまな種類のスライスしたソーセージにピクルスを盛りつけた大皿を取り出した。ガービーが用意していってくれたのさ、と彼は言った。ガービーは彼女を雇っている別の人物数人と同じ建物に住んでいるが、リーヴズの客人たちのために遅めの買い物をしたあと、それを「盛りつける」ために夜七時に来るからと言ってきかなかったそうだ。「彼女がおれのことを好いてくれていて運がよかったよ」リーヴズが言った。「どうやらおれの家のほうが、彼女のねぐらよりずっとおもしろいらしい——あんないまいましい爆弾事件があったってのに。まあ、あれが放りこまれたとき、たまたま彼女は外出してたんだがな」

三人はテーブルについた。そしてフランクに関係のないことをしゃべったが、それでもベルリンから話題が離れることはなかった。エリック・ランツはどうしてる？　彼の友だちはどんな連中なんだ？　エリックにガールフレンドはいるのか？　この質問をしながらリーヴズは笑いだした。はたしてリーヴズ本人にはガールフレンドがいるのだろうか。それともリーヴズもエリックも女に関心がなく、どうでもいいと思っているのだろうか。妻がいるというのはすてきなことなのに――トムはワインで身も心も温まるのを感じながらそんなことを思っていた。以前、エロイーズがこう語ったことがある。「あなたは、わたしを、ありのままの自分でいさせてくれるし、息をつく余地を与えてくれてるから好きよ」と。それとも「愛してる」だったろうか？　自分がエロイーズに息をつく場所《レーベンスラウム》を提供しているなどとは考えてもみなかったが、その言葉はトムを喜ばせた。

リーヴズはフランクを見ている。少年はひどく眠たそうに見えた。

彼らは十一時を少しまわったころ、フランクをベッドに連れていった。フランクは客間のベッドを使うことになった。

それからピースポーター・ゴルトトレプヒェンをもう一本開けて、リーヴズとトムはリビングルームのソファに腰を落ち着け、トムはこれまでの出来事を話して聞かせた。臨時雇いの庭師として働いていたフランク・ピアーソンが、ヴィルペルスにトムを訪ねてきた発端の日のことから始まり、リーヴズはベルリンでの女装の一件には笑い声を上げ、細かい詳細を聞きたがった。そして何か思い当たることがあったのだろう。彼はこう言った。「あのベルリンの写真――今日の新聞に載ってたやつだが、確か、リュバースと出ていたな」リーヴズはさっと立って新聞を探しはじめ、書棚の上に置いてあるのを見つけた。「それだ」トムは言った。「ぼくはベルリンで見た」トムは一瞬吐き気が込み上げるのを覚え、ワイングラスを下に置いた。「さっきぼくが話したイタリア系の男だよ」リーヴズにはその男を殴り倒したとだけ話してあった。

「誰にも見られなかっただろうな、逃げるときに？　大丈夫なんだな？」

「ああ――とりあえず明日のニュースまで待つことにしようじゃないか」

「あの子は知ってるのか？」

「話してない。リュバースのことは彼に言わないでくれ――リーヴズ、すまないがコーヒーをもらえるかい？」

トムはリーヴズについてキッチンに入っていった。ひとりで座っている気にはなれなかった。人を殺したと実感するのは、決して楽しいことではなかった。たとえ、あのイタリア男が初めてではないにしても。リーヴズがちらりとこちらに目をやった。リーヴズに話していないが、話すつもりもないことがひとつだけあった。フランクが彼の父親を殺したということだ。トムにとって小さな慰めと言えるのは、もしリーヴズが老ピアーソンの死について自殺か事故死か疑問が持たれ、いまだその答えが出ていないことを何かで読んでいたとしても、誰かが老ピアーソンを崖から突き落として殺した可能性があるだろうかなどとトムに尋ねたりはしないことだった。

「家出の原因はなんだ？」リーヴズが尋ねた。「親父が死んで動転したか？——それとも、あの女の子か？　テリーサという名前だったかな？」

「いや、テリーサとのことは、彼が家を出た時点ではうまくいっていたはずだ。ぼくの家で彼女に手紙を書いていたくらいだしね。つい昨日のことなんだ、彼女に新しいボーイフレンドができたことを知らされたのは」

リーヴズは年長者らしい優しげな含み笑いを漏らした。「世界は女で溢れ返ってるじゃないか。可愛《かわい》い娘《こ》だって数えきれないほどいる。ハンブルクだってその点では引けをとらないぞ！　おれたちで、彼の気を紛らわせてやるのはどうだ？——ナイトクラブにでも連れていってやるか？」

トムはできるだけさりげない口調を装って答えた。「あの子はまだ十六だよ。彼にとっては、ものすごいショックだったんだ。兄貴というのが、またちょっと無神経な奴でね。そうでもなきゃ、あんなふうにいきなり言い出したりするもんか——よりによってこんなときに」

「あんたはその兄貴に会うつもりでいるのか？　それと、その探偵にも？」リーヴズは「探偵」という言葉がおかしいとでも言いたげに笑った。彼は、およそこの世の犯罪を追跡するのが職業と思われる人間なら誰彼なく笑い飛ばすのだった。

「できれば、会いたくないね」トムは言った。「だが、あの子をきちんと彼らの手に委ねなければ、ことはすまないだろうと思っている。あの子は家に帰りたがっていないんだ」トムはコーヒーを手にしてキッチンに立っていた。「眠くなってきたよ。コーヒーはすごく美味しいんだけどね。もう一杯もらおうか」

「眠れなくなるぞ？」リーヴズの声はしゃがれていたが、母親か看護婦のような気づかいが滲《にじ》んでいた。

「この状態じゃ、その心配はなさそうだ。明日はフランクにハンブルクを見物させるよ。アルスター湖のあたりは観光ボートがいくつもあるだろう？　彼を少し元気づけてやりたいんだ。一緒にランチをどうだい、リーヴズ？」

「ありがとよ、トム、だけど明日は人と会う約束があるんだ。あんたに鍵を預けておくよ。いま、持ってくる」

トムはカップを手に持ったままキッチンを出た。「ビジネスのほうはどうなんだい？」トムが言っているのは、表向き合法なドイツ人画家たちの人材発掘と美術品取引よりも、もっぱら盗品故買のビジネスのほうを指していた。

「ああ――」リーヴズはキー・リングをトムの手に落とすと、リビングルームの壁をぐるりと見まわした。「あのホックニーだが――借り物とでもいうか。実は盗品なんだ。ミュンヘンから来た。あれを壁に飾ってるのは、気に入ってるからだ。つまり、おれはここに入ってもらう者の人選には慎重に慎重を期しているということだ。どうせ、あのホックニーもう間もなくお迎えが来ることになってるがな」

トムは微笑《ほほえ》んだ。リーヴズがこのような魅力的な都市で、かくも快適な生活を送っているという事実に感銘を受けていた。彼のまわりではつねに何かが動いている。リーヴズは決して心を悩ますことなく、危機的状況のさなかにあってても平気でへまを犯しながら、なんとか切り抜けてしまう。一度などは、さんざん殴られて意識不明のところを、走っている車から放り出されたことがある。あのときもリーヴズは、鼻の骨を折ることさえなかった。あれはフランスでのことだった、とトムは思う。

その夜、トムがベッドにそっと潜りこんだとき、フランクは身じろぎもしなかった。少年は顔を下にして、両腕で枕《まくら》を抱え込んでいる。トムは安心感を覚えた。ベルリンにいるときよりもはるかに。リーヴズのフラットはこれまでに爆弾を投げ込まれたことがあるし、強盗に押し入られたことだってあるかもしれない。それでも、ここは小さな城のような安全な隠れ家という気がした。たぶん盗難警報器は備えているだろうが、その他にはどんな安全策を講じているのかリーヴズに尋ねてみよう。誰かに金を摑《つか》ませているのだろうか？ときたま扱うことのある貴重な絵画のために、警察に特別警備を頼むとか？　いや、それはまずないだろう。だが、ここでリーヴズの安全対策を根ほり葉ほり詮索したりするのは無礼かもしれない。

そっとノックする音にトムは目覚めた。彼は目を開けて、自分がどこにいるのかを思い出した。「どうぞ！」

大柄ではにかみ屋のガービーが入ってきた。彼女はドイツ語でしゃべりながらコーヒーとロールパンを載せたトレイを運んできた。「ヘル・トム……ずいぶんお久しぶりですこと。またお会いできて嬉しいですよ！　この前いらしたのはいつでしたっけ？……」彼女は、まだ眠っているフランクを気づかって小さな声で話していた。ガービーは五十代で、まっすぐな黒い髪を頭の後ろで小さなまげに結っている。彼女の頰は、まだらなピンク色に染まっていた。

「またここに来られて嬉しいよ、ガービー。きみのほうは元気だったかい？——それはここに置いてくれればいい、ありがとう」トムは自分の膝の上を指した。そのトレイには脚がついていた。

「ヘル・リーヴズはもうお出かけになりました。でも、鍵をあなたに預けてあるからとおっしゃってました」彼女はにっこりして、眠っている少年を見やった。「キッチンにまだコーヒーがあります」その口調は事務的で、必要なことしか言わなかったが、その黒い目だけは生気をたたえ、子どもっぽい好奇心をのぞかせていた。「わたしはあと一時間ほどここにおりますので——何かご用があったら言ってくださいな」

「ありがとう、ガービー」トムはコーヒーと煙草で頭をすっきりさせてから、シャワーとひげ剃《そ》りのために部屋を出た。

トムが客間に戻ると、フランクが裸足《はだし》の片足を自分で開けた窓の下枠にかけて立っているのが目に入った。まるでいまにも飛び降りようとしているかのように見えた。

「フランク？」少年は彼が入ってきたことに気づいていないようだった。

「すばらしい景色だ、そう思いませんか？」フランクはそう言って、足を床におろした。

少年はかすかに身震いしたのだろうか？　それとも単なるトムの想像だったのか？　トムは窓に歩み寄って外を見た。アルスター湖の青い水面を横切って左方向に走っていく遊覧船や、ちょこまか動きまわっている半ダースほどの小さなヨット、そして湖沿いの波止場をぶらぶら散歩している人々。明るい色の小旗がいたるところにはためき、太陽がさんさんと輝いている。まるでデュフィの絵みたいだ、とトムは思った。ただし、ここはドイツだが。「まさか飛び降りようなんて思ってたんじゃないだろうね？」トムは冗談めかして言った。「ここはあんまり高くないからね。満足のいく結果にはならないよ」

「飛び降りる？」フランクは急いで首を振り、一歩下がってトムから離れた。まるで彼のすぐそばに立っていることに羞恥心を覚えたかのように。「とんでもない……ぼく、顔を洗ってきてもいいですか？」

「いいとも。リーヴズは出かけたが、ガービーがいる。家政婦だ。ただ『おはようござい《グーテン・》ます《モルゲン》』とだけ挨拶《あいさつ》しておけばいい。とても親切なご婦人だよ」トムは少年が自分のズボンを取って、廊下を横切っていくのを見守っていた。たぶん、心配のあまり、想像力が働きすぎたのかもしれない。今朝のフランクにはどこかきっぱりとした雰囲気があった。まるで薬の効果がようやく消え失せたかのような。

　午前半ばには、彼らはザンクト・パウリ地区にいた。レーパーバーンでポルノショップの飾り窓をひやかして歩き、ノンストップでポルノ映画を上映している映画館のけばけばしいファサードを眺め、あらゆるセックスに対応する度肝を抜くような下着を揃《そろ》えた店のショーウィンドーを覗いた。どこからともなくロック音楽が流れていて、まだこんな時間だというのに、店をひやかしたり、買い物をしている人々がいた。トムは自分が目をぱちくりさせていることに気がついた。それはたぶん仰天しているのと、明るい陽光の下でサーカスを思わせるぎらぎらとまばゆい色彩を見たせいだろう。トムは自分に妙にお堅い一面があるのを発見したように思った。おそらくマサチューセッツのボストンで過ごした子ども時代に由来するものだろう。フランクは落ち着き払って見える。だが実際は、値札のついた張形やバイブレーターを前にして、落ち着き払って見えるように努力していただけなのかもしれない。

「このあたりは夜になると、ものすごく盛り上がるんでしょうね」フランクが感想を述べた。

「いまだってかなりのものさ」トムは言った。ふたりの少女が意図もあらわに彼らに近づいてきた。「市街電車に飛び乗ろうか——タクシーでもいい。動物園に行こう。あそこは、いつ行っても楽しい」

フランクは笑った。「また動物園ですか！」

「そうさ、ぼくは動物園が好きなんだ。ここの動物園は一見の価値がある」トムはタクシーに目をやった。

ふたりの少女——うちひとりはまだティーンエイジャーで、化粧してない顔がなかなか魅力的だった——は、タクシーが彼女たちを含めた四人のためのものだと思ったようだったが、トムは丁重に笑みを浮かべて顔を横に振り、手を振って彼女たちを追い払った。

トムは動物園の入口の前にあるキオスクで新聞を買い、さっと目を通した。それからもう一度最初からじっくり見ていき、ベルリンの誘拐犯かフランク・ピアーソンに関連するどんな小さな記事でもないかと探した。隅から隅まで完全にというわけではなかったが、とりあえずは何も見あたらなかった。それは「ディ・ヴェルト」という新聞だった。

「ニュースはなし」とトムはフランクに言った。「というのはいいニュースだということだ。さあ、行こう」

トムはチケットを二枚買った。それはオレンジ色のミシン目入りの細長い紙片になっていた。そのチケットがあれば、玩具《おもちゃ》のような汽車に乗って、カール・ハーゲンベック動物園をぐるりと一周することができた。フランクのすっかり夢中になった顔を見て、トムは嬉しくなった。小さな汽車には、おそらく十五くらいの客車がつながれていた。乗客は側面ドアの開閉をすることもなく、じかにまたいで乗りこみ、おまけに屋根もなかった。汽車はほとんど音もたてずに、子どもたちが群がる冒険広場の横を走りすぎた。子どもたちはゴムのタイヤにぶら下がって高所からケーブルで滑りおりたり、いたるところに穴やトンネルやスロープのある二階建てのプラスチック製の遊具を出たり入ったりしていた。汽車はさらにライオンや象たちの横を走りすぎたが、見たところ動物たちと人間たちを隔てる柵は設けられていないようだった。鳥類エリアでふたりは汽車を降りて、売店でビールとピーナッツを買い、通りかかった別の汽車に乗りこんだ。

それからふたりはタクシーに乗って、トムが前回訪れたときに入った、波止場の大きなレストランへ向かった。そこの壁はガラス張りで、店内から港が見渡せるようになっていた。タンカーや巡航船や遊覧船が停泊し、それぞれ客や荷物を乗せたり降ろしたりしている。その間も船の自動ポンプからは水が流れ出しているのだ。カモメがゆっくりと舞いながら、ときおり見事なダイビングを披露した。

「明日はパリに戻るよ」トムは食事を始めてから告げた。「それでいいね？」

フランクの身体《からだ》が即座にこわばるのがわかったが、トムは少年がなんとか気を取り直すのを見てとった。もし、明日パリに帰らなければ、じきに少年は爆発して、何がなんでも自力でハンブルクから逃亡すると言いだすのはわかっていた。「ぼくは人にあれこれ指図するのは好きじゃない。だが、きみだって、いつかは自分の家族と対面しなければならないんだ、そうだろう？」トムは左右を見まわしたが、彼の声は静かだったし、すぐ左はガラスの壁で、一番近いテーブルはフランクの後ろにあり、それも一メートル以上離れていた。「これから何カ月も、次から次へと飛行機に飛び乗って暮らしていくというわけにもいかないだろう、違うかい？——さあ、農夫の朝食《バウアーン・フリューシュテュック》を食べてしまいなさい」

少年はふたたび食べはじめたが、さらにスピードは落ちた。彼はメニューに「農夫の朝食」というのを見つけておもしろがり、それを注文したのだ。魚に、茹でてスライスしたポテト、ベーコン、オニオンを炒めたものが大皿に盛りつけられている。「あなたも明日、パリに帰るんでしょう?」

「もちろんだよ。ぼくも家に帰らなくちゃならないからね」

昼食後、彼らは歩いて、昔風の美しいとんがり屋根の家々に縁どられた、ヴェネチアを思わせる入江を渡った。さらに商店街の舗道に出たところで、フランクがこう言った。

「両替をしたいんです。ちょっとここに寄ってもいいですか?」

少年が言ってるのは銀行のことだ。「オーケー」トムは一緒に銀行に入り、少年が短い列について、外国為替と記された窓口で手続きをするのを待っていた。フランクは、ベンジャミン・アンドルース名義のパスポートを持ち歩いていなかったが――トムの知る限りでは――フランスのフランをドイツマルクに交換するのには必要ないはずだった。トムはあえて確かめようとはしなかった。彼はその朝、また別の種類のクリームをフランクのほくろに塗っていた。なんだって、四六時中あのいまいましいほくろのことを心配しなくてはならないのだ? 誰かがフランクだと気づいたところで、いまさらどうってこともないのに。やがてフランクが、マルクを札入れに押しこみながら、にこにこして戻ってきた。

彼らは歴史博物館に向かって歩いていった。トムは以前に一度訪れたことがあった。ここには第二次世界大戦当時に爆撃で大部分が真っ平らになってしまった、ハンブルク波止場地区の卓上模型があった――火を噴く高さ二十三センチの倉庫群、黄色と青が織りなす炎。フランクは何メートルもありそうな深い海の砂に埋もれた長さ八センチの船が引き揚げられている模型に夢中で見入っていた。模型を見たり、全員がベンジャミン・フランクリン時代の衣装に身を包んだ歴代ハンブルク市長が署名したり、記念式典をしている油絵なども見て、一時間も過ごすと、毎度のことだが、目がしょぼしょぼになり、煙草が吸いたくてたまらなくなるのだった。

商店や花や果物売りの手押し車の並ぶ並木道に出たところでフランクが言った。「ここで待っていてくれますか？　ほんの五分ほど？」

「どこへ行くの？」

「ここに戻ってきます。この木のところに」フランクは彼らの横の縁石のそばに立つプラタナスを指さした。

「だが、ぼくはきみがどこへ行くのかを知っておきたいんだ」トムは言った。

「信用してください」

「わかった」トムは向きを変えて、ゆっくりと何歩か進んだ。少年を疑う気持ちはあったが、同時に、フランク・ピアーソンの子守りを永遠にやっているわけにはいかないのだと、自分に言い聞かせてもいた。もし、少年がまた姿をくらましたならば——銀行でどれくらいの現金を両替して、どれくらいのフランやドルを持っていようと——トムはフランクのスーツケースをパリに持って帰って、ホテル・ルテシアに送り届けるだけのことだ。ひょっとしたら、フランクは今朝パスポートを持ってきたのかもしれない。トムは振り返って、さっきのプラタナスのほうへ歩き出した。それが約束のプラタナスだとわかったのは、その下で年配の紳士がひとり、椅子《いす》に座って新聞を読んでいるからだった。少年はいなかった。そして、もう五分を過ぎていた。

そこへフランクが、まばらな歩行者の間を縫うようにして戻ってきた。笑みを浮かべ手には大きな赤と白のビニールの袋を提げている。「お待たせしました」

トムはほっと息をついた。「何か買ったの?」

「ええ。あとでお見せします」

次はユングフェルンシュティークだ。トムがその通りだかプロムナードだかの名を覚えていたのは、以前リーヴズから、昔はここをハンブルクの可愛いお嬢さん方が散歩していたものさ、と聞かされたことがあったからだった。アルスター湖周遊の観光船がユングフェルンシュティークから直角に突き出た波止場から出ていた。トムとフランクはそれに乗ることにした。

「最後の自由な一日だ!」フランクは船の上で言った。風が茶色の髪をなびかせ、ズボンが足にパタパタとはためいていた。

どちらも座りたいとは言わなかったし、誰の邪魔をしているわけでもなかったので、ふたりは船の主甲板にとどまり続けた。白い縁なし帽をかぶった陽気な男がメガホンを通して、通りすぎる景色を説明している。緑の芝の斜面にあって湖を見渡している、いくつかの大きなホテルは、世界じゅうで一番宿泊費が高いホテルだと男は乗客たちに断言していた。トムは楽しんでいた。フランクはどこか遠い一点に視線を合わせている。たぶん、カモメだろう、それともテリーサか? トムにはわからなかった。

六時を少しまわってリーヴズの家に帰ってくると、家の主は不在だったが、きちんと整えられた客間のベッドの真ん中にメッセージが置いてあった。「遅くとも七時には戻る。R」リーヴズがまだ帰っていなくてよかったとトムは思った。彼はフランクとふたりだけで話したいと思っていたのだ。

「ベロンブルできみに話したことを覚えているかい？——きみのお父さんのことで」トムは言った。

フランクは一瞬戸惑ったような表情を浮かべたが、すぐに答えた。「これまでにあなたが言ったことは全部覚えていると思います」

ふたりはリビングルームにいた。トムは窓の近くに立ち、少年はソファに座っていた。

「きみのしたことを誰にも話すなとぼくは言ったね。決して告白するなと。一瞬たりとも、告白しようかなどと考えるなと」

フランクはトムから床に視線を移した。

「それで——きみは誰かに話すつもりなのか？　たとえばお兄さんに？」トムは少年から何か引き出せるのではないかと期待してそう言った。

「いいえ、考えていません」

少年の声はきっぱりして、心底からのもののように聞こえたが、トムにはその言葉を信じてよいものか確信が持てなかった。少年の肩を摑んで思いきり揺さぶってやり、少しは分別というものを叩《たた》き込んでやりたかった。やってみるか？　駄目だ。自分はいったい何を恐れているのだろう、とトムは思った。少年に分別を取り戻させるのに失敗することを恐れているのかもしれない。「きみに言っておかなければならないことがある。あれは、どこにあったかな?」トムはソファの片側に積み重ねられた新聞のところに行って、昨日の分を見つけだした。彼は第一面を広げてみせ、リュバースで発見された男の死体の写真を示した。「昨日、飛行機のなかでこれを見ていたね。この——この男はぼくが殺したんだ。ベルリン北部のリュバースで」

「あなたが?」フランクの声は驚愕のあまり一オクターブ跳ね上がった。

「きみは、身代金の受け渡し場所のことを一度もぼくに訊《き》かなかっただろう。気にしなくていいよ。ぼくがあの男の頭を殴りつけた。見てのとおりだ」

フランクは目をぱちぱちさせてトムを見た。「なぜ、もっと前に言ってくれなかったんですか? そういえば、たしかにこの男には見覚えがある。あのアパートメントにいたイタリア人だ!」

トムは煙草に火をつけた。「きみにこれを話す理由は——」理由はなんだ? トムは言葉に詰まって口をつぐんだ。実際、自分の父親を崖から突き落とすことと、装塡《そうてん》した銃を手に近づいてきた誘拐犯の頭蓋骨《ずがいこつ》をかち割るのでは比較にならなかった。だが、どちらも、生命を奪うという点ではつながっている。「この男を殺したという事実があっても——それはぼくの人生になんの変化ももたらしはしないからだ。たとえそいつが犯罪者だったとしても。ぼくが男を殺したのはそれが初めてではなかったとしても。これについてはきみに話す必要はないと思ってる」

フランクは信じられないという表情で彼を見つめていた。「女性を殺したことがあるんですか?」

トムは笑った。それこそは、彼が必要としていたものだった。笑い。同時にトムは、少年がディッキー・グリーンリーフのことについて尋ねなかったことに深い安堵《あんど》を覚えていた。彼を殺したことについてだけは、まだわずかな罪悪感があった。「一度もない——女性はね。そんな必要はなかったから」トムはそうつけ足した。そのとたん、あるジョークがぱっと頭に閃いた。それはイギリス男が友人に、妻を埋めたのは、彼女が死んでいたからだと告白するというものだった。「そういう状況におちいったことは一度もない。女性ね。まさか、きみも考えたことがあるのかい、フランク……誰かを?」

今度はフランクが笑った。「いや、とんでもない! そんなのいませんよ!」

「結構。ぼくがこの話を持ち出した理由はただひとつ——」トムはふたたび言葉に詰まってしまった。が、あえて突き進むことにした。「つまり——ぼくの言いたいのは——」トムは手ぶりで新聞のほうを示した。「その行為が人生をめちゃめちゃにするようなことがあってはならないということなんだ——きみの将来を。こんなことで挫折しちゃいけない!」だが、はたしてこんな年で、挫折の意味が理解できるのだろうか? 完全な敗北感がもたらす挫折というものを? だが、現にたくさんの若者が実際に挫折し、自殺まで企てているではないか。対処できない問題にぶつかったというだけの理由で。ときにはそれが単なる学業の上の問題でしかないことだってあるのだ。

フランクは、右の握り拳の指関節を、コーヒーテーブルの尖った角に、軽く打ちつけるような動作をしていた。テーブルの天板はガラス製だろうか？　白と黒の模様だが、大理石ではない。フランクの仕種はトムを苛立《いらだ》たせた。

「ぼくの言っていることがわかるかい？　たかだかちっぽけな出来事できみの人生を台なしにするかしないかは、きみの決断にかかっているということなんだ——きみは運がいいんだよ、フランク。きみの場合は自分で決められるんだ。なぜなら、きみを告発しようとしている者は誰もいないのだから」

「わかっています」

そしてトムは理解した。少年の心の一部分——あるいは大部分——はテリーサへの失恋で占められているのだということを。それはトムでも癒しようのない病いだった。殺人とはまったく別の種類の問題なのだ。トムは苛立った口調で言った。「拳でテーブルを殴ったりするんじゃない。そんなことをしても、なんの解決にもならないんだから。ただ、パリに血だらけの拳で戻ることになるだけの話だ。馬鹿なことはするな！」

少年は勢いよく拳をテーブルに打ちつける動作をしたが、実際に叩きつけることはしなかった。トムは緊張を解こうとして目をそらした。

「ぼくはそこまで馬鹿じゃありません。心配しないで。心配しないでください」フランクは立ち上がって両手をポケットに押しこみ、窓のほうに歩いていってから、トムを振り返った。「明日の飛行機の切符ですが、ぼくが手配してもいいですか？　英語で予約できるでしょう？」

「できるとも。やりたまえ」

「ルフトハンザ航空ですね」フランクが電話帳を手にとりながら言った。「何時にしますか？　明日の朝十時ごろ？」

「もっと早くてもいいよ」トムはどっと安心感が込み上げるのを感じた。どうやら、フランクはようやく自分の足で立つことを覚えたようだ。まだ完全にではないかもしれないが、少なくともその努力はしている。

フランクが明日の九時十五分発の飛行機を予約しているとき、リーヴズが入ってきた。フランクはリプリーとアンドルースという名前を告げた。

「楽しい一日だったかい？」リーヴズが尋ねた。

「ああ、おかげさまでね」トムが答えた。

「やあ、フランク。おれはちょっと手を洗ってくるよ」リーヴズはしわがれ声でそう言いながら、見るからに汚れた手のひらを広げて見せた。「今日は絵をいじくりまわしてたもんで。いつもの汚れ仕事――」

「一日じゅう仕事というわけか、リーヴズ？」トムが言った。「その手はどうしたんだい？」

リーヴズは咳払いをしたが、しゃがれ声は変わらなかった。「おれが言おうとしていたのは、いつもの汚れ仕事じゃないってことだよ。一日じゅう本物の汚れ仕事をしてたってことさ。適当に飲んでてくれよ、トム」リーヴズはバスルームに消えた。

「外で夕食にするかい、リーヴズ？」彼のあとについていって、トムは訊いた。「最後の夜だから」

「申しわけないが、外は勘弁してくれ。ここにつねに何かしら置いてあるもんでな、わかるだろ？　ガービーがちゃんとやっていてくれている。たぶん、キャセロールか何か用意してあるはずだ」

リーヴズがレストランを嫌っていることをトムは思い出した。たぶん、ハンブルク界隈《かいわい》では人目につかないように気を配っているのだろう。

「トム」フランクが客間へ手招きをして、赤と白のビニール袋から箱を取り出した。「これをあなたに」

「ぼくに？――ありがとう、フランク」

「まだ開けてもみないのに」

トムが青と赤のリボンを解いて白い箱を開け、なかに入っている白い薄紙を取りのけるとつやつやした赤茶色の地に金色の光沢を放つものが入っていた。トムが引っぱりだして見ると、それはドレッシングガウンだった。黒い房飾りのついたダークレッドのシルクの共布のベルト。赤の地には小さな矢じりの形をした金色の模様が点々と散っている。「とてもきれいだ」トムは言った。「すごくすてきだよ」トムは上着を脱いだ。「ちょっと着てみてもいいかな?」そう言いながら、トムはガウンをはおった。それはとてもよく似合っていた。ガウンの下がセーターとズボンではなくパジャマならばの話だが。トムは袖《そで》の長さをさっと確かめて言った。「ぴったりだ」

フランクはひょいと頭を下げてから、さっと踵《きびす》を返して出ていった。

トムはおもむろにドレッシングガウンを脱いで、ベッドの上に広げた。さらさらと心地よい衣擦れの音がした。このえび茶色は、ベルリンの誘拐犯たちの車と同じ色だ。トムの嫌いな色だったが、これをデュボネ(カクテル用のベルモット)の色だと考えるように努力すれば、とりあえず車のことは忘れることができるだろう。

18

パリに向かう飛行機のなかで、トムはフランクの髪がかなり伸びて、一部がほとんどほくろを覆うばかりに頬《ほお》に垂れていることに気がついた。フランクは八月の半ばからずっと髪を切っていない。ということはトムがそのまま伸ばしたらどうかと助言したときからだ。今日の正午から一時までの間に、彼はフランクを、ホテル・ルテシアにいるサーロウとジョニー・ピアーソンに引き渡すことになっていた。昨夜、リーヴズの家で、トムはフランクに、早く本物のパスポートを取得したほうがいいと言って聞かせたばかりだった。サーロウが機転をきかせて少年のパスポートを持ってきているか、彼の母親に言ってメイン州から送ってもらっていれば問題はないのだが。

「これ見ました?」フランクが、航空会社の出している機内誌の一ページをトムに見せながら言った。「ぼくたちが行ったところだ」

トムは〈ロミー・ハークス〉とそこの女装ショーに関する短い記事を読んだ。「間違っても〈ハンプ〉は載らないだろうね。観光客向けの雑誌だから」トムは笑って、前の座席の許す限り長々と足を伸ばした。飛行機というものが、どんどん乗り心地が悪くなってきているような気がしてならなかった。本当だったらファーストクラスに乗ることもできたのだ。とはいえ、ヨーロッパ相互の通貨レートがすでに高騰しているこの時期にそんな高額の出費をすることに罪悪感を覚えることになるだろうが。いや、それだけではなく、ファーストクラスに乗っている自分を見られることに気恥ずかしさを覚えるかもしれない。なぜ? 飛行機に乗りこんで、ファーストクラスの豪華なエリアを通りすぎるたびに、離陸も待たずにシャンパンのコルクがポンと弾《はじ》ける音がする、ゆったりしたその一角にくつろぐ乗客たちの足をトムはいつも踏んづけてやりたくなるのだった。

ルテシアでの面会をとうてい待ち望む気分になれないトムは、空港から列車で北駅まで行って、そこからタクシーに乗るというコースを提案した。北駅で彼らは、白のスパッツに腰には銃という姿の警官三人に見守られ、かろうじて秩序が保たれているタクシー待ちの列に並んだ。彼らの乗った車はホテル・ルテシアに向かった。フランクは緊張し、おし黙ったまま窓から外を見ている。どんな態度でのぞむべきかを考えているのだろうか?

いったいどうするつもりでいるのだろう？　サーロウに対しては、自分にはかまうなと言いたげな態度を？　兄のジョニーにはぎこちない弁解を？　それとも大胆にも反抗に出るか？　フランクはヨーロッパにとどまると言い張るつもりだろうか？

「たぶん、あなたも兄を気に入ると思いますよ」フランクが不安そうに口を開いた。

トムはうなずいた。彼はフランクが無事に家に帰ることを、そして自分の人生を再開することを望んでいた。それはとりも直さず学校に戻り、立ち向かうべきことには立ち向かい、それとともに生きていくことを学ぶことに他ならなかった。スラムや、通りにいるほうがまだましだというような悲惨な家の子どもならいざしらず、十六歳の少年が、少なくともフランクの一族のような家の出身の少年が、家を出てうまくやっていけるとは思えなかった。車は滑るようにホテル・ルテシアの前で停まった。

「ぼく、フランを持っていますから」フランクが言った。

トムは彼が支払うのに任せた。ドアマンがふたりのスーツケースを運び入れた。いささかもったいぶった雰囲気のロビーに足を踏み入れてからトムはドアマンに言った。「ぼくは宿泊客ではないので、半時間ほど、荷物を預かっておいてもらえますか？」

フランクも、彼の荷物を一時預かりにしてほしいと言った。戻ってきたベルボーイから二枚の預かり札を渡されたトムは、それをポケットにしまった。フランクがフロントから戻ってきて、サーロウと兄は外出中だが、一時間もしないうちに戻ることになっていると報告した。

われわれの姿を見たら、さぞかし驚くだろう、トムはそんなことを思いながら自分の時計を見た。十二時七分だった。「きっと昼を食べに出たんだろう。ぼくは一番近いカフェ・バーに入って、家に電話をするよ。きみも来るかい？」

「もちろん！」フランクは先に立ってドアに向かった。舗道に出ると少年は下を向いた。

「しゃんと背を伸ばして」トムが言った。

フランクは即座に背筋をぴんと伸ばした。

「コーヒーを頼んでおいてくれるかい、フランク？」煙草《たばこ》屋兼バーに入りながらトムは言った。トムはトイレと電話の表示にしたがって螺旋《らせん》状の階段を上っていった。あと数秒というところで切れてしまうのが嫌だったので、二フランを電話の料金投入口に入れて、べロンブルの番号を回した。マダム・アネットが出た。

「ああら、まあ！」まるで彼の声を耳にしたとたん気が遠くなってしまったと言わんばかりの声だった。

「いま、パリにいる。そちらは変わりないかい？」

「ああ、それはもう！《ウイ》　でもマダムはいま、おいでになりません。お友だちとランチにお出かけです」

女友だちだろう、とトムは思った。「彼女に、今日戻るからと伝えておいてくれ。だいたい――そうだな、四時ごろには。どっちにしても六時半には着くよ」彼は午後二時以降にリヨン駅から出る列車は、五時近くまで途切れることを思い出してそうつけ加えた。

「マダム・エロイーズにパリまでお迎えに出ていただかなくてもよろしいですか?」

トムはそれには及ばないと答えた。彼はフランクと頼んだコーヒーのところに戻った。

フランクは、ほとんど口をつけていないコカ・コーラを前にして、バーに立っていた。少年はくしゃくしゃになった空《から》の煙草の包みを大きな灰皿から取り上げて、そこにチューインガムを吐き出した。「失礼。チューインガムは大嫌いなんです。なんでこんなもの買ったんだろう。それに、これも」彼はコーラを押しやった。

トムは少年がぶらぶらとドアの近くのジュークボックスに歩いていくのを見ていた。いまはフランス語で歌われているアメリカのポップスがかかっていた。

フランクが戻ってきた。「お宅のほうは、お変わりありませんでしたか?」

「そのようだ、ありがとう」トムはポケットから硬貨をいくつか取り出した。

「もう払っておきました」

彼らは外に出た。またもや少年の首が垂れたが、トムは何も言わなかった。

とりあえず、ラルフ・サーロウは戻っていた。トムはフランクにフロントで尋ねさせる間待っていた。ふたりはごてごてに装飾されたエレベーターで上がっていった。その内装はどことなくワーグナーのひどい演奏を思わせるものがあった。サーロウは冷淡な、もったいぶった態度に出るだろうか? 少なくとも、それだけは楽しめそうだ。

フランクが六二〇号室のドアをノックすると、即座にドアが開いた。サーロウはいそいそと、ひとこともしゃべらずに少年を招き入れ、それからトムを見た。サーロウの笑顔はそのままだった。フランクは丁重な仕草で、トムをなかに招き入れた。ドアが閉まるまで、誰もひとことも発しなかった。サーロウはシャツの長い袖《そで》をまくり上げた姿で、ネクタイは締めていなかった。ずんぐりした体格で、おそらくは三十代後半だろう。波打つショートカットの赤茶けた髪に、いかにもタフそうな顔をしている。
「ぼくの友人のトム・リプリーです」フランクが言った。
「やあ、初めまして、ミスター・リプリー。どうか、掛けてくれたまえ」サーロウが言った。

部屋は広々として、椅子《いす》もソファもたっぷりあったが、トムはすぐに腰かけようとはしなかった。右側のドアは閉まり左側のドアは開いている。窓に近いそのドアに向かって歩きながらサーロウは、ふたりに、ジョニーはいまシャワーを浴びている最中だと思うと言いながら、彼の名前を呼んだ。テーブルの上には新聞とブリーフケース、床にはもっとたくさんの新聞が散らばり、さらにトランジスタ・ラジオとテープレコーダーが置かれていた。どうやらここは寝室ではなく、ふたつの寝室の間のリビングルームのようなものらしい。

そこへ長身で、笑みを浮かべたジョニーが入ってきた。糊《のり》のきいたピンク色のシャツの裾《すそ》はまだズボンにたくしこまれてはいなかった。フランクよりも明るい茶色のまっすぐな髪をしていて、顔はフランクよりも細面だった。「フランキー！」彼は弟の右手を振り動かして、ほとんど抱きつかんばかりだった。「調子《ハウ・アー・ヤ》はどうだい？」

ハウ・アー・ヤ。少なくともトムの耳にはそう聞こえた。たかだか六二〇号室に足を踏み入れただけなのに、アメリカに来たような錯覚を覚えた。トムはジョニーに紹介され、ふたりは握手をした。ジョニーは率直で、愉快で、気のおけない青年に見えた。聞かされていた十九という歳よりも若く見える。

それから話は本題に入り、トムはサーロウがまごつきながらしゃべるのに任せた。サーロウは、まず、マルクが無事チューリッヒに届いたと銀行から知らせがあったことをトムに話し、ピアーソン夫人からの感謝の言葉を伝えた。

「銀行の手数料をのぞいた金額がぴったりそのまま戻った」サーロウは言った。「ミスター・リプリー、われわれは何があったか詳しいことは知らないが、しかし……」

永遠に知ることはないだろう、トムはそう内心呟《つぶや》きながら、サーロウのそのあとの言葉にはほとんど耳を傾けずに聞き流した。気が進まないまま、トムは詰め物をしたベージュのソファに腰かけ、ゴロワーズに火をつけた。窓のそばでは、ジョニーとフランクが声をひそめ、早口で何ごとかを話し合っていた。フランクは怒り、こわばった顔つきをしている。ジョニーがテリーサの名前を出したのだろうか？　たぶん、そうにちがいないとトムは思った。ジョニーが肩をすくめるのが見えた。

「きみの話では、警察は関わっていなかったということだが」サーロウはなおも続けていた。「きみは犯人たちのアパートメントに乗りこんだ――いったい、どうやって突きとめたんだ？」サーロウはここで笑い声をあげた。おそらく彼が考えるところの、タフガイ同士が交わす笑いというやつなのだろう。「まったく信じられないよ！」

トムはサーロウという男に対する興味が完璧に消え失せるのを感じた。「それは業務機密ということにさせてもらおう」とトムは言った。あとどれくらいこれに耐えられるだろうか？　彼は立ち上がった。「もう失礼しなければ。ミスター・サーロウ」

「急いでいるのかい？」サーロウはまだ座ってもいなかった。「ミスター・リプリー、われわれはやっとこうして対面がかない――礼を述べることもできたというのに――われわれはまだきみの住所さえ知らないんだよ！」

子守り賃でも送ってくれるのだろうか――トムはそう思いながら答えた。「電話帳に載ってますよ。ヴィルペルス、七十七、セーヌ・エ・マルヌ。そうだね、フランク？」

「はい《イエッサー》！」

不意にその切なげな表情が、八月の中旬にトムがベロンブルで見たそれと同じものに見えた。「一、二分ほど、そっちの部屋を借りてもかまわないかな？」トムはジョニーの寝室と思われる部屋を指して尋ねた。そこのドアは開いたままになっていた。

ジョニーの了承を得て、ふたりはそこへ入り、トムがドアを閉めた。

「彼らに、あの夜――ベルリンの夜のことをなんでもかんでも話すんじゃないよ」とトムは言った。「とりわけ、死んだ男のことは絶対に話さないでもらいたい、いいね？」トムはあたりを見まわしたが、この部屋にはテープレコーダーはないようだ。ベッド脇《わき》の床に「プレイボーイ」誌が転がり、トレイにオレンジソーダの大壜《おおびん》が数本載っていた。

「もちろんです、話すわけないでしょう」とフランクは言った。

少年の目は、彼の兄のそれよりも老けて見えた。「そうだな、彼らにはこう言えばいいよ——ぼくは金の受け渡し場所に時間までには辿《たど》り着けなかった。だから金を渡せなかった。いいね？」

「ええ」

「そして、二度目の待ち合わせのあと、犯人のひとりをつけて、きみが閉じ込められている場所を突きとめたと。——だけど、あのとんでもない〈ハンプ〉での一件については絶対に口外しないでくれよ！」そこでトムは思わず吹き出し、身体《からだ》をふたつに折って笑いだした。

ふたりとも笑ったが、いささかヒステリーじみた陽気な笑いだった。

「了解」フランクが囁《ささや》いた。

トムは突然、少年の上着の胸ぐらを摑《つか》み、それから自分の行動に当惑して彼を放した。「死んだ男のことは絶対にしゃべるんじゃない！　約束できるな！」

フランクはうなずいた。「わかってます。ちゃんとわかってるってば」

トムは先ほどの部屋に戻ろうと踵《きびす》を返しかけてから、少年を振り返った。「ぼくが言いたいのは」彼は小声で言った。「話してもいいが、限度をわきまえて話せということだ——あらゆることにおいて。もしハンブルクのことを出すのなら、リーヴズの名前は絶対に出さないでくれ。忘れたと言うんだ」

少年はおし黙っていたが、じっとトムを見つめ、それからうなずいた。ふたりは隣の部屋に入っていった。

サーロウはベージュの椅子に腰かけていた。「ミスター・リプリー——どうか、もう一度かけてくれたまえ。時間はとらせないから」

トムは無礼な態度をとりたくなかったので、その言葉に従った。すぐにフランクがトムと同じベージュのソファに腰かけた。ジョニーはあいかわらず窓際に立っている。「何度か電話で失礼なことを言ったことをお詫《わ》びしなければならない」とサーロウは言った。「わたしには、どう判断したものかわからなかったので——」彼は言葉をとぎらせた。

「こちらも訊《き》いておきたいことがあるんだが」とトムは言った。「現在、フランクの失踪や捜索については、どういう状況になっているのか教えてもらえないだろうか？　こちらの警察にはすでに連絡済みなのかどうかといった——」

「その件については——まずピアーソン夫人に、息子さんはベルリンで無事に保護されたと伝えておいた。きみと一緒にいると。それから、彼女の了解を得て、こちらの警察にも連絡した。もちろん、べつに彼女の了解をとる必要もなかったのだが」

トムは唇を噛《か》んだ。「きみもピアーソン夫人も、警察にぼくの名前を出さないでいてくれるといいんだが。そんなことはまったく必要ないはずだ」

「ここでは出していない。それは確かだ」サーロウはトムを安心させるように言った。

「ピアーソン夫人には——まあ、たしかにきみの名前を告げはしたが、アメリカの警察にきみのことは話さないようにともちろん口止めしておいた。今回の件にアメリカの警察はまったく関与していない。まあ、私立探偵の仕事ということで。ジャーナリストたちには――夫人はあの連中が大嫌いなんだがね――フランクはドイツで休暇を楽しんでいることがわかったと言っておけばいいと進言しておいた。ただし、ドイツのどことは絶対に言わないようにとね。また誘拐騒ぎにでもなったら、たまらんからね！」ラルフ・サーロウはくっくっと笑って、椅子にそっくりかえり、ベルトの真鍮《しんちゅう》のバックルを親指で直した。

その顔には、別の誘拐事件が起きれば、またどこか快適な場所に――たとえばマヨルカ島のパルマのような――飛んでいけるのにと言いたげな笑みが浮かんでいる。

「ベルリンで何が起きたのか聞かせてもらえないだろうか？」サーロウが言った。「誘拐犯たちの人相だけでも。そうすれば――」

「まさか連中を探しだそうというんじゃないだろうな？」トムは驚いたような口ぶりで言って微笑《ほほえ》んだ。「無理だろうね」トムは立ち上がった。

サーロウは、不満げな顔ながらそれに続いた。「彼らとの電話はすべて録音してある。――それに、フランクからももう少し話が聞けるかもしれない。――なぜ、ベルリンに行ったのかね。ミスター・リプリー？」

「ああ――それはフランクもぼくもヴィルペルスから離れて、ちょっと気分転換をしたかったからさ」まるで旅行の説明かパンフレットみたいなことを言っていると思いながらトムは答えた。「ベルリンなら、お決まりの観光コースから外れているんじゃないかと思ったし、フランクもしばらくの間は誰にも気づかれずにいたいと望んでいたし……ところで、フランクのパスポートはこっちに来ているかい？」トムは、サーロウに彼が少年を匿った理由を問いただす暇を与えずに、質問した。

「ええ、母が書留で送ってくれました」ジョニーが答えた。

トムはフランクのほうを向いて言った。「アンドルースのほうは始末しなければ、わかるね？　一緒に下まで来てくれたら、ぼくが持っていくよ」トムはそれをハンブルクに返そうかと思っていた。あそこならば、間違いなく再利用の道があるはずだ。

「なんのパスポートだ？」サーロウが尋ねた。

トムはじりじりとドアに向かって進みかけた。

サーロウはパスポートの件を追及するのは諦《あきら》めた様子で、トムに近づいてきた。「たしかにわたしは典型的な探偵とは言えないかもしれない。そもそも、そんなもの自体が存在しないのさ。われわれはみなそれぞれまったく異なっている。誰もかれもが取っ組み合いをやれるというわけでもないし――まあ、仮にそんな事態におちいったとしての話だが」

あんたは充分探偵らしいよ、サーロウをちらりと眺めながらトムは心のなかで呟いた。栄養の行き届いた身体といい、小指にスクールリングをはめた、厚ぼったい手といい。警察にいたことがあるのか訊いてみようかとも思ったが、実のところを言えば、まったく関心はなかった。

「これまでにも地下社会と渡り合った経験があるんだろうね、ミスター・リプリー？」サーロウがいかにもにこやかな調子で尋ねた。

「誰にだってあるんじゃないかな」とトムは言った。「オリエンタルラグを買った経験がある人ならね。じゃあ、フランク、パスポートがあるのなら、もう支障はないようだから――」

「ぼくは今夜ここに泊まらない」フランクはそう言って、立ち上がった。

サーロウが少年を見た。「どういうことだね、フランク？――きみのスーツケースはどこにあるんだ？　スーツケースはないのか？」

「下に、トムのと一緒に預けてあります」フランクが答えた。「ぼくはトムの家に一緒に帰って、今夜もあっちにいたい。今日、アメリカに帰るわけじゃないだろう？　ぼくは帰らないよ」フランクの決意は固そうだった。

トムはひきつった笑みを浮かべて待った。なんとなくこんな事態になるのではないかという気がしていた。

「われわれは、明日にでもすぐ発《た》つつもりだが」同じく固い決意と、少しばかりの当惑を見せて、サーロウが腕を組んだ。「まずお母さんに電話してはどうかね、フランク？　きみからの電話を首を長くして待っておられると思うよ」

フランクは急いで首を振った。「もし電話がかかってきたら、ぼくが元気だとだけ言っておいて」

サーローウはなおも食い下がった。「わたしとしては、ここにいてほしいね。たかだかひと晩じゃないか。それにわたしもきみから目を離すわけにはいかないんだ」

「いい加減にしろよ、フランキー」ジョニーが言った。「ぼくたちとここに残れよ！　なあ！」

少年はフランキーと呼ばれることに抗議するような目を兄に向けた。そして右足で蹴飛《けと》ばすふりをしたが、そこには何も蹴るものはなかった。彼はトムのほうに近づいた。「ここを出ましょう」

「いいかい」サーロウが言った。「たかだかひと晩――」

「ベロンブルにあなたと一緒に帰ってもいいですか?」フランクはトムに尋ねた。「駄目ですか?」

続く何秒かの間、トムを除く全員がいっせいにしゃべっていた。トムは電話の横のメモパッドに自宅の電話番号を書き、さらにその下に名前を加えた。

「母さんにそう言えば、大丈夫さ」ジョニーがサーロウにそう言っていた。「ぼくはフランクのことはよくわかってるから」

はたしてそうだろうか、トムには疑わしく思えた。明らかにジョニーは弟を信用しすぎている。

「――予定が遅れてしまう」サーロウが苛立《いらだ》たしげな口調で言った。「兄としての権限をもっと発揮したまえ、ジョニー」

「そんなものないさ！」ジョニーが答える。

「ぼくは行きます」フランクは、トムを含めて誰もがそうありたいと望むようなきっぱりとした口調で宣言した。「トムがご自宅の電話番号を残してくれてます。ぼくは見たんだ。さよなら、ミスター・サーロウ。それじゃ、ジョニー」

「明日の朝だ、いいいな?」ジョニーが、トムとフランクのあとについて部屋を出ながら言った。「ミスター・リプリー――」

「トムでいいよ」彼らは通路をエレベーターに向かって歩いていた。

「気を悪くされたかもしれませんが」ジョニーが真剣な面持《おもも》ちでトムに言った。「とんでもないことばかり続いてしまって。弟のことでは本当にご面倒をおかけしました。実際、あなたは弟の命の恩人です」

「いや、べつに――」トムはジョニーの鼻に散ったそばかすや、フランクによく似てはいるが、ずっと陽気そうな目を見た。

「ラルフはちょっとぶっきらぼうなので――話し方が」ジョニーは続けた。

そこにサーロウが入ってきた。「われわれは明日、ここを発ちたいと思っている、ミスター・リプリー。明日の朝九時ごろ、そちらに電話してもいいだろうか? それまでに飛行機の予約を入れておく」

トムは静かにうなずいた。フランクはすでにエレベーターのボタンを押していた。「結構だ、ミスター・サーロウ」

ジョニーが手を差し出した。「ありがとう、ミスター・リ――トム。母はどうも――」

サーロウがジョニーに黙っていろというような仕草をした。

だがジョニーは続けた。「母はあなたのことを、どう考えていいのかわからなかったみたいでした」

「もう、やめてくれったら！」フランクが恥ずかしさのあまり身悶《みもだ》えした。

エレベーターの扉が、まるで両腕を広げて「ようこそ」と言わんばかりにすっと開いた。トムはほっとした気持ちで足を踏み入れた。フランクが間髪を容《い》れずに続き、トムがボタンを押して、ふたりは下りていった。

「ああ、もう！」フランクが、手のひらで額《ひたい》を叩《たた》きながら言った。

トムは笑って、ワーグナー風のエレベーターの壁に寄りかかった。二階下りたところで、男女が乗りこんできた。トムは、その女性の香水の匂いにうんざりした。おそらく高価なものなのだろう。彼女の黄色と青のストライプのドレスも、当然ながら高価なものだ。そして、その黒のエナメルのパンプスを見たトムは、ベルリンの誘拐犯たちのフラットに置いてきたパンプスの片方――いや、ひょっとすると両方――のことを思い出した。隣人にせよ、警察にせよ、あれを見つけた人物はさぞかし驚いたにちがいない。ロビーで預けておいた彼らのスーツケースを受けとり、舗道に出て、ドアマンがタクシーをつかまえるのを見ながら、トムはようやく自由に呼吸ができるようになるのを感じていた。すぐに一台がやってきて、女性ふたりを降ろし、入れ代わりにトムとフランクを乗せてリヨン駅に向かった。彼らはすれすれのところで十四時十八分発の列車に間に合った。これは非常に幸運だった。なぜなら、これを逃せば午後五時近くなるまで次の列車を待たなければならなかったからだ。じっと窓から外を見つめるフランクの目は一心に何かを見つめているようだな、だが同時に夢見心地の表情を浮かべ、身体はまるで彫像のように動かなかった。トムは思わず天使の彫像を思い浮かべた。まるで、教会の扉の横に立っている、何かに魅せられているような目をしながら、それでいて力強い天使たちのひとりのようだった。駅でトムは一等の切符を買い、それから列車の横の新聞売り場で「ル・モンド」紙を買った。

列車が動き出してしまうと、フランクはペーパーバックを取り出した。彼がハンブルクの本屋でそれを買ったのをトムは思い出した。よりにもよって『エドワード王時代の貴婦人のカントリー・ダイアリー』とは。トムは「ル・モンド」にざっと目を通し、なんら革新的なことはまったく書かれていないゴウシスト（左翼主義者の意）についてのコラムを読み、それをたたんで座席のフランクの横に置いて、その上に足を伸ばした。フランクは彼に目を向けようとしなかった。本に夢中になっているふりをしているのだろうか？

「何か理由があるのかな……」フランクが言った。

トムは列車の轟音《ごうおん》で聞きとれなかった部分を聞こうと身をのり出した。「理由がどうしたって？」

フランクは真剣な面持ちで尋ねた。「共産主義がうまく機能しないのには、何かはっきりとした理由があるんですか？」

トムは、列車がいままさに轟音を上げて次の駅に突進している最中で、まだブレーキをかけはじめる前であること、いったんブレーキがかかればもっと騒音が大きくなることを意識しながら答えた。通路の向こう側では小さな男の子が泣きだし、父親がその身体を静かに叩いてなだめていた。「なんだって、そんなことを思いついたんだい？　その本にそんなことが書いてあるのかい？」

「いえ、そうじゃなくて。ベルリンを見て」フランクは顔をしかめていた。

トムはため息をついた。こんな騒音のなかで議論をする気にはなれなかった。「ちゃんと機能はしているんだ。社会主義自体はうまくいっている。欠けているのは個々のイニシアチブだ——と彼らは言っているよ。ソヴィエト方式はいまのところ、それを充分に発揮できる体制にない。だから、みんながやる気を失っているんだ」トムはあたりを見まわした。ありがたいことに、いいかげんな講義を聴いている者は誰もいないようだった。「ものごとにはいろいろなやり方が——」

「一年前まで、ぼくは自分がコミュニストだと思ってました。モスクワの賛同者だったんです。きっと読む物しだいなんですね。適切な本さえ読んでいれば……」

フランクは何を指して「適切」と言っているのだろう？　「もし、きみが——」

「なぜ、ソ連は『壁』を必要としているんでしょう？」フランクが眉《まゆ》をしかめて言った。

「そう、そこなんだよ。選択の自由ということであれば——たったいまだって、人々は共産主義国の市民権を要求することができるはずだし、手に入れることができてもおかしくないんだ。だが、実際にきみが共産主義国にいたとしたら、なんとかそこから抜け出そうとするのさ！」

「それって、なんていうか――不公平だ！」

トムは頭を振った。列車は音を立てて走り続け、ムランも通りすぎてしまったように思えたが、それはあり得なかった。彼は少年の単純素朴な質問を喜ばしく思った。子どもが何かを学ぶのに、これ以上の方法があるだろうか？　トムはふたたび身をのり出した。

「きみは『壁』を見たね。あの壁はあっち側の建てたものなのに、彼らはあくまでも資本主義者を締め出すための壁だと主張している――だが、たしかにめざましい効果はあったと言えるかもしれない。ソ連はどんどん警察国家に変貌しつつあるような気がする。彼らは人々を全面的に支配しておくことが本当に必要だと思いこんでいるようだ」さて、どう締めくくるか、とトムは考えた。イエス・キリストは共産主義の先駆者だったのかもしれない、とか？「だが、言うまでもなく、理念としては偉大なものだ！」トムは叫んだ。はたしてこれで若人《わこうど》を教え導くことになるのだろうか？　こんな陳腐な決まり文句をわめくことで？

ムラン。少年は本の世界に戻っていたが、何分かすると、ある文章をトムに示してこう言った。「メイン州の家にこれが植えてあるんです。父が英国から取り寄せたんですよ」

トムは、聞いたことのない、その英国の野生の花についての記述を読んだ。黄色ときには紫色のものもあり、早春に開花する。トムはうなずいた。彼は不安を覚えていた。むやみに考えたところで、何ひとつ生み出されるわけではない。そこには有益なことや、打開策となるようなことは何ひとつないのだから。

彼らはモレで降りて、二台停まっていたタクシーのうちの一台に乗りこんだ。トムはようやく気分が楽になるのを感じた。ここは彼の住んでいる場所だった。家々も、木々も、ロワンに架かる聳《そび》えたつような橋も、何もかもが馴染みのあるものばかりだった。彼はあらためてマダム・ブータンの家に少年を送ってきた日のことを思い出していた。少年の話に疑いを持ち、なぜ自分を訪ねてきたのか不思議に思ったあのときのことを。タクシーがベロンブルの開いた門を走り抜けて砂利《じゃり》敷きの道に入り、正面階段の近くで停まった。トムは、ガレージに赤のメルセデスが停まっているのを見て微笑んだ。二番目のガレージのドアが閉まっているからには、ルノーもそこにあるということであり、つまりはエロイーズは家にいるということなのだ。トムは運転手に料金を払った。

「ボンジュール、ムッシュー・トム！」マダム・アネットが正面階段のところから呼びかけた。「それに、ムッシュー・ビリーも！　ようこそ！」

彼女はビリーを見てもさほど驚いてはいないようだとトムは思った。「留守中変わったことは？」彼はマダム・アネットの頰に軽くキスをした。

「すべて変わりありませんわ。でも、マダム・エロイーズはとても心配しておいででした――この一両日。さあ、どうぞなかへ」

リビングルームに入るとエロイーズがトムの腕に飛びこんできた。「やっと帰ってきたのね、トム！」

「そんなに御無沙汰《ごぶさた》してしまったかな？——それにビリーも一緒なんだよ」

「ハロー、エロイーズ。またお邪魔してしまって」少年はフランス語で言った。「でもひと晩だけですから——もし、お差し支えなければ」

「邪魔なんかじゃなくてよ。ハロー」彼女は瞬きをして、手を差し出した。

エロイーズの目が瞬くのを見て、トムは彼女がすでに少年の正体を知っていることを悟《さと》った。

「話すことがたくさんあるよ」トムは快活な口調で言った。「だけど、まずはスーツケースを上に置いてこなくては。それじゃ——」とっさになんという名で呼べばいいのかわからず、彼は身ぶりでフランクを招き、ふたり揃《そろ》って荷物を手に階段を上っていった。

マダム・アネットは何かをオーブンで焼いている最中のようだ——漂ってくるオレンジとバニラの芳香からトムはそう判断した。そうでもなければ、いまごろは彼女がふたりのスーツケースを引っつかみ、そしていまだに男性のスーツケースを女性が運ぶという光景を嫌うトムがそれをまた奪い返すという光景が展開されていたはずだった。

「やれやれ、家は本当にほっとするな！」トムは二階の廊下でそう言った。「予備の部屋を使ってくれ、フランク、たぶん大丈夫——」ちらっと覗《のぞ》いた限りでは、いまのところ、誰も客間を使っていないようだった。「でも、手洗いはぼくの部屋のを使いなさい。きみに話があるから、すぐに来てくれたまえ」トムは自分の部屋に入って、スーツケースを開け、ハンガーに吊《つ》るすものと、洗うものは洗うものとに仕分けはじめた。

困惑したような表情で入ってきた少年の顔を見て、トムは少年もまたエロイーズの瞬きに気づいていたことを悟った。

「エロイーズには、もうばれているみたいだね」トムは言った。「だからといって、心配するようなことは何もないじゃないか？」

「ぼくのことを、とんでもないいかさま師だと思ってるんじゃないかな」

「ぼくだったら、そんなことまで心配しないね——あの美味《おい》しそうな匂いのケーキか何かは、お茶のためかな、それともディナーのためかな？」

「それに、マダム・アネットは？」フランクが訊いた。

トムは笑った。「彼女はきみをビリーと呼ぶことに決めているらしいね。だけど、彼女はたぶん、エロイーズよりも先にきみの正体を知っていたと思うよ。マダム・アネットはゴシップ新聞を読むからね。どっちにしたって明日、きみがパスポートを見せれば知れわたることじゃないか。どうってことないだろう？　自分自身を恥じているのかい？——さあ、下へ行こう。洗濯物は床に出しておくといい。ぼくがマダム・アネットに話して、明日の朝までには全部洗っておいてもらうようにするよ」

フランクは自分の部屋に戻り、トムはリビングルームに下りた。気持ちのいい一日で、フランス窓は庭に向かって開け放たれていた。

「もちろん知ってたわよ。写真を見たもの。二枚もね」とエロイーズは言った。「最初のはマダム・アネットが見せてくれたのよ——あの子はなぜ家出なんかしたの？」

ちょうどそのとき、マダム・アネットがお茶のトレイを持って入ってきた。

「しばらく家を離れていたかっただけさ。アメリカを出るとき、彼は兄貴のパスポートを黙って使ってしまったんだ。でも、明日帰るよ。アメリカに戻るんだ」

「あら」エロイーズはびっくりしたように言った。「そうなの？」

「彼の兄のジョニーと、彼の家族が雇った探偵に会ってきたところなんだよ。彼らはパリのホテル・ルテシアに泊まっていてね。彼らとはベルリンにいたときから連絡をとりあっていたんだ」

「ベルリン？　あなたはハンブルクにいるのだとばっかり思ってたわ」

そのとき少年が階段を下りてきた。

エロイーズがお茶を注いだ。マダム・アネットはキッチンに下がっていた。

「エリックがベルリンに住んでいるんだよ、ほら」トムは話を続けた。「エリック・ランツだ。先週、ここに泊まっただろう？　座って、フランク」

「ベルリンでいったい何をしていたの？」エロイーズが尋ねた。まるでベルリンが前哨地点か何かで、休暇でそこを訪れたいと思う者など間違ってもいるはずがないというような口ぶりだった。

「ああ――ただ、ぶらぶら見物してただけさ」

「家に帰れることになって嬉《うれ》しいでしょうね？」エロイーズが、フランクにオレンジケーキをとってやりながら言った。

少年は気まずそうにしていた。トムは気づかないふりをして、ソファから立ち上がり、手紙を調べにいった。マダム・アネットが、たいていの場合は、電話のそばに重ねておいてくれていた。手紙は六通か、せいぜい八通くらいしかなかった。それに、そのうちの二、三通は請求書らしい。ジェフ・コンスタントからのも一通あり、トムはなんだろうと思ったが、開封はしなかった。

「ベルリンであなたのお母様に連絡したの？」エロイーズがフランクに尋ねている。

「いいえ」フランクはぱさぱさの埃《ほこり》を飲みこんでいるような様子でケーキを飲みくだしながら答えた。

「ベルリンはおもしろかった？」今度はトムに顔を向けてエロイーズが訊いた。

「この世にふたつとない――ヴェネチアのことをそういうのと同じさ」トムは言った。「あそこでは誰もが自分自身でいられる。そう思わないか、フランク？」

フランクは指の節を左目に押しあてるようにしてこすっていた。

トムは匙《さじ》を投げた。「おい――フランク。上に行って昼寝をしてきたらどうだい。そうしたほうがいいよ」そしてエロイーズに言った。「昨夜はハンブルクで、遅くまでリーヴズに付き合わされてね。ディナーの時間になったら起こすよ、フランク」

フランクは立ち上がってエロイーズに向かってかすかに頭を下げた。明らかに、彼の喉はひとことも言葉を絞り出せるような状態ではなかった。

「何かあったの？」エロイーズが囁いた。「ハンブルクで――昨夜？」

少年はすでに階段を上りきっていた。

「ああ――本当のことを言うとハンブルクはなんの関係もないんだ。実は、フランクは先週の日曜にベルリンで誘拐されたんだ。ようやく彼を取り戻したのが、火曜の早朝だった。犯人たちが彼に薬を――」

「誘拐ですって?」

「新聞には載っていない。奴らはフランクに鎮静剤をどっさり盛ったんだ。その影響がまだ完全に抜けきれてはいないんだよ」

エロイーズは目を丸くした。今度も瞬きをしたが、さっきのとは様子が違っていた。大きく見開かれたその目のなかに、瞳孔から短いダークブルーの線が放射線状に広がって青い虹彩に伸びていくのが見えた。「知らなかった。誘拐なんてことは全然耳に入ってこなかったわ。ご家族は身代金を払ったの?」

「いや。つまり、出したことは出したんだが、渡さなかった。そのうちに、ふたりだけのときに話すよ。きみを見てたら、不意にベルリンの水族館で見たニシキカワハギを思い出した。これがまた、ちっちゃいけど実にすばらしい魚なんだ! それの絵葉書を買ってきてあるから、あとで見せるよ! そのまつげときたら――まるで目のまわりに誰かが描き入れたみたいで、真っ黒ですごく長いんだよ!」

「わたしには黒くて長いまつげなんかないわよ!――ねえ、トム、その誘拐のことだけど、あなたが彼を取り戻したって、どういうこと? そう簡単にできることじゃないはずよ」

「くわしいことは、また別の機会に話すよ。とりあえずぼくたちは無事だ。それはわかるだろう?」

「それに彼のお母さんは、そのこと知ってらっしゃるの?」

「当然じゃないか。金を出すのは彼女なんだからね。ぼくはただ――この話を出したのは、今夜のあの子の様子が少し変なわけを説明したかっただけなんだ。彼は――」

「彼はすごく変だったわ。そもそも、なぜ、家出なんてしたのかしら? あなた知っているの?」

「いや。よくは知らないんだ」トムは決して、少年が彼に打ち明けてくれた話をエロイーズに聞かせることはないだろう。エロイーズに知らせるべきことには限界があるのだ。そして、トムはその限界を物差しの上に記された目盛りのようにはっきりと心得ていた。

19

トムは、ジェフ・コンスタントの手紙を読み、ジェフが、バーナード・タフツの後継者の手になるダーワットの贋作《がんさく》は、未完成作も、どうしようもない失敗作のスケッチをも含めて、すべて破棄すると固く約束してくれたことにほっと安堵《あんど》の胸を撫《な》でおろした。金めあての三流画家による、この手の試みは永遠に途絶えることはないように思えた。トムはすでに温室のチェックを済ませ、マダム・アネットの注意深い目を逃れていた熟したトマトをひとつもぎ取り、シャワーを浴びて、清潔なブルージーンズに着替えていた。さらにエロイーズがどこかで買ってきたばかりのツリー型外套掛けを磨く手伝いもした。外套掛けのてっぺんには、先端に真鍮《しんちゅう》をかぶせた、湾曲した木製のフックが何本か突き出ていて、トムにアメリカ西部の牛の角を思い出させた。そしてエロイーズに、それが本当にアメリカ製なのだと聞かされてさらに驚いた。ということは、その分余計に金を取られているのだろうとトムは思ったが、口には出さないでおいた。エロイーズがそれを気に入った理由は、彼らの家にいっぷう変わった趣を添えてくれるからだった――いわゆる田舎風スタイルのアメリカ版というやつだ。

八時ごろ、トムは夕食に下りてくるようにとフランクに言って、自分たちのためにビールを二本開けた。フランクは眠っていないようだった。トムとしては彼が少しでも眠っていてくれることを期待していたのだが。トムはエロイーズの家族のニュースをあれこれ聞いた――彼女の母親はとても具合がよくなり、手術も必要ない。しかし、医者から塩分と脂肪をとらないように指示されているそうだ。伝統あるフランス式養生法というやつだ、とトムは独りごちた。医者が言うこともやることも思いつかないときに使う処方だ。エロイーズは今日の午後、実家に電話して、トムが帰ってきたばかりなので、今夜はいつものようにそちらで一緒にディナーをとることはできないと断ったと彼に言った。

彼らはリビングルームでコーヒーを飲んだ。

「あなたの好きなレコードをかけるわね」エロイーズはそうフランクに言って、ルー・リードの『トランスフォーマー』に針を落とした。B面の最初の曲は『メイキャップ』だった。

眠るきみの寝顔はとても清らか、
そしてきみは目を覚ます……
まず取り出すのはパンケーキ、マックスファクターのナンバー1《ワン》、
アイラインに、バラ色の唇、ああ、なんて楽しそう！
最高にいかした女の子の出来上がり……

フランクはコーヒーの上にうつむいた。
トムは電話台の上に煙草《たばこ》の箱を探したが、見あたらなかった。もう空《から》になっていたのかもしれない。そして、彼が買っておいた新しい箱は上の彼の部屋にあった。だが、わざわざ取りにいくほど煙草を吸いたいわけではなかった。トムはエロイーズがこのレコードをかけたことに内心当惑を覚えていた。このレコードは少年にテリーサのことを思い出させてしまうだろう。フランクは心のなかでひどく苦しんでいるように見えた。彼はこの場から逃れたいと思っているのだろうか？　それとも、音楽のことは我慢してでも、彼らと一緒にいるほうがいいと思っているのだろうか。いや、もしかしたら、二曲目になれば彼にもしのぎやすくなるかもしれない。

サーテーライト……
はるか火星にまで昇っていく……
きみはずいぶん大胆だったと聞かされた
ハリーや、マークや、ジョンと一緒に……
あれを見ていると頭がどうにかなってしまいそう……
ぼくはしばらくじっとそれを見つめている……
TVを見ているのが好きなんだ……

けだるげなアメリカンヴォイスが流れ続けた。その歌詞は軽くて、単純なものだったが、それでも——当人がそうとろうと思えば——個人的な危機を歌っているととれないこともなかった。トムはエロイーズに、レコードを止めてくれないかと身ぶりで示し、肘掛け椅《ひじかけい》子《す》から立ち上がった。「これも悪くないけど——クラシックをちょっと聴いてみるのはどうかな？　たとえばアルベニスとか？　いいかい？」彼らはミシェル・ブロックがピアノを弾いている『イベリア』の新録音盤を持っていた。この作品における彼の演奏は、もっとも権威ある評論家たちから、現代のピアニストたちの頂点を極めたと評されていた。エロイーズがレコードをかけた。このほうがはるかにいい！　言うならば、こちらは音楽による詩であり、人間の言葉によるメッセージという足枷《あしかせ》から逃れおおせていた。フランクの目が一瞬、トムの目と合った。トムはそこにちらっと感謝の色が瞬くのを見てとった。

「さてと、わたしは失礼して二階に上がらせていただくわ」エロイーズが言った。「おやすみなさい、フランク。明日の朝、また会いましょうね」

フランクが立ち上がった。「ええ、おやすみなさい、エロイーズ」

彼女は階段を上っていった。

エロイーズが早めに引き上げたのは、彼にも早く上がってきてほしいという意味を含んでいることをトムは感じとっていた。当然のことながら、彼女はまだトムに訊《き》きたいことがあるにちがいない。

そのとき電話のベルが鳴り、トムはステレオのボリュームを下げて、受話器をとり上げた。パリのラルフ・サーロウから、トムと少年が無事にトムの家に着いたかどうか確認するためにかけてきたのだった。トムは彼に大丈夫だと言った。

「明日、シャルル・ド・ゴール空港を十二時四十五分に発《た》つ便を予約した」サーロウは言った。「フランクにその時間に間に合うかどうか確認してもらえるかね？　彼はそこにいるかい？　直接話をさせてもらいたいのだが」

トムがフランクに目をやると、少年は露骨に嫌だという身ぶりをしてみせた。「彼は二階にいるが、たぶんもう寝ていると思う。大丈夫だ、ちゃんと時間に間に合うようにパリへ行かせるよ。航空会社はどこだい？」

「TWA、五六二便だ。明日の朝、十時から十時半の間にフランクがルテシアに来てくれれば、それが一番簡単なんだがね。そこからタクシーで空港に向かえばいい」

「わかった、そのようにしよう」

「さっきは言い忘れてしまったが、ミスター・リプリー、そちらの方にもたぶん何がしか出費があったと思うのだが。わたしに言ってもらえば、その件は処理させてもらう。ピアーソン夫人気付でこちらに請求を送ってくれ。住所はフランクに訊けばわかる」

「ありがとう」

「明朝、また会えるだろうか。もしできれば、その――フランクをここに送ってきてもらえるとありがたいのだが」サーロウが言った。

「わかった、そうするよ、ミスター・サーロウ」受話器を置いたとき、トムは笑みを浮かべていた。彼はフランクに言った。「サーロウは明日の昼ごろの切符を予約した。十時ごろ、彼らのホテルに来てほしいそうだ。余裕で行ける。午前中は列車がたくさんあるから。車で送ってもいいし」

「いいえ、結構です」フランクは礼儀正しく断った。

「でも、ちゃんと行くね?」

「行きます」

トムはほっとしたが、それを気どられないようにした。

「一緒に来てくださいとあなたにお願いするつもりだったけど――そんなこと、とても無理でしょうね」フランクの両手は彼のズボンのポケットのなかで堅く握りしめられ、その顎《あご》はかすかに震えているようだった。

一緒に行くって、どこへ？　トムは首をかしげた。「座りなさい、フランク」

少年は座ろうとはしなかった。「ぼくはこれからすべてに立ち向かわなければならないんだ。そんなことわかっているけれど」

「すべてって、どういうことだ？」

「自分が何をしたかを彼らに話すことです——父のことを」フランクは答えた。まるで自分自身に死刑宣告をするかのように。

「それはするなと言っただろう」トムは声をひそめて言った。エロイーズが二階の奥の部屋か、バスルームにいるのはわかっていたが。「その必要はない。それはきみだってわかっているはずだよ。なんだって、また蒸し返したりするんだ？」

「テリーサがいれば、そんなことはしません。本当です。でも、ぼくには彼女さえいない」

またしても行き止まりか、とトムは思った。テリーサ。

「いっそ自殺したほうがいいのかもしれない。ほかにどうしようもないんだもの。あなたを脅そうとしてるわけじゃないんです。そんなくだらない理由なんかじゃない」彼はトムの目に見入った。「ぼくはまったく正気です。今日の午後、二階で、自分の人生についてつくづく考えてみたんです」

十六歳でか。トムはうなずき、それから自分でも信じていないことを口にした。「テリーサを失ったとは限らないじゃないか。二週間かそこら別の男の子に目を向けただけのことかもしれないし、あるいはそう思いこんでるだけかもしれないよ。女の子っていうのは恋愛ゲームが好きなんだ。でも、きみが真剣なことは、彼女だってちゃんとわかっているさ」

フランクはわずかに微笑《ほほえ》んだ。「だから、どうなるっていうんですか？　相手の男はぼくよりも年上なんですよ」

「いいかい、聞いてくれ、フランク――」少年をもう一日ベロンブルに置いて、道理を説いて聞かせてみてはどうだろうか。だが、成功の見込みは薄いとトムは即座に判断した。

「きみがする必要のないこと――それは、誰かに打ち明けることだ」

「それはぼくが決めることだと思いますが」フランクが意外なほどの冷静さで言った。

フランクについてアメリカに行くべきだろうか、とトムは考えた。母親のもとに戻ってから一日かそこいら、少年がうっかり口を滑らせることのないように目を光らせているほうがいいかもしれない。「明日、ぼくも一緒に行くと言ったら？」

「パリに？」

「アメリカにだよ」トムは少年の緊張が緩み、少しでも目に見えて活気づくのではないかと期待していたのだが、フランクはただ肩をすくめただけだった。

「そうですか。でも、いまさらそんなことをしてもらっても――」

「フランク、きみはこんなことで駄目になるような人間じゃないはずだ――ぼくがきみと一緒に行くと何かまずい理由でもあるのかい？」

「いいえ。あなたは本当にぼくのたったひとりの友人です」

トムは頭を横に振った。「ぼくはきみのたったひとりの友人なんかじゃないよ。きみが打ち明け話をした、たったひとりの人間というだけさ。よし決まった、じゃあ、一緒に行くことにしよう。とりあえず、エロイーズにそのことを話しておかなくちゃ――二階に行って少し眠りなさい。いいね」

トムについて階段を上がってきた少年に彼は言った。「おやすみ、じゃあ明日の朝」それからエロイーズの部屋に行ってドアをノックした。彼女はベッドに入っていた。枕《まくら》にもたれて片肘をつき、ペーパーバックを読んでいる。トムはそれが、読み古したオーデンの『詩選集』であることに気がついた。彼女はオーデンの詩は「明瞭」だから好きだと常々言っていた。こんなときに詩を読んでいるのも奇妙に思えるが、あるいはそうでもないのかもしれない。彼女の目がすっと現実に――彼とフランクのことに――戻ってくるのを見た。

「明日、フランクと一緒にアメリカに行くことになった」トムは言った。「たぶん二、三日で戻れると思う」

「どうして？――トム、あなた、わたしになんにも話してくれないのね。本当にひとことも」彼女はペーパーバックをぽんと脇《わき》に投げたが、怒っている様子ではなかった。

トムは不意に、エロイーズに話せることがあるのを思い出した。「彼はアメリカにいる女の子に恋をしてるんだよ。ところが最近、その女の子に別の男ができちゃってね。だから、あの子はすごく気落ちしているんだ」

「そんな理由で、あなたまでアメリカについていくっていうの？——そもそも、ベルリンで何があったの？　あなた、いままでも彼を守っているというわけ——その、ギャングたちから？」

「いいや！　誘拐はあくまでベルリンで起こったことだ。あっちでフランクとぼくが森を散歩していたときに、ほんの一、二分離れたところを——さらわれてしまった。ぼくは誘拐犯たちと会う約束をして——」トムはそこで言葉を止めた。「とにかく、奴らのアパートメントからフランクを助け出すことに成功したんだ。彼は鎮静剤のせいで意識が混濁していた——まだ、ちょっとその気がある」

エロイーズは信じられないという顔つきだった。「それ、全部ベルリンで——あの街のなかでのことなの？」

「そう、西ベルリンだ。あそこはきみが思っているよりも広いんだよ」トムは腰をおろしていたエロイーズのベッドの裾《すそ》から立ち上がった。「それから明日のことは心配いらないよ。ぼくはすぐに戻ってくるし——きみがアドベンチャー・クルーズに出かけるのは、何日からだっけ？　たしか九月末だったよね。今日は九月の一日だ」

「二十八日よ。——トム、あなた本当は何を心配しているの？　またあの子が誘拐されるかもと思っているの？　同じ人たちに？」

トムは笑った。「とんでもない！　あいつらは、ベルリンにたむろするチンピラみたいなものさ！　たったの四人だった――それに、いまじゃ怖じ気づいて、どこかに身を潜めてるに決まってるよ」

「あなた、わたしに言ってないことがあるでしょう」エロイーズは怒ってはいなかったし、なじってもいなかった。だが、何かがふたりを隔てていた。

「かもしれない。でもあとで話すよ」

「あなた、それと同じことを言ったわね、あのときも――」エロイーズは言葉を止めて、自分の手に目を落とした。

マーチソンか？　いまだに説明のつかない、彼の失踪のことか？　トムがベロンブルの地下室でワインの壜《びん》で殴り殺したアメリカ人。あれは上等なマルゴー・ワインだった。たしかに、彼はエロイーズにひとことも話していなかった――マーチソンの死体をそこから引きずり出したことや、地下室のセメントの床から頑として消えようとしない暗紅色の染みの正体や、それが必ずしもワインによるものではないことも。その染みをトムがごしごし洗い落とさなければならなかったことも。「とにかく――」と言いながらトムはドアに向かいかけた。

エロイーズが目を上げてトムを見る。

トムはベッドのかたわらに膝《ひざ》をつき、できる限り腕を伸ばして彼女の身体《からだ》に回し、彼女を覆うシーツに顔を押し当てた。

彼女は指で彼の髪をすいた。「どんな危険があるの？　教えてくれないの？」

トムは自分にもそれがわかっていないことに気がついた。「危険なんか何もないよ」彼は立ち上がった。「おやすみ、ダーリン」

トムが廊下に出ると、少年の部屋の明かりがまだついているのが見えた。トムが通りすぎようとすると客間のドアが少し開いた。フランクが彼を手招きした。トムがなかに入るのを待って少年はドアを閉めた。フランクはパジャマ姿で、ベッドの上掛けは折り返してあったが、横になっていた様子はなかった。

「さっきは下でみっともない真似をしてしまって」フランクは言った。「あんな馬鹿な言い方をして弱音なんか吐いてしまって。おまけに、もう少しで涙まで流すところだった。なんてざまだ！」

「だから？　気にすることはないよ」

少年は絨毯《じゅうたん》の上を歩きながら、裸の足を見おろした。「自分を失ってしまいそうなんです。自殺したいというよりも、自分がなくなっていってしまいそうな気がする。たぶん、テリーサのせい——だと思います。いっそのこと蒸気みたいにシュッと消えてしまえたらいいのに。この気持ちわかりますか？」

「きみのアイデンティティが失われてしまうと言いたいのかい？　いったい何を失いそうだというんだ？」

「すべてですよ——一度、テリーサと一緒のときに、財布をなくしかけたことがあったんです」フランクの顔が不意にほころんだ。「ぼくたちはニューヨークのレストランでランチを食べていたんですが、いざ勘定を払おうというときになって財布が見つからなかったんです。その数分前に、それを取り出したような覚えがあったので、きっと床に落としたのだろうと思って――ぼくたちはベンチみたいなものに座ってたんです――テーブルの下を見ました。でも見つからなかった。それでぼくは考えました。きっと家に置いてきてしまったんだと！　いつも、そんなふうにぼうっとなってしまうんです。テリーサといると。いっそその場で気を失ってしまいたいとさえ思った。初めて彼女を見たとき――その後も毎回そうでしたが――息ができなくなるような気がしました」

トムは同情のあまり一瞬目を閉じた。「女の子と一緒のときには、絶対に不安そうにしちゃいけないんだよ。たとえ本当に不安だったとしても」

「そうですね――とにかく、その日、テリーサは言いました。『絶対になくしたりしてないわよ、もう一度探してみたら』そのころには、ウェイターまで探してくれてたんです。それでテリーサは自分が勘定を払うと言いました。そして、いざ払おうとしたら、彼女が自分のハンドバッグのなかに突っこんであったぼくの財布を見つけました。ぼくはあらかじめ財布を彼女のバッグに入れてたんです。もういたたまれませんでした。テリーサと一緒だと、いつでもそんなふうになってしまうんです。ぼくはなんて運が悪いんだろうと思いましたが――そのうちに、むしろ運がよかったと思うようになりました」

トムにはその気持ちがわかった。同じようにフロイトも理解できただろう。だが、この少女の存在は、フランクにとって本当に幸運だと言えるだろうか？　トムには疑わしかった。

「こんな話なら、いくらでもお聞かせできますが、きっとあなたをうんざりさせちゃうでしょうから」

彼は何を言いたかったのだろう？

単にテリーサの話をしたかっただけなのか？

「いっそのこと何もかもなくなってしまえばいいと、心から思うんです、トム。自分の命さえも。言葉では難しくて説明できません。テリーサになら、もしかしたら説明できるかもしれないし、少なくとも、何か言うことはできたんだと思うけど、いまじゃ、彼女はぼくのことなんか気にかけてさえいない。彼女はぼくなんかどうでもいいんです」

トムは煙草を取り出して、火をつけた。夢の世界に浸っている少年に、ちょっとばかり現実を突きつけてやったほうがよさそうだ。「それはわかったが、とりあえずフランク、きみのアンドルース名義のパスポートだが、返してもらってもいいかな？」トムはフランクがジャケットを掛けておいた、背もたれのまっすぐな椅子を身ぶりで示した。

「どうぞ、そこに入ってますよ」少年は言った。

トムは内ポケットからパスポートを取り出した。「これはリーヴズに返すよ」トムは咳払いをして、話を続けた。「ぼくがこの家で人を殺した話をしようか？　これだって充分に恐ろしいとは思わないか？　この屋根の下でなんて——理由は、一階の暖炉の上に掛かっている『椅子の男』のせいなんだが――」そこで不意に、トムはあれが贋作だとフランクに教えるわけにはいかないことに気づいた。いま出回っているダーワットの多くが贋作だなどとはとても言えなかった。何カ月か、それとも何年も経《た》ってから、フランクが誰かにそのことを打ち明けないとも限らないのだ。

「ええ、あれはぼく、好きですよ」フランクが言った。「その男はあれを盗もうとしたのですか?」

「いや!」トムは頭をのけぞらせて笑いだした。「これ以上は言わないでおこう。だが、ぼくたちは、ある意味では似た者同士なんだよ、そう思わないかい、フランク?」少年の目にごくかすかに安堵がのぞいたように見えたのは気のせいだろうか?「おやすみ、フランク。八時ごろに起こすよ」

自室に戻ると、すでにマダム・アネットが彼のスーツケースの荷解きを済ませたあとだった。おかげで、もう一度、最初から洗面用具だのなんだのを詰め込まなければならなくなってしまった。エロイーズへのお土産《みやげ》、ブルーのハンドバッグは、白いビニールの袋に入ったまま、彼の机の上に置かれていた。バッグは箱に入っている。トムはその箱を、明日の朝、こっそりエロイーズの部屋に置いてこようと思った。彼が出発してから彼女がそれを見つけるように。いまは十一時五分すぎだ。トムはサーロウに電話しようと階段を下りた。彼の部屋にも電話はあるのだが。

ジョニーが出て、サーロウはシャワーを浴びていると言った。

「きみの弟さんが、明日一緒に来てほしいというので、そうすることにしたよ」とトムは言った。「つまり、アメリカまでということだが」

「おや、そうですか。それはそれは!」ジョニーの声は喜んでいるように聞こえた。「ラルフが出てきました。トム・リプリーからだよ」ジョニーはそう言って、サーロウに受話器を渡した。

トムはもう一度説明した。「同じ飛行機にぼくの席もとってもらえるだろうか? それとも、今夜こっちで電話して予約したほうがいいかい?」

「いいや、わたしが手配しよう。大丈夫、なんとかなるさ」サーロウは言った。「これはフランクの考えか?」

「フランクはそう望んでいる」

「オーケー、トム。では、明日十時ごろに」

トムはもう一度温かいシャワーを浴び、やっとこれで眠れると思った。なんといっても今朝はまだハンブルクにいたのだ。親愛なるリーヴズはいまごろ何をしているのだろう? 彼のアパートメントで冷やした白ワインをやりながら、例のごとくまた誰かと取り引きをしているのだろうか? 荷造りは明日の朝まで放っておくことにした。

ベッドに入り、明かりを消してから、トムは世代の断絶について考えていた——というよりは、考えようとしていたと言ったほうが正しいかもしれない。これはあらゆる世代に現れるものではないのか? そしてまた、その世代同士は重複しあっていて、必ずしも二十五年という周期ではっきり変わったと言うことはできないのではないだろうか？　トムはフランクの立場になって想像してみようとした。ビートルズがロンドンで（ハンブルク時代のあとで）スタートを切り、それからアメリカ・ツアーをし、ポップミュージックというものをすっかり変えてしまったときに生まれていたとしたら、どうだっただろう？　七歳のころには人類が月に着陸し、平和維持機構としての国際連合が嘲《あざけ》りと利用の対象になりはじめるような時代に生まれていたとしたら？　その前なら国際連盟だ。フランコとヒトラーの阻止に失敗した国際連盟もはるか大昔の話だ、とトムは思った。どの世代も何かを必ず攻撃しなければ気がすまないらしい。その後は死に物狂いになって、新しくすがるものを探そうとするのだ。現在の若者たちにとって、それはヒンズー教の導師であったり、ハレ・クリシュナであったり、原理運動と呼ばれるカルトであったりした。それからつねにポップミュージックがあった——社会に異議を唱える若者たちの歌は、ときとして魂に訴えかけてくることさえある。トムは、「恋に落ちる」というのは時代遅れであるとどこかで読むか、聞いたりした記憶があったが、フランクの口からは間違ってもそのような台詞《せりふ》は聞いたことがなかった。恋していると認めることからしてすでに、フランクはおそらく例外的な稀《まれ》なタイプなのだろう。「何ごともクールに、激しい感情は野暮」というのが今日びの若者たちの流儀なのだ。若い連中の多くが結婚というものを信じていない。ただ一緒に住んで、気が向いたら子どもを作るのだ。

　さて、なんだったっけ？　フランクは自分自身がなくなってしまえばいいと言っていた。

それはピアーソン一族の責任から逃れたいという意味なのだろうか？　それとも自殺？　あるいは名前を変えたいのだろうか？　フランクは何にすがろうとしているのだろう？　やがて眠気が勝ってトムの努力も終わりを迎えた。窓の向こうではフクロウがほうほうと鳴いている。九月に入り、ベロンブルはゆっくりと秋と冬へ移ろうとしていた。

20

トムとフランクはエロイーズの運転する車でモレの駅に向かった。彼女はパリまで送ると申し出たのだが、同じ夜、彼女の両親に会いにシャンティイに行くことになっていたので、余計な負担をかけるには及ばないとトムに言われたのだった。彼女はふたりに旅の無事を祈る言葉を送り、さらにフランクにもキスをしたことにトムは気づいていた。

モレの駅では、「フランス・ディマンシュ」のようなゴシップ紙を買うわけにはいかなかったので、リヨン駅に着いてトムが最初にしたのはそれを買うことだった。まだ九時を少しまわったばかりで、トムは少しの間、駅にとどまって新聞にざっと目を通した。二面にフランク・ピアーソンの記事が載っていた。見慣れた古いパスポートの写真と一緒に掲載されたその記事は、前のように二、三段もわたることはなく、一段におさまっていた。「失踪中のアメリカの富豪の相続人、ドイツでバカンス」というのがその見出しだった。トムは、自分の名前が出てきはしないかとひやひやしながら記事を読んだが、それはなかった。ラルフ・サーロウが、ようやくのことで褒めるに足る仕事をひとつやりとげたということだろうか？　トムはほっとひと息ついた。

「心配するようなことは何もないよ」トムはフランクに言った。「見るかい？」

「いいえ、やめておきます」フランクは顔を上げたが、どうやらそれさえも億劫《おっくう》な様子だった。彼はまたもや、うつむきがちな気分におちいっているようだった。

ふたりはタクシーの列に並んで、ルテシアに車で向かった。サーロウはフロントで支払いをするために、小切手にサインしている最中だった。

「やあ、トム――ハロー、フランク！　ジョニーは上で荷物を運んでもらうために待機しているところだ」

トムとフランクはそのまま待つことにした。やがてエアライン・バッグをふたつ抱えたジョニーがエレベーターから出てきた。彼は弟に笑いかけた。「今朝の『トリビューン』見たかい？」

ふたりは早朝に家を出たので「トリビューン」を見ることはできなかったし、トムもわざわざ買おうとは思わなかったのだ。ジョニーは弟に、おまえがドイツで休暇を楽しんでいるところを発見されたという記事が載ってたぞと話していた。それでは、いまはどこにいることになっているのだろう、とトムは思ったが、口には出さなかった。

フランクは「知ってるよ」と答えたが、不快そうだった。

一行は二台のタクシーに分かれていくことになった。フランクはトムと一緒に乗りたがったが、トムは兄弟で乗るように勧めた。トムはラルフ・サーロウと少しでいいから話したかったのだ。どれほどの意味があるかは疑問だったが。

「ピアーソン家とは長い付き合いなのかい？」トムは快活な口調でサーロウに話しかけた。

「ああ。ジョンとは知り合ってから六、七年になるかな。わたしはジャック・ダイヤモンドという私立探偵のパートナーだった。ジャックはサンフランシスコに——われわれの出身地に戻ったが、わたしはニューヨークに残ることにしたんだ」

「フランクが見つかったことを、新聞が大々的に取り上げないでくれて本当に助かったよ。これもきみの尽力のおかげなんだろうね？」トムは尋ねた。できるだけサーロウを嬉《うれ》しがらせようという魂胆だった。

「だと、いいんだがね」サーロウは満足げだった。「こっちは連中を鎮《しず》めるのに全力をつくしたんだからね。せいぜい空港にジャーナリストが押しかけていないことを祈るよ。——フランクはああいったことが大嫌いときてる」

サーロウの身体《からだ》からは、牡《おす》の匂いとも呼ぶべき体臭が発散されていた。トムはシートの端に向かってじりじりと身体をずらしながら言った。「ジョン・ピアーソンというのは、どんな人物だったんだい？」

「そうだな——」サーロウはゆっくりと煙草《たばこ》に火をつけた。「まさしく天才だね。他にあんな人物は思いつかない。彼は仕事が生きがいだった——金が、かな。それは彼にとって成績みたいなものだったんだ。もしかしたら、金は彼にとって情緒の安定をもたらしてくれるものだったのかもしれないな——家族よりもはるかに。だが、もちろん彼は自分のビジネスを的確に把握していた。彼はいわゆる裸一貫からたたきあげた男だった。恵まれたスタートを約束してくれる金持ちの父親などいなかった。彼はまず最初に潰れかけていたコネティカットの食品雑貨店の買収からスタートした。そのまま、ずっと食品の分野を離れなかったのさ」

これもまた情緒の安定をもたらすものと、よく耳にする——食。トムはその先を待った。

「最初の結婚だが——彼はコネティカットの裕福な娘と結婚した。思うに女のほうがジョンにうんざりしたんだな。幸運なことに子どもはなかった。そして彼女は別の男を見つける。たぶん、もうちょっと彼女のために時間を割いてくれる男を。それでふたりは離婚した。ごく穏便に」サーロウはちらりとトムに目をやった。「わたしはその当時のジョンについてはよく知らない。こうしたことは、あとになって全部聞いたことだ。ジョンはいつも骨身を削って働いていた。あの男は自分と家族のために最高の物を求めていた」サーロウの口ぶりには畏敬の念が混じっていた。

「幸せな人生だったんだろうか？」

サーロウは窓の外を見て頭を振った。「あれほどの財を築きあげようと思えば、幸せなんかでいられるはずがないだろう。まるで帝国だよ。美しい妻リリー、すばらしい息子たち、各地に散らばる大邸宅——まあ、そんなものは彼のような男にとっちゃ二次的なものにすぎなかったのかもしれん。わたしにはわからない。だが、彼がハワード・ヒューズよりはずっと幸せだったのは確かだね」サーロウは笑った。「あんなふうに頭がおかしくなっちまった男よりは！」

「ジョン・ピアーソンはなぜ自殺したんだと思う？」

「まだ確実にそうだとわかったわけじゃないぜ」サーロウはそこでトムのほうを見た。「なぜまたそんなことを？　フランクが何か言ったのか？」サーロウの口調は何気なかった。

サーロウはトムに探りを入れているのだろうか？　それともフランクの考えを探ろうとしているのか？　外環道を北へと突っ走るタクシーがトラックを追い越そうとスピードをあげるのを尻目に、トムはことさらゆっくりと頭を振った。「いいや、フランクは何も言っていない。せいぜい新聞に書いてあった程度しか。事故か自殺かはっきりしていないって。きみの意見はどうなんだ？」

サーロウは考えこんでいるようだった。それでも彼の薄い唇には笑みが浮かんでいる。この笑みなら大丈夫だろう。「わたしとしては、事故ではなく自殺だったと思う。――わからないがね」サーロウはトムに念を押すように言った。「単なる推測だ。彼はもう六十代に入っていた。なかば麻痺した身体で車椅子《くるまいす》に縛りつけられる毎日が幸せだと思うか――それも十年も。ジョンはいつも明るく振る舞おうとしていたが――もう充分だと思っていたのかもしれない。わたしにはわからないがね。だが、彼はあの崖にはしょっちゅう行っていたんだ。あの日は風もなかったから、吹き飛ばされたということもないだろうし」

トムは内心ほくそ笑んだ。サーロウはフランクを疑ってはいないらしい。「ではリリーは？　彼女はどんな人物なんだ？」

「彼女は別世界の人間だよ。ジョンと出会ったときは女優だった。なぜ、そんなことを訊《き》くのかね？」

「これから彼女に会うことになるからさ」笑みを浮かべながらトムは言った。「ふたりの息子のどちらかを特別贔屓《ひいき》していたというようなことは？」

サーロウは気楽な質問に安心した様子で、顔をほころばせた。「わたしがあの家族のことをくわしく知っていると思っているようだが、そんなによく知ってるわけじゃないんだぜ」

トムはそれ以上追及しなかった。車はすでにポルト・ド・ラ・シャペルで外環道を出て、えんえん十五キロに及ぶうんざりするような直線コースに入り、シャルル・ド・ゴール空港という名のおぞましい建物に向かって突き進んでいた。トムの目には、ボーブールに勝るとも劣らないほど不快な建物だが、少なくともボーブールはいったんなかに入ってしまえば、美しい品々を見ることができる。

「ふだんは何をしているのかね、ミスター・リプリー？」サーロウが尋ねた。「普通の仕事はしてないと聞いているのだが。つまり、会社に勤めるとかいった――」

トムにとっては気楽な質問だった。これまでにも何度となく答えてきたからだ。庭仕事をしたり、ハープシコードの練習をしたり、それにフランス語やドイツ語の本を読むのも好きだから、つねにそれらの言葉の勉強を怠らないようにしているのだと彼は答えた。サーロウが彼のことを、まるで火星の人間か何かのように――それもおそらくは嫌悪をこめて――思っているのがわかった。だが、まったく気にならなかった。サーロウよりもはるかにひどい反応を彼は耐えてきたのだ。探偵が自分のことを、裕福なフランス女と結婚するという幸運に恵まれた、ペテン師すれすれの男と見なしていることはわかっていた。ひも、でなければ居候《いそうろう》、ごろつき、あるいは寄生虫か。トムは鷹揚《おうよう》な表情を崩さなかった。この先サーロウの助けが、ことによっては彼の忠誠さえもが必要になるかもしれないのだ。サーロウはこれまで何かのために困難な戦いをしたことがあるのだろうか？　たとえばトムがダーワットの名声を守るために戦ったように――正確にはダーワットの贋作《がんさく》のためにということだが、もちろん中期までの作品は贋作ではない。サーロウはマフィアのひとりやふたりを殺したことはあるだろうか？　トムがかつてそうしたように。それともいまは、あのサディスティックなポン引きやゆすり屋どもは「組織犯罪者」と呼ぶのが正しいのだろうか？

「スージーという女性については？」トムはにこやかに質問を再開した。「たぶん彼女にも会っていると思うが」

「スージー？　ああ。家政婦のスージーのことか。もちろんさ。彼女はもうずいぶん長いことあの家で働いているんだ。もう相当年がいってるようだが、家の者たちは彼女を――

引退させようとは思っていないらしい」

彼らは空港に着いたが、手荷物カートを見つけることができず、しかたなく自分たちの荷物を引きずるようにして、TWAのチェックイン・カウンターに赴いた。

突如、カメラを抱えた男たちが二、三人、列の両脇《わき》にかがみこんだ。トムは頭を下げ、フランクがそっと片手で顔を隠すのを見ていた。サーロウは気の毒にと言いたげな表情でトムに頭を振って見せた。記者のひとりがフランス語訛《なま》りの英語で礼儀正しくフランクに話しかけた。

「ドイツでの休暇は楽しまれましたか、ムッシュー・ピアーソン？――フランスについて何かご感想は？――なぜ――なぜ身を隠そうとなさったのですか？」

男は大きな黒いカメラを首からかけた紐《ひも》で身体の真正面にぶら下げていた。トムは一瞬それを引っつかんで、男の頭の上で叩《たた》き壊してやりたい衝動に駆られた。だが、男がカメラをさっと掲げてフランクの写真を撮るとほとんど同時に、少年は背を向けた。

チェックインを済ませると、サーロウはトムも感心するようなやり方で前面に躍り出て報道関係者たちを――いまでは四、五人に増えていた――肩で蹴散《けち》らした。まるでフットボールのラインマンよろしく奮闘するサーロウに守られて、彼らはまっしぐらに五番サテライトのエスカレーターを目指し、彼らの防壁となってくれるパスポート検査官のもとに突き進んだ。

「ぼくは友人の隣に座りたい」全員が機内に収まると、フランクはきっぱりとした口調でスチュワーデスに言った。友人とはトムのことだった。

トムはフランクのしたいようにさせた。すぐにひとりの男が席を替わりましょうと言ってくれたので、トムとフランクは六席並んだ列のなかで隣同士に座ることができた。トムは通路側の席だった。コンコルド機ではなかったので、トムはこの先にひかえている七時間を思ってうんざりした気分になった。サーロウがファーストクラスを買わなかったというのも奇妙な話だった。

「サーロウと何を話してたんですか?」フランクが訊いた。

「たいしたことじゃない。いつも何をして過ごしてるのかと訊かれたよ」トムはくすくす笑った。「きみとジョニーは?」

「こっちもたいしたことじゃないです」フランクはそっけない口調で答えたが、もうすっかり少年のペースを飲みこんでいたトムは気にしなかった。

トムは、フランクとジョニーがテリーサのことを話し合ったのでなければいいが、と思った。ジョニーは失恋した人間に対する思いやりをひとかけらも持ち合わせていないように思えたからだ。トムは時間つぶしのために本を三冊買って、格子縞《こうしじま》の大型バッグに入れてあった。例によって疲れを知らない小さな子どもたちが——三人ともアメリカ人だった——通路を走って行ったり来たりしはじめた。だが、子どもたちの行動の基点と思われる場所から少なくとも十八列は離れているので、騒動からは逃れられるだろうと考えていた。トムは本を読むか、居眠りをするか、考えごとでもしようとした——考えようと努力することが必ずしもいい結果をもたらすとは限らないが。インスピレーションや、名案や、創造的なアイディアがそういうときに訪れることは極めて稀《まれ》だ。うとうとしかけていたトムは、突然、耳だか頭のなかに大きく鳴り響いた「ショーマンシップ！」という言葉で目を覚まして、あわてて座り直した。目をぱちくりさせると機内中央のスクリーンでは総天然色の西部劇映画が上映されていたが、イヤフォーンを断っていた彼にとっては無声映画も同然だった。ショーマンシップをどうしろっていうんだ？　ピアーソン家でいったい何をしろというのだろう？

トムはふたたび本を取り上げた。例の不愉快な四歳児どものひとりが、もう数える気にもなれないほど走りまわった通路を、何やらわめきながらまたもや彼のほうに走ってきたとき、トムは背をそらして、片足をわずかに通路に突き出した。数秒後、小さな怪物は腹から転んで、虐待されたバンシー（家に死人があるとき、大声で泣いて予告する妖精）のごとく泣き叫んだ。トムはひたすら狸寝入《たぬきねい》りを決めこんだ。うんざり顔のスチュワーデスがどこかから現れ、小さな身体をまっすぐに起こした。トムは、通路越しの席に座った男が満足げな笑いを浮かべたのを見た。同志はいるのだ。子どもは前方の自分の席に引っぱられていったが、どうせまたすぐに立ち直るだろう。次の悪ガキを引っかけるお楽しみは、別の者に譲ることにしよう、とトムは思った。

一行がニューヨークに着いたのは、午後の早い時間だった。トムは首を伸ばして外を眺めた。いつもながら、ふわふわした白や黄色の雲のなかに浮かぶ摩天楼《まてんろう》がまるで印象派の絵のような、靄《もや》にかすんだマンハッタンの光景にぞくぞくさせられる。なんという美しさ！　世界じゅうどこに行っても、これほどたくさんのビルを、こんなちっぽけな場所に、これほど高く聳《そび》えたたせている光景は見られないだろう！　やがて飛行機が鈍い轟音《ごうおん》とともに着地すると、ふたたび歯車の歯よろしく乗客たちは前へ前へと進んでいった。パスポート、スーツケース、歓声と抱擁。小柄な血色のいい、頭の禿《は》げかかった男が一行を待っていた。

「フランク！　フランク！　元気だったかい？」ユージーンは気さくであると同時に、礼儀正しくきちんとした男のように見えた。彼は英国のアクセントで話し、シャツとタイというごくありきたりの服装をしていた。「それにミスター・サーロウ、ようこそいらっしゃいました！

――やあ、ジョニー！」

「ハロー、ユージーン！」サーロウは言った。「それから、こちらはトム・リプリー」

ユージーンはトムと初対面の挨拶《あいさつ》を交わしてから、こう言った。「ピアーソン夫人は早朝にケネバンクポートに向かわれました。スージーの具合が悪くて。ミセス・ピアーソンは、アパートメントにひと晩泊まられても、あるいはヘリポートに直行してヘリを使われてもよいと言われました」

彼らは全員、明るい陽光のもとに立ち、スーツケースを舗道に置いて、手荷物はまだ持ったままだった――少なくともトムは。

「アパートメントには誰が？」ジョニーが言った。

「いまは誰もいません、サー。フローラは休暇中です」ユージーンが言った。「実際のところ、アパートメントはほとんど閉めきってあるような状態で。ミセス・ピアーソンはスージーの状態がよければ週半ばにお出でになれるかもしれないと――」

「アパートメントに行こう」サーロウが遮るように言った。「どっちにしても、途中になるんだから。それでかまわないかい、ジョニー？　こっちもオフィスに電話しておきたいし。今日じゅうに、ちょっと立ち寄ることになるかもしれない」

「もちろん、結構だよ。ぼくも郵便物に目を通したいしね」ジョニーが答えた。「スージーはどうしたんだい、ユージーン？」

「それがはっきりしたことはわからないのです。軽い心臓発作でも起こしたような感じでしたが。医者が呼ばれたのだけは確かです。今日の正午のことでした。お母様が病院に電話なさいました。昨日は、お母様を車でお連れして、わたしたちはアパートメントに泊まりました。お母様はニューヨークで皆さんにお会いしたいと思ってらしたのです」ユージーンは微笑《ほほえ》んだ。「ちょっと行って車をまわしてきます。二分ほどで戻ります」

スージーの心臓発作というのはこれが初めてなのだろうか、とトムは思った。たぶんフローラというのは使用人のひとりなのだろう。ユージーンが、黒の大きなダイムラー・ベンツを運転して戻ってくるのを待って、全員は乗りこんだ。車内にはスーツケースを置く余裕さえあった。フランクはユージーンと前に乗った。

「こちらの様子はどうだい、ユージーン？」ジョニーが尋ねた。「母は？」

「ああ、はい。それはもう。奥様はフランク様のことを心配なさってました――当然のことですが」ユージーンは礼儀正しく無駄のない運転をし、トムは以前読んだロールス・ロイスのパンフレットを思い出した。そこには運転する際、決して肘《ひじ》を窓枠にもたせかけないようにと書かれていた――だらしなく見えるからと。

ジョニーが煙草に火をつけてベージュの革張りの座席のどこかを押すと、灰皿が現れた。フランクは黙りこくっている。

三番街に入った。レキシントン街。パリと比べると、マンハッタンはまるで蜂《はち》の巣のように見えた。そこいらじゅうに小室があり、ぶんぶんとざわめいて活況を呈している。そこでは人間という名の昆虫が、物を運んだり、荷を積みこんだり、歩いたり、ぶつかりあったりしている。縁石にまで張り出した天蓋《てんがい》のあるアパートメントハウスの正面で車は静かに停まり、灰色の制服に身を包んだ笑顔のドアマンが、頭の制帽に指を当ててから、車のドアを開けてくれた。

「こんにちは、ミスター・ピアーソン」ドアマンが挨拶した。

ジョニーも彼の名前を呼んで挨拶を返した。ガラスのドアをいくつか通過してから、彼らはエレベーターに乗りこんだ。その間にも、彼らのスーツケースは別のエレベーターで上がっていった。

「誰か鍵を持っているだろうね?」サーロウが言った。

「ぼくが」ジョニーがプライドを滲《にじ》ませて答え、ポケットからキー・リングを取り出した。

ユージーンはどこかに車を置きにいっていた。

アパートメントには12Aという番号がつけられていた。彼らはゆったりとした玄関ホールに足を踏み入れた。大きなリビングルームに置かれた椅子のうち、いまはベネシアン・ブラインドが下ろされている窓に近いいくつかは保護カバーで覆われていた。室内は薄暗く、電気をつけなければよく見えない状態だった。部屋を明るくする役目はジョニーが引き受けた。彼はいかにも家に帰ってきたのが嬉しくてたまらないというように微笑みながら――ここが家だったとしての話だが――ブラインドの紐を引っぱって光を入れ、さらにスタンディング・ランプをつけた。トムはフランクが玄関ホールにとどまって、何十通という郵便物の山に目を通しているのを見ていた。少年の顔は緊張したままで、少し眉《まゆ》を寄せている。テリーサからは音沙汰《おとさた》なしか、とトムは思った。だが、リビングルームに入ってきた少年の足どりには、くつろぎに近いものさえ感じられた。少年はトムを見てこう言った。

「トム、これがわが家です――それとも、わが家の一部というべきかな」

トムは礼儀正しく笑みを浮かべてみせた。フランクがそれを望んでいたからだった。トムは暖炉の――この暖炉は本当に使われているのだろうか？――上の凡庸な油絵の前にぶらぶらと近づいていった。おそらくフランクの母親を描いたものと思われる肖像画だった。ブロンド美人で、きれいに化粧を施し、両手は膝《ひざ》の上に置かれることはなく、腕と一緒にぴんと伸ばされて、薄いグリーンのソファの背に這《は》わせている。黒のノースリーブのドレスを着て、ベルトにはオレンジがかった赤い花を留めている。口元は優しく微笑んでいるが、それは画家が浮かべさせた笑みで、真実や人柄がしのばれるものではなかった。このがらくたにジョン・ピアーソンはいったいいくら払ったのだろう？　サーロウは玄関広間で電話をかけている。たぶん彼のオフィスにだろう。トムは彼が何を言おうと興味はなかった。ジョニーは廊下で手紙に目を通していた。二通をポケットに入れ、三通目の封を開けている。彼はひどく楽しそうだった。

リビングルームには大きな茶色の革のソファがふたつ——トムからは、片方のソファの白いシーツの下にのぞく、側面の底部しか見えなかったが——直角に置かれていた。さらに楽譜が立てかけられているグランドピアノもあった。トムは近づいてなんの曲か確かめようとしたが、ピアノの上に飾られた二枚の写真のほうに目を惹《ひ》かれた。一枚目は、二歳くらいの小さな子どもを抱えた黒い髪の男性の写真だった。笑っているブロンドの子どもはたぶんジョニーだろう。そして、男はジョン・ピアーソンだ。まだ四十歳にはなっていないと思われるその男は親しげな黒い瞳をして笑みを浮かべている。フランクの目とどことなく似ている。二枚目の写真のジョンも劣らず魅力的だった。白いシャツを着てネクタイはつけず、眼鏡もかけていない。ゆらゆらと煙がたちのぼるなか、微笑んだ口元からパイプを外したところだった。これらの写真からは、老ジョンが暴君だったと、それどころか冷酷なビジネスマンだったとさえ想像するのは難しかった。ピアノの上のシートミュージック（綴じていない一枚刷りの楽譜に印刷されたポピュラー音楽）の表紙には、巻き文字で「スイート・ロレイン」と記されていた。リリーが弾くのだろうか？　トムは昔から『スイート・ロレイン』が大好きだった。ユージーンが戻ってくると同時に、サーロウもスコッチ・アンド・ソーダらしきものを手に、別の部屋から戻ってきた。ユージーンがトムに何か召し上がりますか、お茶かドリンクでもと尋ねたが、トムは辞退した。それからサーロウとユージーンはこのあとどうするかについて相談を始めた。サーロウがヘリコプターで行きたいのだがと言うと、ユージーンはもちろん手配できるが、ここにいる全員で行くのかと尋ねた。トムはフランクを見た。フランクが彼と一緒にニューヨークに残るほうがいいと答えても、トムは驚きはしなかっただろう。だが、フランクはこう言った。

「それでいいよ。みんなと行く」

ユージーンが手配の電話をかけた。

フランクがトムを廊下に手招きした。「ぼくの部屋を見ませんか？」少年は廊下の右側の二番目のドアを開けた。ここでもベネシアン・ブラインドが下ろされていたが、フランクが紐を引いて明かりを入れた。

そこには長いトレッスル・テーブルが置かれ、本は壁に沿ってきちんと一列に並べられていた。積み重ねられた螺旋綴《らせんと》じの学校のノート。そして少女の写真が二枚——たぶん、テリーサだろうとトムは思った。一枚は白いドレス姿の少女がひとりで写っていた。頭にはティアラを載せ、花のレイを掛けて、ピンク色の唇にいたずらっぽい笑みを浮かべ、瞳は晴れやかに輝いている。舞踏会の花といったところか。もう一枚は、これもカラー写真だったが、もっと小さかった。フランクとテリーサがワシントン・スクエアと思われる場所に立っている。フランクはテリーサの手を握り、テリーサはベージュのベルボトム・ジーンズにブルーのデニムシャツを着て、片方の手には小さな袋を――たぶんピーナッツの――持っていた。フランクはハンサムで幸せそうに見えた――いかにも横にいる少女の心が自分にあると確信している少年らしく。

「この写真、気に入ってるんです」フランクが言った。「大人っぽく見えるでしょう。ほんのちょっと前のものなんです――ぼくがヨーロッパに発《た》つ、たぶん二週間前」

ということは、彼が父親を殺す一週間前ということだ。トムはまたもや、わけのわからない不穏な疑惑を覚えた。フランクは本当に父親を殺したのだろうか？　それとも単なる妄想なのか？　若者というのは、この手の妄想を抱いて、それに浸りきってしまうものだ。フランクもそうなのだろうか？　フランクには、兄にはまったく見られないようなある種の激しさがあった。フランクがテリーサから受けた痛手から回復するには相当な時間がかかることだろう。おそらくは二年くらいもかかるかもしれない。一方、父親殺しをでっちあげ、それをトムに話すというのは、たしかに自分に注意を惹きつける方法と言えるかもしれないが、フランクはそういうことをするタイプではなかった。

「何を考えているんですか？」フランクが訊いた。「テリーサのこと？」

「お父さんのことについて、本当のことを話してくれないかな」トムは穏やかに尋ねた。

フランクの口元がぎゅっと固く引き締まった。それはトムがよく知っている表情だった。

「なんでぼくがあなたに嘘《うそ》をついたりするんですか?」しかし、そこで、彼は肩をすくめた。まるで本気になりすぎたことを恥じるかのように。「行きましょう」

嘘だということもあり得るかもしれない、とトムは思った。この子は現実よりも幻想を信じている。「お兄さんは何も感づいてないのかい?」

「兄に——訊かれたとき、ぼくは言いましたから——押してなんかいないって」フランクの言葉がとぎれた。「ジョニーは信じてくれた。それに、もしぼくが真実を打ち明けたとしても、彼は信じたくなんかなかったと思います」

トムはうなずき、さらにドアのほうにもうなずいてみせた。部屋を出る前に、トムはドアの近くのハイファイ装置と、三段にもわたる立派なレコードケースにちらりと目をやった。それからトムは引き返してベネシアン・ブラインドの紐を引っぱって元に戻した。絨《じゅう》毯《たん》は濃い紫色で、ベッドカバーも同じ色に揃《そろ》えられていた。なかなかいい色合いだ。

一行は下におりて、タクシーを二台拾い、西三十丁目のミッドタウン・ヘリポートに向かった。トムはそのヘリポートのことを知ってはいたが、実際に行ったことは一度もなかった。ピアーソン家は自家用ヘリコプターを所有していた。それも十人はたっぷり乗せる余裕がありそうな代物《しろもの》だ——べつだん座席を数えたわけではなかったが。足を投げ出せる空間があり、バーや電化キッチンも備わっていた。

「あの人たちのことは知らないんです」フランクがトムに言った。「あの人たち」とはパイロットと、飲みものや食べものの注文をとっているスチュワードのことだった。「彼らはヘリポートに雇われているんで」

トムはビールとライ麦パンのチーズサンドイッチを頼んだ。ちょうど五時を過ぎたところで、ほぼ三時間の旅になるだろうと言われていたからだ。サーロウはユージーンの隣の、よりパイロットに近い席を占めていた。トムは窓の外を覗《のぞ》いて、ニューヨークの景色がどんどん降下していくのを眺めていた。

漫画の擬音と同じパタ、パタ、パタという音がした。聳えたつ山々のようなビルディングが沈んでいく。まるで下に吸いこまれるようなその眺めに、トムは映画の逆回しを連想した。フランクはトムとは通路を隔てた席に座っていた。彼らの後ろには誰もいなかった。前方に座るスチュワードとパイロットも、いまは冗談を交わしているらしい。彼らの笑い声からそれがうかがえた。彼らの左では、オレンジ色の太陽が地平線の上に浮かんでいた。

フランクは、自分の部屋からとってきた本に読みふけっている。トムはうたた寝を決めこむことにした。全員にとって、今夜は非常に長い夜になるだろうという事実を考えれば、それが最善の道のように思えた。トム、フランク、サーロウそしてもちろんジョニーにしてみれば、実質的にいまは夜中の二時なのだ。サーロウがすでに眠っているのを、トムは見た。

モーターの回転音の変化でトムは目を覚ました。ヘリは降下していた。「裏手の芝生に下りるんです」フランクがトムに言った。

すでに空は暗くなりかかっていた。トムの目に大きな白い屋敷が見えた。豪邸だが、二方にあるポーチの屋根の下に黄色がかった明かりの輝くその姿には、どこか親しみやすさを感じさせるものがあった。ひょっとしたら母親はポーチに立って待っているのかもしれない、とトムは思った。まるで、肩にかついだ棒の先にハンカチーフ一枚で包んだ荷物を下げて、とぼとぼ帰ってきた息子を迎えるように。トムは、いつのまにかピアーソン家の住まいに好奇心がわいてくるのを感じていた。もちろん、家はこれひとつだけではないが、一家にとって重要な家であるのは確かだ。彼らの右手は海で、トムはそこにいくつかの光が瞬いているのを認めた。ブイか小型船だろう。そして、不意に、リリー・ピアーソン――ママだ――の姿が見えた。ポーチで手を振っている！　黒のスラックスとブラウスを着ているように見えるが、薄暗がりのなかなので、はっきりとはわからなかった。しかし、彼女のブロンドの髪はポーチの明かりにくっきりと浮かび上がっていた。その隣には、ほとんど白ずくめのもっと肉づきのいい女性が立っていた。

ヘリコプターが地面に着地した。彼らは機内から下ろされた階段でヘリを降りた。

「フランキー！　お帰りなさい！」母親が呼びかけた。

かたわらの女性は黒人で、やはり微笑みながら、ユージーンとスチュワードがサイドハッチから出している荷物を運ぶのを手伝うために進み出た。

「ただいま、母さん」フランクは答えた。彼は不安そうに、というよりは少し緊張した様子で母親の肩に腕をまわし、その頬《ほお》にキスしようとはしなかった。

トムはまだ芝生の上にいたので、離れたところからそれを見ていた。少年は、はにかんではいるが、母親を嫌ってはいない、と彼は思った。

「こちらエヴァンジェリーナ」リリー・ピアーソンが、スーツケースを持って彼らのほうに歩いてくる黒人女性を指して、フランクに話しかけている。「息子のフランク――それとジョニーよ」彼女はエヴァンジェリーナに言った。「それから、ご機嫌いかが、ラルフ？」

「おかげさまで、ありがとうございます。こちらは――」

フランクがサーロウを遮った。「母さん、彼がトム・リプリーだよ」

「お目にかかれて、本当に嬉しいですわ、ミスター・リプリー」リリー・ピアーソンの化粧した目が、探るようにトムに注がれる。それでも、彼女の微笑みは親しげに見えた。

一行は、リリー・ピアーソンの「上着やレインコートは玄関にでもどこにでも好きな場所に置いておいてください」という声とともに家のなかに招じ入れられた。何か途中で召し上がられました？　お疲れになったでしょうと彼女は言い、エヴァンジェリーナが冷たい夜食を用意しておりますので、よろしかったらどうぞとつけ加えた。リリーの声にはまったく緊張しているようなところはなく、ただ客をもてなそうという心づかいだけが感じられた。彼女のアクセントにはニューヨークとカリフォルニアのそれが微妙に混じっているようにトムには思えた。

彼らは広大なリビングルームに腰を落ち着けた。ユージーンはエヴァンジェリーナのあとを追うようにして同じ方向に消えていった。おそらくはキッチンへ。ヘリコプターの乗員たちもそこにいるのだろう。その部屋にはかつてベロンブルでフランクが言及していたダーワットの絵が掛かっていた。『虹』と呼ばれる絵で、バーナード・タフツによる贋作の一枚だった。トムは実際にこの絵を見たことはなかったが、バックマスター画廊の売上記録から——たぶん四年前——その名前を覚えていた。彼はまたフランクがそれを評してみせたときの言葉を思い出していた。「何もかもが酔っ払ったみたいにぼんやりとしている」と少年は言ったのだ。「その街はメキシコのものともニューヨークのものともつかない」のだと。そして彼はいままさにそれを目にしていた。その虹には勢いと同時に安定が感じられ、バーナード・タフツはなかなか見事な腕を見せていた。ピアーソン夫人からダーワットに興味があるのかと訊《き》かれたくなかったので、絵からしぶしぶ目を離した。そのリリー・ピアーソンはサーロウとの会話に興じていた。サーロウはパリでの一部始終（電話でのやりとり）を、さらにフランクとミスター・リプリーがベルリンを出てハンブルクで数晩を過ごしたことなど——たぶん夫人はとっくの昔に知っているにちがいない——をしゃべっていた。自分の家のものより大きなソファに座り、自分の家のものより大きな暖炉の前で、自分の家に掛かっている『椅子の男』と同じダーワットの贋作を目の前にしていることに、トムはなんとなく不思議な気分を味わっていた。

「ミスター・リプリー、いまラルフからあなたのすばらしい《ファンタスティック》ご助力について聞かされていたところですわ」リリーは目をぱちぱちさせながら言った。彼女はトムと暖炉の間に置かれた大きな足台の上に座っていた。

「ファンタスティック」などというのは少年少女が使う言葉だとトムは思っていた。たしかに心のなかで考えたりするときには使うこともあるが、実際に口に出して使ったりはしなかった。「どちらかと言えば、少しばかり現実的《リアリスティック》な助力というべきでしょうね」トムは慎み深い口調で答えた。フランクとジョニーはすでにリビングルームにはいなかった。

「本当にありがとうございました。なんと言ってお礼を申しあげればよいのやら——ラルフの話では、わざわざ身の危険をも顧みずにご尽力くださったとか」彼女は女優特有の明瞭な話し方をした。

ラルフ・サーロウはなぜ、そこまで彼に親切なのだろう？

「ラルフが言うには、あなたはベルリンの警察の助力さえ仰ごうとはなさらなかったそうですね」

「もしできるなら、警察は介入させないほうがいいだろうと思ったまでのことですよ」とトムは答えた。「下手《へた》に動くと誘拐犯たちはパニックを起こすことがありますからね。——前にサーロウにも言ったように、今回の誘拐犯たちはどうやらベルリンの素人集団と思えるふしがありました。全員若かったし、よく組織されてもいなかった」

リリー・ピアーソンはじっと彼の顔に見入っていた。とても四十を越えているようには見えないが、おそらくそれよりはふたつ三つ上というところだろう。その身体はほっそりとして引き締まり、その目はトムがニューヨークのアパートメントで見た肖像画のそれと同じように青く、彼女のブロンドが本物であることを仄めかしていた。「それにフランクは怪我《けが》ひとつしていないなんて」彼女はそれがまるで驚嘆すべき事実であるかのような口調で言った。

「ええ」とトム。

リリーはため息をつき、ラルフ・サーロウのほうをちらりと見てから、トムに視線を戻した。「あなたは、どのようにしてフランクにお会いになったんですか?」

ちょうどそのときフランクがリビングルームに戻ってきた。少年の口元は先ほどよりも固くこわばっているように見えた。たぶん、テリーサからの手紙かメッセージはないかと探して、またもや徒労に終わったのだろう。少年はブルージーンズにスニーカー、そして黄色みがかったヴァイエラのシャツに着替えていた。明らかに最後の質問を聞いていたらしい少年は母親にこう言った。「ぼくのほうからトムの住んでいる町へ訪ねていったんだ。それまでは近くの町でちょっとしたアルバイトをしていたんだ――庭師の仕事を」

「まあ、本当?　そう言えばあなたは前からやってみたいと言ってたけど――本当にやったのね」彼の母親はいささか驚いた様子で、またもや目をぱちぱちさせた。「いったいどこの町だったの?」

「モレだよ」とフランクは答えた。「ぼくはそこで働いていたんだ。トムはそこから八キロほど離れた町に住んでいた。ヴィルペルスという町だよ」

「ヴィルペルスね」母親は息子の言葉を繰り返すように言った。

そのアクセントにトムは思わず微笑んだ。彼は惚《ほ》れ惚《ぼ》れする思いで『虹』の絵に目をやった。

「パリの南の郊外だよ」少年はまっすぐに突っ立ったまましゃべっていた。いつもの少年らしからぬ正確さだとトムは思った。「トムの名前を知ってたのは、パパが何度か彼の名前を口にしてたことがあったからなんだ――ぼくたちの家のダーワットの絵のことでね。覚えてない、母さん？」

「いいえ。申しわけないけれど、覚えていないわ」

「トムはロンドンの画廊の人たちと知り合いなんだよ。そうですよね、トム？」

「ああ、たしかにね」トムは落ち着いた口調で答えた。フランクは彼の友人がいかに重要人物であるかを自慢したいのだろう。同時に、母親かサーロウが、ダーワットの署名が入った何枚かの絵の真贋について持ち出すきっかけを与えようとしたのかもしれない。フランクはダーワットや、明らかに贋作の可能性のあるものまでを弁護しようとしているのだろうか？　だが、話題はそこまで及ぶことはなかった。

トムの背後の部屋では、エヴァンジェリーナがゆっくりと、だが確固たる足どりで料理の皿やワインを長いテーブルの上に運びはじめていた。ユージーンがそれを手伝っていた。この作業が行なわれている間、リリーはトムを泊める部屋に案内しましょうと申し出た。

「たったひと晩とはいえ、わたしどもの家に滞在していただけるなんて光栄ですわ」リリーは先に立って階段を上がりながらそう言った。

トムが案内されたのは、四角い大きな部屋だった。ふたつの窓があり、双方とも海に面しているとのことだが、いまは真っ暗で何も見えなかった。家具はすべて白と金色で統一され、同じく白と金で装飾された――タオルまでが黄色だった――バスルームがついていた。そこに据えつけられた小さな箪笥《たんす》をも含むいくつかの備品は、部屋に置かれている本物のルイ十四世様式の家具を巧妙にまねて、金色の渦巻き模様の装飾が施されていた。

「本当のところ、フランクはどうなんですの？」リリーは尋ねた。その額《ひたい》には気づかわしげな三本の皺《しわ》が刻まれていた。

トムはしばらく考えてから答えた。「ぼくが思うに、彼はテリーサという少女に真剣な恋をしているようですね。あなたはテリーサのことを何かご存じですか？」

「ああ――テリーサのことね――」リリーは開いている部屋のドアのほうをちらりと見やった。「わたしが知る限り、たしかフランクにとっては三人目か四人目だかのガールフレンドですわ。べつにフランクがいつも誰と付き合っているかをわたしに教えてるというわけじゃありません――でもどういうわけかジョニーが嗅《か》ぎつけてしまうんです――テリーサがいったいどうしたとおっしゃるんですか？　フランクは彼女のことばかり話していたんですか？」

「いや、そういうわけじゃありません。でも、どうやら彼はテリーサのことを本気で恋していたようです。彼女はこの家にも来たんじゃありませんか？　あなたはお会いになったことは？」

「ええ、ありますわ。とてもすてきなお嬢さんでした。でも、まだ十六歳なんですのよ

――フランクも」リリー・ピアーソンは、それがどれほどの意味があるのだと言いたげな顔でトムを見た。「パリでジョニーから聞いた話では、彼女に最近新しく思いを寄せる人ができたようですね――もっと年長の。どうやらそのことでフランクはひどく参っているらしいんです」「ああ、それはあるかもしれません。テリーサはそれはきれいな娘さんですから、ひどく殿方には人気があって。なんていっても彼女はまだ十六歳ですもの。たぶん、二十歳かもっと年のいった男性に惹かれるのも無理はありませんわ」リリーはこれでその話題はおしまいというように微笑んだ。

トムはリリーからもっと少年の人となりを聞き出しておきたかった。「フランクもいずれは、テリーサとの失恋から立ち直るでしょう」リリーは明るい口調でそう言った。だがその声は、あたかも少年が廊下で立ち聞きしているのではないかとでもいうようにひそめられていた。

「もうひとつ、うかがっておきたいことがあるんですが、ピアーソン夫人。ぼくはたぶんフランクが家出したのは、彼の父親の死のショックが大きかったんじゃないかと思うんです――本当の理由はそれだったんじゃありませんか？　たぶん、テリーサのことよりも――というのは、フランクがそれをぼくに語ったのは、まだテリーサの心変わりを知る前だったんです」

リリーは口を開く前に慎重に言葉を選んでいる様子だった。「フランクはたしかに父親の死にショックを受けていました。ジョニーよりは、はるかに。ジョニーときたら、すぐに写真や女の子たちだけで頭がいっぱいになってしまうんですもの」

トムはリリーのしかめられた眉を見ながら、夫の死が自殺だったと思っているかと訊くべきかどうか迷った。「新聞によれば、あなたのご主人の死は事故だということでしたね。たしか車椅子ごと断崖から落ちたのだと」

リリーはぴくりと肩をすくめてみせた。「本当のところはわからないんです」

部屋のドアはあいかわらず開いたままで、トムはそれを閉めてリリーに座って話すように勧めてみようかとも思ったが、かえって彼女が真実をしゃべる妨げ――もし彼女がそんなものを知っているとすればの話だが――になってしまうのではないかという気がした。

「本当にわからないんです。あそこは縁のところで地面がわずかに上り坂になってますし、ジョンは縁までは決して行ったりはしませんでした。そんなことをしたら自殺行為ですもの。それにもちろん車椅子にはブレーキがついていました。フランクは突然車椅子が動き出したのだと言いました――それに彼自身が望んだのでなければ、なぜスイッチを入れたりするでしょう」リリーの眉がまたしても気づかわしげにひそめられた。彼女はトムの顔を見た。「フランクが走りながら家に戻ってきて――」だが、その先を続けようとはしなかった。

「フランクの話によれば、あなたのご主人はひどく失望なさっていたそうですね。息子さんがふたりとも――ご主人の事業にあまり興味を示さないことを。つまりピアーソンというビジネスに対して」

「ああ、それはたしかにそうですわ。息子たちは、ビジネスというものに恐怖を抱いているのではないかと思います。あまりの大きさに恐れをなしているのか、あるいはただ好きでないのかもしれませんが」リリーはそう言って、「ビジネス」がいまにもそこへやってこようとしている黒い嵐であるかのように窓の外を眺めた。「たしかにジョンにとっては大きな失望だったと思います。父親というものは、とかく息子たちの誰かに自分のあとを継がせたがるものですから。でも、ジョンは後継者を探したければファミリーの人たちもいましたから——ジョンは自分のもとで働いている人々を『ファミリー』と呼んでいたんです——たとえばニコラス・バージェスとかいった。彼はずっとジョンの右腕として働いてきましたし、まだ四十歳です。わたしには息子たちがあとを継ごうとしなかったからといってジョンが自殺をはかったとはとうてい信じられません。でも、もし彼が本当の気持ち——つまりあんなふうに椅子に縛りつけられた生活を恥じていたのだとしたらあり得ると思います。彼がそんな生活にうんざりしていたことはわかっていました。それから日没を見ることも——あの人はいつも沈んでいく夕日を見るたびに心を動かされてしまうのです。感情的になるというのではないけれど、ひどく感傷的になってしまうんですね。幸せと哀《かな》しみ——何かの終わりであるかのように。おまけに日が落ちたあとは、目の前の海に闇《やみ》が降りていくのを見なければならないんですもの」

そしてフランクは家に走って戻ってきたのだ。リリーはあたかもそれを見ていたかのような口調で言ったばかりだった。「フランクはいつもそんなふうに、父親と一緒に出歩いていたのですか？　その断崖まで」

「いいえ」リリーは微笑んだ。「あの子はうんざりしていましたわ。息子の話では、その日の午後、ジョンが一緒についてくるようにと言ったんだそうです。ジョンはよくそんなふうにフランクを呼びつけていました。彼はジョニーよりもフランクのほうをずっと買っていたんです——わたしたちと同じように」彼女はいたずらっぽい、小さな笑みを浮かべてみせた。「ジョンはよくこう言っていました。『フランクにはしっかりした芯のようなものがある。彼の顔を見ればわかる』と。つまり兄のジョニーと比べてという意味です。ジョニーはもっとなんというか——夢想家タイプなんです」

「あなたのご主人のことを新聞で読んだとき、ジョージ・ウォレスのことを思い出しましたよ。たぶんジョンもまた、憂鬱《ゆううつ》なときを送っていたのでしょうね」

「あら、それは違いますわ」リリーはいまや晴れやかな笑みを浮かべていた。「仕事に関してはたしかに深刻になったり冷酷になることはありました。何かがうまくいかないからといって、一日じゅうふさぎこむことだってありましたけれど、憂鬱というのとは違うんです。ピアーソン、会社、ビジネス、呼び方はなんであれ、彼にとってそれは壮大なチェスゲームのようなものだったんです。みんなそう言ってました。ある日はほんの少し勝ったかと思えば、次の日はほんの少し負ける、でも決してゲームは終わらない——ジョンが死んだいまになっても。わたしはジョンは本来楽天的な人間だったと思います。彼はいつだって微笑むことができました——ほとんどの場合はですけれど。たとえ椅子の生活を余儀なくされるようになってからも。わたしたちは車椅子とは呼ばずにいつも『椅子』と呼んでいました。でも息子たちにとっては、父親があのようになってしまったことはつらかったんじゃないかと思います。彼らの知っている父親の姿といったら——車椅子に座ったビジネスマン、金と他人のことしか話さない、遠く離れた存在でしかありませんでした。通常の父親のように息子たちと散歩にいったり、柔道を教えたりといったことがまったくできなかったんですもの」

トムは思わず微笑んだ。「柔道ですか？」

「ジョンはこの部屋でよく柔道の練習をしていたものですわ！　この部屋はいつも客間だったというわけではないんです」

ふたりはドアに向かいかけていた。トムはマットを引いたり、宙返りを打つのに充分な余裕のありそうな、高い天井や広いフロアをいま一度見渡した。階下ではいまや全員がリビングルームに集って、めいめいにビュッフェ形式の食事をとっていた。トムはこの言葉を聞くたびに人々が揉み合う《バフェット》さまを想像するのだが、ここではスペースもたっぷりあったし、肘でつつきあうようにして食事する人々も見られなかった。フランクは壜入《びんい》りのコカ・コーラを飲んでいる。サーロウはジョニーとともにテーブルのかたわらに立って、スコッチのハイボールと料理の皿を手にしていた。

「ちょっと出よう」トムはフランクに声をかけた。

フランクはただちに壜を置いて答えた。「どこへ？」

「芝生に出よう」トムはリリーがジョニーとサーロウの会話に加わるのを見た。「スージーのことは聞いたかい？　どうなんだい、彼女の容態は？」

「ああ、彼女なら死んだように眠ってるそうですよ。エヴァンジェリーナから聞いたんです。まったくなんて名前だろ！　なんでもどこかのいかれた宗教団体に入ってるんだそうです。ここへ来て、まだ一週間しか経《た》ってないと言ってました」

「スージーもここにいるのかい？」

「ええ、彼女は二階の奥の棟に居室を持っています。ここから、出られますよ」

フランクはそう言って、正式なダイニングルームとおぼしき部屋の大きなフランス窓を開いた。そこには椅子の並ぶ長いテーブルがあり、さらにそれより小さなテーブルと椅子が壁の近くに置かれ、サイドボードや書棚もいくつか並べられていた。テーブルの上にはケーキと皿が用意されている。フランクが屋外ライトをつけたので、テラスとさらに芝生に続く四、五段の階段が浮かび上がった。階段の左にはフランクが前にも言っていた傾斜路が取りつけられていた。そこから先は闇に包まれていたが、フランクは道を知っているから大丈夫だとトムに言った。石を敷き詰めた小道が芝生を横切り、右に向かってカーブしていくのがかろうじて見てとれた。目が闇に慣れていくにつれ、彼はさらにその先に背の高い木々――たぶん、ポプラか松の木だろう――が聳えているのを見た。

「これがきみのお父さんがよく散歩していた道かい？」トムは尋ねた。

「ええ——正確には歩いてたわけじゃありません。車椅子に乗ってですから」フランクは歩調をゆるめ、手をポケットに突っこんだ。「今日は月も出てませんね」

少年が立ち止まり、いまにも家に戻りそうになっているのをトムは見てとった。彼は何度か深呼吸をして、黄色い照明の輝く二階建ての白い屋敷を振り返った。屋敷には三角形の屋根が載せられ、ポーチの屋根が左右に突き出ていた。トムはその屋敷が気に入らなかった。それはどの様式ともつかない、新しいスタイルに思えた。アメリカ南部式ともニューイングランドの植民地様式とも違う。おそらくジョン・ピアーソンが注文して作らせたのだろう。いずれにせよ、トムには建築家に興味はなかった。「あの断崖を見せてほしい」とトムは言った。少年にはそれがわからないのだろうか？

「わかりました。こっちです」とフランクは答え、ふたりは敷石の小道をさらなる闇に向かって歩きはじめた。

敷石の道はまだかろうじて識別することができたし、フランクはごく手慣れたもののようにすたすたとその上を歩いていった。ポプラの立ち木が頭上に覆いかぶさったかと思うと、突然それが開け、断崖に出ていた。トムは明るい色の小石で縁どられているその端を見てとることができた。

「この先は海です」フランクはそう言って身ぶりで示した。少年は断崖の端には近づこうとしなかった。

「そうじゃないかと思ったよ」トムの耳に下のほうから穏やかな波の音が聞こえてきた。

ドーン、ドーンと打ち寄せるリズミカルな波ではなく、ひたひたと寄せるような静かな音だった。トムの目がボートの舳先で輝く白い光を捉えた。ピンク色がかった港の明かりまでが見えるような気がした。コウモリのようなものがふたりの頭上をかすめたが、フランクは気にもとめていないようだった。なるほど、ここがその場所というわけか。そのときトムは少年がジーンズの尻ポケットに手を突っこんだまま、断崖の縁に向かって歩き、その下を覗きこむのを見た。一瞬、トムは恐怖を覚えた。なぜならあたりはあまりにも暗く、少年は端に近づきすぎているように思えたからだ——たしかに縁が少しばかり上り坂になっているとはいえ。突然フランクはこちらに向き直った。

「さっき母さんと話していたんですか?」

「ああ、少しばかりね。テリーサのことについて尋ねてみたんだ。彼女が前ここに来たことがあると聞いてたからね——どうやら、彼女からの手紙はなかったらしいね?」それについて触れないでおくよりは、いっそのことぶつけてみたほうが得策だとトムには思えた。

「ええ」

トムは少年に近づいていった。ふたりの間はわずか一、二メートルしか離れていなかった。少年は背をまっすぐに伸ばして立っている。「気の毒だと思うよ」トムはそう言いながら、少女が一度だけパリのサーロウのもとへ数日前に電話をかけてきたことを思い出していた。少年が無事発見されたいま、彼女はひとことの説明もなしに、ぷっつりと関係を断ったのである。

「母さんと話したのはそれだけですか？　テリーサのことだけ？」フランクはそれが話題にするほどのことではないと言いたげな、軽い口調で言った。

「いいや。きみのお父さんの死は自殺だと思うか、それとも事故死だと思うかを尋ねてみた」

「それで母さんはなんて言いました？」

「わからないと言っていた。なあ、フランク――」トムは静かな口調で話していた。「お母さんはまったくきみを疑ってはいない。だからきみも忘れるにまかせればいい。それだけのことだ。たぶん。もう済んだことなんだ。お母さんもこう言ってらしたよ。『自殺にしろ、事故にしろ、もう済んでしまったことです』とね。だからフランク、きみも立ち直って忘れるべき――おい、そんなに縁ぎりぎりまで近づくんじゃない」少年は海のほうを向き、つま先立って伸び上がるように身をかがめていた。わざとなのか、無意識にそうしているのかトムにはわからなかった。

だしぬけにフランクは振り返ると、トムに向かってつかつかと歩き、左横を通りすぎてからふたたび振り返った。「でも、あなたはぼくが椅子を突き落としたことを知っている。母さんがどう思っているかを探るために、あなたが話してくれたんだということはわかっています。でも、前にも言ったでしょう――つまり、ぼくは母に父が自分でやったんだと言って、母もそれを信じてくれた。でも、それは真実ではないんです」

「わかってるよ、落ち着いて」トムは優しい口調で言った。

「父の椅子を押したとき、ぼくはテリーサと一緒にいるような気さえしていました——つまり、彼女はぼくを——好いてくれているんだという意味だけど」

「わかってるよ」トムは言った。

「これで父を追い出してやれると思ったんだ。ぼくたちの人生から——ぼくとテリーサの。ぼくは父が人生をスポイルしていると思った。不思議だけどあのときテリーサが勇気を与えてくれたんです。でも彼女はいなくなってしまった。そしていまぼくに残されているのは沈黙のみです——何ひとつ残っちゃいない！」少年の声がうわずった。

まったくもって奇妙なことだ、とトムは思う。ある少女たちは少年たちにとって哀しみと死を意味するのだ。少女たちは太陽のように晴れやかで、生命力と、喜びに満ちていながら、死そのものになる。その理由は少女たちが犠牲者を誘惑するからではない——彼女たちは何もないのに勝手に想像をたくましくして、騙《だま》されるほうが悪いのだと非難するだろう。そんなものはただの虚像でしかないのだと。トムは突然笑いだした。

「フランク、きみもそろそろこの世のなかには彼女以外の女の子もいるんだということを悟《さと》るべきだよ！　テリーサはもう——彼女はきみから逃げたんだ。だからきみも彼女から解放されるべきだ」

「努力はしています。ベルリンでも。たぶんあれが本当の危機だったんだと思います。あそこで、ジョニーから聞かされたときが」少年は肩をすくめてみせたが、トムのほうを見ようとはしなかった。「ええ、そりゃぼくは彼女からの手紙がないかと調べました。それは認めます」

「じゃあ、そこから出発するんだな。いまは何もかもがひどく思えるだろうが、きみの前には無限の歳月が開けているんだ。さあ、しっかりして！」トムは少年の肩を叩いた。

「そろそろ家のほうに戻らなくては。ああ、ちょっと待って」

トムは断崖の縁から下を覗いてみたかった。彼は明るい色をした石に向かって歩いた。靴底に丸石と少しばかりの草の感触があった。彼ははるか下の虚空を、いまではまったくの闇に包まれてはいるが、うつろな空間のような音をたてているそれを感じとることができた。そしてそこには、いまはまったく見えないが、フランクの父親の身体が叩きつけられたぎざぎざの岩場があるのだ。背後から近づいてくる足音を聞いて、トムは振り返り、思わず断崖の縁から退いた。いまにも少年がトムを突き落とそうと飛びかかってくるのではないかという思いが頭をかすめた。頭がおかしいのは自分のほうだろうか、とトムはいぶかった。この少年はトムを敬愛しているのに。だが、同時に愛というものはしごく不可解なものでもあるのだ。

「そろそろ戻りましょうか？」フランクが言った。

「ああ」トムは額に冷たい汗が浮かぶのを感じていた。彼は自分が思っているよりもはるかに疲れていることに気がついていた。飛行機の旅のおかげで、彼は時間の感覚というものをすっかり失っていたのだった。

21

ベッドに入るのももどかしく、トムは眠りに落ちた。だが、しばらくして、身体《からだ》全体をぴくんと震わせるようにして目を覚ました。悪夢か？　だったとしても、彼は覚えていなかった。どれくらい眠ったのだろう？　一時間？

「いいえ！」その低く囁《ささや》くような声は部屋の外の廊下から聞こえてきた。

トムはベッドから出た。外の声はなおも続き、鳩のくーくー鳴くような女性の囁き声にフランクの声が混じり合う。フランクの部屋が右隣であることをトムは知っていた。聞きとることができたのは、ほんのふたこと三ことで、もっぱら女性の口から出たものだった。

「……本当に辛抱がきかないんだから……知っているんですよ……あなたがどうしようと……あたしにはいっこうにこたえませんからね！」

スージーにちがいない。しかもひどく腹をたてているように聞こえた。彼女の口調にはドイツ風のアクセントがあった。ドアに耳を押し当てればもっとよく聞こえただろうが、盗み聞きするのは嫌だった。彼はドアに背を向けて、手探りでベッドのほうに進み、ナイトテーブルを探し当てて、そこに載せておいた煙草《たばこ》とマッチをとった。トムはマッチを擦り、枕元《まくらもと》のスタンドをつけ、煙草に点火して、ベッドに腰をおろした。これで少しは気分がよくなった。

スージーのほうからフランクを訪ねてきたのだろうか？　フランクが彼女のドアをノックするよりは、はるかにあり得る話だが。トムは笑って、ベッドに仰向けになった。近くでドアがそっと閉じられる音がした。フランクの部屋のドアだろう。トムは立ち上がって煙草を消し、ベルリンにいたときのようにスリッパ代わりにしているローファーに足を滑りこませた。彼は廊下に出て、フランクの部屋の閉じたドアの下に明かりが漏れているのを見た。トムは指先でドアを叩《たた》いた。

「トムだ」柔らかい足音が、足早にドアに近づいてくるのが聞こえた。

フランクがドアを開いた。疲労で落ち窪んだ目をしていたが、微笑《ほほえ》んでいる。「どうぞ！」彼は囁いた。

トムは入った。「いまのがスージー？」

フランクはうなずいた。「一本もらっていいですか？　ぼくのは下に置いてきちゃって」トムのはパジャマのポケットに入っていた。「それで、彼女は何をぐずぐず言ってたんだい？」彼は少年の煙草に火をつけてやった。

フランクは「ふうっ！」と声をあげて煙を吐き出した。いまにも笑いだしそうだった。「ぼくが崖にいたのを見たと、まだ言ってるんですよ」

トムは頭を振った。「また心臓麻痺でも起こすんじゃないかな。明日、ぼくが彼女と話してみようか？——彼女にちょっと興味があるんだ」彼は振り返って、閉じたドアを見た。フランクがさっきからずっとそっちを見ていたのだ。「彼女は夜あんなふうに、うろついているのかい？　病気だって聞いてたけど」

「雄牛なみに頑丈なんでしょう」フランクは疲れきった足どりでよろめきながら、両足を宙に振り上げるようにしてベッドに倒れこんだ。

トムは部屋を見まわした。ラジオやタイプライターや本やメモパッドが置かれたアンティークの茶色の机が目に入った。半ば開いたクローゼットの扉に近い床の上にはスキーブーツと乗馬用ブーツが置かれている。茶色の机の上のほうには、緑色の巨大なピンナップボードがかかっていて、ポップシンガーのポスターが何枚か留めてあった。ジーンズ姿で大儀そうに佇《たたず》むラモーンズ、その下にはコミックの切り抜き、さらに数枚の写真が留められている。おそらくテリーサのものだろうが、いまはその話題を持ち出したくなかったので、近づいて見ることはしなかった。「まったくいまいましい女だね」トムが言ったのはスージーのことだ。「彼女は本当はきみを見てなんかいないのに。まさか今夜やってくるとは思わなかっただろう？」

「あの鬼ババアめ」フランクが言った。彼の目はほとんど閉じかかっていた。

トムは手を振って部屋を出ると自室に戻った。自分の泊まっている部屋のドアは内側から鍵がかけられるようになっていることに気づいたのはそのときだった。だが、ロックはしないでおいた。

翌朝、朝食が済んだあとで、トムはピアーソン夫人に、スージーを見舞いたいので庭の花を何本か切ってもかまわないかと尋ねた。リリー・ピアーソンは、ええ、もちろん、どうぞと答えた。トムの推測どおり、母親よりもはるかに庭のことをよく知っていたフランクは、どうせ何を切ったってわかりゃしないから大丈夫ですよと言っていたのだ。彼らは白い薔薇《ばら》を切って花束を作った。トムはスージーの見舞いを、できれば不意打ちのような形で行ないたかったのだが、いちおうはエヴァンジェリーナに──実にふさわしい名前だ──彼の「到来」を告げてもらうことにした。黒人のメイドは部屋から出てくると、ほんの二分ほど廊下で待っていてほしいと彼に言った。

「スージーは髪をとかしたいと申しておりますの」エヴァンジェリーナは嬉《うれ》しそうに顔をほころばせて言った。

数分後、かすれた、眠たげな声が「どうぞ」と言った。彼はまずノックをしてから部屋に入った。

スージーは積み上げた枕に背をもたせかけていた。白っぽい室内が陽射《ひざ》しでいっそう白く見える。その髪は黄色っぽくも灰色っぽくも見えた。顔は丸く、皺《しわ》だらけで、倦《う》み疲れたような目をしていたが視線は鋭かった。どこかドイツの郵便切手に使われている有名な女性たちを思い出させた。トムはそのほとんどの名前すら知らなかったが。彼女の左腕は、白いナイトドレスの長い袖《そで》に包まれて、寝具の外に出ていた。

「おはようございます。トム・リプリーです」トムは挨拶《あいさつ》した。フランクの友人だとも言おうかとも思ったが、やめておいた。すでにリリー経由で耳に入っているかもしれない。

「今朝は、ご気分はいかがですか?」

「まああというところですね、おかげさまで」

ベッドの真向かいにはテレビが置かれ、トムにこれまで見舞いに行った病室を思い出させたが、それを除けば、その部屋は充分に彼女自身を反映していると言えた——古い家族写真、鍵針編みのドイリー、本棚には小さな置き物や、記念品がぎっしり詰まり、ジョニーの子ども時代の記念品とおぼしき、シルクハットの古ぼけたミンストレル人形まで置かれていた。「それはよかった。ピアーソン夫人から心臓発作を起こされたとうかがっていましたので——さぞ、驚かれたでしょうね」

「ええ、初めてですからね」彼女は低い声で答えた。その刺すような、淡い青の瞳はトムをじっと見すえたままだ。

「ぼくは——その、実はヨーロッパでフランクと何日か一緒だったんですよ。ピアーソン夫人から聞かれてるかもしれませんが」それに対する返事はなかった。トムは花を生ける花瓶を探したが、見あたらなかった。「花を持ってきたんです。お部屋が少しでも明るくなるようにと思って」トムは花束を手に微笑みながら進み出た。

「どうもご親切に」スージーはそう言って、フランクがナプキンで包んでおいた花束を片手で受けとり、もう一方の手でかたわらの呼び鈴を押した。

ほとんど間を置かずにノックが聞こえ、エヴァンジェリーナが入ってきた。花束を受けとった彼女に、スージーは花瓶を探してほしいと頼んだ。

トムは椅子《いす》を勧められていなかったが、背もたれのまっすぐな椅子に腰をおろした。

「ご存じかと思いますが――」スージーのラストネームを確認しておくのだった、とトムは悔やんだ。「――フランクはお父さんの死にたいそうショックを受けていました。そしてはるばるフランスまでぼくを訪ねてきたのです――ぼくはそこに住んでいるものですから。それで彼と知り合ったのです」

彼女はあいかわらず鋭い視線で彼を見ていた。「フランクは悪い子です」

トムはため息を押し殺し、快活な、礼儀正しい口調になるように心がけた。「ぼくには、とてもよい少年に見えますけどね――ぼくの家にも何日か泊まったんですよ」

「だったら、なぜ逃げ出したりしたんですか?」

「きっとショックを受けたんでしょう。せいぜい彼がしたことと言えば――」スージーはフランクが兄のパスポートを持ち出したのを知っているだろうか?「家を飛び出す若者なんて珍しくもありません。それにたいていはまた戻ってくるんです」

「フランクは旦那様を殺したんです」スージーが震える声で言った。寝具から出た手の人差し指がわなないている。「それはとても恐ろしいことです」

トムはゆっくりと息を吸いこんだ。「なぜ、そう思うのですか?」

「驚かれないのですね? あの子はあなたに告白したのですか?」

「まさか、そんな。違います。ぼくはあなたに、なぜ彼が殺したと思うのかとお尋ねしているだけです」トムはしかつめらしく眉《まゆ》をひそめ、さらに幾分かの驚きも交えた表情を作った。

「それは、彼を見たからです——つまり、もう少しで」

トムは躊躇《ちゅうちょ》した。「あそこの崖にいるのを、ということですか？」

「ええ」

「あなたは彼を見たのですね——庭から？」

「いいえ、二階にいました。でも、フランクがピアーソン様と出ていくのを目撃しました。あの子は一度だって一緒に行ったことなどなかったのに。ちょうど皆様がクロッケーのゲームを終えられたところでした。奥様が——」

「ピアーソン氏もクロッケーをなさるのですか？」

「ええ、もちろん！　旦那様は椅子を自由自在に動かすことができましたから。奥様はいつも、旦那様に少しは遊ぶようにとおっしゃっていました——ときにはビジネス上の心配事を忘れることも必要だとおっしゃって」

「その日はフランクもプレーしたのですか？」

「ええ、それにジョニーも。ジョニーはデートがあって——途中で抜けたのですが。その日は全員がプレーしました」

トムは足を組み、煙草を吸いたくなったが、やめておくことにした。「あなたはピアーソン夫人に話されたそうですね」トムはいかにも真剣そうに眉をひそめて切り出した。「フランクがお父さんを突き落としたのではないかと」

「はい」スージーはきっぱりとした口調で言った。

「ピアーソン夫人はそのようには考えていらっしゃらないようですが」

「奥様にうかがったのですか？」

「ええ」トムも同じようにきっぱりと返した。「夫人は事故か自殺かのどちらかだとお考えです」

スージーは小馬鹿にしたように鼻を鳴らして、テレビに目を向けた。スイッチを入れておかなかったことを後悔しているかのように。

「警察にも同じように話したのですか？——フランクのことについて」

「そうです」

「それで警察はなんと？」

「ああ、あの人たちは、二階にいたわたしに見えたはずがないと言いましたよ。でも、見なくてもわかることとってあるんですよ、いいですか、ミスター——」

「リプリーです。トム・リプリー。失礼ながら、あなたのラストネームを存じ上げていないのですが」

「シューマッハーです」ちょうどそのとき、エヴァンジェリーナがピンク色の花瓶に生けた薔薇を持って入ってきた。「ありがとう、エヴァンジェリーナ」

エヴァンジェリーナは花瓶をトムとスージーの間のナイトテーブルに置いて、部屋を出ていった。

「実際にフランクがそうしたのを目撃したのでないならば——警察に言わせればそんなこ

とは不可能だそうですがね——それを口にするべきではありませんよ。フランクはそのせいで非常に苦しんでいます」

「フランクは旦那様と一緒にいたのです」ふっくらしているが、かすかに皺の寄った手がふたたび上がり、それからベッドカバーに落ちた。「あれが事故だったとしても、よしんば自殺だったとしても、フランクには旦那様を止めることができたはずです、そうでしょう？」

スージーの言い分はもっともなように思えたが、すぐに、車椅子の操縦装置のスピード次第だと思い直した。しかし、彼はスージーとこれ以上この話を進める気にはなれなかった。「フランクが気づいたときにはすでに、ピアーソン氏が自分で飛び出してしまっていたのではないですか？　ぼくはそう理解していたのですが」

彼女は頭を振った。「フランクは走って戻ってきたと聞きました。わたしは一階に下りるまで彼を見ませんでした。そのときはみんながそのことを話していました。フランクは、旦那様が自分で椅子を走らせたのだと言いました」薄いブルーの目がトムを見すえた。「フランクはぼくにもそう言いましたよ」嘘《うそ》をついた瞬間が、フランクにとって第二の犯罪を犯した瞬間だったにちがいない。知らん顔で戻ってきて、そのまま三十分も放っておき、父親を崖のところに残して先に帰ったことにしておきさえすればよかったのに！　自分だったら、そうしていただろう——たしかに不安に苛《さいな》まれはしただろうが、なんらかの計画を練っていたことだろう。「あなたがどう考え、信じておられようと——とうてい証明できるものではありません」トムは言った。

「フランクは認めません。わかっています」

「あなたは、あの子が破滅してもかまわないのですか？　あなたの——非難のせいで？」

これにはさすがのスージーも、一瞬たじろいだように見えた。トムはこの有利な機会を——もしそんなものがあるとすればの話だが——逃すまいとした。「目撃者か、たしかな証拠でもない限り、あなたのおっしゃるような行為は決して証明できませんし、この場合は信じてさえもらえないでしょう」この老女はいったい、いつまで生きるのだろう、いつになったらフランクはそのくびきから解放されるのだろう？　スージー・シューマッハーはあと二、三年は永らえそうに見えたし、フランクにしても彼女を近づけないようにするのは極めて難しいだろう。彼女はすっかりケネバンクポートの家に根を下ろし、ピアーソン家の人々も明らかに一年の多くをここで過ごすことは間違いなかった。それに家族がニューヨークのアパートメントに行くときには、たぶん彼女もついていくのだろう。

「フランクの人生がどうなろうと、わたしの知ったことではありません。あの子は——」

「フランクが嫌いなのですか？」トムは尋ねた。さも驚いたという口ぶりで。

「あの子は——友好的ではありません。反抗的で——不機嫌で。あの子が頭のなかで何を考えてるかなんて、わかったものじゃありません。こうと思ったら、絶対に変えようとしない。いつも喧嘩《けんか》ごしなんですから」

トムは眉をひそめた。「しかし、だからといって彼が不正直だということにはならないでしょう？」

「違うんです」彼女は言った。「あの子は、やけに見かけが礼儀正しいんです。不正直なんて生易しいものじゃありませんよ。もっと重大なのは――」彼女は疲れてきた様子で言葉をとぎらせた。「でも、彼が自分の人生をどうしようと、わたしには関係ないじゃありませんか？　彼はすべて持っています。なのに彼は自分の手にあるものをありがたいとも思っていない、これっぽっちも。母親に心配をかけて、あんなふうに逃げ出したりする。その上、それを悪いとも思っていない。あの子は悪い子です」

父親のビジネス帝国に対するフランクの恐怖と反感をここで持ち出すのは、あまり賢明とは言えなかった。テリーサの彼に対する影響力について尋ねるのもやめたほうが無難だろう。トムはどこか遠くで電話のベルが鳴るのを聞いた。「しかしピアーソン氏はフランクをとても可愛《かわい》がっていたように思えますが」

「可愛がりすぎるほどでしたよ。あの子がそれに値しますか？　ええ？」

トムは組んだ足をほどいて、身じろぎした。「どうも、長いことお邪魔してしまいました。シューマッハー夫人――」

「かまいませんよ」

「わたしは明日には発《た》ちます。ことによると、今日の午後にでも。ですから、いまお暇《いとま》を申し上げておきますよ。どうぞ、お大事になさってください。でも、お見受けしたところ、とても具合がよいようですね」彼は最後にそうつけ加えた。お世辞ではなく、実際にそう見えたのだ。彼は立ち上がっていた。

「フランスにお住まいなのね？」

「ええ」

「ピアーソン様があなたの名前を口にしたことがあるのを思い出しました。ロンドンの美術関係の方たちとお知り合いなのですね」

「ええ、そのとおりです」トムは答えた。

彼女はまた左手を上げてから、ぱたんと落として窓のほうを見た。

「さよなら、スージー」トムは会釈をしたが、スージーは見ようとしなかった。トムは部屋を出た。

廊下で、トムはばったりジョニーに出くわした。ひょろりと長い若者は、満面の笑みを浮かべていた。

「あなたを救出に来たところだったんです！　ぼくの暗室を御覧になりませんか？」

「喜んで」とトムは言った。

ジョニーは踵《きびす》を返して、トムを廊下の左側にある部屋に案内した。ジョニーが赤色灯のスイッチを入れると、まるで舞台装置か何かのような、ピンク色の空気が漂う暗い洞窟のような内部が照らしだされた。壁は黒らしく、どうやらソファまでもが黒のようだった。そして遠くの隅にかろうじて、長いシンクらしいものがほの白く浮かんで見えた。ジョニーは赤色灯を消して、普通の明かりをつけた。三脚の上に載せられたカメラが二台置かれている。こうしてみると、暗幕は最小限にしか使われていなかった。さほど大きな部屋ではない。トムはカメラのことはあまり知らなかった。ジョニーが手に入れたばかりだというカメラを示したときもなんと言ったらいいのかわからなかったので、ただ「実にすばらしい」と感想を述べるだけにとどめておいた。

「本当はぼくの作品をお見せしたいんですがね。ここにはぼくの作品のほとんどが紙ばさみに保存してあるんです。一枚だけ、『白い日曜日』というのが、下のダイニングルームにありますけど。白と言っても雪のことじゃないですよ。まあ――とりあえずいまは母さんがあなたと話をしたがってるから」

「いま？　お母さんがぼくに？」

「ええ、ラルフが発つところなので、そのあと、あなたと話をしたいそうです――スージーはどうでした？」若者の笑みには、おもしろがっているような、というよりはそれを期待しているような表情が浮かんでいた。

「非常に楽しかったよ。見たところ、元気一杯のようだったがね。もちろん、普段の彼女をぼくは知らないけど」

「彼女はちょっとばかり、いかれてるから。彼女の言うことなんか、本気にしないほうがいいですよ」ジョニーはあいかわらずかすかな笑みを浮かべながら背を伸ばしたが、その言葉には警告めいた響きがあった。

弟をかばっているのだとトムは思った。ジョニーはスージーが何を言い触らしているのかを知っている。そしてジョニーは決してそれを信じなかったとフランクは言ったのだ。トムがジョニーと一緒に階段を下りると、そこにはピアーソン夫人とレインコートを腕に掛けたラルフ・サーロウの姿があった。サーロウは今朝はかなり遅くまで寝ていたにちがいない。トムが今日彼の姿を見るのはこれが初めてだった。

「トム――」ラルフ・サーロウが手を伸ばした。「万が一この業界で仕事が必要になったときは――」彼は札入れを探って、名刺を差し出した。「わたしのオフィスに電話してくれ、いいな？　自宅の番号も書いてある」

トムは微笑んだ。「そうするよ」

「いや、本当にそのうちニューヨークで一杯やろうじゃないか。わたしは、これで失礼してニューヨークに帰るのでね。じゃあ、また、トム」

「よいご旅行を《ボン・ボワヤージュ》」とトムは言った。

サーロウはドライブウェイに停まっている黒い車で出発するのだろうと思いきや、ピアーソン夫人とサーロウはポーチに出て、左のほうに向かって歩いていった。トムがそちらに目をやると、裏手の芝生に作られたセメントの円形の上に、着陸したのか、はたまた曳いてこられたのか、すでにヘリコプターの姿があった。ここは、それほど広大な地所なのだ。木々の向こうに延びるセメントの滑走路の果てには、ピアーソン家所有の格納庫があるのだろう。このヘリコプターは彼らがニューヨークから乗ってきたものよりも小さいように見えたが、ことによると彼がピアーソン一家の生活のスケールに慣れてしまっただけなのかもしれない。トムは黒のダイムラー・ベンツの排気管が、かろうじて目に見える煙を吐き出しているのに気がついた。フランクがひとりでハンドルを握っている。車は二メートルかそこら前進し、それからバックした。滑らかに。

「何をしてるんだ？」トムは訊《き》いた。

フランクは微笑んだ。彼はワイシャツ姿で――あいかわらず黄色っぽいヴァイエラの――それこそお仕着せを着たお抱え運転手のように、背をまっすぐに伸ばして運転席に座っていた。「何も」

「免許証を持ってるの？」

「まだです。でも運転はできます。この車、お好きですか？　ぼくは好きなんです。伝統美を感じさせて」

ニューヨークでユージーンが運転していた車と同じタイプだったが、こちらのほうは内装がベージュではなく茶色の革だった。

「免許がないなら、どこにも行けないのはわかってるね」とトムは言った。少年はいかにもどこかに行きたそうな表情をしていたが、ギアを非常にゆっくりと、慎重な手つきでいじくるだけにとどめていた。「またあとで。きみのお母さんと話すことになってるから」

「へえ？」フランクはエンジンを切って、開いた窓からトムを見た。「それで、スージーのことはどう思いました？」

「彼女は――なんというか、あいかわらずというところさ」トムが言ったのは、スージーがまた例の話を蒸し返しているという意味だった。フランクはおもしろがっていると同時に考えこむような表情をしてみせたが、そのときの少年はひどくハンサムに見えた。実際よりも少し年上に見えたかもしれない。今朝、テリーサから電話があったのかもしれないという考えがトムの頭をよぎったが、それを確かめる気にはなれなかった。トムは家に戻った。

リリー・ピアーソンは、今朝は淡いブルーのスラックス姿で、エヴァンジェリーナに昼食の指示を与えていた。トムの心は半ば自分の出発のことで占められていた。今夜にでもニューヨークに着いているほうがいいだろうか？　ニューヨークにひと晩泊まるか？　今日はエロイーズに電話をしなければ。

リリーが彼のほうを向いて、にっこり笑った。「おかけになって、トム。ああ、それよりも、あちらに行きましょう――そのほうが気持ちがいいわ」彼女は彼を案内して、リビングルームを出て、陽射《ひざ》しの降りそそぐ部屋に入っていった。

そこは書斎になっていた。トムはさっと見渡して、ぴかぴかの新しいカバーのついた経済関係の本がぎっしり並ぶ書棚、大きな四角い机、その上のパイプ立てに置かれている五、六本のパイプなどを見てとった。机の向こうの暗緑色の革の回転椅子は古びて、長いこと使われていないように見えた。ジョン・ピアーソンは、この部屋で読書するときにも、わざわざ車椅子から革の椅子に移る手間はかけなかったようだ。

「それで、スージーのことは、どう思われまして？」リリーが息子と同じ口調で尋ねた。

唇をぎゅっと合わせて微笑み、両手もぎゅっと握り合わせている。ぜがひでも、いい答えを欲しいと言いたげな風情だった。

トムは考えこむようなふりを装ってうなずいた。「フランクが話してくれたとおりでした。ちょっとばかり頑固――といったところでしょうか」

「では、彼女はまだフランクが夫を崖から突き落としたと信じているのね？」リリーの口調には嘲笑《ちょうしょう》するような響きが混じっていた。

「彼女はそう考えていますね、たしかに」

「そんなこと、誰も信じませんわ。何も確証がないのですもの。彼女は実際には何も見ていないのです。もうスージーのことを心配するのはいい加減うんざりです。彼女といるとみんなまでおかしくなってしまうのです。ところで今回のフランクのことでは、あなたにもずいぶん金銭的なご迷惑をおかけしてしまいました。どうか、何もおっしゃらずに、この小切手を受けとっていただけませんか、家族みんなの気持ちです」彼女はブラウスのポケットから折りたたんだ小切手を取り出した。

トムが見ると、二万ドルと記されていた。「ぼくはこれほどの金は使っていませんよ。それに、あなたの息子さんに会えて、とても楽しかったし」トムは笑った。

「こちらこそ、本当に助かりましたわ」

「この半分もかかっていないんですよ」しかし、彼女が必要もないのに額《ひたい》から髪を後ろに払うのを見て、トムは即座に小切手を受けとったほうが相手を喜ばせるのだということを悟《さと》った。「そうですか、では」トムは小切手をズボンのポケットにしまい、手でそこを押さえたまま言った。「ありがたくいただきます」

「ラルフがベルリンでのことを話してくれました。ずいぶんと危険を冒されたとか」

いまそれについて話したいとは思わなかった。「もしかしたら、今朝、フランクにテリーサから電話があったのではないかと思うのですが、ご存じありませんか？」

「なかったと思いますが。なぜですの？」

「彼の様子がいつもより明るいような気がしたのです。確かではありませんが」実際、確信があるわけではなかった。トムにわかっていたのは、フランクの雰囲気がいつもと違う、それまでに彼が見たことのないものだということだけだった。

「フランクというのは、実にわかりにくい子なのです」リリーが言った。「あの子の行動を見ただけでは、ということですが」

つまり、フランクは内心とは反対の行動を示すことがあるということなのか？　リリーはフランクが家に戻ったことですっかり安心しきっていて、テリーサについてはほとんど考慮のうちに入れていないようにトムには思えた。

「わたしの友人のタル・スティーブンスが今日の午後来ることになっているので、あなたにも会っていただきたくて」書斎をあとにしてリリーは言った。「ジョンの弁護士のなかでも、もっとも優秀なひとりですわ。といってもジョンの会社に雇われていたのではなくて、フリーランスの相談役なんですけれど」

フランクが、リリーのお気に入りの友人だと言っていた人物だな、とトムは思った。リリーによればタルは今日の午後は仕事があるので、六時にならないとこちらへは着かないだろうとのことだった。「でも、ぼくのほうも、そろそろお暇《いとま》しなければなりませんし」トムは言った。「一日、二日、ニューヨークに滞在してみようかと考えているもので」

「まさか今日お発ちになるんじゃないでしょうね？　フランスの奥様に電話なさって、どうかわけを説明してくださいな。絶対にお忘れにならないでね！――フランクが、あちらでとてもすてきなお宅にお住まいだと言ってましたわ。温室のことや――ダーワットが二枚飾られているリビングルームや、あなたのハープシコードのことも」

「彼がそんなことを？」ヘリコプターや、メイン・ロブスターや、エヴァンジェリーナという名の黒人メイドといったもののまっただなかで、フランスにある彼とエロイーズのハープシコードのことを耳にしようとは！　それは非常にシュールな響きを持ってトムの心に響いた。「お許しいただければ、二、三、電話をかけたいところがあるのですが」

「ええ、どうぞお気がねなく使ってくださいな」

彼は自分の部屋から、マンハッタンのホテル・チェルシーに電話して、今晩泊まれるシングルルームがあるかどうか尋ねた。親しみのある声が、なんとかご用意しましょうと答えた。これでよしと。トムは昼食後に別れを告げることにしようと思った。この近辺に住むハンター夫妻が四時に訪ねてくることになっているとリリーが言っていた。彼らはフランクのことをとても好いていて、少年に会いたがっているとのことだった。ピアーソン家なら、彼のためにバンゴーまでなんらかの輸送手段を都合してくれるだろう。そこから飛行機でニューヨークに出ればいい。

昼食に出たのは、トムが予期していたとおりメイン・ロブスターだった。昼食の前に彼とフランクは、ユージーンの運転するステーションワゴンでケネバンクポートの町に出て、言いつけられたとおりのロブスターを買ってきたのだった。その町はトムの郷愁の念を激しくかきたて、思わず涙がこぼれそうになった。白い家々や店の並ぶさま、そよ吹く潮風のすがすがしさ、陽の光、夏の盛りの葉を重たげに茂らせた枝々にとまるアメリカスズメ――何もかもが、アメリカを去ったのは間違いではなかったかという気にさせた。だが、彼は即座にその思いを頭から振り払った。考えてもどうしようもないし、気落ちするばかりだからだ。それに、エロイーズをアメリカに連れてくることになっているではないか、と彼は自分に言い聞かせた。十月の末あたり、エロイーズがアドベンチャー・クルーズから――目的地が南極だったことを彼は思い出した――戻って疲れがとれたころにでも。

トムが午後に発つつもりだと告げると、フランクは驚き、がっかりした様子だったが、昼食のときには元気を取り戻していた。それとも単に上機嫌を装っているだけなのだろうか？　フランクは淡いブルーのリネンのすばらしいジャケットを着込んでいた。下のジーンズはそのままだったが。「同じワインをトムのところで飲んだよ」彼はグラスの脚を持って、仰々しく振りかざして母親に言った。「サンセール。ユージーンに探してくれるように頼んだんだ。本当のこと言うと、ぼくも一緒にセラーに行ってとってきたんだよ」

「本当に美味しいわ」リリーが、トムに微笑みかけながらそう言った。まるで、トムに御馳走《ごちそう》になっているような口調だった。

「奥さんのエロイーズはとても美人なんだよ、母さん」フランクはそう言って、フォークに刺したロブスターを溶かしバターにつけた。

「そうかい？　彼女に伝えておくよ」トムは言った。

フランクは腹に手を当てて、げっぷをする真似をした。その無言の動作は、トムに向けた、半ばお辞儀のようでもあった。

ジョニーはひたすら食べることに没頭していて、クリスティーンという名の女の子が多分七時ごろに来るということと、ディナーに外出するか、それとも家にいるかは、まだわからないとだけ言った。

「女の子のことばっかり」フランクが馬鹿にしたように言った。

「うるさいな、このちび」ジョニーが、もごもごと言い返した。「妬《や》いてるんじゃないのか？」

「そこで終わりよ、ふたりとも」リリーが言った。

それはいつもと変わらぬ家族の昼食の光景のように見えた。

三時にはすべての手はずが整っていた。バンゴーからケネディ空港への夕方のフライトの席を予約し、バンゴーへはユージーンが車で送ってくれることになった。トムはスーツケースに荷物を詰めたが、まだ蓋《ふた》は閉めずにおいた。彼は廊下に出て、かすかに開いていたフランクの部屋のドアをノックした。応えはない。トムはドアを開けてなかに入った。部屋は空《から》っぽで、整然としていた。ベッドはエヴァンジェリーナが整えておいたのだろう。机の上にはベルリンの熊が座っていた。高さは三十センチくらいで、黄色く縁どられたビーズのような茶色の目、結ばれてはいるが、楽しげな口元をしている。トムは手書きの看板を見たときのフランクのおもしろがりようを思い出した。「三《3》投《ヴュルフェ》につき一《1》マルク《マルク》」。「投げる」を意味するヴュルフェという言葉の響きがおかしい、とフランクは言った。なんだか食べものか、犬の鳴き声みたいだと。この小さな熊はいったいどうやって、誘拐や、殺人や何回かの飛行機の旅をくぐり抜けてなお、このようなふかふかした姿と陽気な笑顔を保っていられるのだろう。トムはフランクを誘ってもう一度崖まで散歩したいと思っていた。少年を崖に慣れさせることができれば――この場合、「慣れる」というのはあまり適切な言葉ではないが――フランクの罪悪感も少しは軽くなるのではないかという気がした。

「フランクはジョニーと一緒に、自転車のタイヤに空気を入れにいったのじゃないかしら」下に行くとリリーがそう言った。

「ちょっと散歩に誘おうかと思いまして。まだ一時間くらいありますから」

「もう戻ってくるでしょう。フランクのほうは絶対に戻ってきますわ。あの子はあなたに、それこそ首ったけ《ハング・ザ・ムーン》なんですもの」

　このお世辞を聞いたのは、ボストンでのティーンエイジャー時代以来のことだった。彼は芝生に出て、敷石道に足を向けた。あの崖を昼間の光のなかで見てみたかった。小道は前よりも長く感じられたが、不意に森が切れたかと思うと、目の前にそれは美しい真っ青な海が広がっていた。太平洋の青さには及ばないかもしれないが、それでも充分に青く澄んで見えた。カモメたちは風に身をゆだね、小船が三、四隻――うち一隻はヨットだった――ゆったりとしたスピードで広々した海面を滑っていく。そして崖。いきなり醜いものが飛びこんできたような気がした。彼は崖の縁に近づきながら、足元の草に散らばる小石がやがて岩に変わり、あと二、三十センチで落下する瀬戸際で足をとめた。眼下には、彼が思い描いていたとおり、巨大なベージュと白の岩が転がっていて、まるでそれほど遠くない昔に、地滑りか岩崩れが起きたような感じだった。波打ち際には白い小波が小さめの岩にちゃぷちゃぷと寄せているのが見えた。トムはぼんやりと、ジョン・ピアーソンの終焉のしるしが何か――たとえば、クロムめっきの車椅子の一部でも残ってはいないかと目で捜していた。だがそのような人工物は何ひとつ見あたらなかった。ジョン・ピアーソンは、仮に大したスピードも出さずに椅子ごと転落したとしても、十メートル下の尖った岩の上に叩きつけられ、さらに二メートルくらい転げ落ちていったにちがいない。いままでは血痕のひとつも見あたらず、トムは思わず身震いした。彼は崖っ縁から後ずさりして、それに背を向けた。

トムはちらりと屋敷のほうに目をやった。屋敷は木々の陰にほとんど姿を隠し、かろうじて濃い灰色の屋根の棟だけが見えていた。突然、フランクがこちらに向かって小道を歩いてくる姿が目に入った。まだあのブルーの上着を着ている。トムを探しにきたのだろうか？　考えるよりも先にトムは彼の右側の木々の密集したなかに足を踏み入れて、藪《やぶ》の陰に隠れていた。少年は周囲を見まわすだろうか？　彼の名を呼ぶだろうか？　もし、少年が、彼がここに来ているかもしれないと思ってやってきたのならば。トムは純粋な好奇心に駆られていた――おそらくは崖に向かって歩いてくる少年の表情を確かめてみたかっただけなのかもしれない。いまや、フランクはトムのすぐ近くまで来ていて、そのまっすぐな茶色の髪が足どりに合わせて揺れているのが見えた。

フランクは左右に目をやって木々を見たが、トムは上手に隠れていた。

おそらく彼の母親はトムが崖に行ったことを息子には話してはいないはずだ。なぜなら、トムはどこへ行くとは伝えていなかったからだ。どちらにしても、フランクは彼の名前を呼ばなかったし、前のようにあたりを見まわすこともしなかった。フランクはリーバイスの前ポケットに両方の親指を引っかけ、ゆっくりと、やや尊大に足を振り上げるようにして崖の縁に向かって歩いていく。いまや少年はトムからほんの六メートルばかり先に、その全身を、美しい青空にくっきりと浮かび上がらせていた。少年は下を見たが、その視線はもっぱら海にあてられているようだった。トムには、フランクが深く息を吸ってリラックスしようとしているように見えた。それから、彼はトムがしたように後ろに下がると、小石を蹴《け》散らし、スニーカーを履いた自分の足を見おろした。次の瞬間、彼は右足で地面を蹴って、親指をポケットから出した。そして前かがみになったかと思うといきなり走り出した。

「おい！」トムは叫んで、前に飛び出した。だが、途中でつまずいてしまった——あるいは身を投げ出しただけのことだったのかもしれないが、ともかくも両手を伸ばしていたおかげで、かろうじてフランクのくるぶしを摑《つか》まえることができた。

フランクは前のめりに倒れ、激しく息をついていた。その右腕は崖の縁に垂れ下がっていた。

「いい加減にしろ！」トムはフランクのくるぶしを苛立《いらだ》たしげにぐいと引き寄せた。そして立ち上がってから、片腕で乱暴にフランクを引っぱり起こした。

少年は息を切らし、目は生気を失い、焦点が合っていなかった。

「いったいどういうつもりなんだ？」トムは自分の声が、急にしわがれていることに気づいた。「目を覚ませ！」トムはフランクの身体を支え、自分自身もショック状態にあることを意識しながら、少年の腕を引いて森の小道へと導いていった。突然、鳥が鳴き声を上げた。その調子っぱずれのギャーギャーという声は、まるで鳥までもがショックを受けたかのように聞こえた。トムは背筋を伸ばして、少年に言った。「いいか、フランク。きみはもう少しでやるところだったんだぞ。やったも同然だ、違うか？——ぼくの声を聞いて、反射的に飛び出したのか？　まるでフットボール選手みたいに見事な倒れ方だったじゃないか！」それとも、彼はやったのか？　トムが少年のくるぶしを摑まえて止めたのか？

トムは少年の背を興奮気味にぴしゃりと叩いた。「きみはもう、一度やった。な、もう気がすんだだろう？」

「ああ《イエップ》」フランクが答えた。

「本当だろうな」トムは詰問するような口調で言った。「ぼくに向かって『イェップ』なんて言葉は使うな。きみは試してみたかったことを試した。そういうことなんだな？」

「そうです《イエッサー》」

彼らは屋敷に向かって戻っていった。トムの足の震えはしだいにおさまり、彼は意識して深く息を吸いこむようにした。「ぼくはこのことは口にしない。誰にも内緒にしておこう。いいかい、フランク？」ちらりと少年を見やると、少年の身長がにわかに彼と同じになったように見えた。

フランクはまっすぐ前方を見ていた。家ではなく、もっと彼方《かなた》を。「わかりました、トム。そうします」

22

トムとフランクが家に戻ると、ハンター夫妻が来ていた。トムがそれに気づいたのは、フランクがドライブウェイに停まっている緑色の車を指さしたからだった。さもなければ、それもまたピアーソン家の車だと思いこんでいただろう。

「絶対に海の見える部屋《オーシャン・ヴュー》にいますよ」フランクはオーシャン・ヴューという言葉を特別なものであるような言い方をした。「母さんはいつも、あそこでお茶を出すんです」少年はトムのスーツケースに目をやった。誰かが運び出して、正面玄関の近くに置いておいてくれたらしい。

「何か飲もう。そこを使わせてもらえるだろう」トムはそう言って、三メートルはあろうかというサイドボードかバーテーブルのようなものに歩み寄った。「ドランビュイはあるかな？」

「ドランビュイ？　ありますよ」

トムが見ていると、少年は二列に並んだ罎《びん》の上にかがみこんで、人差し指を左に、ついで右に走らせ、目的のものを見つけると、それを引き抜いてトムに微笑《ほほえ》みかけた。

「あなたの家にあったので覚えてるんです」フランクはそれをブランデー・グラスふたつに注いだ。

グラスを持ち上げるフランクの手元はしっかりしているようだったが、顔色はまだ血の気が戻っていなかった。トムもグラスを取り、少年のグラスと合わせた。「これはきみにもいい気付け薬になるよ」

彼らはグラスを空《あ》けた。トムは自分の上着の前身頃の一番下のボタンが糸二本でかろうじてぶら下がっているのを見つけ、それをもぎ取ってポケットに入れ、それから埃《ほこり》を払った。少年の上着の右胸には二、三センチほどの綻びができていた。

フランクは片方のスニーカーの踵《かかと》に重心をかけ、くるりと一回転してみせてから、トムに尋ねた。「何時に出発ですか？」

「五時ごろだ」トムは腕時計を見て、四時十五分過ぎなのを確かめた。「スージーにはさよならを言う気にならないな」トムは言った。

「ああ、ほうっておけばいいですよ！」

「でも、きみのお母さんには――」

ふたりは階段を上がっていった。フランクの頰《ほお》は血色を少し取り戻し、足どりも弾んでいた。半分開いたままの白いドアをノックしてから、少年とトムはなかに入った。そこは絨毯《じゆうたん》を敷き詰めた大きな部屋で、向かい側の壁の全面が、海に臨む三つの幅広の窓に占められていた。リリー・ピアーソンは低い丸テーブルの近くに座り、トムがハンター夫妻だろうと見当をつけた中年のカップルは肘《ひじ》掛け椅子《いす》に座っていた。ジョニーは手に一杯の写真を抱えて立っている。

「どこへ行っていたの？」リリー・ピアーソンが訊《き》いた。「お入りなさいな、ふたりとも。ベッツィ、こちらがトム・リプリー――わたしがいままでさんざんお話ししていた方よ。ウォリー――お待ちかねのフランクよ」

「フランク！」ハンター夫妻がほとんど同時に声を上げた。少年は前にゆっくりと進み出て、小さく会釈をすると、ウォリーの手を握った。「また、兄さんの下手《へた》くそな写真で、おふたりをうんざりさせてたのかい？」フランクが兄に言った。

「ようやくお会いできましたね」ウォリー・ハンターがトムと握手しながら、あたかも、トムが奇跡を起こす人でもあるかのように――あるいは、本当は存在していない人物を見るかのように――トムの目を覗《のぞ》きこんだ。トムの手は痛んだ。

夫は黄褐色のコットンスーツ、妻はモーヴ色のコットンドレスに身を包んだ夫妻は、まさしく夏のメイン風シックを絵に描いたようだった。

「お茶は、フランク？」母親が訊いた。

「ええ、お願いします」フランクはまだ腰をおろしていなかった。

トムはお茶を断った。「そろそろ失礼しなければ、リリー」そう呼んでほしいとトムは彼女に言われていたのだ。「ユージーンがバンゴーまで車で送ってくれるそうです」

ジョニーと彼の母親はいちどきにしゃべりはじめた。もちろんユージーンが送っていってもいいが、「よかったらぼくが」とジョニーが申し出た。そして出発には、少なく見積もってもあと十分は大丈夫だと請け合った。ヨーロッパでの出来事を、あれこれ訊かれたくなかったが、幸い、リリーがフランスとベルリンのことはまた別の機会にお話しするわ、と約束してウォリー・ハンターの気をそらしてくれた。ベッツィ・ハンターはそれでもまだ冷たい灰色の目でトムをじっと見ていたが、トムは彼女にどう思われようといっこうに気にならなかった。タルマッジ・スティーブンスの予定よりも早い到着にもまったく無関心だった。ハンター夫妻は、その歓迎ぶりから察するに、タルをよく知り好ましく思っているようだった。

リリーが彼をトムに紹介した。タルはトムよりも少しだけ背が高く、見たところ四十代半ばで、ジョギングでもしているような頑健な体つきをしていた。トムは即座に、リリーとタルが親密な関係にあるのだということを悟《さと》った。それがどうだというんだ？　フランクはどこにいるんだろう？　少年はいつの間にかこっそり部屋を抜け出していた。トムもそれにならうことにした。一分ほど前、音楽が聞こえたような気がした――もしかするとあれはフランクのレコードだったのかもしれない。

フランクの部屋は廊下を抜けた、家のもっと裏手寄りに面していた。彼の部屋のドアは閉じられていた。トムはノックしたが、返事はなかった。彼はドアを少し開けて、なかを窺《うかが》った。「フランク？」

フランクは部屋にいなかった。プレイヤーのカバーが外されて、レコードが載っている。だが、回転装置は作動していなかった。ルー・リードの『トランスフォーマー』。ベロンブルでエロイーズがかけたのと同じB面のほうだ。トムは腕の時計に目を走らせた。間もなく五時だ。彼とユージーンは五時に出ることになっている。おそらくユージーンは家の一階裏手の、使用人たちの部屋があると思われるあたりにいるのだろう。

トムは下におりて誰もいないリビングルームに行った。ちょうどそのとき、上のオーシャン・ヴュー・ルームから弾《はじ》けるような笑い声が聞こえてきた。トムはもうひとつの、庭に面した窓のある中央のリビングルームに入り、また廊下に出て、そのまま家の裏手の、キッチンがあったと記憶している方角へ歩いていった。キッチンのドアは開いていて、壁には底が銅張りの平鍋《ひらなべ》やフライパンがぴかぴかに磨かれて掛かっている。ユージーンは立ったまま、手に持ったカップで何かを飲みながら、赤い頬をしてエヴァンジェリーナと話していたが、トムの姿に気づくと、飛び上がって姿勢を正した。トムはなんとなく、ここに来ればフランクがいるような気がしていたのだ。

「失礼」トムは言った。「ええと――」

「時間のことなら忘れてはおりません、サー。五時でしたね。あと七分です。お荷物のお手伝いをいたしましょうか?」ユージーンはカップと受け皿を下に置いていた。

「ありがとう、大丈夫です。もう下ろしてある。フランクはどこでしょう? ご存じですか?」

「二階だと思いますが、サー。お茶を飲んでいるはずですよ」ユージーンは言った。

「そこにはいなかった」とトムは言いかけて、やめた。不意に頭のなかで警報が鳴り響いた。

「お邪魔しました」彼はユージーンにそう言うと、急いで家を突っ切り、一番近い出口に向かった。トムの考えではポーチに面した正面玄関に出て、そこから右にまわって芝生に出るというのが最短距離のはずだった。もしかするとフランクは、もう二階に戻っていて、皆がお茶を飲んでいる部屋にいるかもしれない。それでも、トムはまず崖に行きたかった。少年がまたもや崖っぷちに立っているところを思い浮かべた。もう一度企てようとして――何を? トムはひたすら走った。フランクはいなかった。トムはスピードを落として喘いだ。息が切れたからではなく、安堵《あんど》したためだった。だが縁に近づくにつれて、彼はふたたび不安がつのるのを感じた。彼はなおも進み続けた。

眼下には、ブルーの上着、そしてさらに濃いブルーのリーバイス。焦げ茶色の髪をいただく頭を赤い輪のような染みが縁どっている。まるで花の色のような、ひどく非現実的な——だが、白に近い色の岩を背にしたそれは雄弁に現実を物語っていた。トムは何か叫ぼうとするかのように口を開いたが、声は出さなかった。数秒間、呼吸さえも忘れていたが、身体《からだ》が激しく震え出し、自分までもが転げ落ちる危険があるのに気づいて、ようやく息をついた。少年は死んでいた。何をしても無駄だった。彼を助ける手立てはもはや何もなかった。

母親に告げなくては、トムは心のなかで呟《つぶや》き、家に戻りはじめた。なんてこった！　あんなふうに全員が勢揃《せいぞろ》いしてるところへ！

家に入ったとたん、彼はユージーンに出くわした。血色のいい顔に、怪訝《けげん》そうな表情を浮かべている。「どうかなさいましたか、サー？　あと二分で五時ですから、そろそろ——」

「すぐ電話して警察を——救急車か何かを呼ばないと」

ユージーンはトムの上から下までを、まるで傷を探すように眺め回した。

「フランクですよ！　あの子は崖にいます」

ユージーンは不意にすべてを察したようだった。「落ちたのですね？」彼はすぐに駆け出そうとした。

「たぶんもう生きてはいません。病院なりどこなり、必要だと思うところに電話してくれますか？　ぼくはピアーソン夫人に話してきます――病院を先に！」トムは、一刻も早くフランス窓の外に飛び出していきたそうなユージーンにそう命じた。

トムは二階に向かう勇気を奮い起こして、階段を上がっていった。彼はティー・パーティの最中の部屋をノックして、なかに入った。いまでは誰もがくつろいでいた。タルはリリーの近くに座り、ソファの端にもたれていた。ジョニーはまだ立ったままで、ハンター夫人と話している。

彼女は立ち上がった。「ちょっとお話ししたいことがあるのですが」トムはリリーに言った。「どうかなさったの、トム？」そう尋ねる彼女の顔には、トムが出発の予定を変更でもしたのだろう――そうだとしても、まったくかまわないとでも言いたげな表情しか浮かんでいなかった。

トムは彼女と廊下に出て、ドアを閉めた。「フランクが崖から飛び降りました」

「なんですって？　そんなこと！」

「彼を探しにいって、崖下に倒れているのを見つけました。ユージーンが病院に電話しています――でも、もうたぶん手遅れでしょう」

だしぬけにタルがドアを開けたが、すぐに顔色を変えて尋ねた。「何があったんだ？」

リリー・ピアーソンは話すことができなかったので、トムが代わりに答えた。「フランクが崖から飛び降りたんです」

「あの崖から？」タルはすぐに廊下を走り出そうとしたが、トムはもう遅いと身ぶりで押しとどめた。

「どうしたの？」ジョニーがドアから出てきた。後ろにはハンター夫妻の姿があった。

ユージーンが重たげに階段を駆けのぼってくる音を聞いたトムは、廊下を走って彼のほうに向かった。

「救急車と警察が数分で到着します、サー」ユージーンは早口で言うと、トムとすれ違った。

トムが廊下のずっと奥に目をやると、白い人影が見えた――いや、正確には薄いブルー、フランクの上着よりももっと薄いブルーに身を包んだ――スージーだった。ユージーンが、他の人たちの横を通りすぎて、スージーに何かを言った。スージーはうなずき、うっすらと笑みさえ浮かべたようにトムには思えた。そのとき、ジョニーがトムの横を通りすぎて、階段に走っていった。

救急車が二台やってきた。一台は蘇生装置を積みこんでいる。車を降りた白ずくめの男ふたりが、ユージーンに案内されて急いで芝生を横切っていった。そのあとに、折りたたみの梯子が続いた。ユージーンが指示しておいたのだろうか？　それとも彼らは、ジョン・ピアーソンの不幸な出来事があった崖を覚えていたのだろうか？　トムは家の近くにぐずぐずととどまっていた。なんと言われようと彼は少年の潰れた顔を見たくなかった。できればいますぐここを発《た》ちたかったが、それが不可能だとはわかっていた。少年が芝地まで引き上げられ、リリーに何か言葉をかけるまでは待たなくてはならないだろう。トムは家のなかに取って返し、まだ正面玄関に置いたままの彼のスーツケースにちらりと目をやり、それから階段を上がっていった。フランクの部屋をもう一度、最後に見ておきたいという衝動に駆られたのだ。

二階に上がると、彼は廊下の奥の突き当たりに立ちつくしているスージー・シューマッハーの姿を見た。老女は身体の後ろで広げた両手を壁につけている。彼女はトムを見るとうなずいてみせたが、もしかしたらそう見えただけかもしれない。彼はフランクの部屋のドアに向かって歩き、その少し先まで行った。スージーはやはりうなずいている。いったいなんの用があるのだろう？　トムは釘付けになったようにじっと彼女を見つめていたが、それでも一応は眉《まゆ》をひそめてみせた。

「これでわかったでしょう？」スージーが言った。

「いいや」トムはきっぱりと否定した。彼を威圧して、それ見たことかとでも言いたいのだろうか？　トムは突然、彼女に対して獣じみた敵意を覚えた――彼を奮いたたせるほどの強烈な自己保存の本能を。彼は老女に向かって歩き続けた。そして二、三メートル手前で足をとめた。「いったいなんの話です」

「フランクのこと――言うまでもないでしょう。あの子は悪い子でした。そして、少なくとも自分でそのことをわかっていたのです」右手にある自室に戻るべく、今度は彼女がトムに向かって歩いてきたが、その足どりからはほんのわずかの弱々しさが感じられるだけだった。「たぶん、あなたも同じなんでしょう」彼女はつけ加えた。

トムは一歩退いたが、それはひとえに彼女と一定の距離を置いておきたいがためだった。

彼は踵《きびす》を返してフランクの部屋の前に戻り、なかに入ってドアを閉めた。彼は猛烈に腹をたてていたが、その腹だちも少しおさまりつつあった。皺《しわ》ひとつなく整然としたベッドがやけに癇《かん》に障った。フランクがあの上で眠ることは二度とないのだ。そして、ベルリンの熊。トムはゆっくりと近づいた。それが欲しかった。彼がくすねていっても、誰もわからないだろうし、気にかけもしないだろう。トムはふかふかした脇腹《わきばら》を持って、そっと手にとった。そのとき、テーブルの上に置かれた四角い紙がトムの目に入った。それは熊が座っていた場所の左に置かれていた。「テリーサ、永久《とわ》にきみを愛す」とフランクは書いていた。トムは思わず止めていた息を吐き出した。ばかばかしい！　だが、なんといっても、これは真実なのだ。フランクはこの半時間の間に死んでしまったのだから。トムは書き置きには触れなかった。持ち去って始末してしまうという考えも、ちらりと頭をかすめた――死んだ友の名誉を守るために人がそうするように。だが、トムは熊だけを持って部屋を出て、ドアを閉めた。

階下で、彼はスーツケースの隅に熊を押しこんだ。押し潰されないように、その鼻面《はなづら》をなかのほうに向けて。リビングルームは空《から》だった。全員が芝生にいる。おりしも救急車が一台、走り去るところだ。トムはそれ以上、芝生を見る気になれなかった。彼はリビングルームをぐるぐる歩きまわって、煙草《たばこ》に火をつけた。

ユージーンが現れ、バンゴーの空港に問い合わせた、と言った。もしトムが望むならば、別の飛行機に乗ることができるが、それには十五分後に出発しなければならない。ユージーンはふたたび使用人の顔を取り戻していた。はるかに青ざめてはいたが。

「それで結構です」トムは言った。「気をつかっていただいてありがとう」トムはフランクの母親と話すために、外の芝生に出た。ちょうどそのとき、白く覆われたストレッチャーが残った救急車の後部に滑りこんだ。

リリーがトムの肩に顔を埋めた。誰もが言葉を口にしていたが、トムの肩をきつく摑《つか》んだリリーの手が、そのどれよりも多くを語っていた。そしてトムは大きな車の後部座席に乗りこみ、ユージーンの運転する車でバンゴーに向かった。

彼がホテル・チェルシーに着いたのは、午前零時前だった。人々がロビーで歌っている。どっしりした暖炉があるそのロビーには、白と黒のプラスチックのソファが置かれていたが、盗難予防のために鎖《くさり》で床に結びつけてあった。彼らが歌っている歌詞が五行戯詩になっているのにトムは気づいた。リーバイスをはいた少年少女たちは、笑い転げながら、その歌詞をなんとかギターの調べに合わせようとしていた。はい、リプリー様のお名前でお部屋を用意しております、とフロントのツイード服の男は告げた。トムは壁の油絵にちらりと目をやった。そのうちのいくつかは宿泊費を払えない客が寄贈していったものだということを彼は知っていた。トマトのような赤というのが、ホテル全体の印象だった。トムは旧式のエレベーターに乗りこんで上に向かった。

シャワーを浴びて、一番粗末なズボンをはき、ベッドに数分横になって緊張を解こうとした。だが無駄だった。最善の道は、何か食べて——空腹はまったく感じなかったが——

少し歩きまわり、それから眠ろうと努めることのように思えた。彼はすでにケネディ空港で、明日のパリ行きの便を予約してあった。

　そこでトムは外に出て、七番街を歩いていった。通りのデリカテッセンやスナックショップのなかには閉まっているものも、まだ開いているものもあった。舗道は投げ捨てられたビールのメタル缶のプルタブで鈍くきらめいていた。タクシーが酔っ払ったようにポットホール（舗装した路面の窪み）にはまり込んでは、車体をがたがた揺らしながら出ていくさまを見て、トムはなぜかフランスのシトロエン――大きく、やかましく、障害など物ともしない――を思い出していた。大通りの行く手にも両側にも、オフィス用や住居用の高層ビルが黒々と聳《そび》えたっている。そのさまは、まるで空高く浮かんでいる大きな陸地の塊のように見えた。たくさんの窓にはまだ明かりがともっている。ニューヨークは眠らない街なのだ。

　出発ぎわに、トムはリリーにこう言った。「これ以上ぼくがここにいても仕方ありませんから」トムは葬式に残っても仕方がないという意味で言ったのだが、同時に、もはや彼がフランクにしてやれることは何もないという意味でもあった。ほんの一時間ほど前にフランクが最初の自殺を企てたことは話さなかった。リリーはこう言うに決まっている――「そんなことがあったのなら、どうして彼から目を離したりしたんですか？」そのときは、もうこれでフランクの危機は去ったと、愚かにもトムは考えたのだった。

　彼はカウンターとスツールがあるだけの街角のスナックショップに入り、ハンバーガーとコーヒーを注文した。座る気になれなかったが、もちろん立っているのも客の自由だった。ふたりの黒人客が自分たちのした賭《か》けのことで言い争いをしている。どうやらふたりが使っていた賭け元が不正をしているようなのだが、話は途方もなく込み入っているようなので、トムは聞くのをやめてしまった。明日は、ニューヨークにいる何人かの友人に電話をして挨拶《あいさつ》だけしておこうかとも考えた。だが、その考えには魅力を感じなかった。戸惑いと無力感とやるせなさが彼を苛《さいな》んでいた。彼はハンバーガーを半分食べ、薄いコーヒーを半分飲むと、金を払って店を出た。そして四十二丁目を目指して歩いていった。すでに午前二時近くになっていた。

こちらはもっと陽気な感じだった。まるで狂気じみたサーカスか特別に入ることを許された舞台装置のなかにいるような気がした。青い半袖《はんそで》シャツの巨体の警官が、木製の夜警棒をぶらぶらさせながら、本来だったら一斉検挙するはずの（トムは最近何かで読んでいた）娼婦たちと軽口を交わしている。警官たちも、同じ娼婦たちを相手にあまりにもたびたび一斉検挙を繰り返しているので、もう飽き飽きしているのだろうか？　それとも、これは一斉検挙の最中なのだろうか？　化粧をした十代とおぼしき少年たちが、小賢しげな目をして年配の男どもを値踏みしている。なかにはすでに金を手に握って、いつでも買えるように準備万端の男もいた。

ブロンドの少女が近づいてくるのを見てトムは首をすくめて「ノー」と静かに言った。ぴかぴか光る偽の黒レザーに包まれた少女の太腿《ふともも》は異様なほど盛り上がっていた。トムは、映画館の入口のひさしに掲げられた、あまりにもあからさまで陳腐な映画の題名の数々を驚き呆《あき》れながら読んだ。ポルノ映画部門は才能の欠如に喘いでいるらしい！　しかし顧客たちは機微やウィットを求めてやってくるわけではない。そして、男女の、あるいは男同士、女同士の裸で絡みあっている、たぶん行為の最中と思われる大きなカラー写真の数々。なのにフランクは、テリーサと挑んだ、たった一回のチャンスもものにできなかったのだ！　トムは奇妙なおかしさを覚えて少し笑ったが、不意に、もうたくさんだという気になって、足を引きずって歩く黒人たちや、おめでたい顔の白人たちをよけつつ足早に歩きながら、ぼんやりと黒く佇《たたず》む五番街の公立図書館を目指した。しかし五番街までは行かずに、六番街で南に折れた。

突然、トムの右側のバーからひとりの船員が威勢よく放り出されてまともにぶつかってきた。地面に倒れた船員をトムは引き上げてやった。彼を片手で支えながら、脱げて転がり落ちた彼の白い縁なし帽に手を伸ばした。まだ十代の少年のようで、嵐のなかのマストよろしくぐらぐらと揺れている。

「お友だちはどこだ？」トムは尋ねた。「あのなかに、お仲間がいるんじゃないのか？」

「おれはタクシーがいるんだ。それからオンナ」若者はにこにこしながら言った。

彼はしごく健全な若者に見えた。おそらくスコッチ二杯とビール六杯が彼をこの状態に追い込んだのだろう。「来なさい」トムは彼の腕をとって、バーのドアを押して開き、船員の制服を目で探した。カウンターの前にふたり見つけた。だが、バーテンがつかつかとトムに近づいてきてこう言った。

「こいつをなかに入れるのはお断りだ。こいつに売る酒はないよ！」

「あそこにいるのは、この子の友人だろう？」トムは船員姿のふたりを指して言った。

「お断り！」船員のひとりが言った。やはり少し酔っ払っている。「どこでも行っちまえ！」

トムのお荷物はいまや戸口にすがりつき、彼を外へ叩《たた》き出そうとするバーテンに必死に抵抗している。

トムはカウンターのふたりに向かって歩いた。面倒に巻き込まれて顎《あご》に一発くらおうと、そんなことはどうでもよかった。トムはタフなニューヨーク訛《なま》りをできるだけまねてこう言った。「自分の友だちの面倒くらい、ちゃんと見るんだな！　同じ制服を着た仲間に、その態度はないんじゃないのか、ええ？」トムはもうひとりの船員にも目をやった。こちらはまだそれほどひどく酔ってはおらず、トムの話も通じたようだった。というのも、彼はカウンターから億劫そうに立ち上がったからだった。トムはドアに向かって歩きながら、後ろを振り返った。

酔いが軽いほうの船員は、不承不承といった様子で酔い潰れた若者に近づいてくるところだった。

ふむ、我ながらなかなかのもんだったな――トムは外に出ながら独りごちた。ほんのささいなことではあるが。彼はチェルシー・ホテルに歩いて戻った。ここでは、人々はロビーでほろ酔い機嫌か、浮かれているか、騒いでいるかのどれかなのだ。それでも、タイムズ・スクエアに比べれば落ち着いた光景と言えた。チェルシー・ホテルはその常軌を逸した常連たちで有名であるが、彼らとて一定の節度は保っているのだ。

トムはエロイーズに電話しようかと思ったが、向こうは朝の九時ごろなのを考えてやめにした。彼は自分が疲労の極致にあることに気がついた。まさに疲労困憊だ。それにしても、よくもまあ、あのバーで船員から脇腹にパンチをくらわずに逃げおおせたものだ。トムはあらためて自分の幸運を実感した。彼はベッドに倒れこんだ。起きる時間のことなど頭になかった。

明日、リリーに電話すべきだろうか？　かえって彼女を困らせ、その気持ちをかき乱すだけだろうか？　それともいまごろはどういった棺が適切かといった類《たぐ》いのことで頭が一杯なのだろうか？　ジョニーが突然成長して、すべてを取り仕切るなどということはあり得るだろうか？　それともタルに一任しているのだろうか？　家族はテリーサにも知らせ、彼女は火葬なりにやってくるだろうか？　なんだって、こんなことを今晩考えなくちゃいけないんだ。彼はベッドで寝返りを打ちながら自問した。

翌晩九時になるころには、すでにトムはある種の平静さを、いつもの自分に戻ったような感覚を取り戻していた。すでに飛行機のエンジンは始動していて、突然目を覚ましたような気がした、まるですでに家に帰ったかのように。彼は心が明るくなるのを（あるいはより明るくなるのを）感じた。いま、自分は逃れつつあるのだという気がした——何から？　彼は新しいスーツケースを買い求めていた。今度はマーク・クロスのにした。グッチは超スノッブになってしまったので、トムとしてはボイコットしたい気分だった。新しいスーツケースには今日買った物が一杯に詰まっている。エロイーズのためのセーター、ダブルデイ書店で買った美術書、マダム・アネットには青と白の縞《しま》模様のエプロン――赤いポケットがついており、そこには「ランチのため外出中」とプリントされている。マダム・アネットには別に、誕生日が迫った彼女のために小さな金のピンも買ってあった。空飛ぶガチョウの形をしたピンの下には金の葦《あし》の下穂がついている。洒落《しゃれ》たパスポート・ケースはエリック・ランツに。ベルリンのペーターのことも忘れているわけではなかった。彼にはパリで何か特別なものを探そう。トムはため息の出るほど美しいマンハッタンの街の灯が、飛行機の動きに連れて上下するさまを眺めていた。そして、この同じ地面に間もなく埋葬されるフランクのことを思った。アメリカの海岸が見えなくなると、トムは目を閉じて眠ろうとした。だが、彼はフランクのことを考え続けていた。少年の死が信じられなかった。それは事実にはちがいないのだが、トムはいまだにそのことを実感できずにいる。眠ればなんとかなるだろうと思っていたが、今朝目覚めたときもまるでフランクがまだ生きているかのような錯覚にとらわれた。いまでも機内通路の向こうを見れば、そこにフランクが座っていて、彼に微笑みかけ、彼を驚かせるのではないかという気がした。ストレッチャーを覆っていた白いシーツを思い出せ、と彼は自分に言い聞かせた。どんなインターンだって、誰かの頭をすっぽりシーツで覆ったりはしない。その下にいる人間が生きているならば。

リリー・ピアーソンにはいずれ手紙を書かなければならないだろう。手書きのお悔やみ状を。自分にそれが——礼儀正しく、慰めに満ちた手紙を書けることはわかっていた。だが、フランクが寝泊まりしていたモレの小屋のことや、ベルリンで起こった出来事、さらにはテリーサが彼の息子に及ぼした影響について、彼女にどこまでわかるというのだ。岩に向かって真っ逆さまに落ちていきながら、フランクは最後に何を考えたのだろう？ テリーサのこと？ それとも同じ岩に向かって墜落死した父親の思い出か？ ひょっとして彼のことを考えたということはあるだろうか？ トムは椅子のなかで身じろぎして、目を開いた。スチュワーデスたちが座席をまわりはじめていた。トムはため息をついた。何を頼もうが——ビール、スコッチ、食事、あるいは何も頼まない——どうでもいい気分になっていた。

とんだお笑いぐさだ、とトムは思った。慎重に練り上げてフランクに垂れた「金」だの「金と権力」の講義の数々の、いまとなってはなんとむなしいことか！ 少しばかり使えばいい、それも少しばかり楽しみながら、罪悪感をもつのはやめろ、とトムは少年に言ったのだった。慈善事業とか、アート・プロジェクトとか、きみの使いたいように、そしてそれを必要としている者に使えばいい。そうだ、それからこうも言ったのだった——リリーがかつて言ったように、少なくともフランクが学業を終えるまで、もしかしたらそのあとだってピアーソン家の管理を肩代わりしてくれる人たちがいるのだと。とはいえ、フランクがピアーソンの事業にまったく鼻を突っこまないというわけにはいかない。彼の名前は（おそらく兄の名と一緒に）取締役名簿の筆頭に載ることになるだろう。しかしフランクはそれさえも嫌がっていた。

真っ暗な空を飛んでいる間に、いつのまにかトムは赤毛のスチュワーデスに配られた毛布にくるまって眠りに落ちていた。目が覚めると、さんさんと輝く太陽が、時間をまったく無視して——そうトムには思えた——のぼってくるところだった。そしてトムの目を覚まさせたアナウンスによれば、飛行機はすでにフランス上空を飛んでいるとのことだった。

ふたたびシャルル・ド・ゴールへ。トムは手荷物だけを持ってサテライトのぴかぴかのエスカレーターを降りた。本当だったら新しいスーツケースやその中身は、税関でトラブルを招きかねなかったが、彼はあくまでもぼうっと無頓着を装い、非課税のカウンターを通り抜けた。トムは札入れに入れた時間表を調べて、列車で帰ることに決め、それからベロンブルに電話をかけた。

「トム！」エロイーズは言った。「あなた、どこにいるの？」

彼女はトムがシャルル・ド・ゴール空港にいると言っても信じようとしなかったし、トム自身も彼女がこれほどまで近くにいるのだということが信じられなかった。

「十二時三十分にはモレに着けるよ。いま、調べたんだ」トムは不意に微笑んだ。「何も変わりない？」

変わりといえばたったひとつ、マダム・アネットが階段で転んだか滑ったかして膝《ひざ》の骨を痛めたことくらいだった。だが、それもさほど深刻なものではなく、あいかわらずいつもと同じように仕事に精を出しているという。「どうして手紙をくれなかったの？——電話だってよかったのに」

「向こうに何日いたと思ってるんだい！」トムは言い返した。「たったの二日だよ！　うちに着いたら話すよ。十二時三十一分だ」

「あとでね、あなた！」エロイーズが駅まで彼を迎えにきてくれることになった。

トムは、重量超過《アビアント》を免れたスーツケースとともにタクシーでリヨン駅に向かい、「ル・モンド」と「フィガロ」を手にモレ行きの列車に乗った。さっと目を通し終えるころになって、ようやく、もはやフランクの記事を心配する必要のないことを、そしてこれらの新聞に彼の死亡記事が載るにはもう少し時間がかかるだろうということに気がついた。今度もまた「事故」ということになるのだろうか？　彼の母親はなんと言うつもりだろう？　リリーは、息子は自殺したのだと言うのではないかという気がした。そして、ひと夏の間にあそこで起きたふたつの死を、物語や噂話《うわさばなし》がどう解釈しようと好きなようにさせるつもりなのではないかと。

エロイーズは赤いメルセデスの横で彼を待っていた。彼女の髪が微風に舞っている。トムを見つけた彼女は手を振ったが、スーツケースふたつに、オランダ製煙草の入ったビニールの袋、新聞にペーパーバックを抱えた彼は、振り返すことができなかった。彼はエロイーズの両頬と首筋にキスをした。

「元気だった？」エロイーズが言った。

「まあね」トムはスーツケースを車のトランクに積みながら言った。

「またフランクと一緒に戻ってくるんじゃないかと思ってたのよ」と彼女は言った。微笑みながら。

彼女のあまりにも幸せそうな様子が、トムを驚かせた。車で駅を離れながら、いったいいつフランクのことを切り出そうかと考えた。エロイーズは——自分が運転するのだと言って聞かなかった——車や人の往来や、信号機を気にする必要もなく、ヴィルペルス目指して車を走らせている。「いま、話しておくほうがいいかもしれない。フランクはおととい亡くなったんだ」トムは話しながら、ちらりとハンドルに目をやったが、エロイーズはほんの一瞬、握る手をこわばらせただけだった。

「亡くなったって、どういうこと?」彼女はフランス語で尋ねた。

「父親が死んだのと同じ崖から飛び降りた。家に着いたら、もっと詳しく説明するけれど、マダム・アネットの前では、ちょっと言いたくなかったんでね。英語を使うにしても」

「崖って、どの崖のこと?」エロイーズはフランス語のままで言った。

「メイン州の彼らの私有地にある崖だよ。海を見渡すことができる」

「ああ、あれね!」エロイーズは突然思い出したように言った。新聞記事で読んでいたのだろう。「あなたその場にいたの?　彼を見ていたの?」

「ぼくは家にいた。彼を見てはいなかった。崖はちょっと離れた場所にあるからね。あとで——」思ったよりも言葉にするのは難しかった。「本当のところ、たいして話すことはないんだよ。あそこの家にはひと晩泊まった。翌日には発つつもりでいたし、実際そうした。彼の母親は友人たちとお茶を飲んでいた。ぼくはあの子を探して外へ出た」

「そして、飛び降りた彼を見つけたのね？」エロイーズが今度は英語で言った。

「そうだ」

「なんて恐ろしいこと、トム！——だから、あなた、そんなに——放心したような顔をしているのね」

「ぼくが？　放心している？」彼らはもうヴィルペルスの近くまで来ていた。トムの目はおなじみのお気に入りの家を捉えた。そして郵便局、次にパン屋、それからエロイーズは左にハンドルをきった。彼女は村をほとんど突っ切るようなルートをとっていた。偶然かもしれないし、あるいは動揺していて、ゆっくり走れる道を行きたかったのかもしれなかった。トムは続けた。「たぶんぼくが彼を見つけたときには、飛び降りてから十分くらい経《た》ってたと思う。よくわからないけどね。ぼくは家に戻って、家族に話さなければならなかった。あそこは、すごく険しい崖で——下は岩でごつごつしているんだ。あとで詳しく話すよ、ダーリン」しかし、これ以上何を話すというのだ？　トムはエロイーズをちらと見た。車はちょうど、ベロンブルの門をくぐるところだった。

「そうよ、話してくれなくては駄目よ」車を降りながら彼女は言った。

エロイーズがこの話を洗いざらい聞けるものと思っていることはわかっていた。トムは何も間違ったことはしていないし、彼女に隠す必要もないからだ。

「わたし、フランクが好きだったわ。知っていた？」エロイーズはトムに言った。彼女のラベンダーブルーの瞳が、一瞬トムの目と合った。「最後には、ね。最初は好きになれなかったの」

トムにはわかっていた。

「これ、新しいスーツケースね？」

トムはにっこりした。「なかにも、いくつか新しい物が入ってるよ」

「まあ！――そういえばドイツのお土産《みやげ》のハンドバッグありがとう、トム！」

「ボンジュール、ムッシュー・トム」マダム・アネットが陽光の降りそそぐドアの上がり段に立っていた。トムには、スカートの裾《すそ》の下にのぞくベージュ色のストッキング――あるいはタイツ――をはいた足の片方の膝に、薄い色のゴムバンドを巻いているのが見えるだけだった。

「具合はどう、親愛なるマダム・アネット？」トムは片腕で半ば彼女を抱えるようにして言った。彼女はとてもいいと答え、彼に挨拶のキスをしたが、その間もほとんど足をとめることなく砂利《じゃり》の上を歩いて、エロイーズが運んでいるスーツケースを受けとりにいった。

マダム・アネットは、痛めた膝をものともせず、スーツケースはふたつとも――一度にひとつずつ――自分が運ぶと言って譲らず、トムは彼女の好きなようにさせた。それが彼女を喜ばせることになるのだから。

「ああ、やっとわが家へ帰ってきた！」トムはリビングルームを見まわして言った。昼食のためにセットしてあるテーブル、ハープシコード、暖炉の上に掛けられた贋作《がんさく》のダーワット。「ピアーソン家には『虹』があるんだ。そのこと話したかな？　ダーワットの傑作のひとつさ」

「あら、そう？」エロイーズの口調にはどことなくひやかしているような響きがあった——まるでそのダーワットの作品を知っているかのように。あるいは聞いたこともないというかのように。いや、ひょっとしたらそれも贋作だと思っているのかもしれない。

トムにはまったく見当がつかなかった。だが、彼は安心感と幸福感に声をたてて笑った。マダム・アネットが階段を下りてきた。今度は注意深く片手を手すりにつけている。そういえば、彼は何年も前にマダム・アネットに階段を磨きたてることをやめさせていたのだった。

「あなたったら、どうして、そんなに楽しそうな顔ができるの？　あの子が死んだというのに？」エロイーズが英語で質問してきた。マダム・アネットはふたつ目のスーツケースを運ぶのにすっかり気をとられている様子だった。

エロイーズの言うとおりだった。トムにも、なぜ自分がこれほどまで陽気な気分になるのかわからなかった。「まだ実感がわかないのかもしれない。あまりにも突然で——あそこにいた全員にとってひどいショックだった。フランクの兄のジョニーもいたんだよ。フランクはひどく落ち込んでいたんだ、女の子に失恋して。前にも話したことがあったよね、テリーサという女の子のことを。その上に父親の死まで——」トムに話せるのはそこまでだった。ジョン・ピアーソン・シニアの死は、エロイーズに話して聞かせるときは、あくまでも自殺か事故でなければならない。

「でも、そんな恐ろしいこと――十六歳で自殺するなんて！　若い人たちがどんどん自殺しているのよ、あなた知ってる？　しょっちゅう新聞で読むわ――あなたも飲む？　それとも他のものがいい？」エロイーズがペリエを満たしたワイングラスを差し出している。たったいま、彼女が自分のために注いだものだとトムは知っていた。

トムは首を振った。「手を洗ってくるよ」彼は一階のトイレと洗面所に向かい、途中で電話台の上に置かれた四通の手紙に目をとめた。昨日と今日の郵便だ。急ぐこともない。

昼食の間、トムはエロイーズに、ケネバンクポートのピアーソン家の豪邸のことや、スージー・シューマッハーという名の奇妙な使用人――元家政婦であり、かつては少年たちの家庭教師のような役を務めていたが、いまは心臓発作で臥せっている老女のことを話して聞かせた。そしてあの家が豪奢《ごうしゃ》と暗鬱《あんうつ》さの混合物であることを印象づけることに成功した。それは真実だったし、違っていたとしても、彼の受けた印象はまさしくそうだったのだから。エロイーズのかすかにひそめられた眉を見たトムは、すべての真実を話していないことに彼女が気づいているのだと悟った。

「じゃあ、あなたはその夜に――あの子が死んでからすぐに発ったの？」彼女が訊いた。

「そうだよ。ぼくが残ってもなんの役にも立てないのはわかっていたからね。葬儀は――二日先は先のことだし」たぶん、今日の火曜日に。

「あなたは葬儀に出る気にはなれなかったと思うわ」エロイーズは言った。「あの子がとても気に入ってたんですものね。わかるわ」

「ああ」トムは言った。いま、彼はエロイーズの顔をまっすぐ見つめることができるようになっていた。あのような若い命の舵をとろうと努力するなんて、考えてみればおかしなことだ。彼はそれを試み——そして失敗した。いつの日かエロイーズにそれを告白することができるかもしれない。とはいえ、それはできない相談だった。なぜなら、少年が父親を崖から押し出して落としたことは決してエロイーズに言うつもりはないし、その事実こそが少年の自殺を完全に説明するものなのだから。少なくとも、テリーサのことよりは重要なはずだ、とトムは思っていた。

「テリーサには会ったの？」エロイーズが尋ねた。すでにリリー・ピアーソンについてはトムから詳細を聞きだしていた。結婚により巨万の富を手に入れた元女優。むろん、如才ないタル・スティーブンスの描写にも手を抜かなかった。いずれ彼女は彼と結婚するだろうとトムは推測していた。

「いや、テリーサには会わなかった。彼女はニューヨークにいたのだと思う」それにフランクの葬儀に来るかどうかさえ怪しいものだと思っていたが、それもどうでもいいような気もした。テリーサはフランクにとって理想であり、ほとんど実体のない、触れることのできないものに近かった。それゆえに彼女はフランクが書き残したように「永久《とわ》に」存在を続けることになるのだ。

トムは昼食後、郵便物を見るために二階に上がった。荷物も解きたかった。ロンドンのバックマスター画廊のジェフ・コンスタントからまた手紙が来ていた。一見して、万事順調とわかった。知らせはペルージャのダーワット美術学校の経営陣が入れ代わり、ロンドンから来た、芸術家肌の若い男性ふたりになったことと（ジェフは彼らの名前を書いていた）、彼らは近くのパラッツォを取得して、美術生のためのホテルに改造したらどうかと考えているということだった。トムはどう思うだろうか？　ひょっとして、トムは美術学校の南西にあるそのパラッツォを知らないだろうか？　ふたりのロンドンっ子たちは次の郵便で写真を送ると言っている。ジェフは次のように書いていた。

これは事業の拡張であり、実にうまい話のように思えるが、どうだろう。トム？　いま、パラッツォを購入するのは得策ではないと示唆するような、イタリア国内情勢についての内部情報を、きみが握っているのなら話は別だが。

トムは内部情報など握っていなかった。ジェフは彼のことを天才だとでも思っているのだろうか？　イエス。トムには自分が購入のアイディアに賛成することになるだろうとわかっていた。拡張――結構なことだ、ホテルに関する限りは。美術学校は収入の大部分をホテルに頼っていた。真のダーワットはこの恥辱に身もだえしていることだろう。

彼はセーターを脱いで、自分用の青と白のバスルームに入っていき、セーターを背後の椅子に放り投げた。彼の足音に、クロオオアリが一瞬沈黙したような気がした。そもそもアリの音など聞こえていたのだろうか？　彼は木の棚の側面に耳をつけてみた。とんでもない！　クロオオアリの音はたしかに聞こえたのであり、沈黙などしていなかった。あるかなきかのかすかな羽音は、彼が聞いている間にも大きくなっていくようだった。まだいたのか、このちっぽけな狂信者どもめ！　棚のひとつにしまった、たたんだパジャマの上着の表面に、上に開いた穴から落ちてきた細かい木屑《きくず》でできた褐色の小さなピラミッドを見つけた。あいつらは、あそこに何を建造しているのだろう？　自分たちの寝床？　卵の貯蔵所か？　この小さな大工たちは、みんなで知恵を絞り合って、あのなかにちっちゃな本棚でも作っているんじゃなかろうか？　唾とおが屑を捏《こ》ね合わせたそれは、彼らの技術のささやかな記念碑、彼らの生への意志を示すものではないのか？　トムは大声で笑わずにはいられなかった。自分は頭がおかしくなりかけているのだろうか？

　スーツケースの隅から、トムはベルリンの熊を取り出した。優しくその毛並みを整えてやってから、彼の机の端に、二冊の辞書を背もたれにして置いた。その小さな熊は座るような体勢で作られており、足を伸ばして立たせることはできなかった。輝く目は、ベルリンにいたときと変わらぬ無垢《むく》な陽気さをたたえてトムを見ていた。トムは微笑みを返しながら、この熊を当てた「三投につき一マルク《3ヴュルフェ1マルク》」を思い出していた。「これで終生いられる立派な家が見つかったな」トムは熊に語りかけた。

　シャワーを浴びてから、ベッドに転がり、残りの手紙を見ることにしよう、と彼は考えた。時間の感覚を元に戻さなくては。あと二十分で三時だ、フランス時間では。フランクの遺体は今日、墓穴に下ろされることになるだろう。トムはそう確信していた。だが、それが何時ごろになるのかを計算しようとは思わなかった。フランクにとって、もう時間はなんの意味もなくなったのだから。

訳者あとがき

生前のプライベートはほとんど謎《なぞ》に包まれていたことから、すっかり人間嫌いの一匹狼《おおかみ》というイメージが固定してしまったハイスミスですが、最近になってアンドリュー・ウィルソンの *Beautiful Shadow: A Life of Patricia Highsmith*、さらにはハイスミスが遺した大量の日記をもとにした、ジョーン・シェンカーの *The Talented Miss Highsmith: The Secret Life and Serious Art of Patricia Highsmith* という大冊の伝記が刊行され、このふたつの伝記によってこれまでベールに包まれていた生涯のほぼ全容が明らかになりました。生前あれほどプライベートを明かすことを嫌っていたハイスミスは、さぞかし天国で歯噛《はが》みしていることでしょう。

シェンカーの新しい伝記には、これまで触れられることのなかったトム・リプリーの姓の由来についてもおもしろいエピソードが明かされているので、ここでご紹介しておきたいと思います。由来のひとつめはハイスミスが実際にニューヨークのヘンリー・ハドソン・パークウェイで目にしていたRipley'sという紳士服店の看板で、この店は一九五〇年代マンハッタンに実在していたそうです。もうひとつは新聞に掲載されていた、ロバート・リプリーの *Ripley's Believe It or Not!* というコミック・ストリップで、実はリプリー・シリーズ第一作『太陽がいっぱい』のなかにもその手がかりが埋め込まれているそうです。『太陽がいっぱい』（河出文庫）二三九ページで、ディッキーを訪ねてきたマージにトムはこんなことを言っています。「信じてもらえないかもしれないが、昔のいい加減なリプリーが仕事をはじめようとしてるってわけさ」。原文ではこのようになっています。“Believe it or not, old believe-it-or-not Ripley's trying to put himself to work”　作家になる前はヒーローもののコミックスの脚本を書いていたという、ハイスミスらしい茶目っ気を感じさせますね。

さて、本作『リプリーをまねた少年』はトム・リプリー・シリーズの第四作にあたります。『太陽がいっぱい』ではニューヨークでかつかつの暮らしをしていたケチな詐欺師《さぎし》にすぎなかったトム・リプリーは、いまやパリの郊外にベロンブルという屋敷をかまえ、富豪の娘エロイーズと結婚して、悠々自適の生活を送っています。センスのいい金持ちの道楽家として、そこそこ満足な日々を送るトムの前に現れたのが、億万長者の家出息子フランクでした。明らかにいいところのお坊っちゃまなのに、庭師に身をやつしてまで近づこうとする少年にトムは関心を抱きます。しだいに心を開いてきた少年は、ようやくトムだけに家出の理由を告白します。ガールフレンドとの交際を反対され、父親のビジネスの後継者としてのレールを押しつけられそうになったフランクはある日、衝動的に父親を車椅子《くるまいす》ごと崖から突き落として殺してしまったのです。フランクにとって、犯罪を犯しながらも罰せられることなく、さまざまな危機をかいくぐってきたリプリーはまさに「自由の象徴」であり憧れでもありました。トムは彼を慕う少年が父親殺しの罪悪感から自滅していくのを必死に食い止めようと努め、罪悪感に押し潰されて人生を棒に振るほど馬鹿らしいことはないと説得するのですが、そのさなかにフランクが誘拐されてしまいます。はたしてリプリーは少年を精神的にも物理的にも救うことができるのか……。前作『アメリカの友人』でも、トムは自分が滅ぼそうとした相手を命がけで助けようとしますが、本作品ではさらに相手と深くかかわり、真摯《しんし》であろうとします。トムと少年の絆《きずな》はある意味では妻のエロイーズよりもずっと強く、ほとんど愛情すら感じられるほどで、これには『リプリーをまねた少年』執筆当時のハイスミスの事情が深くかかわっていると思われます。

ハイスミスがつねに創作のミューズになってくれる恋人（女性）がいなければ生きていけない恋愛体質の女性だったことは『キャロル』（河出文庫）の訳者あとがきでも触れましたが、この『リプリーをまねた少年』にも彼女のインスピレーションの源となったミューズが存在しました。そもそもハイスミスの恋愛は、しばしば手の届かない相手に一方的に燃え上がり、成就《じょうじゅ》してしまえば自分のほうが嫌になって相手を捨てる、もしくは相手から拒絶されれば絶望の淵《ふち》に落ちるというふたつのパターンしかありませんでした。そうした破滅的な恋愛のあとには激しい絶望と著しい肉体的不調がつきまとい、ひどいときには自分の正気を疑うまでに追いつめられるのですが、そうしたどん底から生まれたのが『太陽がいっぱい』であり、この『リプリーをまねた少年』だったのです。

アルフレッド・ヒッチコックによる『見知らぬ乗客』の映画化により、経済的な余裕ができたハイスミスは、当時の恋人エレン・ヒルとヨーロッパに長期にわたって滞在し、アメリカに戻ってからも断続的にヨーロッパを訪れています。そして一九六〇年代に入ると拠点をフランスとスイスに置き、残りの生涯のほとんどをヨーロッパで過ごすようになります。白黒はっきりつけないハイスミスの小説がアメリカではいまいち受け入れられなかったのに対し、フランスとドイツでは熱狂的な人気で迎えられました。ヨーロッパでの人気のおかげでハイスミスはセレブ作家の仲間入りを果たし、一九七八年にはベルリン国際映画祭の審査委員長を「いやいや」引き受けさせられるはめになりましたが、そんな彼女に運命的な出会いが訪れます。ベルリンでアレン・ギンズバーグやスーザン・ソンタグの読書会に参加したハイスミスは、その会場で観た前衛映画の若い女優にすっかり惹《ひ》きつけられてしまいます。彼女はタベア・ブルーメンシャインという名前の女優の卵で、金髪のスパイクヘアをしたパンキッシュな二十五歳の女性でした。その惚《ほ》れこみようたるや、はた目から見るとまるで『嘆きの天使』でマレーネ・ディートリヒ扮する若い踊り子に身を滅ぼす老教授のようだったといいます。「これほどまでに性的な魅力と才能が結合した女性に出会ったのは初めて」とハイスミスは友人宛ての手紙で告白しています。『リプリーをまねた少年』でもフランクとトムのドイツでの短い旅行が生き生きと描かれているのは、まさしくそれがタベアとハイスミス自身だったからに違いありません。

当時パットはフランスに住んでいたので、ベルリン在住のタベアとは遠距離恋愛になりましたが、離れているとたちまち会いたくてたまらなくなり、次から次へと詩や手紙を送りつけます。いつタベアから連絡があるかわからないからといって家から一歩も出ず、悶々《もんもん》とするあまり、しだいにその詩には脅迫じみた自殺や死のイメージが投影されるようになります。宙づりの状態に耐え切れなくなったハイスミスはついに、このまま関係を続けるか、それとも終わりにするかと迫りますが、ようやくタベアから返ってきた返事は「自分は永続的な関係を保つことができないのだ」というものでした。ハイスミスはたちまち絶望のどん底に突き落とされてしまいます。フランクのガールフレンドへの狂おしいまでの執着は、この時期のパットの苦しみそのものを反映しているものと思われます。失恋の痛手は当然ながらパットの創作活動にもおよび、ついには一行も書けなくなってしまい、『リプリーをまねた少年』も前半の途中で頓挫《とんざ》してしまうことになります。

そんな絶望の淵にあったハイスミスを救ったのは、やはり年若い二十七歳のモニーク・ビュッフェでした（実質的にハイスミスの最後の恋人であり、恋愛関係はやがて自然消滅するものの、悲劇的結末に終わらなかったほぼ唯一の女性でもあります）。当時英語の教師だったモニークは、エキセントリックなタベアと対照的に、ハイスミスの私生活にも深くかかわり、ハイスミスは彼女のために手料理をふるまい（これはめったにないことだそうです)、モニークのほうは夜中に悪さをした猫に猫語(?)で叱《しか》っているパットを目撃したりと、お互い最後まで穏やかな愛情で結ばれていました。『リプリーをまねた少年』にはルー・リードの『トランスフォーマー』というアルバムの歌詞が随所に出てくるのですが、ルー・リードを教えたのも彼女でした。

モニークはどちらかといえばレズビアン女性というよりはゲイの少年のような、ボーイッシュな魅力にあふれた女性で、彼女のキャラクターはフランクに反映されているといわれています。事実、ハイスミス自身「この本の六分の五はあなたがいなければ書けなかった」と手紙で語っており、『リプリーをまねた少年』はモニーク・ビュッフェにささげられています。この本の献辞を記載するにあたっても、頭文字だけにするか、漠然とモニークだけにするか、それともフルネームにしていいかとおそるおそる手紙でお伺《うかが》いをたてるさまは読んでいて微笑《ほほえ》ましいほどです。さすがにタベアのときのように脅迫的な詩を送りつけることはしませんでしたが、それでも三百通にも及ぶラブレターを次から次へと送りつけ「どうか手紙が多すぎるからといって引かないで」と懇願しています。

一方的に激しく恋して、相手に拒絶されるとそれを自分にぶつけてしまう破滅的な恋しか知らなかった(それが作品のネタにもなっているわけですが)ハイスミスにとって、この三十歳年下の恋人は「あなたはわたしに夢を見させる余裕を与えてくれる」存在であり、モニークの前だけではいちばんやさしく、柔らかい部分の自分を出していられたのではなかったのでしょうか。本作品の、トムのフランクに対する優しさにも、それは反映されているような気がします。

もともとリプリー・シリーズは他のノン・シリーズと比べるとホモエロチシズムが濃いのですが、とりわけこの『リプリーをまねた少年』はそれを前面に出した作品で、トムとフランクの関係はまるで古代ギリシャのエラステースとエローメノスを思わせます。『キャロル』とはまた別の意味で、ハイスミスのロマンチックな部分がもっとも正直に出た作品だといえるのではないでしょうか。とはいってもそこはハイスミス、読者の期待を思い切り裏切るツイストを用意してくれています。それだけにラストシーンの不思議な明るさと哀《かな》しみが、いつにない余韻をもたらしているような気がします。

もうひとつこの作品を特徴あるものにしているのは、統一前の西ベルリンの頽廃《たいはい》と、対照的な自然の美しさがいきいきと描きだされていることです。訳していてもハイスミスは楽しんで書いてるな、という感じがひしひしと伝わってきました。「ここでは誰もかれもが仮装を演じているんだ」という言葉に象徴されるとおり、壁が壊れる前の西ベルリンほどトム・リプリーにぴったりな都市もないでしょう。


ハイスミスの死によって実質的には次作の『死者と踊るリプリー』*Ripley Under Water* がシリーズとしては最後になってしまうのですが、先のシェンカーの伝記によれば、晩年病に倒れたハイスミスのノートブックにはさらに Ripley's Luck と Ripley and the Voices of the Dead というふたつのタイトルが残されていたそうです。ちなみに後者のタイトルは作者の手によって×印で消されていたそうですが、たしかに死者の声を聴くリプリーよりは Ripley's Luck で終わるのが彼にはふさわしいように思われます。

柿沼瑛子

パトリシア・ハイスミス作品リスト

●長編

1 Strangers on a Train（1950）『見知らぬ乗客』青田勝訳、角川文庫（一九七二）
2 The Price of Salt（1952）／改題 Carol（1990）『キャロル』柿沼瑛子訳、河出文庫（二〇一五）
＊クレア・モーガン Claire Morgan 名義で刊行され、一九九〇年にハイスミス名義で『キャロル』と改題の上、イギリス版が刊行。同年それに先駆けてドイツ語版が刊行
3 The Blunderer（1954）『妻を殺したかった男』佐宗鈴夫訳、河出文庫（一九九一）
4 The Talented Mr. Ripley（1955）『太陽がいっぱい』青田勝訳、角川文庫（一九七一）↓改題『リプリー』角川文庫（二〇〇〇）／『太陽がいっぱい』佐宗鈴夫訳、河出文庫（一九九三／二〇一六）↓改題『リプリー』河出文庫（二〇〇〇）＊トム・リプリー・シリーズ1
5 Deep Water（1957）『水の墓碑銘』柿沼瑛子訳、河出文庫（一九九一）
6 A Game for the Living（1958）『生者たちのゲーム』松本剛史訳、扶桑社ミステリー（二〇〇〇）
7 This Sweet Sickness（1960）『愛しすぎた男』岡田葉子訳、扶桑社ミステリー（一九九六）
8 The Cry of the Owl（1962）『ふくろうの叫び』宮脇裕子訳、河出文庫（一九九一）
9 The Two Faces of January（1964）『殺意の迷宮』榊優子訳、創元推理文庫（一九八八）
10 The Glass Cell（1964）『ガラスの独房』瓜生知寿子訳、扶桑社ミステリー（一九九六）

11 A Suspension of Mercy（1965）／アメリカ版 The Story-Teller 『慈悲の猶予』深町眞理子訳、ハヤカワ・ノヴェルズ（一九六六）→改題『殺人者の烙印』創元推理文庫（一九八六）

12 Those Who Walk Away（1967）『ヴェネツィアで消えた男』富永和子訳、扶桑社ミステリー（一九九七）

13 The Tremor of Forgery（1969）『変身の恐怖』吉田健一訳、筑摩書房 世界ロマン文庫16（一九七〇）→ちくま文庫（一九九七）

14 Ripley Under Ground（1970）『贋作』上田公子訳、角川文庫（一九七三）→河出文庫（一九九三／二〇一六）＊トム・リプリー・シリーズ2

15 A Dog's Ransom（1972）『プードルの身代金』瀬木章訳、講談社文庫（一九八五）／岡田葉子訳、扶桑社ミステリー（一九九七）

16 Ripley's Game（1974）『アメリカの友人』佐宗鈴夫訳、河出文庫（一九九二／二〇一六）＊トム・リプリー・シリーズ3

17 Edith's Diary（1977）『イーディスの日記』上下、柿沼瑛子訳、河出文庫（一九九二）

18 The Boy Who Followed Ripley（1980）『リプリーをまねた少年』柿沼瑛子訳、河出文庫（一九九六／二〇一七）＊トム・リプリー・シリーズ4

19 People Who Knock on the Door（1983）『扉の向こう側』岡田葉子訳、扶桑社ミステリー（一九九二）

20 Found in the Street（1986）『孤独の街角』榊優子訳、扶桑社ミステリー（一九九二）

21 Ripley Under Water（1991）『死者と踊るリプリー』佐宗鈴夫訳、河出文庫（二〇〇三）＊トム・リプリー・シリーズ5

22 Small g: a Summer Idyll（1995）『スモール g の夜』加地美知子訳、扶桑社ミステリー（一九九六）

●短編集

1 Eleven（1970）／アメリカ版 The Snail-Watcher and Other Stories『11の物語』小倉多加志訳、ミステリアス・プレス文庫（一九九〇）→ハヤカワ・ミステリ文庫（二〇〇五）
2 The Animal-Lover's Book of Beastly Murder（1975）『動物好きに捧げる殺人読本』大村美根子・榊優子・中村凪子・吉野美恵子訳、創元推理文庫（一九八六）
3 Little Tales of Misogyny（1975）『女嫌いのための小品集』宮脇孝雄訳、河出文庫（一九九三）
＊一九七五年刊行はドイツ語版。英語版は一九七七年刊。アメリカでは一九八六年刊
4 Slowly, Slowly in the Wind（1979）『風に吹かれて』小尾芙佐・大村美根子他訳、扶桑社ミステリー（一九九二）
5 The Black House（1981）『黒い天使の目の前で』米山菖子訳、扶桑社ミステリー（一九九二）
6 Mermaids on the Golf Course（1985）『ゴルフコースの人魚たち』森田義信訳、扶桑社ミステリー（一九九三）
7 Tales of Natural and Unnatural Catastrophes（1987）『世界の終わりの物語』渋谷比佐子訳、扶桑社（二〇〇一）
8 Nothing That Meets The Eye: The Uncollected Stories of Patricia Highsmith（2002）『回転する世界の静止点　初期短篇集 1938-1949』『目には見えない何か　中後期短篇集 1952-1982』宮脇孝雄訳、河出書房新社（二〇〇五）

本書は一九九六年一二月、河出文庫より刊行された『リプリーをまねた少年』の改訳・新装新版です。

リプリーをまねた少年《しょうねん》

二〇一七年 五 月一〇日 初版印刷
二〇一七年 五 月二〇日 初版発行

著 者 P・ハイスミス
訳 者 柿沼瑛子《かきぬまえいこ》
発行者 小野寺優
発行所 株式会社河出書房新社
〒一五一－〇〇五一
東京都渋谷区千駄ヶ谷二－三二－二
電話〇三－三四〇四－八六一一（編集）
〇三－三四〇四－一二〇一（営業）
http://www.kawade.co.jp/

ロゴ・表紙デザイン 粟津潔
本文フォーマット 佐々木暁
本文組版 KAWADE DTP WORKS
印刷・製本 凸版印刷株式会社

Printed in Japan ISBN978-4-309-46442-8

太陽がいっぱい

パトリシア・ハイスミス　佐宗鈴夫〔訳〕　46427-5

息子ディッキーを米国に呼び戻してほしいという富豪の頼みを受け、トム・リプリーはイタリアに旅立つ。ディッキーに羨望と友情を抱くトムの心に、やがて殺意が生まれる……ハイスミスの代表作。

贋作

パトリシア・ハイスミス　上田公子〔訳〕　46428-2

トム・リプリーは天才画家の贋物事業に手を染めていたが、その秘密が発覚しかける。トムは画家に変装して事態を乗り越えようとするが……名作『太陽がいっぱい』に続くリプリー・シリーズ第二弾。

キャロル

パトリシア・ハイスミス　柿沼瑛子〔訳〕　46416-9

クリスマス、デパートのおもちゃ売り場の店員テレーズは、人妻キャロルと出会い、運命が変わる……サスペンスの女王ハイスミスがおくる、二人の女性の恋の物語。映画化原作ベストセラー。

アメリカの友人

パトリシア・ハイスミス　佐宗鈴夫〔訳〕　46433-6

簡単な殺しを引き受けてくれる人物を紹介してほしい。こう頼まれたトム・リプリーは、ある男の存在を思いつく。この男に死期が近いと信じこませたら……いまリプリーのゲームが始まる。名作の改訳新版。

マンハッタン少年日記

ジム・キャロル　梅沢葉子〔訳〕　46279-0

伝説の詩人でロックンローラーのジム・キャロルが十三歳から書き始めた日記をまとめた作品。一九六〇年代ＮＹで一人の少年が出会った様々な体験をみずみずしい筆致で綴り、ケルアックやバロウズにも衝撃を与えた。

大いなる遺産　上・下

ディケンズ　佐々木徹〔訳〕　46359-9 46360-5

テムズ河口の寒村で暮らす少年ピップは、未知の富豪から莫大な財産を約束され、紳士修業のためロンドンに旅立つ。巨匠ディケンズの自伝的要素もふまえた最高傑作。文庫オリジナルの新訳版。